俄罗斯神话

李娟◎主编

中国华侨出版社

北京

图书在版编目（CIP）数据

俄罗斯神话 / 李娟主编 .—北京：中国华侨出版社，2017.12
（世界经典神话丛书）
ISBN 978-7-5113-7251-2

Ⅰ . ①俄… Ⅱ . ①李… Ⅲ . ①神话—作品集—俄罗斯
Ⅳ . ① I512.73

中国版本图书馆 CIP 数据核字（2017）第 299827 号

俄罗斯神话

主　　编 / 李　娟

责任编辑 / 高文喆　赵秀村

责任校对 / 钱志刚

经　　销 / 新华书店

开　　本 / 787 毫米 × 1092 毫米　1/16　印张 /18　字数 /267 千字

印　　刷 / 三河市华润印刷有限公司

版　　次 / 2022 年 2 月第 1 版第 2 次印刷

书　　号 / ISBN 978-7-5113-7251-2

定　　价 / 48.00 元

中国华侨出版社　北京市朝阳区静安里 26 号通成达大厦 3 层　邮编：100028

法律顾问：陈鹰律师事务所

编辑部：（010）64443056　　64443979

发行部：（010）64443051　　传真：（010）64439708

网　　址：www.oveaschin.com

E-mail：oveaschin@sina.com

前言

在绚丽多姿的世界文化史中，神话故事是现代文明灿烂发展的起点，对世界各地文学文化的发展和繁荣产生了深刻和久远的影响。它如珍珠一般闪闪发光，在世界文学宝库中成为一朵不可多得的奇葩。神话故事构思奇特，风格多样，其丰富的内容和无穷的艺术魅力展现了该民族的历史与价值观。

本丛书以世界范围内广泛流传和为人关注的八大神话派系展开，包括希腊神话、罗马神话、埃及神话、印度神话、北欧神话、非洲神话、俄罗斯神话和中国神话。

各文化派系的神话故事各有特点。如希腊神话中，无论是人是神，都有善良和感性的一面，同样有欲和恶的一面，和凡人很相似。因为这种相似，让他们在理智和情感之间，在神性与人性之间，在公正与偏私之间，留下了广阔的想象空间。

再如北欧神话。北欧神话中的世界不是永恒的，神不是万能的，像神王奥丁，他也需要以一只眼睛为代价穿过迷雾森林，从而得到大智慧。另外，北欧神话相信当万物消亡时，新的生命将再次形成，世界上的一切都是无限循环的。

……

不同的特点造就了这些神话的多彩多样性。

　　本丛书立足不同神话的特点，通过搜集整理大量资料，根据中国读者的阅读特点，进行了细致认真地选编和译注，在保证原神话故事民族文化特点的基础上，让阅读更符合国人的习惯，从而加强可读性。

　　本丛书内容丰富多彩，故事引人入胜，语言精练有趣，人物栩栩如生，是读者了解世界古代文化与文明的窗口。

目录

Contents

第一章 / 伊凡系列神话

伊凡和老巫婆   003

伊凡和蛤蟆公主   006

伊凡和聪明的灰狼   013

伊凡和言而无信的国王   019

伊凡和不忠实的公主   026

伊凡和三个怪物   035

伊凡和聪明的公主   042

伊凡和神奇的马   053

伊凡·麦里索伊和国王的刁难   072

伊凡·鲁什卡和公主   091

第二章 / 妖魔鬼怪系列神话

小人儿   099

独眼恶魔   101

多布雷利亚和蛇身怪物　　　105

小提琴家　　　111

圣山大力士寻妻记　　　115

士兵和死神　　　118

葛鲁斯安努和妖精一家　　　128

安德列和妻子　　　135

第三章 ／ 王子公主系列神话

呆子卡林　　　155

一对金娃娃　　　164

伊奥尼塔和他的妻子　　　168

石头人　　　175

金发美王子　　　180

灰灰的女孩和王子　　　188

勇敢的美王子　　　192

第四章 ／ 报恩寻仇系列神话

埃利桑德鲁和贵族老爷　　　211

永远的生命和青春　　　220

小胡椒彼得和鲜花弗罗里亚　　　227

皮特鲁寻找黎明仙女　　　241

跛脚左格利　　　268

第一章

伊凡系列神话

伊凡和老巫婆

有一对老夫妻有一儿一女，儿子名叫伊凡·鲁什卡，女儿叫阿廖·鲁什卡。

后来，老夫妻先后去世，只留下了这对无依无靠的姐弟相依为命。

为了生活，姐姐带着弟弟外出找工作。他们走了好远好远，翻过了高岗，走过了田野。这时，弟弟伊凡·鲁什卡口渴了。

"姐姐，我好渴想喝水！"

"亲爱的弟弟你再忍耐一下，我们找到水井就有水了。"

他们继续走呀走，又走了好久。太阳已经挂在高空，然而他们还是没有找到水井。就在这时，在他们的眼前出现了一头母牛，在母牛的蹄子下有一摊水。

"姐姐，我真的好渴，我想喝那母牛蹄下的水。"

"那水千万不能喝啊，如果喝了你就会变成一头小牛的！"

弟弟听从了姐姐的话，没有喝这些水，继续往前走着。

天气十分的炎热，姐弟两人酷热难耐，却一直没能找到水井，他们实在太渴了，就在这时他们又看到了一匹马，在马蹄下面同样有一摊水。

弟弟实在太渴了，他说："姐姐，我想喝那马蹄下的水！"

"不行的，弟弟，如果你喝了这水，你就会变成一匹小马驹的！"

弟弟再一次听从了姐姐的话，姐弟二人继续走着。

他们走呀走呀，此时的他们已是大汗淋漓，又累又渴，几乎要虚脱了。这时，他们在不远处看到了一只山羊，同样的，在山羊蹄子下面也有水流淌着。

"姐姐，我实在是太渴了，我想喝山羊蹄下的水！"

"这个水还是不能喝，如果你喝了就会变成一只小山羊！"

然而又累又渴的伊凡·鲁什卡再也忍不住了，他独自一人奔到山羊跟前，蹲下去大口地喝水。

就在他喝完水的那一瞬间，他真的变成了一只小山羊。

阿廖·鲁什卡哭喊着，跑来的却是一只白色的小山羊。

阿廖·鲁什卡很是伤心，坐在草垛上哭了起来，而那只小山羊却在他身边跳来跳去。

这时一个商人路过这里，问道：

"姑娘，你为什么独自在这里哭泣呢？"

阿廖·鲁什卡把刚刚发生的事情完完整整地告诉了商人。

商人说："这样，你嫁给我吧。让我来照顾你和你的小山羊。"

阿廖·鲁什卡考虑了一番，同意了商人的求婚。

从此他们过上了平静的生活：小山羊和他们生活在一起，它还和姐姐用同一个碗吃饭、喝水。

有一天商人外出谈生意。这时，来了一个巫婆，她在阿廖·鲁什卡的窗户底下不停地劝说让她到河里去洗澡，阿廖·鲁什卡同意了，并带上了小山羊。

巫婆带着阿廖·鲁什卡来到河边。这时可恶的巫婆露出了丑恶的嘴脸，她向阿廖·鲁什卡扑去，还在她的脖子上绑了大石头，就这样把她扔进了河里。

巫婆把自己变成了阿廖·鲁什卡的模样，穿着她的衣服，回到了屋里。这一切做得神不知鬼不觉。商人回到家里，没有发觉任何异样，更没有看出面前的妻子是巫婆所变。

然而，小山羊却目睹姐姐被巫婆骗走并被扔进河里这件事。它不知道该怎么办，它总是闷闷不乐不吃不喝。它经常独自在岸边走来走去，发出哀伤的叫声：

"我亲爱的阿廖·鲁什卡姐姐呀！你快上来吧，快到岸边来吧……"

没多久，这件事被巫婆知道了，她狠心地让丈夫杀了小山羊……

商人和小山羊相处的时间久了，有了感情，也知道山羊是爱人的弟弟所变，对它很是同情。但是也耐不住巫婆整天的絮叨，没有办法，只好同意杀掉小山羊。

巫婆便开始吩咐磨刀、生火、烧水……

小山羊知道自己活不成了，央求商人道：

"请在我死之前，让我到河边走走，我想喝点水，洗洗肠子。"

"好，你去吧。"

小山羊来到河边，在河岸上哀鸣着：

"我亲爱的阿廖·鲁什卡姐姐呀！

你快上来吧，快到岸上来。

他们已开始在磨着宝刀，

生起了篝火，

烧着滚烫的开水，

要杀了我呀！"

只听姐姐阿廖·鲁什卡从河底回答道：

"哎呀，我的弟弟呀！

我的身上绑着沉重的石头，陷入了河底，

水底下那光滑的水草缠住了我的脚，

我的身体也被黄色的沙掩埋着。"

巫婆准备杀小山羊却到处找不到，于是，她吩咐仆人去寻找小山羊：

"快去把小山羊找出来，带到这里。"

仆人来到河边，看到小山羊一边沿着河岸奔跑一边哭诉：

"亲爱的阿廖·鲁什卡姐姐呀！

你快上来吧，快到岸上来。

他们已开始在磨着宝刀，

生起了篝火，

烧着滚烫的开水，

要杀了我呀！"

只听姐姐阿廖·鲁什卡从河底回答道：

"哎呀，我的弟弟呀！

我的身上绑着沉重的石头，陷入了河底，

水底下那光滑的水草缠住了我的脚，

我的身体也被黄色的沙掩埋着。"

仆人跑回家，把看到的情景告诉了商人。人们纷纷跑到河边，撒下渔网，救出了姐姐阿廖·鲁什卡。人们把她脖子上的大石头解下来，把她泡在泉水中，给她换上漂亮的衣服。阿廖·鲁什卡活了过来，并且比之前更加漂亮了。

小山羊高兴地跳来跳去，它一连三次跳过人们的头顶，也恢复了人身。

恶毒的巫婆被人们抓了起来，绑在马尾上，被马拖着奔驰在野外空地上很快就死去了。坏人终于得到了报应。

伊凡和蛤蟆公主

在一个古老的国家，有一位国王，他有三个儿子。

一天，国王把三个王子叫到了跟前，对他们说：

"孩子们，我想在我有生之年还不是太老的时候看到你们娶妻生子，儿孙满堂。"

孩子们说：

"尊敬的父王，不知道您希望我们娶个什么样的妻子呢？"

国王确实有些老了，声音苍老又沙哑，他缓缓说道："孩子们，拿着你们的箭，到野外去，在那里你们把箭射出去，箭落在哪里，那里就是你们的姻缘所在。"

三个王子向父王辞行后，拿着箭就出发了。

他们来到田野上，把弓拉满，手上的箭嗖地一下就射了出去。

大王子的箭落在一户贵族的庭院里，贵族的女儿捡到了箭；二王子的箭落在一户富商的庭院，富商的女儿捡到了箭；而三王子伊凡射出的箭跑得很远很远，就连他自己都不知道到底在哪里。三王子只好沿着田野往前走，寻找着自己的箭。当来到一片沼泽地的时候，他竟然发现一只蛤蟆抓着他的箭，老三对蛤蟆说：

"你好，蛤蟆，请把箭还给我！"

蛤蟆回答说："那你要娶了我！"

王子哭笑不得地说："啊？这怎么可能？我怎么能娶一个蛤蟆做妻子呢？"

蛤蟆竟然重复着国王的话："你的父王曾经说过：箭落在哪里，那里就是你的姻缘所在。"这让三王子大吃了一惊，却也无可奈何。他想，也许这就是天意吧。现在他什么也改变不了了，只好带着蛤蟆回了宫。

就这样大王子娶了贵族的女儿，二王子娶了富商的女儿，而可怜的小王子伊凡只娶了一只蛤蟆。

有一天国王把三位王子叫到跟前，说：

"我想看一下你们的妻子谁的针线活做得好，你们回去告诉她们，让她们在明天天亮前缝制出一件衣裳，然后拿来给我看。"王子们向国王作了揖就各自回家了。王子伊凡一路上都愁眉不展的，回到家，他垂头丧气地坐着。

蛤蟆公主看到他这样难过，问道：

"亲爱的王子，什么事让你这么难过？说出来或许我能帮你。"

"父王今天召见，吩咐让你在天亮之前缝制一件衣裳出来。"

蛤蟆公主听后微笑道：

"亲爱的王子，这事你根本不用担心，安心睡觉去吧。"

很快王子伊凡就睡着了。这时，只见蛤蟆公主跳到台阶上，慢慢地脱下那一身蟆蛤皮，瞬间就变成了一个妩媚动人的少女，她其实是公主瓦西里萨·普列木特拉雅。

这时公主拍着手，大声喊道：

"保姆，奶妈，你们出来快来帮帮我！请在天亮前为我缝制出最漂亮的衣裳吧。"

第二天，王子醒来后，只见地上的蛤蟆公主跳来跳去。他起身，看到桌子上放着一件光彩夺目、美丽无比的衣裳，他又惊又喜，捧起衣裳就给国王送去了。

早晨，三个儿媳做的衣裳分别送到了国王的跟前。国王看着大媳妇的衣裳说：

"天哪，这衣服怎么能穿啊，只能在黑木房里穿这衣服。"

接着他又打开了二媳妇的衣裳，摇着头说：

"我的老天，这衣服就只配在浴室里穿！"

最后当国王展开三媳妇的衣裳时，他顿时惊呆了，自言自语道：

"这衣裳实在是太漂亮了，我还从来没有见过这么漂亮的衣服呢！这么漂亮的衣服可以放在节日里穿！"

三兄弟就这样回去了。途中，大王子和二王子开始议论：

"看来伊凡的妻子并不是一只普通的蛤蟆，一定是一个高明的巫师！"

没过多久，国王再一次把三位王子召集到跟前：

"我想知道你们谁的妻子烤的面包好吃，所以在明天天亮前让她们各自烤出面包来。"

王子伊凡听后又开始变得闷闷不乐了，到了家，蛤蟆公主问道：

"亲爱的王子，你这是怎么了？什么事让你闷闷不乐的？"

王子回答："父王让你在天亮前烤好面包。"

蛤蟆公主笑着答道："亲爱的，这事你不用担心，安心睡觉去吧。"

这次，伊凡的两个嫂嫂正在商量派后院的老太太偷偷去看看这个蛤蟆是如何烤面包的。

聪慧的蟆蛤公主早就知道她们没安好心。她和好面，然后拆掉了炉子的顶端，把发面直接塞进炉膛里，最后把炉子推倒在地。那位前来偷看的老太太把这一切都看得清清楚楚，她回去后把这一切如实报告给了两位王妃。

老太太前脚刚走，蛤蟆公主就跳到台阶上，变成了美丽的瓦西里萨·普列木特拉雅公主，她拍着手说：

"保姆，奶妈，快来帮帮我，一切准备就绪，你们要在天亮前帮我烤出香甜松软的面包。"

第二天，王子醒来，闻到了整个屋里弥漫着令人垂涎欲滴的香味。又看看面包油嫩香脆，上面还雕刻着精致的图案：有雄伟壮丽的城楼，也有五彩缤纷的花朵，这简直就像是一件精美绝伦的艺术品。

看着这面包王子伊凡高兴极了，他把面包装好，立刻送去给国王了。

一大早国王就收到了大儿媳、二儿媳的面包，她们就是按照老太太偷看到的做法做的，可她们送去的哪里是面包，根本就是一团黑黑的面坨。

国王看着她们的面包愁眉不展，面露不悦，打发她们离开了。就在这时，王子伊凡拿着面包过来了，国王看到这么漂亮的面包高兴极了，他兴奋地说：

"只有在节日的时候才应该吃这种面包，真是太令人赏心悦目了！"

又过了一段时间，国王要举行宴会，让三位王子各自带着自己的妻子前来。

王子伊凡听后心里很难过，他想：我怎么能带一只蛤蟆去赴宴呢？他垂头丧气地回了家。

蛤蟆公主在地上跳着说："看你难过的样子，是在父王那里受训了吗？"

"蛤蟆呀蛤蟆，父王让我带着你去参加宴会，那么多的客人，而我带着一只蛤蟆，你说我能不伤心吗？"

蛤蟆公主答道：

"亲爱的，别难过，到开宴会的时候你先去，我随后就到。当你听到隆隆的雷声和震天动地的碰撞声时，请别怕，你就告诉客人们，说：这就是我的蛤蟆公主乘坐着盒子要来了。"

到了宴会那天，王子伊凡独自前往。而他的两个哥哥带着打扮得花枝招展的嫂嫂一同来到了宴会大厅。

"伊凡殿下，你怎么一个人就来了？怎么没用手巾把你那可爱的夫人包好带来呢？"

说着，两个女人哈哈大笑了起来，伊凡在一旁羞愤交加。

宴会开始了，所有宾客开始准备进餐。

就在这时，天空突然响起了阵阵雷声，天空好像要被撕裂一样剧烈地颤动起来，整个宫殿都好像摇摇欲坠，宾客们都受惊地从座位上跳了起来。

"亲爱的女士们，先生们，请不要害怕，我的蛤蟆公主要乘坐盒子来了。"

伊凡王子的话刚说完，宫门外就响起了"踢踢踏踏"的马蹄声，只见一个金光闪闪的金盒子由六匹雪白的高头大马拉着向王宫驰来。马车停在了王宫的台阶下。

金盒子打开了，一位美丽的公主走了出来，她穿着蓝色的连衣裙，头戴着一个皇冠，如同一轮明月耀眼动人，光彩熠熠。

如此漂亮的少女，众多宾客还是第一次见，大家都惊得张大了嘴巴。

这时，瓦西里萨·普列木特拉雅公主款款而来，轻轻地挽起王子的手。就连伊凡王子也被这一切给惊呆了，他甚至怀疑这一切是否是真的，他用疑惑的目光看着眼前这位漂亮的公主，问道：

"你真的就是我日夜相伴的那个蛤蟆公主？"

"是的，我其实是另一个国家的瓦西里萨·普列木特拉雅公主，因为犯了错，遭受父王的惩罚，被变成了青蛙。"

听公主说完这些，宾客们回到餐桌前吃喝起来。公主夹起一块块鹅肉，边吃边把骨头放在右边的袖子里。她还端起酒杯喝酒，一边喝，还一边把剩酒倒在左边的袖子里。

两个嫂子看到如此光彩照人的蛤蟆公主，忍不住妒火中烧。她们看见蛤蟆公主的行为，也学着把酒和骨头放在自己的袖子里面。

客人们吃得差不多后，开始在大厅里翩翩起舞。瓦西里萨·普列木特拉雅公主拉起伊凡王子离开了座位，也开始跳起舞来。只见她举止优雅，舞步轻灵。她飞舞和旋转着，人们为之倾倒，整个大厅里都鸦雀无声。大家都被她精彩的表演给迷住了。

突然间，她轻轻挥一挥左手，袖子下面出现了一片蓝湛湛的湖泊。这片湖泊非常美丽，在上面可以看到蓝天白云倒映在水中。接下来，只看见她右臂轻轻甩了一下，从袖子中飞出了洁白的天鹅，在湖面上翩翩起舞，自由翱翔。

这一切让在场的国王和宾客看得目瞪口呆。

一直在旁边观看的两个嫂子再也按捺不住了，她们也冲进舞池，在中央大跳起来。她们模仿瓦西里萨·普列木特拉雅公主，也把左袖一甩，谁知道从袖子里甩出来了一堆鹅骨头。客人们看到这些，吓得大叫起来，甚至有一块骨头打中了国王的眼睛。国王气极了，下令把两个儿媳妇给赶走了。

伊凡王子看到公主这个样子，喜欢极了，深深地爱上了她，他希望能够永远留住她。他赶忙回家，找出了蛤蟆皮，把它丢进炉子里烧掉了。

宴会结束后，瓦西里萨·普列木特拉雅公主回到家，发现蛤蟆皮不见了。她听完王子的解释之后，伤心地说："亲爱的殿下，你太心急了，只要再过三天，我身上的魔咒就会自动消失，我也会脱下这身蛤蟆皮，和你永远在一起了。可现在没有了这身蛤蟆皮，我必须到很遥远的地方，去和一个长生不老的丑恶的老头子生活在一起。"

说完，公主就变成了一只灰色的布谷鸟飞走了。留下伤心欲绝的王子呆愣在那里。他追出去，朝着公主飞去的方向不停地寻找。

他不停地走呀走，不知道蹚过了多少条河流，也不知道翻过了多少道山岗。一天，他走到了杳无人烟的地方，遇见了一个老人。

"年轻人啊，看你这么焦急和不安，你是去哪里，你要找什么啊？"

伊凡王子伤心地把自己的事情告诉了他。

老人听完，感叹地说："哎呀，你怎么那么冒失啊，瓦西里萨·普列木特拉雅曾经犯了巨大的错误，为了惩罚她，她的父亲让她做三年的蛤蟆。可现在一切都被你搅乱了。不过我可以给你一些帮助，我给你一个线球，你把它丢到地上，你跟着这个线球，它滚到哪里，你就跟到哪里，跟着它，也许最后你就能找到瓦西里萨·普列木特拉雅公主。"

伊凡王子非常感激这位老人，他谢过之后，就跟着小线球走了。小线球在前面不停地滚，他就跟在后面不停地追。到了一片田野上，他遇到了一只鸭子。王子拿起箭瞄准这只鸭子，想把它射死。没想到，鸭子竟然会人类的语言，它对王子说："伊凡王子，不要打死我，我会对你有用处的！"

王子也觉得鸭子可怜，他继续往前走。这时，迎面又跑来一只斜眼的兔子。伊凡又想拿起箭去射它。兔子也用人的语言说："亲爱的王子，不要杀死我，我会对你有用处的！"

伊凡放了兔子，继续往前走。他走到了蓝色的大海边，看到沙滩上躺着一条狗鱼，喘息不止，这条鱼竟然对他也说起了人话："伊凡王子，求你可怜可怜我，把我扔到大海里，让我回家吧。"

伊凡二话不说把狗鱼扔到了大海里，他沿着海岸线继续追随小线团的步伐往前走着。小线团滚进了一片森林里。在那里，他看到了一座会转动的小木房。

伊凡看着小木房，嘴里开始念叨："小木房呀，小木房呀，停在原来的位置上，面向我，背靠森林。"

小木房立即转了过来，面向着他。伊凡王子走进木房，在火炕的第九块砖上他看到了一个牙齿顶在地上，鼻子碰到天花板上的老太太，这个人就是雅加太太，她的脚还是骨制的，模样看起来十分吓人。

老太太问："善良的年轻人，你来我这里有什么事吗？"

"老奶奶，请给我这个远道而来的客人先准备一点吃的，再烧些洗澡水吧！"

吃完饭，洗过澡，伊凡向老太太雅加一一述说了自己的事情。

老太太说："我知道你的妻子在哪里，她就在长生不死的恶老汉那儿，不过你即便是找到了她也无能为力。因为如果你想弄死那个恶老汉，就只能弄断那一根神奇的针端。而这针藏在鸭蛋里，而鸭蛋又藏在鸭肚子里，而鸭子又藏在兔子的肚皮里，那只兔子却被装在石箱里，而那个石箱却被放在大柞树上，而大柞树就由恶老汉天天守护着。"

王子伊凡听完这些，在雅加老太太家休息了一夜。第二天一大早，他就去找那个恶老汉了。

途中，突然跑出来一只大狗熊，它快速地冲到大柞树前，把树连根拔起。树上的石箱掉了下来摔碎了，箱子里的兔子也跳了出来，拼命地跑了。

就在这时，不知从哪儿又蹿出来一只兔子，拼命地追着前一只兔子，最后它直扑上去，把前一只兔子撕成了碎片。这时，一只鸭子从兔子的肚子里飞了出来，它拍着翅膀，飞向了远方。这时，不知从哪出来了一只"嘎嘎"大叫的公鸭，直扑上去，一抖翅膀，把那只小鸭子打了下来，小鸭子随后掉进了大海里。

海面上漂浮着一只鸭蛋，这时伊凡王子身在岸边，急得就像是热锅上的蚂蚁团团转。就在这时，水里突然冒出来一条狗鱼，叼着那个鸭蛋，给王子送了过来。

王子高兴极了，他一拿到蛋，立即敲碎，取出了里面那根神奇的针，快速把它折断。

紧接着就传来了恶老汉的一声惨叫，就这样这个可恶的家伙死了。

伊凡王子找到了瓦西里萨·普列木特拉雅公主，从此以后，他们相敬如宾，幸福美满地生活着。

伊凡和聪明的灰狼

有一个王国里住着三个王子，三兄弟中最小的名叫伊凡。他们的父亲是别连捷亚沙皇。

别连捷亚沙皇对花园中长着金苹果的苹果树情有独钟。

有一天，沙皇像往常一样去欣赏花园里的金苹果。可是金苹果居然少了一只，暴跳如雷的沙皇立刻命卫兵去花园日夜看守。可一连几天卫兵也没有看到窃贼的影子。

沙皇为此寝食难安。儿子们不忍心父王这样憔悴下去，便说：

"亲爱的父王，不要再为此事难过了，我们兄弟去把盗贼给捉回来。"

大儿子说：

"我们三兄弟轮流去看守花园，今晚我先去。"

大儿子早早地来到了花园中。他巡视了好久也没有发现异常，就伏在草地上睡觉了。

第二日，天一亮老大就回去了，沙皇问道：

"我亲爱的孩子，窃贼抓到了吗？"

"亲爱的父王，我熬了一整夜，可始终没有看到窃贼的影子。"

第二天晚上，轮到二儿子去看守花园，他和老大一样刚开始还在认真巡察，后来熬不住就睡着了。回去之后他也对父亲说，没有看到窃贼的影子。

第三日，轮到王子伊凡去看守花园，生怕放跑窃贼的伊凡甚至都不愿坐下，他时刻保持警惕，当他瞌睡难忍时，就把自己的头浸在草地上的露珠上让自己清醒。

午夜时分，花园深处忽然出现了亮光，不一会儿就照亮了整个花园，晃得王子伊凡的眼睛都睁不开，待他努力睁开双眼后看到一只日阿尔鸟在苹果树上啄食金苹果。

王子伊凡悄悄地爬到了日阿尔鸟附近，一把抓住鸟的尾巴。受到惊吓的日阿尔鸟猛然振翅高飞，一根尾毛被王子伊凡扯了下来。

第二日，王子伊凡早早地来到父亲身边。

沙皇问道："亲爱的瓦利亚，窃贼抓到了吗？"

"亲爱的父王，没有抓到，不过我看到是日阿尔鸟在偷食金苹果。你瞧，这是我扯下来的尾毛。"

沙皇拿起羽毛仔细看了起来，困扰他这么多天的烦恼逐渐消失了，他的脸上重新涌现出了笑容，他的精神日渐康复，食欲也增加不少。后来，沙皇想起这只日阿尔鸟的事。

他唤来三个儿子并说道：

"亲爱的孩子们，日阿尔鸟在你们没有到过的地方，你们选好骏马，备好干粮，去把它找回来吧。"

孩子们告别父亲后就出发了。三兄弟在一个路口分开了，他们每人选择一个方向走去。

此时正逢夏季，天气热得像火炉一样，火红的太阳挂在半空中，王子伊凡不知道走了多久，又累又渴的他从马背上下来，拴好缰绳，倒头就睡。

不知道睡了多久，王子伊凡睁开了双眼。发现拴在一旁的骏马不见了，他起身四处寻找，可始终都不见马的踪影，最终他找到了一堆被啃尽的骨头，于是他知道，自己的马不知道被谁给吃了。

王子伊凡愁容满面，他想：没有马，那么远的地方啥时候才能到啊！看来只有徒步前行了。不知他又走了多久，他累得气喘吁吁，闷闷不乐地躺在草地上。突然，一只灰狼出现在他面前。

"王子伊凡，你怎么了？遇到了什么不高兴的事情吗？"

"唉，灰狼，我怎么能高兴得起来呢！我还有那么远的路要走，可是我的良马没有了。"

"啊，那个……王子伊凡，真的很对不起，你的马被我吃掉了。不过，你到那么远的地方去干什么呢？"

"父王要我们把日阿尔鸟找回来。"

"我没听错吧！你要去找日阿尔鸟？骑你的马跑三年也到不了那里的。要不然这样，我吃掉了你的马，我就帮你去找日阿尔鸟。我知道在什么地方可以找到它，你骑到我背上，你抓紧我，我带你去。"

毫不犹豫的伊凡跨上灰狼的背，灰狼飞奔而去，只见绿色的森林一晃而过，蓝色的湖泊转瞬即逝。就这样飞奔了不知道多久，在他们面前出现了一个高大的要塞。灰狼对他说：

"王子伊凡，现在这个时间，要塞中所有的守卫都在睡觉，你有足够的时间去完成任务，你慢慢地爬过这道城墙，就能看到对面楼房的窗户边有一只金鸟笼，日阿尔鸟就关在那个金鸟笼里面。你抓住鸟放在怀里，不过你要记住，无论如何也不要触动鸟笼！"

刚爬过这道墙的王子伊凡看到了对面窗口上挂着的金鸟笼，一只日阿尔鸟关在里面。他来到鸟笼旁边抓到鸟放在怀里，珍贵的金鸟笼让他忘记了灰狼对他的嘱咐，他觉得这样精致的鸟笼应该属于自己，他不由自主地伸手朝金鸟笼抓去。刚碰到金鸟笼，要塞中就响起了刺耳的喇叭声，声音瞬间传遍整个要塞，醒来的卫兵抓住王子伊凡，并将他送到阿佛朗沙皇面前。

阿佛朗沙皇勃然大怒问道："你从哪里来的？你叫什么？"

"我是别连捷雅沙皇的三王子——伊凡。"

"什么！沙皇的儿子竟然会偷东西，真是不知羞耻！"

"哼！那你为什么让日阿尔鸟去偷食我们的金苹果？"

"哎，看在你父亲的面子上，我可以把鸟交给你。不过，现在你的名声非常不好。要不这样，你帮我一个忙，到时候我把日阿尔鸟连同鸟笼一起送给你。库斯曼沙皇的王宫里有一匹金色鬃毛的马，你把它牵来给我就行。"

王子伊凡有些无计可施，他愁眉不展地来到灰狼身边。灰狼对他说：

"我警告过你，无论如何也不要碰到鸟笼！可你为什么不听我的话呢？"

"唉，灰狼，我知道错了，你就原谅我吧。"

"真是，你让我怎么说你呢！算了，帮人帮到底，我带你去找金鬃马。"王子伊凡刚跨上灰狼的背，灰狼又飞奔了起来。许久之后，停在一座城堡墙下的灰狼对王子伊凡说道：

"王子伊凡，金鬃马就在里面，卫兵们都在睡觉，不用担心他们会醒来。你爬过墙去，把金鬃马从马房里牵出来。不过，千万不要碰触笼头！"

王子伊凡悄悄地爬过城墙，他绕过正在睡觉的卫兵来到马房，正要牵走金鬃马的王子伊凡看到了用金子和宝石装饰的笼头，瞬间又有些眼红了，要是自己牵着套上这种笼头的金鬃马去遛马，那该多好呀！

王子伊凡就伸手去拿笼头，瞬间刺耳的喇叭声响了起来，醒来的卫兵抓住王子伊凡并送到库斯曼沙皇面前。

"你从哪里来的？你叫什么？"库斯曼沙皇问道。

"我是别连捷雅沙皇的三王子——伊凡。"

"什么？让我怎么说你，偷马这种蠢事你也干得出来！就连普通的乡下人都不愿去干这种事的。这样吧，王子伊凡，如果你能帮我一个忙，我就原谅你的这次冒失，而且还会把金鬃马连同笼头一起送给你。塔尔马特沙皇有一位名叫叶列娜·普列克拉斯娜亚的公主，我喜欢她很久了。你去帮我把她抢过来。"

愁容满面的王子伊凡再次来到灰狼身边。

"王子伊凡，你把我的话当耳旁风了吗？我怎么跟你说的啊，不要去触动笼头，你为什么不听话呢！"

"唉，灰狼，你就再原谅我一次吧！"

"真是，你……我再原谅你一次，来吧，骑在我背上我带你去抢公主。"

王子伊凡刚跨上灰狼的背，灰狼又飞奔了起来，跑了很久。他们来到了塔尔马特沙皇王宫附近。奶妈和保姆正陪着叶列娜·普列克拉斯娜亚公主在王宫的花园里散步。

灰狼说：

"这次我不让你去了。我亲自去，你从原路返回，我抢到公主后会追上你。"

王子伊凡往回走去，灰狼则跳过围墙，来到了花园中。藏在一棵树后面看着等着。奶妈、保姆跟在叶列娜·普列克拉斯娜亚公主后面走了过来。公主走着走着，渐渐地远离了奶妈和保姆，看准时机的灰狼把叶列娜·普列克拉斯娜亚公主往背上一放，迅速跑开了。

正在往回走着的王子伊凡突然看到灰狼驮着叶列娜·普列克拉斯娜亚公主赶了过来。王子伊凡欣喜若狂，而灰狼则急声说道：

"赶快来到我背上，他们一会儿就追来了。"

王子伊凡跨上灰狼的背，灰狼飞奔而去，只见绿色的森林一晃而过，蓝色的湖泊转瞬即逝。终于他们回到了库斯曼沙皇王宫附近。灰狼看到愁眉不展的王子伊凡，问道：

"我们就要完成任务了，你怎么还这样忧愁呢？"

"灰狼，我们要用叶列娜·普列克拉斯娜亚公主这样的美人去换一匹马，让我如何不伤心难过呢！我发现自己喜欢上她了。我真舍不得离开这样的美人！"

灰狼回答道：

"这难不倒我的！我们把公主藏起来，然后我变成公主的模样，你带我到库斯曼沙皇那里。"

王子伊凡同灰狼来到森林里面的一座小木屋前，他们将叶列娜·普列克拉斯娜亚公主藏在屋里。此时，灰狼摇身一变，又一个叶列娜·普列克拉斯娜亚公主出现在王子伊凡面前。随后王子伊凡和灰狼变成的公主来到库斯曼沙皇面前。沙皇心花怒放，说道：

"王子伊凡，谢谢你把我的新娘抢了回来。我把金鬃马和笼头一起送给你。"

王子伊凡跨上金鬃马朝叶列娜·普列克拉斯娜亚公主奔去。王子抱起了公主一起向阿佛朗沙皇王宫赶去。

这一天，库斯曼沙皇举行盛大的婚礼，婚宴持续了整整一天。晚上，库斯曼沙皇同叶列娜·普列克拉斯娜亚公主来到寝宫，刚躺在床上，库斯曼沙皇就看到一只狼恶狠狠地盯着自己，吓得滚下床去，灰狼则逃之夭夭。

没多久，灰狼就追上了王子伊凡，看到他发愣的样子，问道：

"王子伊凡，你有什么心事吗？"

"啊！我在想，这么珍贵的金鬃马我怎么舍得拿去换日阿尔鸟呀！要是我能拥有它该多好呀！"

"这点小事就交给我吧！"

他们来到了阿佛朗王宫附近，灰狼说：

"你先找地方把金鬃马和公主藏起来，我变成金鬃马，你牵着我到阿佛朗沙皇面前去。"

王子伊凡把公主和金鬃马藏在茂密的森林里。随后，王子伊凡牵着灰狼变成的金鬃马来到阿佛朗沙皇面前。异常兴奋的沙皇把日阿尔鸟和鸟笼一起送给了王子伊凡。

王子伊凡迅速地找到了藏在森林中的公主和金鬃马，他与公主跨上马背，提着装有日阿尔鸟的鸟笼向自己的国家赶去。

阿佛朗沙皇命人把金鬃马牵到他面前，他刚想跨上马背，不料金鬃马竟然变成了一头恶狼。沙皇吓得跌倒在一旁，灰狼趁机逃走，不一会儿就追上了王子伊凡。

王子伊凡看到灰狼追来便翻身下马，对着灰狼恭恭敬敬地鞠了三个躬，真诚地说道："多谢你的一路陪伴。要不是你现在的我还不知道在哪里游荡呢！或许我们该说告别了。"

灰狼说道："先别忙着与我告别，或许你还有用得着我的地方。"

王子伊凡心想：我全部的愿望都达成了，还有什么地方需要你帮忙呢！百思不得其解的他跨上金鬃马，带着叶列娜·普列克拉斯娜亚公主和日阿尔鸟向前跑去。他们跑了很久很久，终于来到了自己的国界，困倦难忍的他准备停下来休息一会儿。他们停下来吃面包喝泉水，吃饱喝足之后躺下休息。

不料，王子伊凡的鼾声刚响起，他的两个哥哥就走了过来。他们俩在不同的地方找了很久也没有找到日阿尔鸟，两手空空地正要往家赶去。不承想在这里竟然遇到了自己的弟弟，而且弟弟不仅找到了日阿尔鸟，还得到不少宝贝和一位漂亮的美人。眼红的二人商量说：

"我们把弟弟杀了，拿走他所有的东西。"

于是，王子伊凡在睡梦中被自己的两个哥哥杀死了。他们兴高采烈地带上叶列娜·普列克拉斯娜亚公主和日阿尔鸟骑上金鬃马往家中赶去，并警告公主说：

"此事一个字也不要泄露出去！"

王子伊凡留在了冰冷的地上，几只乌鸦飞了过来，就在这时灰狼突然出现抓住大乌鸦和小乌鸦，并对大乌鸦说道："乌鸦，你去取来活水和死水，等你取回来后我就还小乌鸦自由。"

看到被灰狼抓住的小乌鸦，无计可施的大乌鸦只得去找活水和死水。飞了不知多久的大乌鸦终于取回了活水和死水。放走了小乌鸦的灰狼立即将死水洒向王子伊凡的伤口，伤口竟奇迹般地愈合了，随后灰狼又将活水洒在他身上，不一会儿王子伊凡就醒了过来。

王子伊凡伸了一下懒腰，说道："哎呀，这一觉睡得真舒服啊……"

"你睡得那是相当舒服啊，"灰狼说，"要不是我，你就永远醒不过来了。你的两个哥哥不仅杀死了你，还抢走了你所有的东西。赶紧上来，我们追过去。"

话音刚落，灰狼就带着王子伊凡飞奔而去。终于，他们追上了正在慢悠悠行走的两个哥哥，灰狼扑上去，撕碎了他们。

王子伊凡再一次向灰狼鞠躬告别。

骑着金鬃马的王子伊凡回到了家，把日阿尔鸟交给了父亲，而让叶列娜·普列克拉斯娜亚公主成为自己的新娘。

大喜过望的别连捷雅沙皇询问儿子事情的经过。王子伊凡把自己离家出走、奇遇灰狼和灰狼如何帮助自己得到宝物都详细地说了一遍。之后又说了他的两个哥哥趁他睡觉时杀死自己，以及灰狼对自己的救治和两个哥哥的死亡。

别连捷雅沙皇虽然觉得悲伤，可还是感到很宽慰，毕竟自己还有王子伊凡。从此以后，王子伊凡和妻子叶列娜·普列克拉斯娜亚公主过上了平静而又幸福的生活。

伊凡和言而无信的国王

从前，有兄弟三个人。老大、老二好吃懒做，他们过着饱食终日、醉生梦死的生活。老三名叫伊凡，是个温雅、和善的小伙子。他每天都早出晚归，白天在地里帮父亲干活，晚上在家里帮母亲做家务。他不拘小节，从不讲究吃喝玩乐，常常睡在土炕上，穿着哥哥剩下的破旧衣服。

他常常遭受父母和邻居的嘲笑和戏弄，他的两位哥哥甚至还给他取了一个外号——"炉后汽锅"。他们都把他当作一个只会干活的傻瓜。

一天，沙皇的告示贴满了大街小巷，沙皇诏告天下，要为公主挑选如意郎君，条件是要他在六星期内制造出飞船并且乘坐飞船来到王宫。到时候，国王就会为他和公主在王宫举行盛大的婚宴。

看到告示后，伊凡的两位哥哥商议道："只要我们尽快造出飞船，能和公主成婚，就能当上驸马爷，以后我们就有享不尽的荣华富贵，再也不用为吃喝玩乐发愁了。"

老大、老二得到了父母的格外恩宠，父母不仅为他们准备了造飞船的工具，而且还准备了大量的干粮和甜酒。万事俱备的两兄弟就这样上路了。

走了大约十里路，老大对老二说：

"来吧，这里的树木异常茂盛，我们砍下这里的树木，就在此地制造飞船吧。"

"不用着急，来，我们先吃饱喝足了再干活！"还没说完老二就掏出了干粮和酒。

卸下背包的兄弟两人就席地而坐，准备先休息一会儿。忽地，一个白发苍苍的老汉如同从地下冒出来似的走了过来，对兄弟两人说道：

"给点吃的吧，善良的年轻人，也许，你们还有用得着我的地方。"

两兄弟忍俊不禁，道：

"你这个老乞丐，我们的馅饼可不是为你准备的啊！"

他们的话刚说完，老汉就奇迹般地不见了，就如同他刚出现时一样神奇。

两兄弟睡着了，也不知道睡了多久，醒来后的他们开始伐木造飞船。然而，尽管他们费尽心机把森林里的大树砍得东倒西歪，尽管他们搜肠刮肚、挖空心思，可飞船始终都无法制造出来。在这种情况下，兄弟两人坐不住了，老大说：

"没有多少时间了，飞船始终无法制造出来，这可如何是好？"

"罢了罢了，根本没有听说过船还会飞！这本来就是一件枉费心机的事，到头来一定会是竹篮打水一场空。"一旁的老二抱怨道，"看来我们是当不了驸马了。如果我们现在赶往京城，还能饱尝一下那丰盛的国宴，也算是荣幸之至，咱们走吧！"

说完，两兄弟向京城赶去。

此时，还在家里的老三伊凡向父母哀求道：

"让我去吧，我会造出让世人震惊的飞船，我要去京城争夺驸马之位！"

父母挖苦他道：

"伊凡，你看看你呆头呆脑的样子，再看看你衣衫褴褛、鞋不裹足的样子，你怎么能去啊！到哪里都会吓死人的，你还是去睡你的觉吧！"

伊凡一点儿也不在乎这种挖苦和讽刺，他坚定地说：

"就让我去吧，即使你们不让我去，我也要想办法去！"

拗不过儿子的母亲就勉为其难地把一些黑面包塞进伊凡的包中，并灌了一树皮篮（用桦树皮制成的容器）的溪水给他，伊凡带着这些东西，往京城赶去。邻居们见伊凡穿得破破烂烂，讥笑他：

"都来看啊，这口大气锅竟然还想当驸马爷呢！"

邻居们对着伊凡指指点点、说三道四，笑话他是癞蛤蟆想吃天鹅肉，伊凡根本不理会这些，径直走出村庄。他紧追慢赶地来到了两个哥哥造飞船的地方，他累得气喘吁吁地坐在树墩上。忽然，一朵奇异的蘑菇从地里冒了出来，顷刻间，变成了一个白发苍苍的老汉。

"给点吃的吧，善良的年轻人，也许，你还有用得着我的地方。"

"老大爷，我很高兴与您分享我的食物，可是我只有黑面包和水，不知道您嫌弃不嫌弃。"

"谢谢，像你这样好心的年轻人不多了，我不嫌弃，来吧，拿出你的东西吧！"

解开背包的伊凡愣住了：出现在他面前的是松软白嫩的圆面包而不是黑面包，树皮篮中也盛满了香甜的鲜蜜酒而不是溪水。此时，面带微笑的老人说道：

"年轻人，可不要忘了自己说的话，请客吧！"

就这样，他们一老一小有滋有味地吃了起来，酒足饭饱之后，老人说：

"我知道你要去干什么，造飞船的事我可以教你，前提是你要不怕苦不怕累！"

老人把一个手提包递给伊凡说：

"我们需要的东西都在提包里装着，走吧，我们时间不多了，要抓紧干活了！"

在森林中转悠了半天的老人选了三棵树，对伊凡说：

"唉，老了，不中用了。我只能指点给你，这三棵树你去把它们砍倒吧。"

为了尽快砍倒那三棵树，伊凡不眠不休地工作着，三天来一直没合过眼。

在第三天傍晚，三棵树终于全部砍倒了，老汉说：

"剩下组装的活交给我吧！你去休息一会儿。"

伊凡很快就睡着了，睡了不知多久的他被老人推醒，迷迷糊糊的他呆住了：在他面前有一艘崭新的飞船在微微摆动，木制的飞船上不仅有绸缎做成的船帆，还有银制的桅杆。

老汉在临别时告诉他：

"在路上，不管你遇到什么人，都要打招呼！"

飞船载着伊凡在森林上空盘旋上升，一直上升到云彩的下面。温雅和善的伊凡向京城飞去。

飞了没多久，伊凡看到有一个老人耳朵贴在地上，似乎在聆听些什么。

"老爷爷，你在认真倾听什么呢？"伊凡问道。

"我叫斯雷哈洛，我听听来参加沙皇盛大宴会的客人到齐了没有。"老人答道。

"斯雷哈洛，上来我们一起飞去京城吧！"

"谢谢，我确实早就很累了。"

又飞了一会儿，伊凡看到地面上又出现一位老人。让他奇怪的是老人把一只脚捆在身上只用一只脚跳着走。

"老爷爷，为什么您不用两只脚而只用一只脚跳着走？"伊凡不解地问道。

"因为我是世界上速度最快的飞毛腿。我要去京城参加沙皇的盛宴，如果用两只脚的话，我担心瞬间就跑过京城了。"

"哦，这样啊！我们也去京城，你坐上来吧！"

飞船载着伊凡、斯雷哈洛和飞毛腿向皇宫飞去。

飞了没多久，他们又看到一个老人站在路面上，用猎枪瞄着空荡荡的前方。

"老爷爷，前方什么也没有，您在瞄什么呢？"

"瞄极其遥远的地方，在那万里之外的一个国家里一只母狗的身上坐着一只大雷鸟，我想猎取这只大雷鸟送给沙皇当见面礼。"老人回答道，"我叫斯特列利亚洛。"

此时，伊凡邀请他说：

"我们正要去参加沙皇的盛宴，请上飞船吧！"

"那就多谢了！"老人回答道，"正好我也要去那里。"

斯特列利亚洛也坐上了飞船，此时飞船上一共有四个人了。

又飞了一会儿，伊凡再次看到了一个老人。

"哎，老爷爷，您这是去哪儿啊？"伊凡问道，"我要如何称呼您呢？"

"你就叫我莫罗索姆·莫罗索维奇吧，你最好把我带上飞船，也许，你还有用得着我的地方。至于我何去何从你就不要再打听了。"

"那就上来吧！老爷爷，我们一同去京城参加沙皇的盛宴。"

就这样，莫罗索姆·莫罗索维奇坐上飞船，很快他们五个人就飞到了京城。

京城人山人海，这如潮的人流都是冲着驸马爷来的。

正在这时，一条飞船从远处飞来：银制的桅杆、绸缎制作的船帆。大家叫喊了起来：

"新郎是谁呀！是谁要成为沙皇的女婿呀？"

人们开始起哄，把帽子抛向空中。

在沙皇的宫殿里飞船缓缓降落。

只见御前大臣从宫殿中飞奔而出，沙皇和皇后紧随其后，最后出现的是公主、奶妈和丫环。他们都为迎接未来的新郎而来。

伊凡抛锚停船，从微微摆动的飞船上下来了斯雷哈洛、斯特列利亚洛、飞毛腿和莫罗索姆·莫罗索维奇，紧随他们身后的是"炉后汽锅"伊凡。衣不遮体的伊凡满身都是刨花和油污。

御前大臣问："哪位是驸马爷，飞船是谁造的？"

老人们指着身后伊凡说：

"他就是！"

皇后看到面前的青年破衣烂衫、土里土气，不由得倒抽了一口气，她禁不住扑向公主号啕大哭起来：

"天呀，我可怜的小天鹅呀，我是不是以前做过什么孽？我以前一直把你含在嘴里怕化了，捧在手里怕摔了，让你过着无忧无虑的生活，可这，这到底是倒了哪门子的霉啊，要你嫁给这么个邋里邋遢的土包子呀！"

公主、奶妈和保姆也都跟随着皇后呼天抢地地哭了起来。

此时，眼中闪烁着凶光的沙皇怒吼道：

"我绝不相信这飞船会是一个乡巴佬造出来的！"

这时，站在前面的四个老汉让出了道路，站在四个角上向沙皇和皇后深深地鞠了躬，说：

"这飞船的确是伊凡造出来的，他就是当之无愧的驸马爷！"

这时，所有看热闹的人都不约而同地喊了起来：

"陛下应言而有信，飞船是谁造出来的，陛下就应该认定他为驸马爷！"

沙皇默然无语，他愣愣地站了一会儿，蓦地说：

"亲爱的宾客们，就照你们说的办吧，现在婚礼开始，先给我们高贵的公主披上头巾！"

宾客们一边品尝着美酒佳肴，一边观看着锣鼓喧天的场面，而只有沙皇和御前大臣们如坐针毡，惴惴不安，他们正在筹划着一个阴谋。

"我们应该杀死这个不知天高地厚的乡巴佬，这样，我们不仅能得到他的飞船，还能再从贵族中挑选出一个人来做驸马！"沙皇说。

"陛下，没有必要现在就处死他，"一位年老地大臣恭敬地说，"我们可以想个万全之策除掉这小子。"

沙皇很急躁，有些气急败坏地说："你有什么妙招，赶紧说出来！"

"我们以考验新郎为由命他到非常遥远的地方捉回一只鸟，限时半个时辰，如果他不能及时赶回，就以欺君之罪砍下他的脑袋。"

侍卫向伊凡传达了沙皇的命令，伊凡心急如焚。看着他那无计可施的样子，斯特列利亚洛老汉安慰他说："年轻人，不必着急，你忘了路上我瞄的那只鸟了吗，我会打死它，而取回它的任务就交给飞毛腿了，半个小时就够了。"

说完斯特列利亚洛就端起枪，瞄了瞄前方，"砰"的一声一颗子弹应声射出。飞毛腿在枪声落下时就解下了另一只脚，一眨眼便消失了。斯雷哈洛老汉俯身将耳朵贴在地面上仔细地听着，他说：

"飞毛腿只剩下一半的路程了！"

一分钟过后他再次趴在地上听，说：

"飞毛腿拿到鸟往回跑了。"

宴会依旧进行着，宾客们吃饱喝足之余在夸奖着新郎和新娘，甚至一些人兴奋地唱起歌来。

伊凡在焦急地等待着，侍从们紧随其左右。一个小时就要到了，可飞毛腿还没有回来。

此时，斯雷哈洛又趴在地上听，说：

"这个不上进的老家伙，他竟然在半路上睡觉！还发出如雷的鼾声！"

一分钟后，飞毛腿拎着一只外国的鸟跑回来了。他们把这只鸟递给侍从，献给了沙皇。飞毛腿气喘吁吁地说：

"我一眨眼的工夫就跑到那里拿到了鸟，在回来的路上我睡意来袭，心想，无论如何我都会提前回来，睡半个小时也无碍。没想到我竟然睡得很熟，要不是那个树枝掉下来，我会一直睡到晚上。"

看到鸟后的沙皇大发雷霆，甚至将王冠摔在地上，向大臣吼道：

"让这头脏驴去草原上放牧吧！"

"沙皇陛下，暂时饶恕这个可怜虫吧！"大臣们向沙皇弯腰鞠躬，"我们有办法处死他。我们可以命人把伊凡和他的侍从带到您的澡堂里，然后您下令生火烧水，让他们在里面活活地被烫死。"

侍从在澡堂里烧了十二车桦树木柴，澡堂里的水烧得滚烫，热得让人不愿靠近。

沙皇命人喊来了伊凡和老人们，说：

"好吧，亲爱的媒人，还有正式订了婚的女婿，今天你们也该洗浴一番，享受一下你们从未享受过的蒸汽浴。等到明天再让新娘和新郎举行婚礼。"

被关在澡堂里的伊凡和老人们，在里面热得喘不过气来。

莫罗索姆·莫罗索维奇向澡堂的一个角落吹一下，又向另一个角落吐一下，澡堂里马上就不那么热了；接着他又故伎重施地吹一下第三个角落和吐一下第四个角落，澡堂就完全凉爽了下来。

过了一会儿，觉得时间差不多的沙皇就对侍从说：

"你们去把这几个乡下人的骨头收拾一下，顺便埋掉他们。"

打开澡堂门的沙皇侍从大惊失色：伊凡和老人们生龙活虎地坐在里面骂人：

"这哪里是澡堂啊，要是所有的墙再蒙上霜，连蟑螂都会冻死的！"

惊恐万状的侍从们立刻逃了出去。

伊凡站了起来，这次他有些生气了，他说：

"哎，要是我们有军队的话，我一定要给沙皇一点教训，不能开这种玩笑啊！"

"会有的，"斯特列利亚洛说，"我们先出去吧。"

他们五人来到了广场上，斯特列利亚洛在空中挥动着自己的猎枪一次、两次、三次，忽然，不知道从哪里出现了大量的骑兵和步兵。行进中的军队打着军鼓，放着排枪，喊着口号"乌拉"。

军队被伊凡带进了皇宫。

沙皇被眼前的一幕惊呆了，他看到得意扬扬的伊凡和老汉们站在一排排雄壮威武的步兵、骑兵前面向他走来，冷汗直冒，跺着脚说：

"天呀，真是祸从天降，早知如此，把女儿嫁给这乡巴佬不就没事了！"

沙皇的话传到了斯雷哈洛耳中，他告诫伊凡道：

"年轻人，别听他的花言巧语，以免吃亏上当，沙皇可是要害死你的！"

"别担心，这个无信之人我知道该怎么对付他，至于那个公主不过是一个臭婆娘罢了，我绝对不会娶她的！"

浩浩荡荡的军队直逼皇宫的大门，此时，沙皇收敛了那凶恶的嘴脸，装出一副亲切的样子：

"亲爱的，万事俱备，只待驸马的到来。"

眉开眼笑的伊凡指着沙皇吼道：

"够啦！现在，立刻带着你的大臣们给我滚出去，远离这个王国，滚得越远越好！"

赶走了沙皇的伊凡，在大家的欢声笑语中坐上了国王的宝座。

伊凡和不忠实的公主

一个王国里有一位美若天仙的公主，她的父母视她为珍宝。

有一次，一艘外国船只驶进了京城的码头。船长和客商们拿出各种珍品和稀奇古怪的东西让人们把玩观赏，一时间码头上人头攒动。很快这件事就轰动了京城，公主也得知了此事，她也想去一睹为快，她向父母提出请求：

"我想去码头看看那些稀奇古怪的东西！"

皇帝和皇后一向对她宠爱有加，不过给陪同她前去的奶妈和保姆下达了严令：

"无论如何也要保护好公主，不要让她受到一丁点儿的欺负，否则你们就等着挨罚吧。"

公主在奶妈、保姆和丫环的陪同下来到码头，外国商人们得知公主亲临，立刻出来迎接，并对她说：

"漂亮的公主，请到船上来吧。我这里有自动演奏的古丝里、好客女人的小桌布，还有会唱歌和会讲童话故事的巴尤公猫。这些都是我们的珍藏品，一般人是根本看不到的，我们只给你观赏。"

公主充满了好奇，但也在犹豫要不要上船看看，商人则继续诱惑道：

"我们可以把你喜欢的物品作为礼物送给你。"

公主终于抵不住诱惑，吩咐奶妈、保姆和丫环留在码头，而自己来到了甲板上，随后她被船长带到一间非常华丽的船舱里，船长对她说：

"漂亮的公主，你在这里稍作休息，我这就去拿那些稀奇古怪的东西。"

船长走出船舱后便立即把门紧紧地关上，对水手说：

"马上解缆起航！"

训练有素的水手们张开了所有的帆，船只迅速地远离岸边。

此时，奶妈、保姆和丫环们惊恐地吼叫起来，顺着码头边追边哭，可是船却离海岸越来越远。

公主被劫走的消息传遍京城，急忙赶到码头的皇帝和皇后只见海风习习，平静的海面上哪还有商船的影子。一时间伤心欲绝，这可如何是好？

皇后更是伤心得不能自已，几乎昏厥；皇帝气急之下下令逮捕了所有的奶妈、保姆和丫环，并发布一道命令：

"任何人，只要能救回公主，就将公主嫁给他为妻，并且立刻送上半个国家，在我百年之后，另外半个国家也是他的。"

此令一下，无数人蜂拥而至，世界各地都出现了寻找公主的热潮，可是所有人都一无所获。

有一个名叫伊凡的农民孩子，当时他在京城里只是一个小士兵。一天晚上，轮到他去看守皇宫花园。精神抖擞的小士兵如木偶一般地站在树底下放哨。深夜，两只乌鸦落在士兵伊凡旁边的那棵树上，它们竟然用人类的语言开口说话。伊凡惊讶万分，但也没有发出声音，在一旁安静地听着。

一只乌鸦说：

"听说没，这里的皇帝把唯一的女儿弄丢了，可是找了三年都没有找到人影。"

另一只乌鸦回答说：

"嘿，这算什么难事啊！他们也真够笨的！涅曼尔人把抢来的公主藏在自己的宫殿里，想让她嫁给自己的侄子兹麦伊·戈雷内奇做妻子。从这里乘船到达涅曼尔人的国家，不过半天的时间而已。不过，找到公主很容易，可想要活着回来就难了，涅曼尔人向来无人能敌。"

这时第一只乌鸦又说道："不，涅曼尔人并不是不可战胜的，只是没有好的武器罢了。离这个国家不远处的一个岛屿上住有两个怪物，这两个怪物相斗了整整三十年，互不相让。你知道他们为什么争斗吗？他们在争一把削铁如泥的宝剑。谁要是能取得这把宝剑，救回公主也就不是难事了。"

说完这些，两只乌鸦就飞走了。

士兵伊凡在换岗后毫不犹豫地跑到宫殿。

皇帝问他：

"士兵，你来这里干什么？"

"陛下，请允许我去寻找并解救公主。"

皇帝又惊又喜，说：

"三年来，公爵、大臣、有名望的商人和将军们还有很多人在世界各地四处寻找公主，可是都没有下落。你，一个没有见过世面的普通士兵，你甚至都没有离开过我们的国家，你要去哪里寻找？"

"陛下，我有我的办法。你曾经下过命令谁都可以去寻找公主，谁找到谁就可以娶公主。我知道如何去寻找公主，而且一定会带她回来的。也请你说话算话。"

"那好吧，士兵，我下的命令是不会改变的：谁救回公主，他就是我的驸马，并且我会把半个国家送给他。要是你找不到，那你就提头来见我吧！"

"人固有一死，若能为公主死，我死而无怨。"士兵回答道，"请你准备好船只和一切所需物品，并严令船长，一切听我指挥。"

很快，船只就准备妥当，伊凡立刻扬帆启航。

在海上寻找了很久，他终于找到了那座无人小岛。士兵伊凡对船长说：

"抛锚停船，所有水手随时待命。我到岛上去，待我返回时，立刻扬帆启航，不能有片刻耽搁。"

士兵伊凡独自一人来到小岛上，爬过陡峭的山峰，来到一片茂密的树林里。

突然，行走的他听到森林中的叫喊声，不知何时出现的两个怪物在相互争抢着什么东西，其中一个吼道：

"这是我的，我是不会给你的！"

另一个怪物在另一头拉着这个东西，大声地叫嚷：

"不，这是我的！"

当他们看到不远处的伊凡后，便停了下来，然后异口同声地说起来：

"善良的年轻人，请帮我们评判评判。在我们的遗产中只有一把削铁如泥的宝剑。可是我们有两个人，为此我们已经争吵、打架了整整三十年，可根本商量不出这件遗产到底归谁。"

士兵伊凡听到这句话心中窃喜，说：

"这太简单了。你们把宝剑放在这里，我射出一支箭，你们两个比赛看谁先把箭找回来，这把宝剑就归他所有。"

这两个怪物想也没想，就答应了。

士兵伊凡用力射出一箭，两个怪物迅速朝箭射出的方向奔去，而士兵伊凡抓起地上的宝剑一刻不停地跑开了。

他刚登上甲板，就让水手们扬帆启航，船只迅速地驶离了小岛。他们在海面上漂流了一天一夜，第二天清晨，他们来到了涅曼尔人的国家。

士兵伊凡拿起削铁如泥的宝剑上岸去寻找公主。岸边不远处有一座大房屋，伊凡来到房屋前走上台阶，推开房门，令他惊喜的是他看到了公主，而公主正坐在房屋内哭泣。

公主看到士兵伊凡问道：

"年轻人，你是什么人？你是怎么找到这里的？"

"美丽的公主，我是士兵伊凡，我是来救你的，我带你回家。"

"哎呀，善良的年轻人！这房屋的前后都是宽阔得看不到边的大路，没有人可以从这里离开。你是走不掉的，涅曼尔人会把你杀死。"

"那也未必，最后鹿死谁手还说不定呢！"士兵伊凡胸有成竹地答道。

此刻，看到他信心十足的样子，公主不再啼哭，说道：

"如果你能救我回去，把我送回我父王、母后那里，我愿意嫁给你为妻。"

她取下自己的一枚戒指送给伊凡，说：

"这是我最珍贵的东西之一，我将它赠予你，我会遵守承诺。"话音刚落，就听到外面传来了可怕的响声。

"士兵伊凡，赶快藏起来！"公主急忙喊道，"涅曼尔人来了。"

士兵伊凡刚在火炉后面藏好，大门就被人踹开了，站在门口的涅曼尔人十分巨大，巨大到把所有的光线都遮住了，屋内瞬间变暗下来。

"啊哈，啊哈，啊哈！上次娶露西已经是很久之前的事了，露西人的呼吸我也很久没有听到了，而如今露西人的呼吸竟然亲自送上门来。出来吧，火炉后面的勇士，我们比试比试，把你的手伸出来，我轻轻一攥，你就会变成一摊水的。"

"该死的涅曼尔人，你未免高兴得太早了！如今谁死在谁手里，还不好说呢！"士兵伊凡大声吼道。

话音还未落下，伊凡就抽出自己的宝剑，砍下了涅曼尔人的头。此时，看到主人被杀死的仆人们疯狂地冲进来，士兵伊凡凭着手中削铁如泥的宝剑轻而易举地把他们全部杀死了。

公主跟随着士兵伊凡迅速回到了船上，船只快速驶离涅曼尔人的国家，顺顺利利地回家去了。

拥抱着公主的皇帝和皇后喜极而泣。机智勇敢的士兵伊凡成了所有臣民的偶像。

皇帝为公主举办了盛大的宴会。宴会上觥筹交错，热闹非凡。宴会结束后，皇帝对伊凡说：

"士兵伊凡，农民的儿子，我现在任命你为将军。"

"多谢陛下。"伊凡答道。

片刻之后，伊凡向沙皇问道："陛下，你应允的条件可远不止这些吧！我与公主什么时候举行婚礼？"

"我记得，当然记得，不过，现在外国的一个王子也来求娶公主。我只能遵循公主的意愿，而不能强迫她。"

伊凡拿出了公主送给他的戒指，说：

"瞧，这是我们的订婚戒指，她早就答应我了。"

皇帝虽然舍不得放弃将公主嫁给王子，却又不得不将公主嫁给农民的儿子伊凡。他有些束手无策，对伊凡说：

"我会遵守诺言的，如果公主不反对的话，我会立刻给你们举行婚礼。"

公主与伊凡的结婚仪式刚举行完毕，一个令人震惊的消息就传到了京城：外国王子率领军队逼近王宫，并散播消息说，他一定要娶公主为妻；否则，他的军队会荡平整个国家。

顷刻间，整个王宫人心惶惶，皇帝和大臣们如坐针毡，公主也吓得瑟瑟发抖。

这个时候，伊凡自告奋勇地说：

"尊敬的陛下，请无须担心，既然他冲着我的妻子——公主而来，就让我去会会他，新仇旧恨一起算。"

话音刚落，他就跨上高头大马，飞奔而去。

伊凡依旧凭借那把削铁如泥的宝剑在敌军中左冲右突、前劈后砍，敌人纷纷倒地丧命。

见势不妙的王子带着身旁所剩无几的士兵落荒而逃。

伊凡旗开得胜，全国上下为之欢呼，这么一位英勇无敌般的女婿更是让皇帝自豪不已，可公主却高兴不起来，她心中暗想：

"唉，看来我这辈子是无法摆脱这个土包子了。"

没过多久，那位被杀得落荒而逃的王子又率领大军卷土重来。

皇帝对伊凡说：

"我亲爱的孩子，保家卫国就靠你了，去吧，我们等着你凯旋的消息。"

伊凡跨上高头大马直奔城门而去。他冲入敌人腹地，挥动着削铁如泥的宝剑，如入无人之境。他所过之处，只见鲜血飞溅，到处都是倒下的士兵，吓得敌军魂飞魄散，很快就溃不成军，狼狈逃窜。

这位外国的王子在亲信的护卫下，连夜逃回了自己的国家，到了自己的国家后，他立刻写信给公主说：

"亲爱的公主殿下，我爱你就像鱼儿离不开水一样。我希望你能嫁给我，成为我们这个强大王国的王后。如果你愿意的话就请你打听一下那个乡巴佬伊凡，他为何能如此轻而易举地战胜我。当我打败这个土包子后就娶你为妻！"

看过信后的公主心中非常激动，她虚情假意地对伊凡说：

"亲爱的夫君，你可不可以告诉我你为何能如此轻易地战胜了涅曼尔人，并把我救出来，又是倚仗着什么力量一次又一次地大败敌军？"

善良的伊凡压根儿没想到公主竟然给他下套，他说：

"我之所以能所向披靡、战无不胜，主要是靠我手里的这把削铁如泥的宝剑，有它的帮助我才能战胜所有的敌人。"

第二日，公主找到制剑师傅打造了一柄一模一样的剑。

在夜深人静的时候，公主换掉了伊凡那把削铁如泥的宝剑，随后她连夜向国外的王子报信说："伊凡已经没有他的利器了，你立刻召集军队攻打过来！"

国外王子的军队又出现了。伊凡像往常一样跨上高头大马出城迎敌。可让他意外的是一向削铁如泥的宝剑不见了，心慌意乱的他只杀死三个敌人便身负重伤摔下马来。

就这样，整个王国都被这位王子占领了。他在皇宫里举行盛宴来庆贺他的胜利，更为自己和公主举行了盛大的婚礼。

这个时候，满身血污的伊凡艰难地在地上爬行。他知道，自己遭此惨败一定是公主偷换了他的宝剑。他的内心充满了悔恨、羞辱、自责的情绪。他决心一定要复仇。

他慢慢地爬向黑压压的森林，在那里简单地包扎了身上的伤口。就在他感觉无所适从的时候，发现了灌木丛中有许多成熟的黄色浆果。

"这些浆果看起来好奇特，正好让我解解渴！"

他顺手摘了两个浆果吞了下去。刹那间，他头晕目眩只觉得头顶像是裂开了。片刻之后，他伸手一摸，头顶上竟然长出了两只角。

伊凡看着自己人不人、鬼不鬼的模样极度伤心，他仿佛看到人们见到他后吓得撒腿就跑的情景。他下定决心，绝不踏出森林半步。

垂头丧气的他在森林里走啊走，不知不觉中他来到一片又红又大的浆果林旁。

伊凡觉得没有什么可留恋的，于是，他又摘下一颗红浆果塞入口中。让他兴奋的是，头上的一只角竟然消失了。他连忙又摘了一颗吞下，剩下的一只角也奇迹般地消失了。这个时候，更神奇的现象发生了，伊凡觉得自己浑身充满无穷的力量。

"哈哈哈！如今我已经恢复如初，甚至比之前更厉害，我一定要找回属于自己的宝剑。"

他将采摘的红、黄两种浆果装满了自己编制的两个篮子。

他走出森林来到京城。随后他换上结实的衣服和树皮鞋，他来到皇帝宫殿外，大声喊道：

"浆果！卖香甜可口的浆果了！"

公主听到了叫卖声，对丫环说：

"去看看那浆果如何，要是甜的话就买一些回来。"

丫环走出门去问道："喂，卖浆果的，你的浆果甜不甜？"

"美人，我的浆果香甜可口，还能包治百病，你去别处根本买不到这样好吃的浆果。不信，你可以亲自尝一尝！"

丫环接住伊凡递过来的能治百病的红色浆果填入口中。

丫环觉得浆果的确香甜可口，就带了一些黄色的浆果进了皇宫。

回到公主房间的丫环说：

"哎哟，这些浆果确实很甘甜，这么甜的浆果我还是第一次吃到！"

公主连续吃了两颗浆果，她觉得有点儿不舒服：

"我的头怎么会突然痛起来呢？"

紧接着，两只角从公主的头顶上长了出来，看到这一幕的丫环吓得目瞪口呆。

此时，感到异常的公主对着镜子一照，瞬间呆住了。清醒过来的她跺着脚说：

"快，快去抓住那个商人！"

奶妈、保姆和丫环们惊慌失措地向门外边跑边喊。得到消息的皇帝、皇后和王子也马不停蹄地赶来了。众人都向宫殿外跑去并喊道：

"抓住那个卖浆果的商人！抓住他！"

可是哪里还有商人的影子，他们搜遍了整个京城也没有找到。

皇帝开始悬赏为公主治病。国内大大小小所有医馆的医生都请来了，甚至连巫医也请来了，可众人毫无办法。公主头上的两只角无人能帮她拿下来。

就在此时，装扮成老头模样的伊凡来到沙皇跟前说：

"陛下，我有一种能治百病的奇药。公主的病我有办法治好。"

皇帝高兴地说道：

"假如你真能医好我的女儿，我可以满足你的一切要求。甚至我的女婿也会给你很多的奖赏。"

"多谢陛下，老夫不求任何赏赐。请带我到公主的房间，并下达严令：没有我的允许任何人也不得跨进房门半步。即便公主忍不住疼痛出声叫喊，也不能进来。若是有人违背的话公主头上的两只角就取不下来了。"

国王带着伊凡来到公主的房间，关紧房门的伊凡抓起桦条瞬间捆住了公主。

"来，就让你先尝尝鞭打的滋味吧，看你以后还敢不敢骗人！"公主这才知道面前之人就是伊凡，她疼痛难忍地大声呼救，可是却无人回应。

而伊凡又说道："交出我的宝剑，否则就立刻杀死你！"

公主痛叫了一阵后，发现没有回应便开始哀求起来：

"亲爱的伊凡，只要你不杀死我，我马上就归还你的宝剑。"

随后，公主从另一个房间里取出了那把削铁如泥的宝剑。

拿到宝剑的伊凡立刻来到房间外的台阶上，瞬间就把外国王子砍杀在地。

接着，他又转身回房，给公主两颗红色的浆果，说：

"吃吧，我不会害你的。"

被逼无奈的公主吃下一颗红色浆果，瞬间，头顶上的一只角就不见了，接着她又吃下了第二颗浆果，余下的那只角也不见了，她完全恢复如初，还是那样美丽动人。喜极而泣的她说：

"谢谢你，我亲爱的伊凡！你再一次救了我，你对我的恩情我一辈子也不会忘记。请你赶走王子，原谅我，我依旧是你忠实的妻子。"

伊凡回答说：

"你的王子已经下地狱去了。而你和你的父母也将离开我的国家，滚得越远越好，你们那肮脏的灵魂不属于这里。你不是我的妻子，而我伊凡也不会有你这样的妻子。"

公主和她的父母被农民的儿子伊凡赶走了。此后，伊凡把这个国家治理得井然有序，百姓们丰衣足食、安居乐业，过着幸福的生活。

伊凡和三个怪物

有一对老夫妻，他们有三个儿子，最小的儿子名叫伊凡·鲁什卡。他们一家人日出而作，日落而息，春种秋收，一直过着平静的生活。

可有一天，这平静的日子却被打破了，这天传来了一个可怕的消息，也不知从哪里来了一个面目狰狞的怪物，这怪物走到哪里，哪里就会成为一片废墟。

老夫妻听闻此事，惊慌失措，他们的大儿子和二儿子安慰他们说：

"你们别害怕，让我们去解决了这个怪物，就让伊凡留下陪着你们吧，毕竟他还小，让他留在家里照顾你们。"

伊凡·鲁什卡吵着说："不行，我要跟你们一起去打怪物，我不要留下来。"

伊凡·鲁什卡脾气很倔，大家没办法，只好同意让他一同去。兄弟三人带上干粮，骑上骏马，佩带着宝剑就出发了。

他们走呀走呀，来到了一个村庄。他们看到这个村庄到处都是残垣断壁，所有的房屋都被大火烧成了灰烬，只在远处有一座歪歪斜斜的小木屋孤零零地矗立着。

兄弟三人来到木屋里，看见一个老太太躺在炕上，唉声叹气着。

兄弟们说："您好呀，老奶奶。"

"善良的年轻人，你们好，你们这是要去哪里？"

"我们要去找那个可恶的怪物决斗，不让他再破坏我们的家园，他好像藏身在斯莫罗迪娜河的卡里诺夫桥上。"

"年轻人，原来你们是为了这事啊！你们可知道，这个家伙非常厉害，他所到之处，无一幸免，可能是因为我一无所有，才能幸免于难吧。"

这天晚上，三兄弟就在老奶奶家过了夜，第二天一大早他们吃饱喝足就上路了。

他们来到怪物所在地——斯莫罗迪娜河的卡里诺夫桥时，发现整个河岸上堆满了人骨。

三兄弟在旁边找到一座木屋，里面空无一人，他们就住在了里面。

伊凡说："两位哥哥，我们得出去打探一下情况，我们三个人轮班看守，决不能让怪物过桥。"

第一晚，大哥去巡逻。他沿着岸边走来走去。一切都安安静静的，什么也听不到，什么也看不到。于是他就在柳树丛下睡着了，打着鼾声。

小木屋中的伊凡，辗转反侧。到了后半夜，他起身拿着宝剑向斯莫罗迪娜河边走去。他来到河边，看到了柳树丛下熟睡的大哥，睡得很香甜，长长地打着鼾。伊凡没有叫醒他，而是躲在卡里诺夫桥底下，看守着。

忽然间，河水猛涨，树上的鹰也鸣叫起来，这时伊凡看见一个长着六个头的怪物出现了。

当怪物骑着马来到卡里诺夫桥中间时，他的马好像被什么东西绊了一下，怪物差点摔下来，而他肩膀上的黑乌鸦也全身颤抖了一下，跟在他身后的黑狗全身的毛都直立了起来。

六个头的怪物说道："马儿呀，你被什么绊住了？黑乌鸦，你为什么全身颤抖？黑狗，你干吗要把全身的毛都竖起来呢？难道你们感觉到了农夫的儿子伊凡在这里吗？别怕，这只是个没用的废物，只要我把他抓在两手之间就能把他化为一摊水！"

就在这时，伊凡从桥下跳上来说：

"你这可恶的怪物，你别说大话，就让我们一决高下吧！"

不由分说，两人打了起来，打得难解难分，就连周围的土地都在呻吟。

没一会儿，怪物就被伊凡砍掉了三个头。

怪物突然喊道："让我们休息一下吧，你这个农夫的儿子！"

"休息什么呀，你一共有六个头，现在还剩下三个头，而我只有一个，等你被我再砍掉两个头的时候再休息吧。"接着他们又打了起来。

伊凡又砍掉了怪物的最后三个头，还把他的躯体砍成了碎块，扔到斯莫罗迪娜河中，还把他的六个头整齐地摆放在卡里诺夫桥下面。做完这一切伊凡才回了木屋。

第二天早晨，大哥回到木屋。伊凡问他：

"大哥，你昨晚都看到了些什么？"

"弟弟，昨晚我什么也没有看到啊，连只苍蝇都没有。"

伊凡听了大哥的话，对昨晚的事只字未提。

第二晚，轮到二哥去巡逻。他也是沿着河岸走来走去，却什么也没发现，以为一切都正常，就安心地钻进灌木丛睡着了。

伊凡感觉二哥也指望不上。到了半夜，他又亲自前来巡逻，同样还是躲在卡里诺夫桥下守着。

突然河水猛涨，树上的鹰鸣叫着，没想到这次来的是一个长着九个头的怪物。

怪物骑着马刚走到桥上，忽然他的马好像被什么东西绊了一下，差点摔倒。怪物肩膀上的黑乌鸦也开始全身抖动，跟在后面的黑狗全身的毛都竖了起来……

"马儿呀，你是被什么绊住了？黑乌鸦，你为什么全身颤抖？黑狗，你干吗要把全身的毛都竖起来呢？难道你们感觉到了农夫的儿子伊凡在这里吗？别害怕，他没有那么可怕，我只要动动手指就能杀了他！"

怪物刚说完，伊凡便从桥下跳了上来，说：

"你这怪物，口气倒不小，还是让我们来一决雌雄吧。"

伊凡挥舞着手中的宝剑，没一会儿怪物的六个头就被伊凡砍掉了。而伊凡也被怪物打得够惨，他的膝盖以下都被打入了泥土中。伊凡顺手抓起一把土，扔进了怪物的眼睛里。当怪物正擦眼睛的时候，伊凡迅速砍掉了他剩下的头。然后把他的躯体剁成了碎块，扔进斯莫罗迪娜河中，把他的九个头在卡里诺夫桥下面一一摆好。做完这一切伊凡回到小木屋睡着了。

第二天早晨，二哥回到木屋。

伊凡问道："二哥，你昨晚都看到什么了啦？"

"什么也没有啊，一只苍蝇都没有，甚至连蚊子的嗡嗡声都没有。"

"噢，真是这样吗？亲爱的哥哥们，那现在就跟我一起去看看你们所谓的苍蝇和蚊子吧！"

伊凡带着两个哥哥来到了卡里诺夫桥下面，把怪物的头指给他们看。

伊凡说："你们看，这就是你们所谓的苍蝇和蚊子！你们不想来解决问题，就回家好好睡觉去吧。"

听完伊凡的话，两个哥哥羞得满脸通红。

到了第三晚，伊凡亲自巡夜。

他告诉两个哥哥说："今晚的战斗应该很惨烈，我希望你们不要再睡觉，一定留心听着，只要一听到我的口哨声，就把我的马放出来，它会来帮我的，你们一定要记住了。"

伊凡来到斯莫罗迪娜河边，在卡里诺夫桥下面等待着。

到了半夜，地动山摇，河水波涛汹涌地翻滚着，大风呼啸而来，树上的鹰鸣叫着；这次来的是一个长着十二个头的怪物。十二个头一起吹着口哨，喷出十二股火焰。而怪物骑的马的马毛是铜的，马尾和马鬃是铁的，这匹马还长着十二只翅膀！

怪物一走上卡里诺夫桥，他的马就好像被什么东西绊了一下，差点摔倒。怪物肩膀上的黑乌鸦也开始全身颤抖，跟在后面的黑狗全身的毛也竖立着。怪物扬起手中的短鞭抽打着他的马、乌鸦和狗。

"马儿呀，你是被什么绊住了？黑乌鸦，你为什么全身颤抖？黑狗，你干吗要把全身的毛都竖起来呢？难道你们感觉到了农夫的儿子伊凡在这里吗？别怕，他打仗不行的，只要我一吹，就能把他吹成一粒尘埃。"

这时，伊凡从桥下跳上来，说：

"可恶的怪物，我正要找你算账呢！你可别说大话，你杀了那么多善良的百姓，毁了那么多美丽的家园，今天就让我为民除害吧！"

伊凡挥动着手中的宝剑，怪物的三个头就被砍了下来。可是只见怪物抓起这三个头，放回到原处，用自己火红的手指在上面一划，顿时这三个头就又长了回去，跟原来的一模一样，好像从未受过伤。

怪物吹着震耳欲聋的口哨，散落的火星洒满伊凡的全身，伊凡的膝盖也被怪物打进了泥土里，伊凡感觉事情有些不妙。怪物却笑着说：

"农夫的儿子伊凡，难道你就不想休息下吗，我们休息一下，好吗？"

"有什么好休息的？你想杀就杀了我吧，我不在乎！"伊凡说。

伊凡吹了一声口哨，高喊着，同时还把右手的手套朝木屋的玻璃上扔去，可这时他的哥哥们再一次都睡着了，根本什么也没听到……

伊凡积蓄了力量，使出比上次更大的力气，挥动宝剑，把怪物的六个头砍了下来。怪物又把这些头抓了起来，放回原处，用火红的手指在上面划了一下，那些被砍掉的头又长好了。就在这时，怪物向伊凡扑去，把他打入了土中，顿时伊凡的整个下半身都被埋进了土里。

伊凡感觉事情不妙。又把自己左手的手套取下，朝木屋扔去，这次手套击穿了屋顶，他那两个熟睡的哥哥还是什么也没听到。

第三次，伊凡用了更大的力气挥动着手中的宝剑，这次一下就砍掉了怪物的九个头。怪物同样抓起这些头，放回原处，用火红的手指在上面画一条线，所有的头又都长好了。这时，怪物又向伊凡奔去，把他肩膀处以下都打入了土中。

这时伊凡将头上戴的帽子扔向了木屋。帽子把小木屋砸得晃动起来。

两兄弟被这震声惊醒了，听到了伊凡的马嘶叫着。

他们快速来到马房，把伊凡的马放了出去，而他们跟着马蹄印跑去帮伊凡。

伊凡的马跑了过来，用马蹄踢打怪物。怪物突然吹起口哨来，顿时火星四射，喷到了马的身上……伊凡趁机从泥土中爬出来，他想到要除掉怪物，必须先要砍掉他的火红手指，等到伊凡砍掉怪物的手指后，就把他的头一个一个地砍了下来，并把他的躯体砍成碎块，全都扔到斯莫罗迪娜河中。

等到战斗结束后，伊凡的两个哥哥才赶了过来。

伊凡打趣道："哎呀，你们这两个贪睡的人，由于你们的贪睡，害我差点儿没了性命。"

两兄弟把伊凡送回小屋，饱饱地吃了一顿后，就睡了。

第二天一大早伊凡就起床了。

两个哥哥说："你这么早起来干吗去呀？昨晚刚大战了一场，你应该好好休息才是。"

伊凡答道："不行，我不能休息，我的头巾掉在了斯莫罗迪娜河边，我要去把它找回来。"

两个哥哥说："就一个头巾，有必要去找嘛？等到了城里再买一个新的就行了。"

"不用了，我只要这个！"

伊凡走向了斯莫罗迪娜河，走过卡里诺夫桥，悄悄地来到怪物的石头宫殿。伊凡看到一个开着的小窗户，走上跟前，想听一听怪物们在说些什么。

他往里一看，看到里面坐着三个怪物的妻子和他们的母亲——一个蛇身的老怪物。她们正在商量事。

怪物的大媳妇说："我要去给我的丈夫报仇，等到农夫的儿子伊凡和他的哥哥们回去的时候，我就赶到他们前面，放出热气，让他们口渴难耐，而我就变成一口水井，只要他们喝了水，我就能涨破他们的喉咙！"

蛇身老怪物说："这个方法不错！"

二媳妇说："我就变成一棵苹果树，如果他们吃了苹果，我就把他们撕成碎块！"

蛇身老怪物说："你的方法也很好！"

三媳妇说："我就用催眠术，让他们想睡觉，我就变成一块带有绸缎枕头的地毯。当他们躺下休息的时候，我就用火烧死他们！"

蛇身老怪物回答说："你的方法也很不错！当然，如果你们除不掉他们，那我就亲自出马，把他们三人一起吞进肚子里。"

怪物们的对话被伊凡听得清清楚楚，之后伊凡又悄悄地回了木屋。

哥哥们问："那个头巾你找到了吗？"

"当然找到了。"

"就为了一个头巾，值得浪费这么长时间吗？"

"当然值得！"

兄弟三人收拾好东西准备回家去。

他们走过牧场，走过草原。口渴难耐，刚好看到前面有一口井，还有一个银勺子浮在水面上。两个哥哥对伊凡说：

"亲爱的弟弟，让我们停下来喝点水吧，这实在太热了。"

伊凡答道："真不知道这井里到底是不是水，真的能喝吗？"

伊凡跳下马，用宝剑猛刺这口水井。顿时，水井哀号着。瞬间，薄雾降临，凉风习习，三兄弟也不感觉口渴了。

兄弟三人继续往家赶。

又不知走了多久，他们看到一棵苹果树，树上挂满了又大又红的苹果。

伊凡的两个哥哥从马背上跳下来，想去摘苹果，却被伊凡制止了，伊凡拿着宝剑向苹果树砍去，只听苹果树发出了哀号，哭喊着……

"哥哥们，你们好好看看，这是什么苹果树？树上的苹果是不能吃的！"

三兄弟骑上马，继续赶路。

他们又走了好久，感觉有些疲惫好想睡觉，这时刚好看到前面有一块软地毯，地毯上还有绒毛枕头。

两个哥哥说:"这么柔软的地毯,我们在上面睡会儿吧!"

可伊凡又阻止道:"不行,哥哥,这地毯不能睡!"

这次两个哥哥生气地吼道:"你为什么总是教训我们,这也不能做,那也不能做!"

伊凡并不争辩,只是默默地取下自己的腰带,往地毯上一扔,顿时腰带就燃烧了起来。

伊凡对两个哥哥说:"现在你们知道如果上去了会是什么后果了吧!"

伊凡走向地毯,用宝剑把地毯和枕头砍成了小破块。丢到了四周,并说:"哥哥,你们别生气,这些水井、苹果树、地毯都是怪物的妻子们变成的。她们的目的是要害死我们,现在却都被我杀了!"

三兄弟继续向前走着。

又走了好久,天突然黑了下来,大风呼啸着:蛇身老怪物亲自来追杀他们了。老怪物张开她那像天地般大的嘴巴,想要把伊凡三兄弟吃进肚子里。这三个年轻人也不傻,拿出他们随身带着的一普特盐,扔进了怪物的嘴巴里。

老怪物很高兴以为吞下了伊凡和他的两个哥哥,便停了下来开始使劲嚼起来。可嚼了一会儿,她感觉到了这不是三个兄弟,又继续追赶过去。

伊凡心里清楚,这次的灾难没有那么容易破解,他拼命地赶着马跑呀跑呀,两个哥哥紧随其后,不停地奔跑着……

突然他们看到了一座打铁坊,里面十二个铁匠正在打铁。

伊凡喊道:"铁匠师傅,铁匠师傅,快帮帮我们,让我们到打铁坊里去吧!"

铁匠师傅让他们三兄弟躲了进来,并且在他们进来后,就把打铁坊的十二道铁门都关了起来,用十二把铁锁锁好。

蛇身怪物也紧跟着来到了打铁坊,叫喊着:

"铁匠师傅,铁匠师傅,请你把农夫的儿子伊凡和他的两个哥哥交给我!"

铁匠师傅们答道:"如果你能用舌头把这十二道铁门舔开,那我就把他们交给你,任由你处置!"

蛇身老怪物开始舔铁门。一扇一扇地舔着,十一道铁门都被她舔开了。现在只剩下了一道……

蛇身老怪物感到精疲力竭,坐下来休息。

就在这时，伊凡从打铁坊中跳出来，抓起蛇身老怪物，用力往地上一摔，把她打入了土中，蛇身老怪物化成了尘埃，而这些尘埃随风飘向了各个方向。从那时起，在这一地区再也没有出现过怪物，人们也不再害怕了。

农夫的儿子伊凡和他的两个哥哥平安地回到了家，回到了父母的身边，从此他们恢复了之前平静的日子，春种秋收，夏长冬藏。

直到现在他们都还活着呢！

伊凡和聪明的公主

有一位农民播种了一大片黑麦，黑麦在他的精心照看下茁壮成长。金灿灿的麦穗像那数不清的宝石一样在风中摆动，农民把收割的黑麦一捆一捆地运到家中，并储存在粮仓中。

等到把所有黑麦都运进了粮仓中后，农民想：今年收成不错，以后就不怕饿肚子了。

然而，没过多久粮仓里就来了两位不速之客——老鼠和麻雀。它们饿了就来，吃饱就走。就这样，它们天天进出粮仓好几次，就这样过了三年，粮仓里的粮食已经所剩无几了。

神奇的鹰

老鼠看到余下的食物不多了便想独吞所有的食物，一天夜里，老鼠把地板凿了个大洞。黑麦顺着大洞像水流一样全部流进了老鼠事先挖好的洞穴里。

第二天，饥饿的麻雀飞来了，它本来还想饱饱地吃一顿！然而，空荡荡的粮仓让它愣了。麻雀气急败坏地说：

"该死的耗子，你别太欺负人了！等着吧，我要让兽王狮子给我们评评理。"

于是麻雀找到了狮子说："兽王，三年来您的臣民老鼠和我在同一个谷囤里进食，我们一直相安无事。可是就在昨天，那个可恶的耗子竟然把所有的粮食都搬到了它自己的洞中，害得我只能饿肚子了。您可要为我做主，好好惩罚那只可恶的耗子，不然，我就让鹰王来评评理。"

"这事我管不了，你还是自求多福吧。"狮子说。

麻雀气愤地飞走了，它找到鹰王，向鹰王诉说自己的遭遇，添油加醋地说了兽王狮子对老鼠的纵容。

鹰王听后勃然大怒，立即向狮子宣战：明天鹰王带领的飞鸟王国的勇士们要和狮子带领的野兽军队在空地上决一死战。

狮王接到战书后便集合了众多野兽。第二日，当野兽军队来到指定地点时，鹰王率领飞鸟王国的勇士们俯冲而下。大战一触即发。经过三小时又三分钟的艰苦战斗后鹰王虽然受伤了，但它和它的飞鸟王国最终取得了胜利，野兽的尸体铺满了整个战场。飞鸟王国的勇士们胜利而归，而鹰王飞到战场旁边的一棵高大柞树上，考虑着如何尽快恢复这场血战中受伤的身体。

再说，有一个商人住在密林的边缘，他无儿无女，与妻子相依为命。

有一天商人对妻子说：

"昨天晚上，我做了个奇怪的梦，感觉不太吉祥，我梦到一只凶猛的大鸟追随我回到家中，它吃了一头牛，喝了一大桶水，可无论如何它都赖在家中不肯离去，我害怕极了。唉，我想去森林里散散心，也许就好了。"

说完，他就背起猎枪来到了森林中，他看到一只巨鹰站在一棵大柞树上，吓得他赶紧端起了枪。

"善良的年轻人，放过我吧，"鹰开口说道，"您打死我，得不到多少好处。如果您能把我带回家喂养三年三个月又三天，让我积蓄力量，养好我的伤，我一定会好好报答您的。"

可是商人想：这只是一只鹰，它能给我什么报答？于是又用枪瞄准了它。

鹰把刚才说的话又说了一遍。当商人用枪第三次瞄准它时，鹰恳求地说：

"善良的年轻人，放过我吧。你只需要把我喂养三年三个月又三天，让我积蓄力量，养好我的伤，我会给你意想不到的好处。"

商人有些心生怜悯，他抓住鹰回到家中。他杀一头牛给鹰食用，又给鹰拎来一桶蜜水，鹰不一会儿就吃光了所有食物。这只不速之客的鹰让本来就生活困难的商人更加难上加难。商人在唉声叹气，鹰看到后对他说：

"主人，野外空地有很多被打死的和受伤的野兽，你剥下那些珍贵的毛皮，去城里卖掉，这些钱足够供养我和你们的，多余的你们就储存起来吧。"

商人来到野外，发现空地上果然躺着很多被打死打伤的野兽。他兴奋地剥下所有野兽的毛皮，拿到城里去卖，换得了一大笔钱。

就这样鹰和这位商人相处了一年。一年后，鹰让主人带它来到高大柞树的地方。鹰从高空俯冲而下用胸部撞击树木，柞树瞬间劈作两半。

"唉，主人，我的力量还没有恢复，我还得打扰你照顾我一年才行。"

又一年过去了。鹰再次来到柞树旁从高空俯冲而下，用胸部猛撞树木，一棵柞树变成了几块从空中落下。

"唉，主人，我的体力还没有完全恢复，还得打扰你让你照顾我一年才行啊。"

就这样三年三个月又三天过去了，鹰和商人第三次来到柞树旁，从高空俯冲而下的巨鹰撞向最大的一棵柞树，只见，整个森林都在晃动，高大的树木瞬间变成了碎片。

"善良的年轻人，这三年来多谢你了，"鹰说，"我现在已经完全恢复如初。你坐在我背上，我带你去领取报酬。"

商人坐到鹰的背上，鹰带着他飞向大海的上空并且飞得很高。

鹰问道："你看，蓝色的海洋大不大？"

"和车轮子差不多大。"商人答道。

鹰抖动一下翅膀，商人从鹰背上掉了下去。鹰在商人快掉到水里时托住了他，飞向更高的空中。

"你看，蓝色的海洋大不大？"

"和鸡蛋差不多。"

鹰再次把商人从高空扔下，在他快要掉到水中时又抓住他，飞向更高的空中。

"你看，蓝色的海洋大不大？"

"像罂粟粒一样大。"

鹰第三次把商人从高空扔下，仍旧在商人快要掉到水中时抓住了他，问道：

"善良的年轻人，感觉如何？品尝到死亡的滋味了吗？"

商人说："感觉到了。刚才那几次你把我扔下的时候，我以为自己死定了。"

"你可知道，你用猎枪瞄准我的时候，我和你有同样的想法。"

鹰驮着商人越过大海，飞向铜的王国。

"我大姐住在这个地方，我带你去她家，她会送给你礼物，你只向她要一个精致的铜匣子，其余的都不要拿。"

话音刚落，鹰就落在大地上，摇身一变，一个高大的年轻人出现在商人面前。

他们来到一个宽大的院子中。迎面走来的大姐高兴地说：

"我亲爱的兄弟！你可三年多没有来看大姐了！如今什么风把你吹来了！我还以为你出了什么事呢。哎，想吃点什么？"

"亲爱的姐姐，我们是自己人，先不要管我。你就招待一下这位善良的年轻人吧，三年来，他为了养我差儿点把自己饿死。"

大姐收拾好铺有花纹桌布的柞木桌，端出了很多美味佳肴，并告诉他们能吃多少就吃多少。酒足饭饱之后大姐带他们来到仓库，里面有着数不尽的金银珠宝，并对善良的年轻人说：

"这里面的金银珠宝你看上什么就拿什么，随便拿。"

善良的年轻人说道："这些我都不需要，我只要一个精致的铜匣子就够了。"

"这怎么可能？哪有向主人主动要东西的道理！"

姐姐的话让弟弟很生气，它变成鹰抓着商人就飞走了。

姐姐看到弟弟生气了，便喊道："回来吧，亲爱的兄弟，我把精致铜匣子给他就是了！"

"晚了。"鹰头也不回地飞走了。

"善良的年轻人，你看看我们的前边和后边都发生了什么事？"

看过后商人说道：

"我们的后面有着熊熊燃烧的大火，前面则是鲜花遍地。"

"嗯，铜的王国现在烈火遍地，鲜花盛开的地方是我二姐的银王国。我带你去她那，她会送给你礼物，你只向她要一个精致的银匣子，其余的都不要拿。"

不一会儿鹰就落在潮湿的大地上，摇身一变，一个高大的年轻人又出现了。

二姐迎面走了过来，说道："我亲爱的兄弟！你从什么地方过来的？怎么这么久都不来看看二姐？你这是要到哪里去？想吃点什么呢？"

"亲爱的姐姐，我们是自己人，先不要管我。你就招待一下这位善良的年轻人吧，三年来，他为了养我差点儿把自己饿死。"

二姐端出了很多美味佳肴放置在铺有花纹桌布的柞木桌上，并告诉他们敞开肚皮尽情吃。酒足饭饱之后二姐带他们来到仓库，对商人说：

"这里面的金银珠宝你看上什么就拿什么，随你挑。"

"这些我都不需要，我只求你给我一个精致的银匣子就行了。"

"善良的年轻人，不，这可不是一件容易的事啊！"

二姐的话让弟弟很生气，它变成鹰抓着商人就飞走了。

"回来，亲爱的兄弟，我把精致银匣子给他就是了！"

"晚了。"鹰头也不回地飞走了。

"善良的年轻人，你再看看我们的前边和后边都发生了什么？"

"我们的后面是熊熊燃烧的大火，前面则是鲜花遍地。"

"嗯，银的王国现在烈火遍地，鲜花盛开的地方是我妹妹的金王国。我带你去她家，她会送给你礼物，你只向她要一个精致的金匣子，其余的都不要拿。"

没多久，他们就来到了金王国，鹰又变成了那个高大的年轻人。

妹妹看到哥哥，说道："哎哟，我亲爱的哥哥！你从什么地方过来的？怎么这么久都不来看看妹妹啊？你这是要到哪里去？想吃点什么，我去给你准备。"

"亲爱的妹妹，你不用管我。你招待一下这位善良的年轻人吧，三年来，他为了养我差点儿把自己饿死。"

妹妹端出了很多美味佳肴放置在铺有花纹桌布的柞木桌上，并让他们随意吃。酒足饭饱之后妹妹带他们来到仓库，把一些金、银和宝石送给商人。

"这些我都不需要，我只要你送给我一个精致的金匣子。"

"好，给你。你为了供养我哥哥差点儿把自己饿死，像你这样的好人不多了。为了哥哥，我什么都舍得。"

在金王国住着的商人大吃了一顿，到了准备上路时，他们就告别了。

鹰对他说："再见吧，之前我有做得不对的地方还请你原谅！还有你要当心的是，在没有到家前，千万不要打开那个锁着的匣子。"

商人走在回家的路上。不知过了多久，商人走累了，想要休息一会儿，于是，他便在涅克列绍乃伊·洛布沙皇的草地上停了下来。他拿着那个精致的匣子，实在忍不住好奇便打开了，刚一打开，在他面前就出现了一座宏伟的宫殿，整个宫殿金碧辉煌，里面有很多珍贵的宝物和许多仆人。

而沙皇涅克列绍乃伊·洛布看到自己的领地上突然多出了一座如此豪华的宫殿，就派出使者："你快去打听一下，是哪个不懂规矩的人，竟敢没得到我的允许而在我的地盘上私自盖宫殿？趁着现在还没事，让他赶紧滚！"

使者把这些话都传达给了商人，商人听后感觉有些害怕，便想着如何能把宫殿收回到匣子里，可想来想去却没有办法。

"我当然愿意走，可现在我还不能走。"他向使者简单地说了这座宫殿的来龙去脉。

使者回来把这里的情况报告给了沙皇。

"如果他愿意把房子里的所有东西都给我，我就同意甚至协助他把整个宫殿收进匣子里还给他。"

商人别无他法，只能答应了沙皇的要求，沙皇涅克列绍乃伊·洛布也遵守自己的承诺把宫殿收在了匣子里，还给了商人。

上帝赐的儿子小伊凡

商人走啊走，不知走了多久，终于回到了家。商人的妻子迎上前来说：

"亲爱的，你这是去哪里了？"

"我跟着鹰去了好多地方，一言难尽啊！"

"在你离家的时候，上帝赐了一个儿子给我们，我给他起名叫伊凡。"

商人好像什么也没有听到，闷闷不乐地说道："我把房子里的东西都给弄丢了。"

商人的妻子说道："你这是怎么啦？有房子还不高兴啊？"

"不是的。"商人这才静下心来，把发生的一切一字不漏地告诉了妻子。

听完之后，夫妻二人悲伤地哭了起来，过了好一会儿，两人停止了哭泣。商人拿出那个金匣子打开，一座宏伟的宫殿出现在了他们的面前，金碧辉煌，虽然没有什么东西了，但和之前自己的房子对比，简直就是一个天上，一个地下。商人和他的妻子、孩子一起搬进了宫殿，幸福地过起了日子。

一晃十年过去了。商人的儿子已长大成人，他为人很正直，长得英俊还很聪明。

在一天早上，他起床后有些不开心，于是对父亲说：

"爸爸，昨天夜里我做了一个梦，是关于涅克列绍乃伊·洛布沙皇的，他让我到他那里去，还告诉我他已经等我很长时间了。"

听到这些，他的父母瞬间就流出了眼泪，可他们还是按照梦的嘱托和沙皇的要求让儿子出国了。

商人的儿子走啊走，走过羊肠小道，走过宽阔的大道，走过辽阔的草原，还有茂密的森林，所到之处荒无人烟，人迹罕至，在森林深处有一座小木屋，孤零零地伫立在那里。小木屋面对着森林，背向商人的儿子伊凡。

他说："小木屋呀小木屋，快转过来，面向我！"

小木屋听后，立刻转了过来，面朝着他。

伊凡走进小木屋，里面躺着一个老太太雅加，她的脚是用骨头制的。雅加看到他说道：

"我从来就没有见过俄罗斯人，现在却有一个活生生的俄罗斯人站在我面前。年轻人你是从哪里来？要到哪里去呢？"

"哎呀，我路过这里，你还没请我吃饭，就这样问东问西啊。"

老太太雅加准备了丰盛的食物，邀请他美美地吃了一顿，饭后又给他安排睡的地方。第二天天刚亮，雅加就把他叫了起来，开始询问他的情况。伊凡把一切都告诉了她，并问道：

"大娘，你能告诉我该怎样才能到达涅克列绍乃伊·洛布沙皇那里吗？"

"年轻人，幸好你来了我这里，要不然你早就必死无疑了。因为你的迟迟不来已经让沙皇很生气了。现在你听好了，沿着这条小路走，到水池边，在树后藏起来等着，过不了多久就会飞来三只母鸽，有一只长着五颜六色的翅膀，落地后会变成穿红色衣服的少女，她们就是沙皇的女儿；等到她们放下翅膀，在池中戏水的时候，你就去拿走那对五颜六色的翅膀，直到她同意嫁给你，你才可以把翅膀还给她。只有这样你才能平安无事。"

伊凡谢过雅加后，便向老太太辞行，沿着那条小路走去。

他没走多大会儿，真的看见了一个水池，于是他找了一棵高大的树藏在后面。没多久就飞来了三只母鸽，其中有一只有着一对五颜六色的翅膀，果然它们一落地就变成了美丽的少女；姑娘们放下自己的翅膀，褪去衣服，跳入水池嬉闹着。伊凡偷偷地爬过去，偷走了那对彩色的翅膀。等到姑娘们洗完澡，另外两个姑娘快速地穿好衣服，插上各自的翅膀，变成母鸽飞走了，而那对彩色的翅膀却不见了。

姑娘一边找一边说道：

"谁能告诉我，我的翅膀被谁拿走了，请快点还给我。如果是老年人拿走的，我愿意认你做父亲；如果是中年人拿走的，我愿意认你做叔叔；如果是善良的年轻人拿走了，那我就嫁给你。"

伊凡听到后便从树后面走了出来，说：

"你的翅膀在我这儿！"

"好吧，我未来的夫婿，请你告诉我，你是从哪里来？要到哪里去呢？"

"我的名字叫伊凡，准备到你的父皇——涅克列绍乃伊·洛布沙皇那去。"

"我的名字是瓦西里萨·普列木特拉亚。"

这位公主是沙皇最喜爱的一个女儿，不但长得漂亮还很聪明。她为未来的夫婿指明了去涅克列绍乃伊·洛布沙皇宫中的路，自己却变成一只母鸽，追赶自己的两个姐姐去了。

国王的考验

伊凡继续走啊走，来到涅克列绍乃伊·洛布沙皇这里，沙皇因他的迟到罚他去厨房做苦工，做一些劈柴和挑水的事情。他的到来让厨师楚米奇卡很是讨厌，于是，楚米奇卡就到沙皇那里去诬陷他，说：

"尊敬的沙皇陛下，伊凡竟不自量力吹牛说，他只要一个晚上的时间就可以砍光整个大森林的树，并且把所有的木头堆成堆，就连树根都被挖出来，同时还能耕好地，种下小麦，收割小麦，脱粒，之后再把它磨成面粉，最后烤成面包，作为国王的早点。"

沙皇说："那太好了，你去把他叫来！"

于是伊凡来了。

"听说你能在一个晚上就砍光森林里所有的树，还能耕好地，种上小麦，小麦成熟、收割、脱粒，并把它加工成面粉，最后还用这面粉烤成面包，给我做早点。那你在第二天天亮前可要把这一切做好了，我等着你呢。"

伊凡有苦说不出，只好悻悻地离开了，心里难过极了，像一只斗败的公鸡低垂着头。就在这时，瓦西里萨·普列木特拉亚找到了他，问道：

"你为什么不高兴呢？"

"你让我怎么说呢？即便是说了你也帮不了我！"

"你怎么就知道我帮不了你呢？"

无奈之下，伊凡便把发生的一切都告诉了她。

"哎呀，这有什么难的！这次只是个小小的考验，真正困难的还在后面呢！你快去洗洗睡吧，一日之计在于晨，一切都会好起来的。"

到了半夜的时候，瓦西里萨·普列木特拉亚召唤来了无数的仆人。他们每人分工明确，砍树的、挖树根的、耕地的、种地的、收割的、脱粒的，应有尽有。等到太阳升起的时候，所有的一切已做好。伊凡拿着烤好的面包送给了沙皇。

沙皇说道："做得不错。"于是下令从自己的金库取来东西奖赏他。

这使得厨师楚米奇卡对伊凡更加仇恨了，他又开始诬陷伊凡：

"尊敬的沙皇陛下，伊凡又吹牛说，他能在一夜间造出一条在高空飞行的飞船。"

"这真是太好了，你把他叫来！"

伊凡再一次来到了沙皇面前。

"听说你可以在一夜之间造出一条能飞上高空的飞船，我怎么从未听你提起过？现在我命令你，在天亮前把这一切都做好。"

伊凡无可辩驳伤心地走了。他的未婚妻瓦西里萨·普列木特拉亚看到他愁眉不展，就问：

"你怎么又不高兴了呢？"

"这次沙皇让我在一夜间给他造出一条飞船，我能不伤心吗？"

"哎呀，这也没什么难的，别难过，难题还在后面呢。赶紧洗洗睡吧，一日之计在于晨，一切都会好起来的。"

到了半夜的时候，瓦西里萨·普列木特拉亚又召唤来了无数的木匠。他们有条不紊地干着活，等到太阳升起的时候，飞船已经造好了。

沙皇对伊凡说："这真是太好了，现在让我们去试试飞船吧。"

他们俩坐进飞船，身后跟随着侍从和那个可恶的厨师，四个人飞向了高空。俯视下去，下面野兽横行，就在厨师弯腰向下看的时候，伊凡一把把他推了下去，就在他掉下去的一瞬间就被野兽撕成了碎片。

伊凡喊叫道："哎呀，不好了，楚米奇卡掉下去啦！"

沙皇轻描淡写地说道："随他去吧，人各有命！"后来他们回了宫殿。

沙皇对伊凡说："伊凡，你是个心灵手巧的人，现在我还有一个任务需要你来做，只要你把这件事做好了，我就把公主嫁给你。这件事就是，驯服一匹性情暴躁的公马。"

伊凡心里想："这个很简单！"于是他面带笑容地离开了。

他的未婚妻看到伊凡满脸的欢喜，便问明了原因，之后公主说道：

"伊凡，你别傻了。这个任务是很困难的，你要知道，我父皇的这匹马可以把你带到森林的上空、云彩的下面，并会把你从高空扔下来。你现在抓紧时间去铁匠那儿定做一个大铁锤；当你骑上马背的时候，就用铁锤驯服它。"

第二天，饲马员牵来了一匹马，这匹马果然十分暴躁，饲马员费了好大的劲才把它牵住，这匹马鼻子里打着响，拼命地挣扎着。伊凡刚一跨上马背，公马就像疯了一般狂奔起来，带着伊凡来到森林的上空、云彩的下面，它飞快的速度堪比闪电。伊凡紧握着大铁锤，按着公马的头。公马就这样带着伊凡跑呀跑呀，终于累得没了力气降落在潮湿的土地上。伊凡把已被驯服的公马交给饲马员，自己休息一会儿，便向沙皇复命去了。

这时沙皇刚好从宫殿走出来。伊凡说道："尊敬的沙皇陛下，我已把马驯服了。"

"很好，不过现在我有些头疼，明天你再挑选新娘吧！"

第二天清晨，公主瓦西里萨·普列木特拉亚对伊凡说：

"亲爱的夫君，明天在我父王让你挑选新娘的时候会选择变戏法的方法：第一次他会把我们三姐妹都变成母马，请你一定要记住，那个笼头上镶着发尖的小片的，就是我。第二次父王会把我们都变成母鸽，而那个不停挥动翅膀的就是我。最后父王会把我们变成三个一模一样的少女，而挥手帕的那个就是我。"

第二天，沙皇真的牵着三匹母马前来，让伊凡选择自己的新娘，伊凡一下子就看到了那匹笼头上有一个发尖的小片的马，于是牵着这匹马说道："这就是我的新娘！"

接着沙皇放出三只鸽子，伊凡眼疾手快，一下就把那只不停挥动翅膀的鸽子抓住了。

沙皇手一挥，顿时三个一模一样的少女出现在了伊凡的面前。

沙皇以为伊凡这次肯定无法选择，脸上挂着得意的笑容，静静地看着伊凡。

可伊凡还是一下就认准了自己的新娘

三次伊凡都准确无误地找到了自己的新娘,最终他和公主瓦西里萨·普列木特拉亚成了亲。

在一个夜深人静的晚上,伊凡和公主悄悄逃离宫殿,想要回到自己的家乡。

沙皇知道后,大发雷霆,命令士兵们连夜追捕。

这对小夫妻跑呀跑,突然,公主对伊凡说:

"亲爱的,趴在地上,听听看有什么声音。"

伊凡惊讶地说:

"人们的喊叫声和马的嘶鸣声,他们就要追上来了!"

公主却非常镇定,拍了一下伊凡,伊凡瞬间变成了一座菜园子,而公主则变成了园中的小白菜。

士兵们没有追到他们,空手而回,他们禀告沙皇,除了一座菜园,其他什么也没有。

沙皇愤怒地吼道:

"一群笨蛋,那座菜园就是他们变的,快去把那些白菜摘回来!"

伊凡又趴在地上听了听,"听到了人们的叫喊声和马的嘶鸣声,他们马上就要追上来了!"

这时公主变成了一口水井,而伊凡变成了一个坐在井栏上喝水的男孩。

士兵们又没有发现他们的踪迹,再次回去禀告沙皇:

"前面除了一口井和一个小男孩,其他什么也没有!"

"一群废物!"沙皇气得青筋暴起,亲自前来追赶。

公主瓦西里萨·普列木特拉亚忽然大叫道:

"这下糟了,父王亲自来了。"

伊凡很担心,不知该如何是好。这时公主却对他说:"别担心,我能拦住他,因为我有刷子、梳子和面巾这三件东西。"

公主说着便把刷子往后一甩,顿时变出了一片茂密的大森林,可是,沙皇披荆斩棘,最终还是开辟出了一条小路,又追了上来。这时公主把梳子往后一丢,后面顿时出现了一座大山,沙皇拼命地挖着,没一会儿又辟出一条山道,迎头追来。

眼看他们就要被沙皇追上了,就在这千钧一发之际,公主将手中的面巾一挥,瞬间在前面出现了一片汪洋大海，拦住了沙皇的路，这样他们才得以逃脱。

回到家后的伊凡和公主过上了幸福美满的生活。

伊凡和神奇的马

在一个王国里，住着一个漂亮的寡妇，她有一个儿子，名叫伊凡，大家都喜欢叫他"寡妇的儿子伊凡"。

伊凡小时候不够强壮，又瘦又小，随着时间的流逝，长大后的伊凡开始变得身体强壮，身材魁梧。

在这个国家里有一个为人十分吝啬的商人。他吝啬到竟把自己的第一任妻子活活给饿死了；接着他又结了一次婚，可没多久两人就分开了。商人此后就变成了孤身一人，于是开始寻找自己的下一任妻子。可这个王国里的女孩子听闻他吝啬的名声都不愿嫁给他。

伊凡被继父抛弃

一天，商人遇到了这个漂亮的寡妇，一下子就喜欢上了她，便来向她求婚：

"你看你生活如此贫困，我生活富裕，不如你就嫁给我吧。"

寡妇再三考虑：虽然商人的名声不好，但为了自己的孩子，为了生活，还是同意嫁给了他。

之后两人便举行了婚礼。

商人从一开始就对伊凡很厌恶，这让他的母亲很为难。伊凡总是早出晚归，什么事情都抢着干，可还是无法得到商人的认可。

商人对他的厌恶程度一天比一天加剧，完全容不下他。

他在心里想：怎样才能让这个孩子永远离开这个家呢？几天后，商人准备去城市赶集，这时他想到了一个主意。

商人跟妻子说："我想带着伊凡一起去，这样一来可以让他见识见识外面的世界，还能让他学学怎么做生意，顺便照看商品，这样对他总是有好处的。"

可他的真实想法却是：远在他乡，我就抛弃他，可以完全地摆脱掉他。

母亲猜到了商人的心思，对儿子很同情，却又不敢说什么。

母亲流着泪给伊凡收拾好了行装，一直送他到村外，才和他挥手告别。

他们不停地走啊走，不知走了多远的路，走到一片茂密的森林时，他们停下来准备休息一会儿。他们卸下马背上的车辕，让马在草地上自由吃草，而商人开始检查所带的商品。他在马车周围转来转去，突然大叫起来：

"你这贪吃的混蛋，是不是你把一筐蜜糖饼干给吃掉了，不然怎么少了这么多呢？"

伊凡辩解道："我从来就没有靠近过这辆大车。"

商人骂得更凶："你这混蛋，偷吃了还不敢承认，真是不要脸！"

商人刚骂完，只听森林中的云杉林、桦树林哗哗地响了起来，明亮的森林暗了下来，从密林深处出现了一个既可怕又奇怪的老人：只见他的眼睛有碗那么大，肩膀宽宽的，头像干草堆，他的身高和森林里的树一般高。

"你为什么自己把东西藏起来，却偏要说是这个小伙子偷走了？"

奇怪老人把筐往地下一丢，抓起伊凡，就消失在了森林中。

商人被眼前的景象吓得钻进了大车底下，等一切都恢复平静后，商人看到：自己的马在草地上奔跑着，地上还放着一筐蜜糖饼干。

等商人清醒后，他慢慢从大车底下爬出来，向四处看了看，却发现没有了伊凡的身影。他冷笑一下，说：

"只是丢了个笨蛋，其余的东西都不少。"于是商人套好马继续上路了。

奇怪老人和神马

那个可怕的老人带着伊凡就这样走了。

"过去你是寡妇的儿子伊凡，从现在开始，你永远是我的仆人。别害怕，只要你听话，我就会善待你，让你衣食无忧，可如果你对我提什么要求，我就会杀了你。"

"没有谁比我的那个继父更可怕了，我倒是愿意远离以前的家庭。只是我这一走，可怜了我的母亲，她找不到我肯定会非常伤心的。"

这时，老人吹起响亮的口哨，纷纷扬扬的树叶从树上飘落，花儿微微地垂向地面，青草的颜色也变得暗淡起来。

这时，在他们面前出现了一匹马。马尾巴左右摇摆着，好像一座大山。老人一把抓起伊凡，跳上马背，像闪电一般奔驰着。

"快停下，我的帽子掉了！"伊凡喊叫起来。

"你根本找不到了，就在说话的这个瞬间，我们已经走了五百里，现在要是再拐回去，就得走一千里了。"

这时，只听呼哨一响，马儿已经跳过沼泽地、青苔地，跳过湖泊，跳过森林。

到了傍晚，他们就来到了老人的王国。

伊凡看着眼前的一切，惊呆了：在草地上伫立着几座高大、庄严的屋舍，而在这些房子的周围是一排用高大木头围的墙。围墙高耸入天空，四周没有一扇门。

马儿用力向上一冲，盘旋着升到云彩的下面，跳过围墙。

老人卸下马鞍，倒了些白色春麦，把伊凡带到了屋里，说：

"今天太晚了，你先休息，我做饭，明天你再开始工作吧。"

说着老人生起了炉子，烤熟了一头七岁的公牛，老人又拿出四十桶酒，说：

"请过来吃饭吧。"

伊凡切了一小块牛肉吃了起来，之后又喝了一些泉水，而老人把剩下的所有牛肉都一扫而光，还把所有的酒也喝得一滴不剩，这才去休息。

第二天，伊凡早早地就起来了，他把整个房间打扫得干干净净的，又生好了炉火问道：

"我还需要做些什么吗？"

"快点去把母牛、马、母绵羊都喂饱，然后再杀十头肥公羊做早餐。"

伊凡的这些工作总是做得得心应手，他很快就把所有的事情都做完了，铺好了餐桌，对老人说：

"请坐，早餐已经准备好了，快来吃吧。"

老人对伊凡夸奖了一番说："真不错，你很勤快，不过力气小了点，不过可以弥补！"

他从高架上取下一罐水，说：

"喝三口吧。"

伊凡刚喝完就感觉力量增加了两倍。

"现在再做家务应该就轻松多了。"

他们酒足饭饱后，老人起身站起来，说：

"走吧，我带你去熟悉熟悉这里的环境。"

老人拿着一串钥匙，把所有的房间和仓库一一向伊凡介绍了一番。

"这间是放银子的，那间是放金子的。"

他们来到第三间仓库，那里堆满了各种各样的珍宝和珍珠。第四间仓库里放着珍贵的狐皮、貂皮和黑貂皮。他们继续往前走去。那里到处都是酒水、蜂蜜和各种饮料，十二个酒窖里放满了大桶，里面装满了酒。老人把门打开后，伊凡走了进去，禁不住大叫了一声：整个房间用赤金和宝石加以装饰，在阳光的照耀下熠熠生辉，房间的墙壁上还挂着勇士的马具和盔甲。

伊凡看到这些兵器很是喜爱，都不愿离开了。

他心里盘算着：如果我能拥有这些该多好啊！接着老人又把他带到了最远的一座房子里，给了他一串钥匙，说：

"我把所有的门钥匙都给你了，现在你可以去任何你想去的地方，不过你的任务就是要保管好这些财物，不能丢失一星半点。"

老人指着一个铁门说：

"唯独这个房间不行，如果你敢私自进去，我就会杀了你。"

伊凡开始了他的工作。

他们两人相处得还算和睦，有一天老人对伊凡说：

"明天我要离开这里三年，你一个人留在这里看守一切，一定要记住我的话，否则我就杀了你！"

第二天天还没亮，老人就已备好马，出发了。

接下来的日子只剩下伊凡一个人孤孤单单的了，他感觉到有些孤寂。

就这样过了两年，伊凡的寂寞感越来越剧烈：如果能有个人陪他说说话，该多好啊！

这时，他突然想起老人不让他打开的那扇铁门，这是为什么呢？是不是里面关着什么人？他想自己如果偷偷去看看，老人肯定不会知道的。

于是他拿着钥匙，打开了那扇铁门。门打开后迎面是一道楼梯，台阶上已经长满了青苔。伊凡顺着楼梯来到地下室。那里有一匹非常高大的马，不过马蹄被铁链锁在地板上，而马的缰绳被绑在屋梁上，所以马头只能高高地仰起。那匹马已经非常瘦弱，只剩下皮和骨头。

伊凡看到它第一时间就想去帮它，伊凡解开了它的缰绳，还给它送来了食物和水。

第二天，伊凡又来到这里给马送了食物和水，马儿看到他很高兴。第三天，伊凡来到地下室，突然一个声音响起：

"善良的年轻人，你好！你的大恩大德我永世也不会忘的。"

伊凡对这个声音很惊奇，到处寻找声源，这时马又开口道：

"希望你能再喂养我九个星期，并且每天早上都把我带出去走走，另外我还需要有三十天在早晨有露水的草地上奔跑一会儿，到那时我就可以恢复如初了。"

伊凡答应了马的要求，每天早上都会把马带到外面走走，每隔一天还会把马带到有露水的草地上奔跑一会儿。

就这样，一直过了九个星期。等到第三十个早晨伊凡带着它来到有露水的草地时，伊凡发现这时的马已经完全恢复健康，变得膘肥体健。

"喂，伊凡，太谢谢你了，现在我已恢复了原来的力量，快骑上来。"

这匹马太高大了，伊凡费了好大的劲才骑上去。

就在这时，老人就像一朵黑云一般飞了过来说：

"你竟敢私自把马放出来！"

说着他就用短鞭子抽打了伊凡。

伊凡从马上飞了出去，昏倒在地。

"如果你能活过来算你命大，如果死了就把你丢给乌鸦和喜鹊做它们的午餐。这也是你不听话的教训。"

老人一边说一边向马扑去。他追上马，用皮鞭狠狠地抽打着，马儿跌倒在了地上。

老人一边打一边说：

"我要打你这狼心狗肺的东西！"

他拼命地打着，之后又把马牵回了地下室，用锁链锁住它的蹄子，把马脖子上的缰绳绑在屋梁上。

"你是逃不出我的手掌心的，还是好好听话吧！"

伊凡不知道过了多久才醒过来，从地上爬了起来。

老人说："哎哟，你命还真大啊！看在你是初犯，我就不跟你计较了，赶快去干活。"

第二天，屋顶上突然飞来了一群乌鸦，老人又一次准备离开，他对伊凡说：

"不好，看来我的兄弟兹麦伊·戈雷内奇有难啊！不然不会让这么多乌鸦来给我报信。这次我不会去太久，如果你敢再犯错，我就真的会杀了你。"

说完老人就骑马走了，整个屋里又只剩下伊凡一个人了。他心里想：老人没有杀我，那匹马是否也是安然无恙？不行，我得亲自去看看。

伊凡又一次来到地下室，看到那匹马还在那里，就对它说：

"亲爱的马儿，你还活着，真好！"

伊凡赶紧解开缰绳。马儿浑身一抖，说：

"我真没想到你竟然还敢来这里，看来你胆子真的很大啊。你别害怕那个老家伙，到我这里来。我带你离开这里。"

伊凡牵着马从地下室走出来。马停在草地上说：

"快拿一把铁锹来，在我的前蹄下挖个坑。"

伊凡快速挖起来，然后往下一看。

"你看到什么了？"

"我看到坑中金如泉涌。"

"你现在把你胳膊肘以下的双手放入坑中。"

伊凡听从地做了，瞬间他胳膊肘以下的双手变成了金色的。

"现在马上把这个坑填好，在我的后蹄下挖个坑。"

伊凡又在它的后蹄下挖了一个大坑。

"这次你看到的是什么？"

"我看到坑中银如泉涌。"

"现在你把膝盖以下的双脚放进坑里。"

瞬间伊凡膝盖以下的双脚都变成了银色的。

"快把坑填好，千万别让老头发现了。"

伊凡刚填好坑，马儿就说道：

"伊凡，你快去仓库把左面的第三副马具取来，动作要快点，我感觉，老人已经准备要回来了。"

伊凡快速跑去，却空着手回来了。

"我让你拿的东西呢？"

伊凡只是低着头，一句话也不说。马儿立刻想到：

"哎呀，我竟然忘了！那副马具至少也有三百普特，你现在还没有那么大的力气。好了，你也别伤心，你听着，还是那个仓库在右边的角落里有一个小箱，箱子里装着三个水晶玻璃的高水罐。一个红色，一个白色，一个绿色。你要从每种颜色的罐中都喝三口水，记得不能多喝，要不然我就带不走你了。"伊凡听后快速跑去，迅速在三个罐子中分别喝了三口水，没一会儿就带好了所有需要的东西。

"你现在感觉怎么样？力气增加了吗？"

"是的，我感觉自己现在力大无穷。"

这时马儿说道：

"快点儿，伊凡，老人已经在回来的路上了。"

伊凡迅速备好马。

"现在你还得再去屋里，找到梳子、肥皂和毛巾，这些东西会帮我们的。"

伊凡很快拿来了梳子、肥皂和毛巾。

"现在我们可以走了吧？"

"不，还有最后一件事，伊凡，你需要去趟花园。在那最远的角落里有一棵神奇的苹果树，树上的金苹果已经快成熟了。这棵树一天就能长大，第二天就能开花，而第三天苹果就能成熟了。因为在这棵苹果树旁边有一口复活井。你去取一些井水来，它对我们有用。你得快一点了，老人已经到了半路了。"

伊凡来到花园，找到了那口水井，取了些井水，看着那些快要成熟的金苹果，他想：

"如果我把这些苹果带回家去，这树能在那么短的时间内长大、开花、结果，让大家都种，等到结出金苹果的时候大家该多高兴啊！"于是伊凡就把那些成熟的金苹果摘了下来。

伊凡逃跑

伊凡摘了满满三袋金苹果，回到了马的身边，而马儿踢着马蹄，说道：

"快点儿，伊凡，快喝点复活水，还有给我喂点，剩下的全带着。"

伊凡把金苹果绑在了马鞍上，自己喝了点复活水，还给马喂了一些。

就在这时，地动山摇，整个大地都颤抖着，善良的伊凡差点儿就摔倒了。

马儿说："快骑上来，老人马上就要到了！"

伊凡快速跳上马背。马儿飞快地奔跑起来，跳过围墙。

老人从另一方向回到了家，跳进围墙，大声喊道：

"伊凡，快过来！"

等了好久，没见伊凡的影子。老人四下查看了一番，发现铁门被打开了。

"啊！这个忘恩负义的混蛋，竟然带着马跑了，看我追到你们，怎么收拾你们！"

老人向自己的马儿问道：

"我们能追上他们吗？"

"尊敬的主人，追倒是能追上，但我感觉我们可能要遇到灾祸了。"

老人生气地咒骂着：

"你这个没良心的东西，竟敢用灾祸来吓我！"

他扬起手中的短鞭，对着他的马儿就是一顿暴打，鞭鞭入骨，老人还说：

"如果追不上他们，我就打死你！"

马儿飞奔着，跳过围墙。像旋风一样飞快地奔驰着。

伊凡不知跑了多久，突然马对伊凡说：

"他们快要追上来了。你快把梳子拿出来，等老人扔出火箭的时候，你就把梳子扔在我们的后面。"

没多久就传来了马蹄声、喧哗声和口哨声，并且声音越来越近。伊凡甚至听到了老人的叫喊声：

"谁也逃不出我的手掌心，更别说你们了，快投降吧，你们是逃不掉的！"

老人说完就放出了第一支火箭。

伊凡看到火箭随手就把梳子扔了出去，瞬间在他的后面出现了一座茂密的、人无法过去、马无法跑过去、鸟也根本飞不进去的森林。

老人这边跑跑那边跑跑，可没找到能通过的地方，气得咬牙切齿地说：

"只要我拿来锋利的斧头就能开辟出路来，肯定能追上你们的！"

老人返回去拿来了锋利的斧头，开辟出了一条小路，继续追了上去。

"要不了一个小时，我就能抓到你们。"老人信心满满地说。

这时，伊凡的马颤动了一下。

"他快追上来了，伊凡，快拿出肥皂，当老人追来，放出火箭的时候，你就把肥皂扔在我们的后面。"马儿说道。

马儿话音刚落，只听后面的大地呜呜响起来，四周喧哗起来。只听后面的老人骂道：

"就算你们偷走了我的魔法梳子也逃不出我的手掌心！"

老人第二次放出火箭，这次火箭多得像雨点一样。

伊凡的衣服都被烧着了七处。

伊凡快速扔出肥皂，只见后面顿时出现了一座高山，高耸入云。

高山挡住了老人的路。

"你们这些小偷，竟然连我的魔法肥皂也偷走了。现在我该怎么办？如果绕过去，那需要浪费太长的时间。还是把石头山打穿，开辟一条路。"

老人再一次掉头回家，取来了十字镐和鹤嘴锄。他开始开辟山路，器具碰到石头发出轰隆隆的声音，响声太大以致把附近的鸟儿都给震昏了，纷纷从树上掉了下来。

到天黑的时候，老人终于打通了山路，接着继续追赶。

老人第三次快要追上他们的时候，发出火箭。伊凡的衣服都被烧着了。

马儿说："别耽误时间了，伊凡，快把毛巾扔到我们后面去。"

伊凡扔出毛巾，顿时在他们后面出现了一条火河。河中流淌的是熊熊的烈火，方圆百里一片滚烫，冒起的火焰比森林还高。

"你们这些混蛋，竟然把我的毛巾也偷走了！唉，这也没什么，只要能过去，我就能追上你们！"

老人拼命地用短鞭抽打马儿，让它跳过去，可因为火势太大，火焰使它眼花缭乱，热浪使它喘不过气来，所以马儿没能跳过去。老人和马都掉入了那熊熊大火中，双双被烧死了。

他对使者说：

"什么时候开始工作呢？"

大家对这个看起来像怪物的人很是奇怪，没人知道他是从哪里来的。

使者嘲笑道：

"明天下午的时候到沙皇宫殿来。不过我们会在花园里放上一个稻草人，到时不会放过任何一只小鸟或者野兽的。"

"哼，别看不起人，你会后悔的！"伊凡说完就离开了。

第二天下午，伊凡来到沙皇的宫殿，他到的时候那里已经有好多园丁在那等着了。沙皇走上台阶，说道：

"你们之中不管是谁只要能在三天内种出金苹果，我就会满足他的任何要求，绝不食言。"

一个老园丁从人群中走出来，他向沙皇鞠了一躬说：

"尊敬的沙皇陛下，我已从事园林业四十余年，可从未听到过这样的怪事，如果你能给我三年的时间，我倒可以接受这个任务。"

有说两年的，有说一年的，还有说半年的。大家七嘴八舌地议论着，就在这时，伊凡走上前来，说：

"我能办到！"

大家都被他的话惊呆了。

沙皇目不转睛地看着伊凡，觉得很奇怪，他想：这个怪人是从哪里来的呢？

沙皇说："好吧，我就给你三天的时间，如果三天后你不能拿出成熟的金苹果，我就会杀了你。"

沙皇对御前大臣说：

"把这个园丁领到果园去，不管他需要什么都给他。"

伊凡说："我什么也不需要，你只要告诉我种在哪里就行了。"

第二天晚上，伊凡来到空旷的地方，吹了一声口哨，高声喊叫：

"灰黄马，淡栗马，快快来到我的跟前！"

只见土地颤动，马儿狂奔而来，从它的耳朵里射出一股股的烟，从它的鼻孔喷出火焰，疾风中马鬃飘扬。

马儿来到伊凡跟前：

"你找我有什么事？"

"沙皇让我在三天内种出金苹果树，并开花、结果、成熟。"

"唉，这有何难！你现在拿着金苹果，坐在我的背上，在我的每个马蹄印上放上金苹果。"

马儿一边跑一边用蹄子翻出炉子大小的坑，而伊凡就把金苹果放进了坑里。

等到所有的金苹果都种完后，伊凡让马离开了，并往每个坑里滴了一滴复活水。之后给果树松土，没一会儿果树就发出了嫩芽。果园一片绿意盎然。还没到天亮果树就长到半人高，到了第二天晚上苹果树已经长大了，并且开始开花。苹果花的香味弥漫在整个王国之中，百姓们又惊又喜。

在这两天的时间里，伊凡不停地给果树浇水、施肥，一直忙碌了两天两夜，这时他实在太累了，就躺在树下睡着了。

沙皇有三个女儿，最小的女儿对姐姐们说：

"听说果园里苹果树正开花，我们去看看吧！"

两个姐姐也同意了她的提议。她们来到果园，洁白的苹果花把整个果园装饰得像一片白色的海洋。

"你们快看，苹果树真的开花了！"

"在这么短的时间竟能长这么快，这是谁做到的呢？"

"哪怕让我看这人一眼也好！"

三位公主到处寻找，却没发现一个人影。最后，她们看到苹果树下两个妹妹说：

"我们还是快走吧，这地上躺着的是个吓人的怪物。"

二姐也去看了一眼后说："哎呀，我和大姐看到的不同，他明明是一个奇丑无比的人，这些果树就是他种的吗？"

大公主说："别瞎猜了，我们走吧！"

而小妹娜塔里亚公主请求说："你们先不要走，让我去看看吧！"

小公主去了，看了一圈。然后掀起牛皮，发现牛皮下是一张非常英俊的脸，他的英俊无法用言语描述，就像童话里的王子一样。公主还发现年轻人的两手从肘部到手都是金色的，两条腿从膝部以下都是银色的。公主瞬间就爱上了他。她从自己手上取下自己的戒指，戴在了伊凡的小指上。

这时她的两个姐姐喊叫着：

"妹妹，快走吧！我们要回家了！"

娜塔里亚公主跑向她的两个姐姐，姐姐们问道：

"你怎么在那里待了那么久，你从那个丑八怪那里看到什么了吗？怎么好像惊慌失措的，他到底是谁啊？"

小公主回答道："你们怎么可以这样说他，他怎么得罪你们了？他把果园打理得这么好，为我们整个国家增光，你们却这样说人家。"这时，沙皇来到窗户边，看到满院的苹果树，高兴极了，他心想：这个园丁没有说大话，他做到了！这样一来，我就可以在宾客面前好好夸耀一番了。因为今天沙皇要为他的女儿们选择未来的夫婿，想要在宴会中让她们自己选择自己的归属。所以三个太子、三个外国王子、自己的亲王和有名望的大臣都会前来参加宴会。

傍晚，客人们陆陆续续到来。第二天在王宫举行了盛大的宴会，客人们载歌载舞，很是开心。

伊凡不知睡了多久才醒过来，他醒来看到自己手上的戒指，很是奇怪，猜想着，这是谁的？到底发生了什么事呢？

伊凡取下手上的戒指，翻看着，看到了戒指上小公主的名字。

伊凡真想现在就见见这个小公主，看看她到底是个什么样的人。

这时的苹果树已经结果了，果实也在慢慢成熟，在太阳光的照射下那满树的金苹果像琥珀一样闪闪发光。伊凡摘了一筐熟透的金苹果，送到了宴会上。伊凡刚走到门口，大家就都闻到了阵阵的苹果香。

伊凡把篮子送给沙皇。所有的客人都被这些金苹果深深地吸引着。沙皇更是目不转睛地看着这些金苹果，一声不吭，一个一个地翻看着，就这样坐着不知过了多久，他才清醒过来说：

"谢谢，你竟能在三天内培植出金苹果，真不愧是我国最伟大的园丁，世界上再也找不出这样的苹果了。"就在沙皇夸赞伊凡的时候，三位公主一边给客人斟酒，一边挑选自己的夫君。

大公主选中了一位太子，二公主选中了一位王子，而小公主绕着桌子走了两圈都没找到自己心仪的对象。第三圈，她走到伊凡的面前，向眼前这个善良的年轻人鞠了一躬，说：

"如果你愿意，我愿意嫁给你！"

　　她递给伊凡一大杯烧酒，伊凡接过酒杯，凝视着公主：她是如此的美丽动人，伊凡高兴得都有些不知所措了。所有参加宴会的人听到公主的话都愣住了。

　　沙皇气愤地从桌旁跳起来说：

　　"我绝不允许这样的事情发生！"

　　伊凡说："尊敬的沙皇陛下，不知您是否还记得，当初在我接受任务的时候，您说如果我能把你要求的事情办好，就答应我给我想要的任何东西；如果做不好就杀了我。现在事情我已经做到了，我只有一个要求：把娜塔里亚公主嫁给我！"

　　沙皇连忙摆手道：

　　"你这人也不看看自己的身份，竟然说出这样的话，真是不知羞耻！"

　　这时，公主也向沙皇哀求道：

　　"父皇，人是我自己选的，除了他我谁也不嫁。"

　　沙皇大发雷霆，大骂起来：

　　"你可是我最喜爱的女儿，现在竟然说出这么不知羞耻的话，既然你喜欢这个丑八怪，就跟他一起滚吧，离开我的国土，永远别让我再看到你们。"

　　王后伤心地流着泪说：

　　"唉，女儿呀，我们皇家的脸都让你给丢尽了！"

　　尽管王后不住地埋怨，但还是爱女心切，她劝沙皇道：

　　"沙皇陛下，请别再生气了，还是饶恕他们吧！她毕竟是我们的女儿，还是给他们划分一些土地吧！"

　　沙皇采纳了王后的意见，选择宽恕了他们，说：

　　"让他们就住在御园的一个旧木房里吧，没我的允许不准来京城！"

　　沙皇将伊凡和小公主赶了出去，为大公主和二公主举办了风风光光的婚礼。婚宴后沙皇还把半壁江山送给了两个女婿。

英勇的伊凡

　　这样不知过了多少年，一天，从边防传来消息说：格维顿国王率领大军越过国界，已经把王国的三座城池都尽收囊中。

　　沙皇听后，立即把他的两个女婿和大臣们召来商量对策。沙皇说：

　　"现在边界敌军来犯，你们去召集军队，准备为国效力。"

大女婿和二女婿异口同声地夸口说：

"请陛下放心，我们一定能击溃敌军，并且还会把格维顿国王带来听候你发落。"

他们集结军队，出发了。

沙皇命令套上最好的六套马车，他紧跟在军队的后面。

沙皇的军队在一个山丘上驻扎了下来。从望远镜中沙皇看到，格维顿的军队连营千里，一望无边。敌人的骑兵在山丘的下面耀武扬威，横刀纵马，讥讽怒骂着沙皇。

士兵们看到此场景不禁吓得面如土色，而沙皇的两个女婿见敌军阵势如此强大，也吓得躲了起来。面对着这群废物，沙皇只能仰天长叹。

身在御园中的伊凡，得知了敌军压境这件事后，也很焦急，他想到了那匹马，他来到空旷的地方，吹了声口哨，高声喊叫：

"灰黄马，淡栗马，快快来到我的跟前！"

瞬间马儿带着骑士的盔甲跑来了。马儿在奔跑的时候，火焰从鼻孔中喷着，一股股烟从耳朵中射出。伊凡备好马。他先把毡鞍垫放在马背上，之后在毡鞍垫上放毡子，最后把哥萨克马鞍放在毡子上；用丝绸把马肚束紧，用金带扣好。伊凡穿上勇士的盔甲，跃上马背，一路狂奔朝前线奔去。

伊凡就像一只雄鹰一样向格维顿军队飞去。到了战场上，他遇到了一个力量非常大的外国勇士。

勇士讥讽道：

"狗东西，小心我把你碾碎！"

伊凡却什么也没有说，挥动他沉重的棒槌向敌人冲去。

伊凡手起棒落，那个大力气的外国勇士很快便被打下了马。格维顿的士兵看到主帅败下阵来，纷纷溃逃。

这时，沙皇的两个女婿从灌木丛中跳出来，挥舞着手中的兵器，向那些溃败的敌军追去。

伊凡见沙皇已没有太大危险，便掉转马头，飞驰而去。战场上没有一个人认识他。只是在他经过沙皇旁边的时候，沙皇看到他金色的肘部以上的双手和银色的膝盖以下的双脚。沙皇喊道：

"善良的年轻人，谁让你来帮我的？你是谁？"

伊凡没有回答他，快速走开了。他来到空旷的地方，脱下盔甲。重新换上他的破衣服回家去了。他很累，爬上火炕，就睡着了。

沙皇最后大获全胜，他的两个女婿带着军队凯旋。大家在宫殿里举行欢庆宴会。

伊凡对他的妻子说：

"亲爱的，王宫正在准备庆功宴，你去试试，到父母亲那里看是否能要一大杯绿酒和一整个猪腿。"

小公主不请自来。她看到自己的父母先是向他们鞠了一躬，然后又向在座的宾客打了招呼，说出了此次前来的目的：

"父亲请你给伊凡一大杯绿酒和一整个猪腿吧。"

皇后也帮着求情：

"是呀，陛下，看在这喜庆的份上，就答应给他吧！"

沙皇用手一挥："好吧，等到所有客人吃喝走后，剩下的都给你们吧。"

公主觉得这是父亲在羞辱自己，生气地扭头就走了。

就在这时，大厅里闯入了一名军士，向沙皇禀告道：

"尊敬的沙皇陛下，大事不好了，格维顿军队又来侵犯我境，这次的将领是上次那个被打死的勇士的兄弟。这个勇士的条件是：如果我们不能把那个打死他兄弟的人交给他，他将把整个王国夷为平地。"

沙皇听此吓得瑟瑟发抖。

这时他的那两个女婿借着酒劲，吹牛：

"尊敬的陛下，别担心，我们去杀了他不就完了！"

他们集结军队，备好马，第二次出征了。

沙皇因害怕而一病不起了。

等到沙皇军队和敌军刚一相遇，双方就打了起来。

沙皇的女婿们一看到敌军的这个将领，就吓得慌忙躲在了大臣们的后面，而那些大臣们就躲得更远了。

就在这千钧一发之际，伊凡来了，他高喊道：

"灰黄马，淡栗马，快快来到我跟前！"

话音刚落，他的马儿就飞奔而来。

伊凡快速跳上马，飞奔去了战场。他刚与敌军相遇，就把敌军打得落花流水。

这时格维顿的那个勇士骑着马向伊凡冲来。他坐在马背上就如同一座大山，准备把伊凡生吞活剥了。

两人一交上手，双方用的长矛都被打断了，可没有分出胜负。后来，两人各自拔出自己的佩剑，伊凡手起剑落，敌人就被劈成了两半。与此同时，就连他们的马也在用胸脯相互碰撞着。

格维顿的士兵眼看着首领已死，四下逃窜。伊凡立刻掉转马头，说：

"我的事都做完了！"

这时沙皇的那两个女婿才敢带着自己的兵士，追杀残余的敌军。当伊凡从他们身边经过的时候，他们竟看都不看一眼这个善良的年轻人。

伊凡回到家里，便睡下了。

他的妻子娜塔里亚公主回到家，看到他却在呼呼大睡，说：

"当我们的边境受到敌军侵犯的时候，你都躲到哪里去了？"

伊凡什么也没有说。娜塔里亚公主伤心地哭了起来，说：

"你真的太让我失望了！"

第二天，沙皇军队凯旋。大家为他们的胜利庆贺。回来后，两个女婿便把战场上的情况向沙皇据实禀报了。

沙皇给这些打了胜仗的将军一一封赏，并给所有的士兵赐了甜酒和啤酒。为了庆贺还下令放排炮，奏排钟（由 12 ~ 18 根黄铜管组成，演奏时击打黄铜管）。

就在他们庆祝的时候，格维顿王国的勇士罗斯那涅伊又劝说他们国家的国王发动了新的战争。

格维顿军队来到城门前，给沙皇下了战书：要求沙皇交出杀害他们两个勇士的年轻人，同时还要向他们俯首称臣，世代纳贡，如若不然格杀勿论！

沙皇害怕极了，把所有的大臣召集了起来商量对策。这群人早就被格维顿王国的战书吓得魂不附体，人人同意议和。

为了凑够赔款，沙皇甚至下令从百姓身上搜刮钱财。

可那个年轻人在哪里呢？要到哪里去找呢？要知道他是敌国重点强调要的人啊！这时沙皇突然想起第一次见这个年轻人时的特征：金的手和银的脚。于是，沙皇便下令捉拿有金手银脚的罪犯。

娜塔里亚公主一听说通缉的信息，便明白了，其实每次拯救大家、为国杀敌的勇士就是自己的丈夫。她在高兴之余还有些伤心，高兴的是自己的丈夫并不是个懦弱无用之人，伤心的是自己的父亲竟然要通缉有功之士。

公主一路跑回家，抱着自己的丈夫说：

"亲爱的，请你原谅我，现在我才知道你就是那个勇敢之士，而我的父亲真是愚蠢至极，竟然要缉捕你。我请你躲藏得远一点儿，让沙皇的仆人找不到你。"

"别难过，亲爱的，沙皇的仆人有什么好怕的。"伊凡安慰道，"现在最重要的就是打败敌军，让他们从此以后不敢来犯。"

说完这些，伊凡告别了自己的妻子，跑到空旷的地方，高声喊叫：

"灰黄马，淡栗马，快快来到我的跟前！"

马儿很快就到了，说：

"伊凡，我感觉今天将有一场腥风血雨，我们两个可能都要受伤。"

伊凡回答道：

"就算是死也好过给凶恶的仇人做贡品。"

他备好马，配好马鞍，自己穿上盔甲，向京城的中心奔去。到了那里，伊凡高喊道：

"为了保护我们的家人，就算是战斗到最后一人，也绝不能把国家出卖给格维顿和萨尔坦，大家行动起来吧。胜利终将是我们的！"

人们纷纷响应，所有的老少爷们都行动起来。伊凡只用了三天的时间就组织了自己的军队，第四天，分团队；第五天，便向敌军攻去。

格维顿军队的主帅率领着黑压压的军队与伊凡的军队厮杀起来。

伊凡用矛刺向了敌军的首领，在他的身上刺了个大窟窿。伊凡军队把敌军纷纷打下马来。

伊凡大获全胜。然而沙皇却召集群臣商议：

"这个胆大妄为的家伙，竟敢公然违抗圣旨，擅自组织了军队，他的行为已给整个国家带来了很大的威胁，为了平息格维顿人的愤怒，惩戒这个抗旨不遵的年轻人，我宣布，判他死刑！"

一位老臣从椅子上站了起来说："千万不可呀，陛下！这个通缉和宣判都是不可实施的！"

沙皇问道："你这话什么意思，为什么呀？"

"你也知道这个年轻人现在拥有自己的军队，我们不可贸然行事。我们应该盛情地款待他们，设盛宴为他们庆祝，只要把他灌醉，就容易抓到他了，只要抓到了他，他的那些军队也就不足为虑了！"

大臣的话让沙皇很是高兴，就这样一个阴谋已酝酿成功，就等着实施了。

这时，伊凡带着他的马悄悄离开军营，来到一个空旷的地方，卸下马鞍，摘掉马笼头。

"真是太谢谢你了，我亲爱的马，你对我如此忠心耿耿，我一辈子都不会忘了你的。"

这时，马对伊凡说：

"伊凡，你现在更应该担心的是沙皇和大臣们。我希望你能满足我一个要求，这样以后我都会对你忠心的。"

"说吧，你有什么要求，尽管提，不管是什么我都会满足你的。"

"伊凡，你可要记住你说的话。"

"好了，你就说吧，我一定会满足你的。"

"伊凡现在请你拿出你的宝剑，砍掉我的头颅。"马乞求着。

"这怎么可以？这要求也太荒唐了，要我杀了你，我做不到，我怎么可能会杀了你呢？！"

马低下头：

"伊凡如果你真的不肯砍掉我的头，就会带给我一辈子的不幸。"

马伤心地大哭起来。

伊凡站着，呆呆地看着自己的这位朋友，一时没了主意。

而马再一次请求伊凡砍下它的头：

"伊凡，你别怕，只要你把我的头砍下来，就会明白所有的一切到底是怎么回事！"

伊凡考虑再三，挥起宝剑，马头便被砍了下来。

突然，站在他面前的马竟然变成了一位善良的年轻人：

"真是太谢谢你了，伊凡，我亲爱的朋友，你砍下了我的头，让我摆脱了魔法的限制！不然我就要一辈子都是马了。其实我也是这个王国的人，我的父亲是个农民，我叫瓦西里伊。之前我有着盖世神力，可因为沙皇的仆人欺负我的父母，我在与仆人的决斗中战胜了他，因此惹得沙皇不高兴，沙皇命令他的仆人看守着我，他们趁我睡着的时候用镣铐扣住了我的手脚，把我扔进了深山密林，想让野兽吃了我。这时幸亏一位老人救了我，把我带到他的国家，可我不想一辈子在他那里为奴为婢，于是老人就把我变成了一匹马，一直用饥饿来折磨我，直到你来救了我，我们才从他那里逃了出来，我们为了捍卫自己国家的利益并肩作战，同恶势力做斗争。除了你，没有人能解开我身上的魔咒。"

伊凡被眼前的景象惊呆了，过去的一匹马，现在却变成了一个大活人。

这时，瓦西里伊向伊凡深深地鞠了一躬说：

"我们义结金兰吧！"

伊凡高兴极了，紧紧地拉着兄弟的手，放在自己的心头。

两人向自己的军队走去。

当他们率领着自己的军队来到沙皇王宫的时候，沙皇下令放排炮、打鼓，并亲自带领着众大臣前去迎接：

"孩子们，实在感谢你们！你们的战绩将铭记于我们的心上，所有的人都会受到奖励，现在你们好好放松放松吧，吃喝玩乐应有尽有。"

这时，伊凡和瓦西里伊走到沙皇跟前，说：

"现在你倒是挺温柔的，并且好像很慷慨，难道你忘了，当初你要答应把我们的国家和人民出卖给格维顿和萨尔坦，让他们成为我们生命的主宰吗？"

沙皇和所有的大臣都听傻了，愣在那里一动不动，他们手脚发冷，脸色苍白。

这对患难与共的结义兄弟对他们说：

"现在请你们离开我们的王国到别的地方去，我们不想在这里再看到你们！"

所有的军人都大喊着：

"快滚出去！"

沙皇和大臣们灰溜溜地逃跑了。

从此以后，伊凡和瓦西里伊一同治理着这个国家。

伊凡·麦里索伊和国王的刁难

有一位老大爷和一位老大娘相依为命,以捕猎为生。他们每天辛苦劳作,也仅够养家糊口而已。他们家徒四壁,无依无靠。

有一天,老大娘悲伤地对老大爷说:

"我们含辛茹苦一辈子,还是过着缺衣少食、饥寒交迫的生活。甚至连孩子也没有,将来连一个养老送终的人都没有啊!"

"老太婆,不必难过!"老大爷安抚老大娘,"在我们手脚无法动弹之前我们还是可以吃饱喝足的,至于以后的事情先不要去考虑了。"

说完之后老大爷就上山打猎去了。

33个儿子

老大爷在森林中转悠了一天,可不知为何今天没有打到一个猎物。不想空手而归的他看着渐渐落山的太阳心中直发急。这该如何是好?

一筹莫展的他刚要转身回家,突然,在他的身边响起了啪啪的拍翅声,一只漂亮的大鸟从不远处的灌木林中飞起。

可是等老大爷举起猎枪时那只鸟又不见了。

"唉!也许,它本来就不属于我,不该被留下来啊!"老大爷心里嘀咕道。

他还是有些不甘心,来到大鸟飞起的地方,让他惊喜的是竟然有一些鸟蛋整齐地摆放在鸟巢里,这些鸟蛋都很巨大,他数了数,整整33个。

他把33个鸟蛋放进背包里,系紧腰带,非常高兴地赶回家去。

他已经离家很远了,不知道走了多久,他饥肠辘辘,饿得腰带都松了,一个又一个的鸟蛋从背包里掉了出来。

每当一个蛋掉落在地的时候，就有一个年轻人从蛋中跳出。背包中一共 33 个蛋，没多久就掉出了 32 个蛋，一共有 32 个年轻人从蛋中跳了出来。

老大爷一直在前面走，感觉到异常后，发现背包中只剩下最后一个蛋了。他懊恼地往回一看，眼前的一幕让他愣住了：在他身后有长着同样面孔、同样身材、同样头发的 32 个年轻人。他们不约而同地说道：

"您既然找到了我们，说明我们与您有缘，从现在开始您就是我们的父亲，我们就是您的孩子。请带我们回家吧！"

老大爷领着 32 个孩子风风火火地回到了家，隔着老远就对老大娘喊道：

"老太婆，快来看看啊，你整天哭诉说我们没有孩子，如今我给你带回来 32 个儿子——32 个年轻人。赶紧准备桌椅板凳，孩子们饿了啊！"

老大娘静静地听着老大爷讲述事情的经过。

老大娘呆住了，一时说不出话来，她愣愣地站在那儿。她一会儿看看这个，一会儿拉拉那个，当她确信自己没有做梦的时候，欣喜若狂地赶忙收拾桌子去了。累了一天的老大爷解下了宽腰带，脱下脏兮兮的外衣，正在此时，背包里的第 33 个蛋掉了出来，第 33 个年轻人从蛋中跳了出来。

"你从哪里来的？"

"我叫伊凡·麦里索伊，我是您的第 33 个儿子。"

老大爷这才想起，自己捡了 33 个蛋，应该有 33 个儿子啊。

"坐下吃晚饭吧，伊凡·麦里索伊，我的孩子。"老大爷充满慈爱地说道。

家中所有的食物被 33 个年轻人一扫而光，可是他们仅仅吃了个半饱。

晚上，33 个年轻人席地而睡。天刚蒙蒙亮，伊凡·麦里索伊对老大爷说：

"父亲，既然你能够找到我们，那么你应该也有工作让我们做。"

"孩子们，我们家没有耕地，甚至连用来播种的犁和马都没有，我们家你也看到了，一贫如洗，根本没能力给你们安排工作。"

"没关系，没有就没有吧！"伊凡·麦里索伊答道，"父亲，那就让我们自己去外面找工作吧。父亲，你帮我们定做 33 把大镰刀吧。"

伊凡·麦里索伊同兄弟们趁老大爷到打铁铺打造大镰刀的时候，在家做了 33 只把和 33 把大镰刀把。父亲从打铁铺拿回了 33 把大镰刀，伊凡·麦里索伊把工具分发给兄弟们后说道：

"我们自己出去找工作，挣一番家业好让父母亲有个圆满的晚年。"

告别双亲的兄弟们出发了。走了很长一段路后，他们来到了一个大城市。恰好此时，沙皇的管家乘车迎面而来，管家看到这么多身强体壮的年轻人问道：

"哎，年轻人，你们是刚干完活还是去找工作啊？要是去找工作的话，我正好需要人，你们就跟我走吧。"

"你能给我们什么工作？"伊凡·麦里索伊问道。

"很简单的事情。"管家答道，"去沙皇的禁地割草，然后晒干，并垛成草堆。你们谁是领导？"

大家都沉默不语。伊凡·麦里索伊走向前来说：

"好吧，我们跟你去！"

没多久他们就跟随管家来到沙皇禁地的草地上，管家说道：

"三个星期内你们能不能把这片草地的活干完？"

伊凡·麦里索伊答道：

"要是晴天的话，三天足够了。"

管家兴奋地说道：

"年轻人，好好去干活吧！不会少给你们工资的，你们要吃些喝些什么？我去给你们准备。"

伊凡·麦里索伊说：

"我们只要 33 头烤熟的公牛和 33 桶酒，外加 33 份白面包，其他就不需要了。"

沙皇的管家离开了。兄弟们拿起磨得异常锋利的镰刀开始工作，直到哨声响起才停止工作。工作进行得非常顺利，在傍晚时分这片禁地上的草就割完了。恰在此时，管家命人运来了 33 头烤熟的公牛、33 桶酒和 33 份白面包。兄弟们太累了，每人只吃了一半的食物就躺下休息了。

第二日，割下的草被火红的太阳晒干后，兄弟们又忙碌起来，他们把干草扒成堆儿、堆成垛，太阳落山的时候，所有的干草都被他们堆成了垛。干完活的兄弟们又喝了半桶酒、吃了半份白面包和半头公牛。吃饱喝足之后，一个兄弟被伊凡·麦里索伊派往沙皇宫殿：

"你去告诉管家，工作完成了，让他们来验收。"

不一会儿，管家和这位兄弟一同归来了。

伊凡·麦里索伊和金鬃马

让众人意外的是沙皇竟然亲自来了。沙皇在草地里这儿看看那儿看看，呈现在他眼前的是整齐平整的草地，连一根立着的草茎都没有看到，他满心欢喜地对他们说道：

"很好，小伙子们，禁地的草被你们割得干干净净，并且晒干堆成垛，真是既快又好！我如约给你们工资，另外给你们一大桶酒和100卢布的钱算是奖赏。不过现在你们要将干草看护好。以往，虽然年年都有人看护干草，可是干草不仅被偷吃贼偷偷吃掉，而且还一直抓不到偷吃贼。"

伊凡·麦里索伊说："沙皇陛下，我一个人看守干草就够了，让我们的兄弟们回家去吧。"

沙皇同意了。于是，兄弟们和沙皇一起去宫殿里喝酒和吃饭，并领取赏钱，吃饱喝足后的另外32个兄弟就回家照顾双亲去了。

伊凡·麦里索伊独自一人返回草地上。他的任务就是看守干草以防被偷食，他白天在沙皇的厨房里吃喝休息，晚上则通宵达旦看守干草。

秋天到了，随之而来的是漫漫长夜。一天傍晚，伊凡·麦里索伊像往常一样躲在干草垛中。午夜时分，突然间漆黑的夜空中一片光明。伊凡·麦里索伊看到一匹长着金色鬃毛的母马从大海中跳出，它在地面上奔跑，金色的马鬃迎风飘扬，一股股火焰从鼻孔中喷出，一股股烟柱从耳朵中射出，它跑过的地面甚至都在微微震动。

它径直跑到草地上，偷吃起干草来。正在这时，伊凡·麦里索伊猛然间跃上马背，一只手牢牢地抓住马鬃，另一只手拿着皮鞭狠狠地抽打着金鬃马，让它跑向青苔和沼泽地。

沿着青苔和沼泽地奔跑的金鬃马没多久就深深地陷进了泥沼之中。它万般无奈地对伊凡·麦里索伊说：

"喂，伊凡·麦里索伊，我被你抓住了，也被你驯服了！你就不要再打我、折磨我了，我会成为你忠实的仆人。"

随后，金鬃马就被伊凡·麦里索伊牵到了沙皇的宫殿里并关在马房中，而自己去吃饭了。

第二日，他面见沙皇说道：

"沙皇陛下，我抓住了偷吃禁地中干草的窃贼。我们去看看吧！"

沙皇见到母马后，非常兴奋，他说：

"不错呀，伊凡·麦里索伊，虽然你很年轻，可是机智勇敢呀！为了表彰你的贡献，我册封你为老饲马员。"

人们知道这位年轻人的事迹以后，给他起了一个外号：大智大勇的伊凡·麦里索伊。

收集稀奇古怪的东西

当上养马官后的伊凡·麦里索伊悉心看护着所有的马匹。没过多久，马房中的马就被伊凡·麦里索伊养得肥壮彪悍，它们有着闪闪发亮的皮毛和梳理得非常柔软的马鬃和尾巴。沙皇看了赞叹不已：

"天啊，像你这样勤劳聪明的年轻人我还从来没有见过——大智大勇的伊凡·麦里索伊！"

沙皇的话让其他饲养员开始忌妒，有人说："这个乡巴佬要爬到我们头上啦！他成为沙皇马房里的老饲养员啦！"他们开始计划陷害伊凡·麦里索伊。

一天，一个老巡警喝醉了酒，他醉醺醺地来到了沙皇宫殿，向饲养员们喊道：

"孩子们，来吧，给我拿酒来解愁，我教你们如何整治伊凡·麦里索伊。"饲养员们眉开眼笑，高兴异常，立刻给他拿来美酒。

老巡警对他们说：

"我们的沙皇喜欢收集一些稀奇古怪的东西，尤其是喜欢自动演奏的古丝里（俄国古代的一种弦乐器，类似中国古筝）、能跳舞的公鹅和淘气的公猫。常常有年轻人去寻找这些东西来讨好沙皇，可令人悲哀的是，从来没有人见过它们。你们去向沙皇进言：就说大智大勇的伊凡·麦里索伊曾夸口说，找到这些东西对他来说易如反掌。要是他被沙皇派出去就不会有命再回来了。"

饲养员们在沙皇房间外的窗户底下装模作样地窃窃私语。沙皇听到动静，走了出来，问道：

"年轻人，你们在讨论些什么？需要什么帮助？"

"陛下，我们在讨论老饲养员大智大勇的伊凡·麦里索伊，他说他能找到自动演奏的古丝里、会跳舞的公鹅和淘气的公猫。我们有些人相信，有些人不相信，在争论他是不是在吹牛。"

沙皇听到这些欣喜若狂，根本没有听他们后面说些什么。他想：要是我得到了这些，我就可以在所有的帝王面前炫耀一番。之前也有很多人去找过，可是从来没有人找到过，我也从来没有见过它们！今天的这个消息让他非常兴奋，也让他燃起了所有的希望。

随后，沙皇召来伊凡·麦里索伊，下令道：

"你放下手上的一切事情，立刻去找自动演奏的古丝里、能跳舞的公鹅和淘气的公猫。"

伊凡·麦里索伊觉得这个命令莫名其妙，也不可能做到，他说道：

"沙皇陛下，你这是怎么了？我根本没有听说过这些东西，你让我怎么找？"

暴跳如雷的沙皇跺着脚说：

"难道你要抗旨不成！要是你取回这些东西，我重重有赏；要是找不到，你就等着掉脑袋吧！"

伊凡·麦里索伊离开沙皇，忧心忡忡地来到马房，他备好马鞍准备启程时，金鬃马问道：

"主人，发生了什么不幸的事，为何你看起来如此闷闷不乐？"

"唉，我实在不知如何是好！沙皇命令我去找一些我从来没有听说过的东西——自动演奏的古丝里、能跳舞的公鹅和淘气的公猫。"

"啊！原来是这些啊，太简单了！"金鬃马说，"我知道这些东西在哪里，我们一起去找到它们。走！骑到我的背上，我带你去找雅加·雅吉什纳。"

就这样，伊凡·麦里索伊和金鬃马出发了。他们跑了很久，金鬃马跑得都瘦了一圈，伊凡·麦里索伊也非常劳累，最终他们来到了森林的密处，那里一片漆黑，伸手不见五指。他们停在了一座由东向西旋转的小木房旁。伊凡·麦里索伊走近这座小木房时念道：

"小木房，小木房，我只住一晚上，不住一辈子，快快向我转过来。"

小木房的正面慢慢地转了过来。系好金鬃马的伊凡·麦里索伊走上台阶，推开木门。一个雅加老太太坐在小木房里，她看起来好奇怪，她的鼻子碰到天花板，她的脚是骨制的，她的身旁放有杵和臼。

这就是金鬃马所说的雅加·雅吉什纳，她看到伊凡·麦里索伊后说：

"上次俄罗斯人来我这里，已经是很久很久以前了，我也很久没有闻到俄罗斯人的气味了，而如今在我的寒舍里，竟然又再次闻到了俄罗斯人的气味！小伙子，来我这里有什么事情啊？"

"老大娘，难道您不欢迎客人的到来吗？我们露西人的习俗是先请客人吃饭、喝酒、沐浴，接着睡个好觉，然后才开始询问事情的。"

雅加老太太好像刚明白过来似的，她说道：

"哎哟，和善的小伙子，请不要怪罪，这些都是我的错，原谅我这个老太婆的过失吧！咱们一切都按规矩来。"

她开始收拾桌子，迅速地准备了饭菜和酒食，她招呼伊凡·麦里索伊吃饭、喝酒，然后烧好热水让伊凡·麦里索伊洗了个热水澡。接着她铺好了床铺，然后请伊凡·麦里索伊躺下睡觉。准备睡觉前，她开始向伊凡·麦里索伊询问道：

"小伙子，请你告诉我，你是被赶到这里来的还是自愿来这里的？你想要做什么？"

伊凡·麦里索伊答道：

"有一天，我突然被沙皇命令出来寻找自动演奏的古丝里、能跳舞的公鹅和淘气的公猫。可我以前根本就没有听说过这些东西。老大娘，如果你不告诉我这些东西在什么地方可以找到的话，我可能会死掉的！"

"哎哟，你这个孩子，这些稀奇古怪的东西我确实知道在什么地方，不过想拿到它们不太容易啊！之前，有很多善良勇敢的年轻人都去过那里，可都没再回来过。"

"嗯，老大娘，这些我有所耳闻，但我也必须去试一试，这可能是我命中的劫数，我逃避不掉，你只需要告诉我去哪里可以找到就行了！"

"孩子！我很同情你，可以告诉你怎么去寻找这些东西。你的金鬃马需要留在我这里，它在这里会安然无恙的。明天，你把这个小线团丢在地上，它会把你带到我的二姐那儿。我二姐看到小线团就会告诉你所有的情况。她告诉完你所有情况后，会把你送到我大姐那儿，她会尽力帮助你的。"

第二天，天还没有亮，伊凡·麦里索伊就被老大娘叫醒开始吃饭、喝酒，酒足饭饱之后，他就上路了。小线团在向前滚动着，后面伊凡·麦里索伊跟着。小线团连续滚动了三天，伊凡·麦里索伊跟着走了三天，最终小线团停在了一座小木房前。

伊凡·麦里索伊来到木屋旁边说道："小木房，正面向我，背面向森林，快快转过来！"

小木房的正面慢慢转了过来，伊凡·麦里索伊走上台阶。

女主人看起来并不欢迎他，头也没抬一下地说道：

"俄罗斯人的气味实在让人怀念，我都记不清上次闻到是什么时候了，更记不清多久没吃过人肉了，而如今，俄罗斯人竟然自动送上门来。说吧，你来干什么？"

这个时候，老太太才看到伊凡·麦里索伊拿出的小线团，她拍着脑袋说：

"哎哟，冒犯你了，尊贵的客人！你为什么不早说是我妹妹叫你来到我这儿的？"

她赶紧跑去张罗了一桌子的好酒好菜，对伊凡·麦里索伊道：

"请贵客先吃饱喝足休息一会儿，再谈正事。"

吃饱喝足后的伊凡·麦里索伊躺在床上休息，而雅加老太太的二姐坐在床头听完了伊凡·麦里索伊的事情后，对他说：

"路程没多远了，不过能不能回来就看你的造化了。我的外甥兹麦伊·戈雷内奇那里有自动演奏的古丝里、能跳舞的公鹅和淘气的公猫。以前有很多善良的年轻人都去过那里，可没有一个回来，他们全被兹麦伊·戈雷内奇吃掉了。这件事还需要我大姐的帮忙，毕竟他是我大姐的儿子，否则你也必死无疑。现在我先派乌鸦去找到大姐告诉她此事。年轻人，你先睡觉吧，明天再赶路。"

这一夜，伊凡·麦里索伊睡得异常香甜，第二天早上他洗漱后，吃了雅加老太太的二姐给他准备的早餐。随后，雅加老太太的二姐给了他一个红色的毛线团并带他来到山间小路上，伊凡麦里索伊告别了这位老太太，又继续跟在毛线团后面走。

走了一天一夜，他从早上朝霞初露，走到傍晚霞光降临，他走得很累，拿起毛线团坐下来，喝着泉水吃着面包，然后继续赶路。

就这样三天过去了，第三天的傍晚他跟着毛线团来到一座大房子面前。这所房子由 12 根柱子和 12 块石头支撑，高高的栅栏围绕在房子的周围。

雅加老太太的大姐听到狗的叫声走到台阶上，她让狗安静下来后说道：

"和善的年轻人，老二的乌鸦——这只凶兆的鸟来到我这里告诉了我关于你的事情，我会尽力帮助你的。尊敬的年轻人，路途劳累，先到房间里喝酒吃饭休息一会儿。"

伊凡·麦里索伊吃饱喝足后，老太太说：

"我的儿子兹麦伊·戈雷内奇快要回来了，我得先把你藏起来，他只要一饥饿就会乱发脾气，甚至可能吃掉你……"

老太太打开地下室的门跟他说：

"你先藏在这里，我没有叫你之前你就坐在那里不要动。"

刚刚关上地下室的门，房屋周围就发出了巨大的隆隆声，接着大门就被撞开了，整座房子颤动得厉害，好像随时会坍塌一样，一道黑影飞了进来。

"屋中怎么有俄罗斯人的气味！"

"儿子，怎么啦，这里怎么会有俄罗斯人的气味，已经多年没有灰黄色的狼来搜寻了，也没有可爱的好汉经过这里呀！倒是你四处乱飞才把俄罗斯人的气味带回来的。"

她收拾桌椅让儿子吃饭，从炉子里拉出一头早已准备好的烤熟的公牛，又拎来一桶酒。兹麦伊·戈雷内奇开始大口吃喝起来，很快酒足饭饱的他开始兴奋起来。

"哎，母亲，找谁来同我玩一会儿'耍傻瓜'牌吧！"

"儿子，我可以找一个人来与你玩'耍傻瓜'，但是，你要是干出什么坏事来怎么办？"

"母亲，不要担心呀！你把他叫来吧，我只想玩一会儿，无论是谁我都不会伤害他的，来吧！"

"那好吧！儿子，不过你要记住自己的承诺哦！"雅加老太太的大姐说。随后她就打开地下室的门喊道："上来吧，大智大勇的伊凡·麦里索伊，满足主人的愿望来玩会儿'耍傻瓜'牌吧。"

三人围成一桌开始玩牌，这时兹麦伊·戈雷内奇说：

"我们先定好规矩，谁要是输了，就要让赢家把他吃掉。"

他们这样玩了整整一夜。伊凡·麦里索伊在雅加老太太的大姐的帮助下，一局都没有输。

兹麦伊·戈雷内奇似乎忘记了他说的"谁输就要被吃掉"的约定，他继续请求说：

"小子，今天你就留在我家做客吧！等我晚上回来再继续玩，我一定要赢你。"

说完后兹麦伊·戈雷内奇就飞走了。而伊凡·麦里索伊在雅加老太太的大姐家中继续吃饭、喝酒和休息。

傍晚，兹麦伊·戈雷内奇飞了回来，他先喝酒吃饭，他喝了一桶半的酒，吃了一头烤熟的公牛，酒足饭饱之后，他说：

"来吧，我们继续玩，今晚我一定要赢你。"

就这样他们又玩了起来，而兹麦伊·戈雷内奇白天在世界各地不停地飞行，这个时候已经疲惫不堪了，他一边玩一边打瞌睡。伊凡·麦里索伊在雅加老太太的大姐的帮助下又赢了他。然而，兹麦伊·戈雷内奇又要赖了，他说：

"现在我有自己的事情要去办理，晚上回来我们再战。"

这一天，兹麦伊·戈雷内奇一整天都在到处飞行，而吃饱睡足的伊凡·麦里索伊则精神十足。傍晚，十分疲惫的兹麦伊·戈雷内奇飞了回来。他喝了两桶酒，一头烤熟的公牛被他吃了个精光，然后他就对伊凡·麦里索伊说：

"来吧，年轻人，今天晚上你就等着输吧！"

坐下来的他很快就开始打瞌睡。伊凡·麦里索伊很轻松地再次赢了他，"傻瓜"牌再一次被他抓到了。

这个时候，连输三次的兹麦伊·戈雷内奇才开始恐惧害怕起来，他跪在地上乞求：

"哎呀，你就饶了我吧！和善的年轻人，请你不要吃掉我！我愿意为你服务。"

然后他又转向母亲哀求说：

"妈妈，你帮帮儿子吧，劝劝这个客人求他不要吃掉我！"

"这样吧，兹麦伊·戈雷内奇，你输了三次。如果你把自动演奏的古丝里、能跳舞的公鹅和淘气的公猫这三件东西给我，那么我们就如你所愿。"

兹麦伊·戈雷内奇喜出望外，高兴极了，他奔过去拥抱客人和自己的母亲。

"这些都给你，这三件稀奇古怪的东西怎么可能比我的命还金贵！我再去搞些更好的东西给你吧。"

兹麦伊·戈雷内奇为善良聪明的伊凡·麦里索伊举行了非常丰盛的宴会，并与他结拜为兄弟，以兄弟相称。然后，他关心地说：

"尊贵的客人，让我送你回去吧！要不然你带着自动演奏的古丝里、能跳舞的公鹅和淘气的公猫这三件东西想走回去是很不容易的。"

"不错，儿子，你做得很好！"雅加老太太的大姐说，"你把客人送到你的三姨母那儿，回来的时候顺便去看看你的二姨母，她很久没有见你了。"

宴会结束后。拿着这三件稀奇古怪东西的伊凡·麦里索伊向雅加老太太的大姐告别。随后兹麦伊·戈雷内奇就抓起他迅速升空了，在云彩下面只飞行了不到一个小时，兹麦伊·戈雷内奇就降落在他的三姨母雅加老太太的小木屋跟前。跑到台阶上的女主人热情地欢迎客人的到来。

伊凡·麦里索伊不敢有任何耽搁，牵来自己的金鬃马，告别了雅加老太太和兹麦伊·戈雷内奇，马不停蹄地赶回自己的王国。

伊凡·麦里索伊取到了这三件稀奇古怪的被众人传得神乎其神的东西，并且完好无损地回来了，而此时沙皇正在招待一些尊贵的客人：三个国王和他们的王子、三个帝王和他们的太子，还有部长们和众大臣。

伊凡·麦里索伊走进房间向沙皇献上自动演奏的古丝里、能跳舞的公鹅和淘气的公猫。沙皇惊喜交加，他说道：

"唉，我亲爱的大智大勇的伊凡·麦里索伊，你能这样为我效劳真是难得！我要重重地奖赏你，我现在封你为谋士，你不再是之前的老饲养员了！"

沙皇的话让大臣和部长们心中更加不爽，他们彼此交谈，认为自己同饲马员一起参与朝政简直有损名誉！

此刻，众人开始把玩观赏起自动演奏的古丝里；能跳舞的公鹅，它的脚在欢快地跳动着；淘气的公猫开始叮叮咚咚乱弹弦乐器，尖细的声音回荡在整个房间，众人都处在洋溢着欢乐的气氛中。

就这样，众人在欢快的气氛中跳舞欢唱，直到夜幕降临，繁星点点。国王和帝王的王冠都跳得歪三扭四，太子和王子们累得气喘吁吁。而部长和大臣们却黯然神伤。就在这个时候，沙皇一挥手说道：

"喂，大智大勇的伊凡·麦里索伊，让它们都停下来吧！大家都疲惫不堪了。"

伊凡·麦里索伊就将三件稀奇古怪的东西往麻袋里一装，顿时整个世界都安静下来了。

客人们累得上气不接下气地说：

"嘿，实在是太好玩，太开心了。这些是我这辈子见过的最为稀奇古怪的东西。"贵客们都垂涎三尺，沙皇更是高兴得拊掌大笑。

大臣和部长们却暗自商议："一个土包子就这样爬到我们的头上了，现在都成沙皇跟前的红人了，要是我们不想办法打压他，说不定哪天就被他整死了。"

抢回阿廖娜公主

第二天，部长和大臣们聚集在一起商量如何除掉这个新谋士，一个资格较老的公爵建议：

"我认识一个老巡警，他对这些事情是很内行的，要不我们把他找来？"

老巡警到后，向众人鞠躬并说道：

"部长和大臣阁下，你们此次让我前来的用意我已经知道了，如果你们能给我半桶酒喝的话，我就告诉你们一个万无一失的计策。"

"快说吧，说完就给你。"

"三年以前，沙皇丧偶之后，他曾经无数次向美丽动人的阿廖娜公主求婚，可每次都被拒绝。之后，沙皇三次派军队攻打阿廖娜王国，最后都被打得狼狈而归。你们可以怂恿沙皇派大智大勇的伊凡·麦里索伊去抢回美丽动人的阿廖娜公主。他要是去了，一定无法完成这样的任务，自然就回不来了。"

大臣和部长们觉得他的这个计策很好，兴奋了起来。第二天一早，他们就来到沙皇面前说：

"沙皇陛下，您真是不同凡响，能找到这样一个谋士，这也是您的英明；他确实够厉害，竟然真的找到了这些稀奇古怪的东西。我们在交谈中又听他说道，他可以把美丽动人的阿廖娜公主抢回来。"

一听到阿廖娜公主的名字，沙皇就从宝座上跳下来说：

"对呀，我怎么把这事忘了！不过除了他之外，确实无人能担此重任前去求婚！"

沙皇越想越觉得伊凡·麦里索伊最靠谱，就派人唤来了他，并对他说：

"请你到那个非常遥远的国家里帮我把美丽动人的阿廖娜公主带回来。"

大智大勇的伊凡·麦里索伊回答说：

"沙皇陛下，美丽的阿廖娜公主可不是那些稀奇古怪的东西，不能把她装进麻袋里。她是一个活生生的人，她如果不愿意，我怎么能让她跟我一起来这里呢。"

沙皇生气了，吹胡子瞪眼地指着大智大勇的伊凡·麦里索伊说：

"不要说这些废话，这些我也不想知道，我只要你把我的新娘——美丽的阿廖娜公主给我带回来，我才不管你用什么办法！如果你把她带回来了，我就封你为首相，再送给你一座城市；否则，你就等死吧！"

大智大勇的伊凡·麦里索伊觉得这个任务太难了，不知道该怎么办，他很伤心地离开了沙皇宫殿。开始备鞍启程，金鬃马见他闷闷不乐的样子便问他：

"主人，你怎么了？遇到了什么难题？"

"唉！没什么不幸，但也不是什么好事。沙皇让我去把美丽的阿廖娜公主抢回来当他的新娘。他自己数次求婚都不成，三次派军队前去，也是无功而返，如今却让我一个人去抢，这明摆着是找我麻烦啊！"

"嗨，我当什么大事呢！"金鬃马说，"包在我身上，相信我，任何事情我都可以搞定的。"

听了金鬃马的话，伊凡·麦里索伊有些放心了，他准备了一些必备物品后，就出发了。

金鬃马带着伊凡·麦里索伊走了很久，终于来到了公主阿廖娜所在的王国。一道很高的围墙挡住了他们的去路。金鬃马很轻松地就跳了过去，一人一马神不知鬼不觉地来到国王的花园里。金鬃马对他说：

"美丽动人的阿廖娜公主喜欢采摘金色的苹果。我现在去找一棵结有金色苹果的苹果树枝覆盖在身上，你就藏在我身旁。明天，美丽的阿廖娜公主来花园散步，她会来到金色苹果这里，待她靠近以后，你要立刻抓住她并带着她骑在我的背上，你可不要看呆了，如果拖延一会儿的话我们恐怕就会死在这里！"

第二天清晨，阿廖娜公主果然来到花园散步，她看到长着金色苹果的苹果树时，就呼喊自己的奶妈、保姆和丫环：

"哎呀，这棵苹果树真是与众不同啊！金色的苹果真是诱人啊！……我去摘一个金苹果，你们在这儿等我回来。"

按照计划，来到苹果树跟前的阿廖娜公主被不知道从哪里跳出来的伊凡·麦里索伊给一把抓住。顷刻间，苹果树不见了，出现在面前的是一匹金色鬃毛的母马。金鬃马跺着马蹄。回过神来的伊凡·麦里索伊抱起美丽动人的阿廖娜公主跳上马背。此时，惊慌失措的奶妈、保姆和丫环就大声喊叫了起来。卫兵来了，可是美丽的阿廖娜公主却早已不知去向。得知消息的国王勃然大怒，组织了骑兵进行大搜捕。骑兵们搜索了两天，都空手回来了，不仅没有抓到人，而且除了那几个奶妈、保姆和丫环外根本就没有人看到是谁抢走了公主！

此时的伊凡·麦里索伊带着公主已经越过了许多江河湖泊。美丽的阿廖娜公主刚开始挣扎、反抗，可都无法挣脱，她很害怕，哭得很伤心。不过，公主心思聪颖，她一边哭，一边观察着这个抓她的年轻人。第二日，她向年轻人问道：

"你能否告诉我你是谁？该如何称呼你？你是哪个民族的人？你从哪里来的？"

"我叫伊凡·麦里索伊，人送外号'大智大勇的伊凡·麦里索伊'。我是农民的儿子，来自一个非常遥远的国家。"

"大智大勇的伊凡·麦里索伊，那你可不可以告诉我，你抓我是奉命而来还是为你自己来？"

"我奉沙皇的命令抓你回去；否则，他就要杀死我！"

美丽动人的阿廖娜公主泪流满面地叫喊着：

"我就算是死也不会嫁给这个老混蛋的！他三年前求婚不成，又三次派军队攻打我们王国，不仅什么也没得到，还被我们打得丢盔弃甲，全军覆没。我不想看到他，更不会嫁给他。"

这些话，伊凡·麦里索伊都听到心里去了。可是他什么也没有说，他只是心里想："要是我能娶她为妻该有多好啊！"

伊凡·麦里索伊带着阿廖娜公主很快就回到了自己的国家。沙皇每天都在窗户前看着、等着，希望大智大勇的伊凡·麦里索伊快点出现。

聪明和善的伊凡·麦里索伊还未到京都，沙皇已经得到了消息，他早早地就在红台阶上等着。在伊凡·麦里索伊离沙皇宫殿不远时，沙皇就急忙从宫殿中跑出，亲自扶阿廖娜公主下马并拉着她的手说：

"美丽的阿廖娜公主，我那么多次的求婚你都拒绝了，可如今，你还是不得不与我成亲！"

美丽动人的阿廖娜公主这个时候却一反常态，并不像之前那么抗拒，她微微一笑，说：

"沙皇陛下，我长途奔波，疲惫不堪，让我先休息一下，婚事改日再谈。"

沙皇忙不迭地说："好，好，我等你休息好了再说。"

沙皇叫来了奶妈、保姆和丫环，问道：

"闺房收拾好了没有？"

"早就收拾妥当了。"

"很好！你们给美丽的阿廖娜公主——我们未来的皇后带路，让她好好休息，她的话你们要绝对服从！"沙皇命令着。

美丽的阿廖娜公主就跟随奶妈、保姆和丫环们来到了闺房中。沙皇拉着大智大勇的伊凡·麦里索伊说：

"年轻人，你真是太棒了，太勇敢了，我遵守承诺封你为首相！外加三座城市作为给你的奖励。"

两天过去了，急不可待的沙皇跑去向美丽的阿廖娜公主问道：

"亲爱的，我们何时邀请客人来见证我们的婚礼啊？"

美丽的公主答道："我要有一枚镶嵌宝石的订婚戒指和一辆漂亮的结婚马车，你这都没有，让我怎么结婚啊！"

"哦！这些东西我们国家多得是，随便你挑选！要是你都看不上的话，我可以派特使到海外给你定做一个。"

"不，沙皇陛下，我只要自己的戒指和马车，其他的再好我都不要的。"阿廖娜公主回答道。

沙皇急不可待地问道："那么，要去哪里才能取回你的戒指和马车？"

"戒指放在马车上的小箱子里，而马车在布扬岛周围的海底里。如果你取不到戒指和马车，我们的婚事你就别想了。"

沙皇听到这些傻了眼，着急地脱掉王冠，直挠头地说：

"可是要怎样才能从海底捞出你的马车呢？"

"这是你的事，就跟我无关了。"公主说，"怎么捞起来你得自己想办法。"

说完之后，公主便一扭头回了自己的闺房，留下傻呆呆的沙皇一个人愣在那里。

他左思右想，最后想到了大智大勇的伊凡·麦里索伊，他认为只有伊凡·麦里索伊才能胜任这艰巨的任务。

沙皇叫来了伊凡·麦里索伊，对他说：

"喂，我亲爱的大智大勇的伊凡·麦里索伊，普天之下能帮我找到自动演奏的古丝里、能跳舞的公鹅和淘气的公猫这三件稀奇古怪东西的只有你，把美丽的阿廖娜公主带到我身边的也只有你。你几乎无所不能。而如今我要你再帮我一次，此事办成之后，我就把国家的三分之一送给你。美丽的阿廖娜公主只要她自己的戒指和她自己的马车，才愿意与我成亲。而如今，公主的戒指放在马车上的小箱子里，马车则在布扬岛附近的海底里。我现在需要你帮我把马车打捞上来！"

伊凡·麦里索伊无奈地说：

"沙皇陛下，可是这怎么可能啊！我又不是鲸鱼怎么可能跑到海底打捞戒指和马车呢？"

沙皇又气地暴跳起来，他大声吼叫起来：

"我要你去办你就去，怎么那么多废话。赶紧去把马车给我找回来，找不回来就提头来见我。"

伊凡·麦里索伊闷闷不乐地来到马房，备好马鞍准备出行。金鬃马问他：

"主人，我们这是去哪里？"

"我也不知道具体在什么地方，不过我必须去。沙皇命令我去寻找公主的戒指和马车。公主的戒指放在马车上的小箱子里，可马车在布扬岛附近的海底里。我们下海去打捞吧！"

金鬃马对他说：

"这可不是件容易的事啊！布扬岛距离此地倒是不远，可此去却异常凶险。我虽然知道在什么地方可以找到马车，但是想要捞起来却并非易事。我在海底待过，这个困难的任务就交给我吧。在海中，只有海马能伤害我。如果我运气好碰不到它的话，我就能轻松地把马车捞上来；可如果遇到海马的话，我可能就会被它咬死。我和马车也就会永沉海底了！"

大智大勇的伊凡·麦里索伊不愿意让金鬃马有任何危险，他冥思苦想，终于想到一个好办法。他来到沙皇的宫殿，对沙皇说：

"沙皇陛下，给我准备一口大锅，再给我找来 12 张异常坚硬的牛皮，以及 12 普特（俄重量单位，1 普特等于 16.38 公斤）的树脂和绳子。"

"你要多少都行，自己去拿，拿完之后赶紧去把马车找回来。"

伊凡·麦里索伊将 12 张牛皮、绳子、树脂和大锅装在大车里，金鬃马拉着大车就和伊凡·麦里索伊上路了。

他们一路前行，穿过沙皇禁地的草地，来到海边。

伊凡·麦里索伊先用 12 张非常坚硬的牛皮将金鬃马包裹严实，再用涂以树脂的 12 普特绳子把金鬃马捆结实，最后再把 12 普特的树脂熔化后倒在牛皮和绳子上，一切准备妥当后他对金鬃马说：

"这样海马想要咬伤你就困难了。"

"是啊，我的主人，你太聪明了。这样我就不害怕海马了。"金鬃马说，"我需要三天时间，你坐在这里玩古丝里，但要切记，一定不能睡觉。"

说完之后，金鬃马就消失在海面以下了。

大智大勇的伊凡·麦里索伊一个人静静地守在海边。他一边把玩着古丝里，一边时不时地望向海面，熬了两天两夜他都没有合眼，在第三天，精疲力尽的他终于忍不住开始打瞌睡了。

朦朦胧胧的他被马蹄声惊醒，一睁眼看到金鬃马带着马车跳上岸来，让他吃惊的是有六头海马挂在金鬃马的两侧。

大智大勇的伊凡·麦里索伊赶紧跑到金鬃马身边。

金鬃马说："太可怕了！要不是你用坚硬的牛皮把我包裹严实，又用绳子紧紧拴住，并灌注树脂，恐怕我早就被它们分吃了。我刚到海中没多久，就遇到了海马群，它们全部扑向我，并迅速地撕破了 9 层坚硬的牛皮，剩余的两层也遭到破坏，这 6 头海马的牙齿被树脂粘住，无法挣脱，我就把它们带了出来。这样也好，你或许会用得着它们。"

大智大勇的伊凡·麦里索伊用绳子拴好海马的腿，抢起皮鞭狠狠地教训它们，使它们明白现在的状况。他边打边说：

"你们愿不愿意尊我为你们的主人？愿不愿意听我的话？要是不愿意的话我会把你们丢出去喂狼。"

海马被打得失魂落魄，它们哀求道：

"善良的年轻人呀！不要再打了，免除我们的灾难吧！我们愿意尊你为主，忠实地为你效劳，一心一意地帮助你。"

伊凡·麦里索伊扔掉鞭子领着所有的海马回去了。

七匹马拉的车很快就回到了沙皇宫殿。伊凡把六头海马和金鬃马牵到马房，然后他来到沙皇面前对他说：

"沙皇陛下，红色台阶面前就是你要的装满嫁妆的马车。"

沙皇连一句感谢的话都没说，拿起小箱子就跑开了，很快就来到了阿廖娜公主的闺房，并将箱子交给了公主，说道：

"美丽动人的阿廖娜公主，我已经帮你找到了镶嵌宝石的戒指和结婚用的马车，你的全部要求都实现了，你和我在一起一定会很开心的。现在你能不能告诉我，我们什么时候邀请客人前来参加我们的婚礼？"

美丽的阿廖娜公主回答说：

"我同意结婚，可是我不同意与你这样头发花白的老人结婚。人们会嘲笑和挖苦你，还会说你老牛吃嫩草。悠悠众口你是堵不住的。等你变得年轻一些，再来说我们结婚的事吧。"

沙皇说道：

"我从来没有听说过变年轻这种好事啊！你能否告诉我该如何让一个老头变成年轻人？"

美丽的阿廖娜公主说：

"你去找来三口大铜锅，在第一口铜锅中灌满纯牛奶；在第二口、第三口铜锅中灌满冰冷的泉水，然后架火烧开装牛奶的锅和一口装冷水的锅。接着，你按顺序依次跳入热牛奶的锅、开水的锅和冷水的锅，要把头也浸入大锅里，出来之后你就会变成 20 岁左右的年轻帅气的小伙子了。"

"我不会被烫伤吗？"沙皇有些疑惑地问道。

"在我的王国里是没有老人的，"美丽的阿廖娜公主回答道，"大家都用这个方法变得年轻，可从来也没有人被烫伤过。"

沙皇立刻向仆人们下达命令：让仆人们按照阿廖娜公主所说把一切都准备妥当。

可是，当沙皇看到装有牛奶和水的锅烧开时，他开始害怕了。绕着三口锅踱来踱去的他拍着自己的额头，想：

"怎么拿个主意都要这么久啊？不如让大智大勇的伊凡·麦里索伊先跳下去试试，如果他没事的话我再跳下去；如果他烫死了，那三分之一的王国也就不用给他了。"

于是，他命人找来了大智大勇的伊凡·麦里索伊。

"沙皇陛下，这么急找我来有什么事啊？"

"现在我允许你休假，"沙皇说，"不过在休假之前我要你先跳入这三口锅里洗个澡，然后再走。"

伊凡·麦里索伊看到三口锅中，只有第三口锅中的水是凉的，而装有牛奶和水的两口锅是烧开的。

"沙皇陛下，你什么意思？你这是要活活地把我煮熟吃吗？我对你如此忠心，你给我的就是这样的奖赏吗？"

"你误会了！在这三口锅中洗个澡，会让人从白发苍苍的老头变成年轻帅气的小伙子。"

"沙皇陛下，我还年轻，不需要这种待遇。"沙皇勃然大怒说道：

"你总是和我对着干！你要不愿意我就命人把你绑了。"

就在此时，美丽动人的阿廖娜公主从闺房中跑了出来。她在经过伊凡·麦里索伊身旁时轻声地对他说道：

"你先去跟金鬃马和海马打个招呼，然后你再跳入锅中就不会有危险了。"

她对沙皇说："我来看看是不是按照我所说的那样准备的。"

她在锅周围看了一圈，说：

"不错，都是按要求做的。沙皇陛下，你赶紧下去沐浴吧，我先去准备一下婚礼所用的东西。"

说完之后阿廖娜公主便走开了。伊凡·麦里索伊向沙皇说道：

"沙皇陛下，人生总有一死，这是我最后一次为你效力。不过我想再回去看下金鬃马，它多次与我同生共死，我想再去见它最后一面，这或许就是永别了。"

沙皇同意了。

伊凡·麦里索伊来到马房后把发生的事情告诉了金鬃马和海马。

它们告诉伊凡·麦里索伊说：

"你要记清楚了，一定要等到我们发出三次嘶声的时候再跳下去，不要怕，我们会保护你的。"

回到沙皇身边的伊凡·麦里索伊说：

"沙皇陛下，我没有什么遗憾了，现在我就跳下去。"

此刻，传来了金鬃马和海马的嘶声：一次、两次、三次。听到这三次嘶声后，善良的伊凡·麦里索伊纵身跳入牛奶锅里，然后迅速跳入滚开的水中，最后又跳入冰冷泉水的锅里。当他从锅中跳出来的时候，一位漂亮帅气的小伙子出现在沙皇面前。

沙皇看到奇迹真的出现了，就不假思索地爬上木板台，纵身跃入牛奶锅里，让他没想到的是跳下去的瞬间他就被烫死了。

此时，美丽的阿廖娜公主从闺房中跑了出来，把镶嵌宝石的戒指戴在伊凡·麦里索伊那洁白的手指上。她嫣然一笑，低声说道：

"现在沙皇死了，而我是你抢过来的。现在你决定是把我留给你自己还是送我回家呢？"

喜出望外的伊凡·麦里索伊把自己的戒指戴在公主的纤纤玉指上。

随后，他派人接来了住在农村的父母和兄弟。没多久他的父母和 32 个年轻的兄弟们都来到了沙皇宫殿，在这里他们参加了伊凡·麦里索伊和阿廖娜公主的盛大婚礼。

从此，伊凡·麦里索伊同自己美丽的妻子阿廖娜公主过着幸福美满的生活。

伊凡·鲁什卡和公主

有一位老人，他有三个儿子。老大、老二聪明伶俐，老三由于做事踏实、实在，被众人称为傻瓜，这个傻瓜名叫伊凡·鲁什卡，他经常独自一人睡在火炉坑上。

那一年老人种的小麦长势很好。可是，让人愤怒的是每天晚上麦地都被践踏，小麦都被捣成粉。因此，老人对三个孩子说：

"我亲爱的孩子们，从今天起，你们三个夜里轮流看护麦地，务必要抓住小偷。"

当天晚上，老大就去看护麦地了，他平时就有些嗜睡，他一到干草棚就睡着了，并且一觉睡到天亮。醒来后他回到了家中，对众人说道：我熬了一宿，冻得浑身发抖也没看到贼的影子。

第二天晚上，老二也来到了麦地，倒是坚持了一会儿，不过最后还是睡着了。

第三天，轮到傻瓜儿子老三去看护麦地了。他拿着套马索来到田间小道上，静静地坐在石头上等着看着。

夜半，大地震动了起来，他看到两匹色泽不同的野马从远处奔跑过来，一匹是银灰色的，而另一匹则是金色鬃毛。它们的鼻孔中喷出一股股的火焰，它们的耳朵中冒出一股股的烟柱。野马来到麦田里就开始偷吃麦子，它们吃的并不多，可是践踏的却有很多。

这个傻瓜儿子一直就静静地趴在地上，后来他悄悄地爬到马跟前，猛然地，他朝马脖子甩出了套马索，马儿瞬间就被套牢了，无论它如何拼命挣扎都无法挣脱，它知道面前的人如果不放了自己，自己永远也挣脱不掉。于是，马儿乞求地说：

"伊凡·鲁什卡，请你放了我吧！我会成为你忠实的奴仆！"

"也好，"伊凡·鲁什卡答道，"不过，我如何能找到你？"

"在村子的外面，"马儿说，"你先吹三声口哨，然后再叫道：'灰黄马、淡栗马，快快来到我面前，我在这里等你。'"

就这样，两匹马都被伊凡·鲁什卡给放了，但他也得到了马儿的保证，以后再也不偷吃和糟蹋麦地了。

伊凡·鲁什卡兴高采烈地回到了家中。

"嘿，傻瓜，你看到了什么？"他的两个哥哥问道。

"我抓到了一匹金色的和一匹银色的马，"伊凡·鲁什卡说，"不过，我又把它们放了，它们答应我以后不会再偷吃麦子。"

两兄弟听后不相信，对傻瓜兄弟冷嘲热讽；然而，让众人奇怪的是，从此以后，麦子再也没有被偷吃和糟蹋过。

没过多久，沙皇的告示贴满了村镇的每一个角落：沙皇要在京城举办盛大的选驸马活动，大臣和贵族们，商人和市民们或者普通的农民们，在三天内带上自己最好的马来到京城，谁能骑马跃进公主的闺房并从公主的手上摘下戒指，国王就同意公主与他成亲。

伊凡·鲁什卡的两个哥哥决定去参加这个盛会。他们也想去看看谁能取下公主的戒指，成为沙皇的驸马。伊凡·鲁什卡请求与两个哥哥同去。

"你是个傻瓜，你竟然也想去？"两个哥哥说，"你是想去吓唬人的吧！我看你还是去把火炉坑里的炉灰清理清理倒掉吧。"

说完后两兄弟就趾高气扬地走了，伊凡·鲁什卡计上心头，他向嫂子讨要一只筐说要上山采蘑菇去了。他刚走到村外，就扔下箩筐，吹了三声口哨，呼喊道："灰黄马，淡栗马，快快来到我面前，我在这里等你。"马儿从天而降出现在伊凡·鲁什卡面前，这两匹马跑起来，甚至引起了地面的震动，一股股火焰从它们鼻孔中喷出，一股股烟柱从它们耳朵中射出。

"嘿，伊凡·鲁什卡，"马儿说，"我知道你要做什么，你先爬进我的右耳朵，再从左耳朵爬出来。"

伊凡·鲁什卡没有丝毫的犹豫，立刻从马的右耳朵爬进从左耳朵爬出，让他震惊的是，爬出来的他变成了美得不可比拟的漂亮帅气的小伙子。

此刻，满心欢喜的伊凡·鲁什卡跳上马背向京城赶去。来到宫殿前面广场上的伊凡·鲁什卡，看到面前的人山人海，不由得暗暗吃惊。美丽动人的公主就坐在闺房的窗户旁边，她那纤细的玉指上戴着镶嵌着宝石的戒指，而闺房则在高高的阁楼之上。普通的马匹根本跳不了那么高，人就更不可能了，大家都三五成群地在一起窃窃私语，没有人敢上前去尝试，也没有人愿意当众出丑。

此时，伊凡·鲁什卡对着马儿猛抽几鞭，发怒的马儿飞跃起来，跳向公主所在的闺房，不过他并没有成功，还差了一点点儿。

这一奇异的场面让广场上的众人目瞪口呆，此时伊凡·鲁什卡勒马回头飞奔而去。当他奔走的时候，他的两个哥哥躲闪不及被鞭子猛抽了一下。人们吼叫着："抓住他，抓住他！"而马儿带着伊凡·鲁什卡早就消失在道路的尽头。

从京城赶回来的伊凡·鲁什卡，跳下马背，从马的左耳朵爬进从右耳朵爬出，瞬间变回了原来的模样。把马儿放走后，伊凡·鲁什卡去采了一筐毒蝇草回家去了。

两个嫂子看到伊凡·鲁什卡拿回来的东西，生气地说：

"你采的什么蘑菇？你个傻瓜。难道你要吃这些吗？"

伊凡·鲁什卡只是笑了笑，什么也没说，他一声不吭地躺在火炉坑上。

两个哥哥从京城回来后，把他们的所见所闻告知父亲，躺在火炉坑上的伊凡·鲁什卡只是微笑不语。

第二日，在两个哥哥朝京城赶去的同时，伊凡·鲁什卡又拿起筐上山去采蘑菇。刚走到村外，伊凡·鲁什卡就像上次一样，扔下了筐，吹了三声口哨后大声呼喊道:"灰黄马,淡栗马,快快来到我面前,我在这里等你。"马儿又从天而降来到伊凡·鲁什卡面前,变漂亮的伊凡·鲁什卡跳上马背向京城赶去。广场上的人比昨天来的还要多,大家都在静静地欣赏着公主,还是没有人敢上前一试。就在这时,伊凡·鲁什卡朝向上拱起的马儿猛抽几鞭,发怒的马儿猛地往上一跳,可和上次一样,还是差那么一点点儿。伊凡·鲁什卡掉转马头,在他疾驰而去的同时,他那挡在前面的两个哥哥又被鞭子猛抽了一下。

当两个哥哥赶到家讲述着京城的见闻时,早就躺在火炉坑上的伊凡·鲁什卡在心中暗笑他们。

第三日,伊凡·鲁什卡在两个哥哥去京城后又骑着马赶去了。在那人山人海的广场上,他对着马儿猛抽几鞭,发怒的马儿用尽全身力量猛地一跳,在众人的欢呼声中马儿跃上了公主的窗户。伊凡·鲁什卡从公主纤细的玉指上摘下闪闪发光的戒指,并吻了吻公主的樱桃小嘴,随后他掉转马头,疾驰而去的时候他又对他的两个哥哥狠狠地抽了一鞭。就在此时,沙皇和公主都大声叫喊了起来:"抓住他,抓住他!"而伊凡·鲁什卡瞬间就跑得无影无踪了。

伊凡·鲁什卡回到家后,用破布把一只手包了起来。

"你这是怎么回事啊?"伊凡·鲁什卡的两个嫂子问道。

"没事。"他说,"在树林里不小心划伤了。"说完之后,伊凡·鲁什卡就躺在火炉坑上休息了。

回到家的两个哥哥向家里人述说了今天发生的事情。伊凡·鲁什卡心中感到异常兴奋,他悄悄地掀起破布的一角想看一眼那镶嵌宝石的戒指,让他意想不到的是戒指散发的光芒照亮了整个小木房。

"傻瓜,你在干什么?玩火啊?"两个哥哥对着他吼道,"你难道想把我们的房子烧掉吗?你这个傻瓜,还是趁早把你赶出这个家为好。"

三天后,传来消息说沙皇要邀请他王国里的所有人,去京城参加沙皇举办的盛大宴会,所有民众必须参加,若有人待在家中不来,格杀勿论。

没办法,在这种严令之下,所有的国民只得全家出动去京城参加沙皇举办的盛大宴会。

场面热闹极了,众人都围坐在柞木桌子边,喝着琼浆玉液,吃着美味佳肴,天南海北地聊天。

在宴会快要结束的时候，美丽动人的公主起身为客人敬酒。最后她绕过众人，来到伊凡·鲁什卡身边，而傻瓜伊凡·鲁什卡衣衫褴褛，浑身粘满油烟，一只手还包裹着破布，甚至连头发都竖了起来，简直让人不愿直视。

"年轻人，你的手包起来干什么？"公主问道，"请把它解开让我看一看。"

伊凡·鲁什卡拿掉了包裹在他手上的破布，顿时，众人的目光都集中在他手指上那镶嵌宝石的戒指上，宝石戒指闪烁的光芒照亮了所有人。

在众人愣神的时候，公主拉着傻瓜的手来到沙皇跟前，说：

"亲爱的父亲，他就是我的夫君。"

伊凡·鲁什卡被仆人带去洗漱一番，并梳理好他的头发，随后披上了沙皇的外衣，变成了一个阳光帅气的小伙子出现在众人面前，他的父亲和哥哥们看到后，简直不敢相信。

伊凡·鲁什卡和公主举行了盛大的婚礼，就这样他们结成了夫妻，过上了幸福的生活。

第二章

妖魔鬼怪系列神话

小人儿

有一对老年夫妇。一天，老大娘正在地里割白菜，一不小心就把自己的一个手指头砍了下来。老大娘把断掉的手指用破布包起来，放在了炕上。

就在这时，老大娘突然听到炕上有人在哭泣，老大娘走到炕前，解开那包着手指的破布，眼前的一幕让她愣住了，只见破布上躺着一个指头大小的小男孩。老大娘很害怕，警惕地问道：

"你是谁？"

"我是从你指头上生下来的，我就是你的儿子呀！"

老大娘拿起小人儿左看右看，这么小，一旦掉到地上很难找得到啊！

就这样小男孩留在了老大娘家，虽然他一直就只有那么大，可是却非常的聪明。

有一天，他问老大娘：

"我父亲呢？"

"你父亲在地里干活呢！"

"我去帮他。"小人儿说着跳到地下，一眨眼就不见了。他来到地头，大声喊：

"父亲，您好！"

因为老大爷还不知道小人儿的事，听到声音他环顾了一下四周，却什么也没有看到，他正在纳闷："这是谁啊。"

"父亲，我是您的儿子，我帮您种地来了。父亲，您坐下歇歇，让我来。"

老大爷听了小人儿的介绍，高兴极了，便坐下来歇息。只见小人儿爬进了马的耳朵里，指挥马儿耕地。

小人儿告诉父亲：

"如果有人愿意要买我，您就把我卖了吧，不过您尽管放心，我一定会自己回来的！"

这时，一个贵族朝他们走来，看到了无人驱赶的马儿在犁地，很是纳闷。

老大爷看出了贵族的疑惑，便告诉他：

"当然有人指挥了，是我的儿子。"老大爷一边说一边用手指着马耳朵。

贵族看到世上竟然有这么小的人，惊讶的嘴巴都闭不上了。

贵族说："您能否把他卖给我呢？"

"那可不行，他是我的孩子，是我和老伴唯一的精神依托。"

贵央求促说："老大爷，你就卖了吧！"

"既然你想要，那就给我一千卢布吧！"

"怎么这么贵？"贵族听呆了。

"您可别小看他，他虽然人小但可机灵着呢！是个很好的帮手。"

贵族给了老大爷一千卢布，把小人儿装进口袋就离开了。

小人儿把口袋咬了个洞，从洞中逃了出来。

他走呀走，走了好久好久，到了晚上，他就躺在路旁的一根小草下面，睡着了。

就在这时，来了一只饿狼，一口把他给吞了下去。小人儿因为太小所以没有死，一直躺在狼的肚子里。

饿狼吃完小人后，继续向前走。它看到一群羊，而此时牧羊人正在熟睡，饿狼慢慢地接近羊群。就在它正要抓羊的时候，它肚中的小人儿突然大叫起来：

"快醒醒，牧羊人，狼来啦！"

牧羊人被叫声惊醒，看到眼前的狼顺手拿起一根木棍便朝狼打去，一大群牧羊犬也冲了上去，饿狼被咬得遍体鳞伤，好在还是逃过了一劫。

因为小人儿的原因，狼怎么也找不到食物，饿得眼冒金星，便哀求道：

"求求你，你快爬出来吧！"

"只要你把我送回到父母的身边我就出来。"

狼没办法，只好把他送回了家。

到了家，小人儿立即从狼肚子里跳了出来，大声喊道：

"快打狼啊，快打大灰狼啊！"

老大爷和老大娘听到儿子的呼喊，一个抓起火铳一个拿起炉叉，追出去，打死了饿狼。

他们顺势扒下了狼皮，给这个儿子做了一件新衣服。

独眼恶魔

有一个善良的铁匠，他一直过着快乐开心的生活，从来没有遇到什么大奸大恶之人。

一天，铁匠突发奇想："什么样的人才算是恶人呢？我想出去见识见识，不管他在什么地方。"

说做就做，铁匠收拾一番便出去寻找恶人了。

他走呀走，翻过了山岗，穿过了密林，跨越了河流。夜幕降临，饥饿来袭，他心想要找个地方住一夜。他向四周看了看，在不远的地方发现了一座大木屋，他前去敲门，却无人应答。于是便推门进去，发现屋内没有一个人。一天的奔波铁匠实在累坏了，他也顾不上找吃的，爬上炕便睡着了。

不知道睡了多久，突然一声巨响，铁匠被惊醒了。他发现门被撞开了，一大群绵羊咩咩叫着进了屋里，后面跟着绵羊的主人，这个主人竟是一个只有一只眼睛的恶魔，长得牛高马大，样子很是吓人。

恶魔进屋后使劲用鼻子闻了闻说：

"哈哈哈，这是人肉的气息啊。明天的早餐有着落了，我可是好久都没有吃到人肉了！"

恶魔在屋里找呀找，很快就发现了铁匠，他把火烧得更旺了，一把把铁匠从炕上拎下来，好像是拎一个小孩那么轻松。

"哈哈，欢迎你的到来啊！看你这皮包骨头的样子，我猜，你一定饿坏了吧。"恶魔那巨大的手在铁匠的身上摸来摸去，铁匠吓得魂不附体，面如死灰。

这个时候恶魔感觉肚子饿了，决定先不急着教训铁匠，他扔下铁匠。点起柴火，拎起一只绵羊宰了放火上烤，作为他们的晚餐。

等到羊肉烤熟了，恶魔给铁匠撕了一小块，铁匠狼吞虎咽地吃起来。

恶魔问铁匠：

"可怜的人，你是做什么的呢？"

"我是一名铁匠！"

"那你会打造些什么呢？"

"只要你说得出来我就做得出来。"

"那挺好，那就请你帮我再造只眼睛吧！"

"好啊！"铁匠一下来了兴致，说，"但是，在锻造眼睛的时候，我必须把你绑起来，所以请给我一根绳子。"

恶魔拿来了一粗一细两根绳子。

铁匠先拿起细绳绑住了恶魔，对他说：

"喂，你转身试试吧！"

恶魔刚一转身，绳索就断了。铁匠又换了那条粗的绳子，再一次把恶魔绑了起来。

"喂，你再转转身子试试吧。"

这次恶魔转过身子却没有把绳子挣断。就在这时，铁匠找来了一根铁条，并把它放在炉子里。当大火把铁条烧得通红的时候，铁匠用铁条直戳恶魔的眼睛。他一边戳，一边拿着铁锤不停地捶打铁条。只听恶魔的眼睛里发出"嗤嗤"的响声，还冒着青烟。恶魔疼得哇哇直叫，这时他刚一转身，就弄断了绳索。此时的他就像一个疯子一样在屋里乱撞乱碰，他坐在门槛上，大声怒吼着：

"你这个混蛋，我一定不会放过你的！"

铁匠看到此景害怕极了，蜷缩在角落里瑟瑟发抖。第二天，恶魔要把绵羊赶到外面去，他伸出他巨大的手摸索着，抓起一只绵羊使劲往外一扔。这时的铁匠灵机一动把自己的羊皮袄翻了过来，毛面留在外面，沿着地面爬行。恶魔摸到了铁匠，还以为是一只羊便抓起铁匠向门外扔去。

被扔出门的铁匠迅速从地上爬起来，一溜烟逃走了。

铁匠回到家后，所有与他相识的人都感到好奇：

小女孩连忙去追赶天鹅。她跑呀跑，遇到了一个炉子。

"小炉子，小炉子，请你告诉我，那群天鹅到哪里去了？"

小炉子回答说：

"想要我告诉你，那就吃一块我的黑麦小馅饼吧。"

"我很愿意吃，可我的父母都还没吃过麦子做成的馅饼呢……"

小女孩没吃那块馅饼，所以小炉子没有告诉她天鹅在哪里。小姑娘接着往前跑，她遇到了一棵苹果树。

"苹果树苹果树，请你告诉我，那群天鹅到哪里去了？"

"想要我告诉你，那就吃一个树上的苹果吧。"

"这么甜美的苹果我父母还没有吃过呢……"

小女孩没有吃这个苹果，苹果树自然也没有告诉她。小姑娘接着往前跑。在果羹的河岸，她看到了一条流着乳汁的河流。

"果羹的河岸，乳汁的河流，请你们告诉我那群天鹅到哪里去了？"

"想要我告诉你，那就吃一点我们带乳汁的果子羹吧。"

"可是我的父母连奶油都没有尝过呢……"

小女孩没有吃果子羹，河岸和河流最后也没有告诉她天鹅的去向。小姑娘就这样一直往前跑呀跑，跑了好久好久。从白天一直跑到黑夜，却始终没有找到。就在她准备要放弃回家的时候，忽然看到前面出现了一座小木房，正在绕着自己转动，木房中还有一位老大娘在纺麻。而她的弟弟正坐在长板子（农舍中钉在墙上坐卧用的）上把玩着一个银制的小苹果。

小姑娘走进木房，说：

"老奶奶，你好啊！"

"你好，小姑娘！你来这里有事吗？"

"我的衣服被打湿了，我想进来烤烤衣服。"

"好啊，你先坐下来，帮我纺一会儿麻吧。"

老大娘把手中的纱锭给了小姑娘，走了出去。于是小姑娘开始帮她纺麻，从炉子底下突然跑出一只老鼠，对她说：

"善良的姑娘，能不能给我一碗稀饭，我会告诉你一件事情。"

于是，小姑娘给了老鼠一碗稀饭，老鼠告诉她：

"老大娘正在浴室烧水呢，准备要把你清洗干净，然后再放在炉子上烤着吃，她还打算用你的骸骨制成小玩意玩呢。"

小姑娘听到这些吓坏了，哭了起来，而老鼠却对她说：

"别哭了，你快带着你的弟弟逃走吧，我来替你纺麻吧。"

小姑娘对老鼠充满了感激，谢过老鼠后便带着弟弟逃跑了。后来，老大娘走到窗边问道：

"小姑娘，你还在纺麻吗？"

老鼠回答道："是的，奶奶……"

等老大娘烧好水，来抓小姑娘的时候，却发现木屋里已经没有一个人了。老大娘恶狠狠地喊道："天鹅，你们快去把那姐弟两个给我抓回来！……"

姐弟俩跑呀跑，刚跑到流淌着乳汁的河流旁，看到天鹅追了过来。小姑娘喊道："河流妈妈，快帮帮我们，把我们藏起来！"

"想要我帮你，就要吃一点儿我的果子羹。"

小姑娘照做了，并说了声谢谢。河流把他们藏了起来。

天鹅没有发现他们，飞了过去。

姐弟俩开始接着跑。天鹅又飞了回来，发现了姐弟两人，这下可怎么办呢？就在这危急时刻，他们看到了前面的苹果树。

"苹果树妈妈，快帮帮我们，把我们藏起来！"

"想要我帮你就要吃一个树上的野苹果。"

小姑娘照做了，并说了声谢谢。苹果树用叶子把他们藏了起来。

天鹅又找不到他们了，飞了过去。

姐弟俩又继续跑。跑呀跑，眼看就快到家了。天鹅又发现了他们，咯咯叫着朝他们扑来。

小姑娘来到小炉子跟前说：

"小炉子妈妈，快帮帮我们，把我们藏起来！"

"想要我帮你就要吃一块我烤的黑麦馅饼。"

小姑娘赶紧吃了馅饼，然后小炉子把姐弟俩藏了起来。

天鹅在头顶盘旋了好一阵，却怎么也找不到姐弟俩，只好飞了回去。

小姑娘谢过小炉子后，带着弟弟飞奔回了家。

就在这时，他们的父母回来了，看到姐弟两人乖乖在家里待着，高兴极了，却不知道他们经历了这么多惊险刺激的事情。

多布雷利亚和蛇身怪物

在基辅城下住着一个名叫马麦尔法·季莫奥费也夫娜的寡妇。她和儿子相依为命，她的儿子名叫多布雷利亚，是个勇士，她十分喜爱自己的儿子。多布雷利亚在整个基辅城比较有名：他身体高大，体形匀称，能文能武，热衷参加宴会。他不仅伶牙俐齿，会编写歌曲，还会玩古丝里（俄国古代的一种弦乐器，类似于中国的古筝）。多布雷利亚温文尔雅，从来不讲粗话，性格温柔恬静，为人十分仁慈，从来不得罪人。于是大家都叫他"温柔的多布雷利亚"。

炎炎夏日，一天，多布雷利亚感觉很热，想去小河洗澡。他对母亲说：

"母亲，这炎热的天气让我觉得难受，能否允许我去普查依河洗个澡解解暑呢？"

他的母亲劝阻：

"我亲爱的孩子，你千万不要去普查依河。听说那条河的脾气可不太好，它的第一股水就能够把大火扑灭，第二股水就能让火星散落，而第三股水就能吹散一股一股的烟。"

"那好吧，母亲，我答应你，我只是去河边走走总可以吧。"

多布雷利亚的母亲同意了他的要求。

多布雷利亚戴上又高又直的希腊帽子，穿好旅行衣服，随身带着弓和箭，还有矛、短鞭和锋利的马刀。

他骑上马带着一个仆人就出发了。

多布雷利亚走了好久好久，大大的太阳晒得他很难受，于是多布雷利亚竟忘了答应母亲的话，掉转马头朝普查依河走去。

从普查依河吹来的微风让人心旷神怡。

多布雷利亚跳下马，故意把仆人留下来看守马匹。

他独自一人跑到了河边，他脱下旅行的衣服，取下戴着的帽子，把所有的武器放在岸上，然后跳入河中，享受着凉凉的快意。

多布雷利亚在普查依河中畅游了一会儿，他感到很奇怪：

"现在的普查依河是多么的平静啊，就好像一洼雨水，根本不像母亲说的那样凶险，波涛汹涌。"

多布雷利亚的话还没说完，天就突然暗了下来，可天上却看不到一丝乌云，也没有下雨，却传来阵阵雷声，火光闪耀着……

多布雷利亚抬起头向天空看去，只见一个蛇身怪物向他扑来，这怪物名叫戈雷内奇，它有三个头，七条尾巴、它的爪子是铜制的，闪闪发光。

蛇身怪物一看到多布雷利亚，就狂吼道：

"老人们都预言，我要死在多布雷利亚的手里，可从现在的形势看来，却好像是他落在了我的手里。只要我愿意，现在就可以吃了他，或者抓了他带到我的巢穴，让他做我的奴隶。有不少的俄罗斯人都是我的奴隶，不多这多布雷利亚一个。"

而多布雷利亚低声说道：

"你这可恶的怪物，等你抓到了我再吹牛也不晚啊，现在我还不在你的手中呢！"

说完多布雷利亚就潜入了水中，他的水性很好，在水下悄悄游到了岸边，他快速地跳上岸向自己的马奔去，却看不到马的影子，因为他的那个仆人看到这个可怕的怪物吓得骑着马先跑了，还带走了他所有的武器。

现在多布雷利亚身边什么武器也没有了。

就在这时，蛇身怪物向他飞了过来，向他撒出一些燃烧的火花，这些火花烧到了多布雷利亚的身体。

多布雷利亚的心里一惊。他环顾四周，却连任何可以拿到手的武器，一根棍子甚至一颗小石头都找不到，在岸边除了黄沙什么也没有，于是多布雷利亚用自己的帽子装了一些黄沙，不多不少刚好5普特，他把装满黄沙的帽子向怪物扔去，刚好打掉了它的一个头。

多布雷利亚用手一挥，把怪物推倒在地，并用双膝压着，想把它剩下的两个头也打掉……

怪物戈雷内奇开始向多布雷利亚哀求道：

"多布雷利亚勇士，求求你不要杀我，请放我走吧，以后我什么都会听你的，还有，我发誓：以后再不来到你们的领土上，也不再抓俄罗斯人做奴隶。请你饶我一命吧！也请你不要伤害我的儿孙们吧！"

善良的多布雷利亚听信了怪物的话，放它走了。

只见这怪物刚刚飞到云彩下面，就掉转头向基辅城飞去，来到公爵伏拉基米尔花园的上空。公爵伏拉基米尔有一个未出嫁的侄女扎巴娃·普加季什娜正在花园里散步。

怪物看到扎巴娃·普加季什娜很是高兴，从云彩下向她扑去，用自己的铜爪一把抓住她，带到了索罗琴斯克山脉。

这时，多布雷利亚也找到了自己的仆人，他刚刚穿好自己的衣服，就发现，天又暗了下来，雷声阵阵。多布雷利亚抬头望去，怪物戈雷内奇抓着扎巴娃·普加季什娜，从基辅城飞了出来。

这时，多布雷利亚难过地往家走去，回到家后他坐在长凳上沉默不语。母亲问他：

"我的孩子，是什么事让你如此忧伤？"

"我想去基辅，去找公爵伏拉基米尔，因为今天他要举行宴会。"

"我的孩子，请你不要去了，我感觉有不好的事要发生，你想参加宴会，我们就在自己家举办好了。"

多布雷利亚没有听母亲的话，执意去了基辅城公爵伏拉基米尔那儿。

公爵伏拉基米尔家正在举行宴会，宴会上各种各样的美食应有尽有，旁边还有好几大桶蜜酒，而所有参加宴会的宾客却都低着头，不吃也不喝。

公爵就在房间里踱来踱去，看起来焦虑不安；而公爵夫人则用头纱盖着脸，看都不看一眼大厅里的宾客们。

公爵伏拉基米尔对大家说："真是抱歉，我亲爱的尊客们，我想这场宴会实在举行不下去了，我的妻子很伤心，我也很难过，因为我们心爱的侄女扎巴娃·普加季什娜被一个可恶的蛇身怪物给抓走了。我想请问你们当中有谁愿意去索罗琴斯克山，把我的侄女救回来呢？"

大家你看看我，我看看你，谁也不说话。

这时，站出来了一个年轻的勇士，名叫阿廖莎·波波维奇，他对公爵说：

"尊敬的公爵，昨天我在野外的空地上看到了多布雷利亚在普查依河边。他和那只蛇身怪物很是友好，他们之间还建立了忠实的誓言。我想救你侄女这件事，就只能让多布雷利亚去了，只要他跟他那怪物兄弟说一下，说不定可以不费一兵一卒就把她救回来呢！"

公爵伏拉基米尔生气地吼道：

"真有这样的事？那么多布雷利亚，就由你到索罗琴斯克山，把我心爱的侄女救回来吧！如果你做不到，就别怪我手下不留情了。"

多布雷利亚沮丧地低垂着头，一言不发，起身从桌旁站起，骑上马回家了。

看到面如死灰的多布雷利亚，他的母亲迎了上来，问道：

"我的孩子，你这是怎么了？怎么愁眉不展的？是不是在宴会上他们欺负你了？"

"没有，母亲，他们没有欺负我，他们按官级按身份给我安排座位，还给我斟酒。"

"孩子，那你怎么还闷闷不乐的呢？"

"因为公爵伏拉基米尔让我去索罗琴斯克山办件大事，因为他的侄女扎巴娃·普加季什娜被那个蛇身怪物戈雷内奇抓走了，公爵让我去救人。"

听了儿子的说辞，他的妈妈很是担心，她对这件事情也没有好的主意。

"孩子，你先去睡觉吧，养足精神，明天我们再做决定。"

多布雷利亚听从了母亲的话，回屋休息了，他睡得很熟，很快就发出了阵阵鼾声。而他的母亲却没有睡觉，她坐在长板凳上，连夜用七根丝线编织成一条有七个尾巴的短鞭。

第二天一大早，多布雷利亚在母亲的呼唤中醒来：

"孩子快起来，穿好衣服，梳洗打扮一下，到旧马房去。第三间马栏的门是关着的，马粪已经把半个门都掩埋了。孩子，你要用力把门打开，在那里你能找到那匹你祖父曾经骑乘过的马，它名叫布鲁什卡。它在马栏中已经度过了十五个春秋，马腿膝部以下都是马粪。你需要把它清理干净，把它喂饱喝足后牵到门廊来。"

多布雷利亚来到马房，找到了布鲁什卡，把它带了出来，牵到了门廊上，接着给布鲁什卡装马鞍。先在马背上放好毡鞍垫，又在毡鞍垫上面放毡子，最后放上用金子加以装饰，并把十二条马肚带束紧，戴好金笼头。

这时多布雷利亚的母亲走了过来，把昨晚加工的那条短鞭交给了他，说道：

"孩子，如果你到了索罗琴斯克山，却发现蛇身怪物戈雷内奇不在家你该怎么办？这时你就应该骑着马进入它的洞穴，找到它的那些后代，踩死它们。如果那些小蛇身怪物缠住了布鲁什卡的蹄子，你就用短鞭抽打马两只耳朵之间的部分。这时它就会纵身一跳，落下时就能用蹄子将那些小蛇身怪物全都踩死。"

母亲把该说的话都交代完，多布雷利亚就离开母亲上路了。

多布雷利亚就一直走呀走，一直走到了索罗琴斯克山。

在山上蛇身怪物的洞穴里，它的后代多得数不胜数。它们把布鲁什卡的四只蹄子牢牢缠住。布鲁什卡被缠得一动不动的，这时，多布雷利亚想起来母亲的话，快速拿起短鞭在布鲁什卡的两耳之间抽打着，一边抽打一边说：

"快跳呀，布鲁什卡，往上跳，把马蹄上的那些讨厌的家伙抖掉。"

短鞭的抽打让布鲁什卡瞬时来了力气，它噌地一下跳起好高，把石头踢得很远很远，蹄子上那些小蛇身怪物都被抖掉了。它拼命地用蹄子踩，把所有的小蛇身怪物都踩死了。

多布雷利亚跳下马，左手拿着勇士的棒槌，右手拿着锋利的剑，准备进攻蛇身怪物的山洞。

他刚准备进去，天瞬间黑了下来，还伴随着阵阵的雷声：蛇身怪物戈雷内奇飞回来了，它的爪子上还抓着尸体，嘴巴里喷着火，耳朵里冒着烟，铜制的爪子像火一样燃烧着……

蛇身怪物一看到多布雷利亚，就扔下尸体，大声地怒吼着："多布雷利亚，我们不是说好的嘛！你为什么不遵守诺言，杀死我的子孙后代？"

"哼，你这可恶的家伙！不遵守诺言的到底是我还是你？你为什么要去基辅，抓走公爵的侄女扎巴娃·普加季什娜？如果你想和平解决，就乖乖交出公爵的侄女。"

"想让我交出扎巴娃·普加季什娜你想都别想，我不仅要吃了她还要吃了你，整个俄罗斯的人都要给我的子孙后代陪葬。"

多布雷利亚气极了，向怪物扑去，双方展开了一场激烈的战斗。索罗琴斯克群山纷纷塌陷，周围的树都被连根拔起，青草入地一俄尺（旧俄长度单位＝0.71米）……

他们就这样打了三天三夜。最终蛇身怪物打败了多布雷利亚，就在它准备把他扔下去的时候，多布雷利亚想起了母亲给他的短鞭，他立刻抽出短鞭，在它的两耳之间抽打着。蛇身怪物戈雷内奇应声倒地，而多布雷利亚用左手按着它，右手拿着短鞭继续抽打。不一会儿，蛇身怪物的身体缩小了，像一只牲口，趁这个时候多布雷利亚快速将它的头了下来。

蛇身怪物的血四处流淌着，还有一些喷到了多布雷利亚的衣服上。

多布雷利亚在蛇身怪物的黑色血泊中站了整整三天三夜，他的下半身开始变得冰冷，一直冷到心脏。多布雷利亚看蛇身怪物已经伏法，于是再一次拿出短鞭，一边抽打土地一边说：

"土地呀土地，请你裂开一条缝，吞掉蛇身怪物的血吧。"

话音刚落，土地就裂开了一条缝，吞掉了蛇身怪物的血。

多布雷利亚休息了一会儿，将自己身上及衣服上的污血清洗干净，朝怪物的洞穴走去，只见所有的铜门都紧闭着，用铁门闩插着，门上还挂着金锁。

多布雷利亚将铜门打破，扯下金锁和门闩，来到第一个洞穴。在那里关押着从四十个国家掠来的国王和王子、沙皇和太子，而普通的兵士更是不计其数。

多布雷利亚告诉他们：

"现在你们都自由了，可以回到自己的国家了。但请你们记住我，是我解救了你们，如果没有我你们将永远在这暗无天日的地方，一辈子成为怪物的奴隶。"

他们走到外面，对多布雷利亚深深地鞠了一躬，说道："我们会永远记住你的，俄罗斯的勇士。"

多布雷利亚接着往前走，打开一个又一个的洞穴，把被怪物俘获的人都放了出来。他们当中上有老人下有孩子，上至达官贵人，下至黎民百姓，可就是没见到公爵的侄女扎巴娃·普加季什娜。

多布雷利亚一直找呀找，当他来到了第十二个洞穴里，才找到了扎巴娃·普加季什娜：金色的锁链锁住了她的双手，她被吊挂在潮湿的墙上。多布雷利亚把她解救了下来，抱着她走出了洞穴。

她长时间被困在洞穴里，刚出来连站都站不稳，明媚的阳光照得她睁不开眼，连抱着她的多布雷利亚都看不清楚。多布雷利亚选择了一片绿草地，把她放了下来，给她喂了食物和一些水，用斗篷盖着她，而他也因为太累睡着了。

傍晚，夕阳西下。多布雷利亚醒了过来，给布鲁什卡装好马鞍，叫醒公爵的侄女。多布雷利亚骑上马，把扎巴娃·普加季什娜放在自己的前面，准备往回走。在他回来的路上，好多人都向他鞠躬致意，感谢他拯救了大家。

多布雷利亚骑着马走到黄色的荒原，快马加鞭，想要快一点儿把扎巴娃·普加季什娜送到公爵的府上去。

小提琴家

在诺夫哥罗德城里有一个很有名的小提琴家，名叫萨德戈，他的小提琴技艺可以说到了出神入化的地步。这个城市里的贵族或者商贾巨富在节日、举行庆祝活动时都会邀请他前来演奏一曲，他们说可以从萨德戈的小提琴曲中得到快乐。

可是有一天，不知道发生了什么事情，好像所有人都把萨德戈忘了一样，没有人邀请他。失落的萨德戈来到伊尔门湖边，在一块石头上整整坐了一天，拉了一天的小提琴。等到夜幕降临的时候，湖面开始泛起波纹，浪花冲击着沙滩，冲刷着萨德戈的脚面，小提琴家有些害怕，转身向家跑去。

可第二天还是没有人邀请他。萨德戈再一次来到湖边，拉了一天的小提琴。等到太阳落山的时候，像前一天一样，湖面开始翻滚着浪花，浪花冲刷着萨德戈的小腿。惊慌之余，他又一次快速跑回诺夫哥罗德城。到了第三天，还是没有人来邀请他。他除了拉小提琴还能做些什么呢？他再次来到湖边，又是整整拉了一天。当夜幕降临的时候，湖面再次翻滚着浪花，这次的浪花冲刷着萨德戈的膝上。但是这次，他却怀着一颗勇敢的心，继续待在那里拉着小提琴。没一会儿水王突然从湖中露出了水面，他大声地对萨德戈说：

"萨德戈，这些天真的很感谢你在我们举办宴会的时候为我们拉小提琴。为了表示我的谢意，你快回诺夫哥罗德城去吧，等到了明天就会有人来邀请你了，他们又会像之前那样炫耀自己，而你也可以借此展示自己的才华。同时你可以告诉他们你看到了这湖里的金鳍鱼。之后，你就可以和他们打赌，说你能抓到金鳍鱼，这样只要你编好一个渔网，将网三次撒进湖里就可以了。你放心这个赌你一定能赢的，并且很快你就会成为诺夫哥罗德一名富甲一方的商人。"

萨德戈一切照办，所有的事情都如水王预测的一样，很快萨德戈就成了富甲一方的富商。他为自己重新建筑了一座新房子，还娶了一位年轻的姑娘为妻。一天萨德戈在家里举行盛大的晚会，邀请了城里所有的富贾巨商。人们吃着美食喝着美酒，很是痛快，接着，商人们开始炫耀自己，互相吹嘘。于是萨德戈对他们说：

"只有白痴才会吹自己多么富有，而我呢？有什么好夸的，我拥有的财富，可以买下诺夫哥罗德城里的所有商品。"

于是商人们和他打赌，说他肯定做不到，不管是谁如果输了就要罚三万卢布。

于是萨德戈便开始购买诺夫哥罗德城里的商品。他连续买了整整三天的东西，到了第三天的晚上，他发现从基辅及其他大城市流入了各种各样的商品到诺夫哥罗德城。直到现在萨德戈才明白，他想要赢得这个赌，就需要买完整个俄罗斯的商品，而且看来也不会仅仅局限于俄罗斯，以后可能会是整个世界。于是，他对自己说道："看来我是永远也买不完这些商品了，为了不让自己倾家荡产，我宁愿认输付那三万卢布！"

而且他还干了一件蠢事。他为了来运送这些东西，出资建造了三十艘海船。船只沿着江河航行，向大海驶去。在蓝色的大海上，他们行驶了三天。三天后，海上突然狂风大作，巨浪翻滚，狂风撕破了船帆，巨浪冲击着海船，海船无法再前进。于是萨德戈对水手们说：

"勇敢的伙计们，看来是海王想要贡品了，我们只有给海王上贡才能躲过此劫，快从船上搬下一箱金子送给他吧。"

箱子很快就消失在大海中，但风暴依旧，虽然强劲的海风鼓起了船帆，而海船却还是停留在原地一动不动。萨德戈又命令水手们再扔一箱金子给海王，可大海依然波涛汹涌着，海船还是像被缆绳系住了一样一动不动。没办法，萨德戈又把一箱金子投下了海，可海上依旧没有平静，海船仍是一动不动的。

萨德戈想了很长时间，然后对自己的伙伴们说：

"我们这次是走了霉运了，看来这次海王要的不是金银珠宝，而是我们中的某一个人。现在就让上天来决定谁要被送给海王，所有人每人折一根柳枝丢进海里，我丢一根金枝，如果谁的东西沉入海里，谁就是海王选定的贡品。"

水手们遵照萨德戈的吩咐，把手中的柳枝丢进海里，但它们全都浮在海面上，唯独萨德戈的金枝沉进了水中。

萨德戈说："不对，是我弄错了，现在大家每人投一根金枝，我投一根橡树枝。"

然而，水手们的金枝都浮在水面上，而唯独他的那根橡树枝沉入了海底。

于是萨德戈又告诉他们说：

"这一次应该是又弄错了。现在你们每人投一根橡树枝，我投一根杨树枝。"

水手们还是听从了他的话。可这次，水手们的橡树枝都浮在水面上，可是他那根杨树枝却沉入了海底。

这次萨德戈无话可说了，他承认说："我输了，看来这一切都是天注定啊！我也没什么可说的了。"于是，萨德戈写好遗嘱，向船上的水手一一告别。拿起自己的小提琴，萨德戈让水手们在海中放了一块宽大的橡木板。萨德戈刚跳到木板上，海船瞬时随风而去。萨德戈独自一人在波浪中颠簸，没多久，他力气耗尽而昏昏欲睡。等他醒来的时候，发现自己已经到了海底，出现在眼前的是一座白色石头的城堡。他走了进去，里面金碧辉煌，光彩熠熠，往上看去海王正坐在他的宝座上。海王对萨德戈说：

"你本不想给我上贡品，现在也好，你亲自来了，我听说你拉小提琴的技艺很是精湛，不知能否请你为我献上几曲？"

这时的萨德戈还能有什么选择呢？他调好小提琴的音律，拉了起来。琴声刚起，海王就起身，随着曲子翩翩起舞。谁知道他一跳舞，便引起了海上的汹涌波涛，好几艘船都被掀翻了。这时，突然有人拍了一下萨德戈的肩膀，他扭过身一看，发现竟是一位老者。

"我的小提琴家，不能再拉了，真的不能再拉了，你这一拉让海上的所有人都面临灾难了。"

"是海王让我拉的，我也只能奉命行事啊！"萨德戈辩驳道。

老人这时给萨德戈提了一个建议说：

"你现在把琴弦和琴键都折断，然后告诉海王小提琴坏了，现在拉不了了。海王是不会勉强你的，由于你为他而演出，他还会给你一定的报酬，会让你在美人鱼中选择一位作为自己的妻子。前面的和中间的那三百名你都不要挑，你应该选择后三百名中的最后一个。不过还有一件事你一定要记住，那就是千万不能拥抱她，要不然你就会大祸临头的。"

萨德戈记住了老人的话，并且所有的事情都如老人预料的一样。成排结队的美人鱼向萨德戈走来。她们一个比一个漂亮，已经看完了前面的三百名美人鱼，接着又是三百人，萨德戈只是简单地看了一下，却总也不做出选择。直到最后三百名美人鱼出现了，萨德戈才走上前，选择了最后一名，其实她是这九百个美人鱼中最漂亮的一个。他拉着她的手说：

"这就是我选择的！"

"你眼力不错嘛！"海王对他说，"你挑选的是所有美人鱼中最漂亮的，她叫特切洛娃。"

于是，海王为他们举办了盛大的婚宴。萨德戈对这个妻子实在是太喜爱了，不止一次地拥抱了她。婚礼当晚，当他们睡下后，萨德戈很快就睡着了。

可当他第二天醒来的时候，却发现自己已回到了诺夫哥罗德城。眼前是宽阔的沃尔霍夫河，萨德戈忍不住高兴地大叫起来。这时从河中驶过来了一排黑色的大船。萨德戈一眼便认出那是自己的船只。

水手们看到他，一个个惊得下巴都快掉下来了，因为大家都以为他早就在大海中死去了。他们还曾经为他流下眼泪呢！不承想现在他却毫发无损地出现在了岸边。水手们把船上所有的财宝都卸了下来，萨德戈又回到了自己的家。他为诺夫哥罗德城的所有人举办了一个盛大的晚会，之后又继续周游世界，可他再也不在海上航行了。他成了诺夫哥罗德城中最幸福的一个人。

圣山大力士寻妻记

广袤的俄罗斯大地孕育了无数力大无穷、勇敢无畏的英雄。但是，斯瓦托戈尔却是人们最熟悉的，也是力气最大、本领最高的人。只要他骑上马，天地犹如要被撕裂一般，雷声轰隆，闪电划破长空，好像暴风雨就要来临。他的坐骑能够从鼻子里喷出火焰和硫烟。当他走在草地上，每走一步，就会地动山摇。而当他穿过田野的时候，江河水会自动溢出，就连树林里的树都会弯倒在地。所以，斯瓦托戈尔无法在辽阔的俄罗斯土地上生活，他只能独自一人住在圣山之中的一所空房子里，没有人能够跟他说话，更无人能与他比试力气。所以，人们叫他斯瓦托戈尔，就是"圣山"的意思。

斯瓦托戈尔一直闷闷不乐的，他总是在想："为什么我不能同任何人说话？为什么我有这无穷的力气？为什么我只能独自一人住在这大山之中？这些很令我疑惑，我一定要找出答案来。"

于是，他骑着马朝俄罗斯走去。他每走一步，大地都在颤抖；每走一步，大地就像要被撕裂，声音震耳欲聋。斯瓦托戈尔心想："在这个世上还有比我力气更大、本领更高的人吗？"

正在想的时候，他看见前面不远处有一位身穿一件黑丝绒大衣，脚穿一双柔软的摩洛哥皮靴，肩上背着一只小皮包的孤独的旅行者。斯瓦托戈尔加快了步伐想要追上他，刚开始只是小跑着，后来快马加鞭，拼命追了两天两夜，可还是一直追不上，他们之间总是有着一段距离。

于是，他大声叫起来，让那位旅行者停了下来，旅行者回过身问：

"斯瓦托戈尔，你找我有什么事吗？"

斯瓦托戈尔走到旅行者跟前，说道：

"我只是想找个人陪我说会儿话，哪怕两三句也行。另外我还想找个人与我比试一下力气和本领，请问我该去找谁？"

旅行者一边将他的皮包丢到地上，一边微笑着对他说：

"你想找人比试力气，那就先把这个包从地上捡起来吧！"

斯瓦托戈尔以为旅行者是在跟他开玩笑，大笑着用马鞭去触小皮包，可这个小皮包却纹丝未动。他又试着用脚尖顶小皮包，接着又想用整只脚将小皮包抬起来，但还是毫无作用，这时的小皮包就好像被钉到了地上一样。斯瓦托戈尔这才从马上跳下来，用双手去拿小皮包，就好像要连根拔起一棵大树一样，他用尽全力却还是无济于事，直到双脚乃至膝盖都陷入地下，还是未能把小皮包挪动一下。

这时他站起来用十分惊异的语气说：

"这么长时间了，我跑遍整个世界，从未遇到过这样的怪事。我想请问你到底是谁？这包里究竟装的是什么东西？"

旅行者笑着回答说：

"告诉你吧，这里面装的可是整个俄罗斯，如果你想知道我是谁，你就跟着我，总会知道的。我来自一个小村庄，每天早出晚归耕种自己的田地，之后播种下黑麦。等到黑麦成熟，我就收割、脱粒、磨粉，最后用这些黑面粉做点心。我还会邀请我所有的邻居来我的家里，品尝我做的点心，同时还会高喊：'大家干杯，为了农民的儿子米古拉的健康干杯！'"

斯瓦托戈尔听了他的回答感到更加困惑，片刻之后，他对旅行者说：

"我看你不仅力大无穷，本领高强，还是一位能人异士，那么能否请你告诉我，我可以知道我的未来吗？从哪里去知晓？"

旅行者丝毫不费力地拿起小皮包，挎在肩头，之后对他说：

"你一直往前走，走到第一个十字路口向左拐，然后一直朝前走向北山，在北山脚下，你能看到一棵大树，树下有个铁匠铺，那里有个铁匠，你去问他吧！"

他们辞别后，斯瓦托戈尔骑着马朝着旅行者指引的方向走去。他一直走了两天两夜，直到第三天，才来到大雪覆盖的北山。在那里的确有一棵大树，树下有个铁匠铺，他跳下马来，拴好马，径直走进铁匠铺。只见屋内一名铁匠正俯身在铁砧上，在用锤子锤打两根细头发丝。斯瓦托戈尔问道：

"铁匠，你这是在做什么？"

铁匠擦了擦额头上的汗珠，将锤子放到铁砧上，回答道：

"我正在熔接两根头发。这两根头发象征着斯瓦托戈尔和他的未婚妻的命运，只要把两根头发熔接在一起，斯瓦托戈尔就可以摆脱单身汉的命运了。"

斯瓦托戈尔问道："那我要到哪里才能找到我的未婚妻呢？"

"她是个可怜的姑娘，现在正生着重病，这病已经困扰了她三十年了，她的身上长满了脓疱，她就住在都城的一间小木屋里。那就是你的未婚妻。"

斯瓦托戈尔拼命地摇着头说：

"不，我才不要娶她。这不是我想要的生活！"

铁匠呵呵地笑起来，然后开始忙活手中的活。

"一旦我把这两根头发熔接在了一起，谁也无法将它们分开，就算是你骑上最快的马，也改变不了已成为事实的命运。"

斯瓦托戈尔听后立刻用最快的速度离开了铁匠铺，跳上马，飞奔而去。他奔跑在田野上，就好像一阵飓风，雷声轰隆，犹如闪电划破长空，整个大地都开始震动。

没一会儿他就来到了首都城门下，找到了那个小木屋。他拴好马，走进木屋，只见屋里只有一张床，床上还躺着一个患有麻风病、瘦骨嶙峋的姑娘。

眼前的情景让斯瓦托戈尔心很凉，他静静地走近那个姑娘，为了看她是否还活着，他就用剑轻轻触碰了一下那个年轻女子。熟睡中的她发出了一声轻叹，慢慢醒了过来。斯瓦托戈尔在桌子上扔下了一个装有五百卢布的钱包，转身便离开木屋，跳上马，返回了圣山。

其实那个姑娘被斯瓦托戈尔的剑刺过后，就发生了奇怪的变化，一直在床上躺了三十年的她竟然神奇地好了，之前那身被麻风病折磨得见不得人的皮肤竟也开始褪落，重新生出新的肌肤。到了晚上，当她的父母回来的时候，看到一位极其漂亮的年轻女子正坐在桌边，并且桌上有一个装满金币的钱包，都不敢相信自己的眼睛了。

姑娘用那些钱买了一些东西，然后再拿去变卖，就这样卖了买，买了卖，她的家境变得殷实起来。她的样貌也变得越来越好看，很快便传遍了全国。斯瓦托戈尔也听说了，就想去一看究竟，于是他装好马鞍，就出发了。他来到海边的一个码头，那里停泊着一些大船，他数了一下，共有三十一艘。他还看到一座华丽的帐篷搭在一座美丽的桥上，帐篷里有一位宛如天仙的美女。顿时他就爱上了她，女子也对他一见钟情。于是，两人便举行了婚礼，婚宴一直持续了一周。新娘依偎在丈夫的怀里，这时，斯瓦托戈尔才注意到在她的脖子上有一道长长的疤痕。

他问自己的妻子："你脖子上的疤痕是怎么弄的？"

她回答说："这事说来话长。当年我生病卧床三十年，在床上动都不能动。直到有一天，来了一位陌生的男子，他用他的剑轻轻地触了触我，还给了我们一包金币，就这样我的病竟奇迹般地好了，后来我就变成了现在这个样子。"

斯瓦托戈尔终于明白铁匠的话都是真的。虽然他力量很大，却无法挣脱命运之绳，就算是他骑上最快的马，他也逃不脱命运之神的安排。

婚后，斯瓦托戈尔带着他的妻子回到了圣山，从此他们在那里过上了幸福的生活。

士兵和死神

有一个士兵在军营当了二十五年兵，后来被赶了出来。

"你的兵役期已满，现在你可以走了，想去哪里就去哪里吧！"

士兵收拾完自己的行装就离开了军营，可他心里却抱怨着："当了这么多年的兵，最后却连二十五根萝卜都没有挣到，现在让我走了，却只给了三块面包作为路上的干粮，这可让我怎么办啊？我能去哪里呢？算了还是回家吧，好歹看看自己的父母，就算他们已经过世，我也还可以给他们上上坟，也算尽孝心。"

士兵没走多久就吃掉了两块面包，只剩下最后一块，可回家的路还远着呢！

这时，走来了一个乞丐，乞求道：

"行行好，可怜可怜我吧！"

士兵将身上仅剩的最后一块面包给了那个乞丐，心想："我是个当兵的，总有办法熬过去的，可这个乞丐又能去哪里找吃的呢？”

士兵装上烟斗，一边走一边抽着。

走呀走，他来到一个湖边，看到湖面上几只大雁正在湖里嬉闹着，士兵悄悄地溜过去，找准时机，一下子就打死了三只。

“现在我的午餐不用愁了！”

他拿着大雁继续赶路，没多久就来到一座城里。他找了一家客店，把三只大雁都交给了店主，说：

“这三只大雁都给你，一只你拿去当店钱，一只烤熟了拿来给我吃，另外一只拿去给我换点酒，当作我的午饭。”

士兵脱下军装，放下随身携带的兵器，坐下休息，这时，午饭已经准备好了。

店小二给他端来了一只烤好的大雁，还有一俄升酒。士兵坐下来就吃了起来，好酒好肉美美地吃了一顿！

士兵吃着，看到了街对面的新房，便向店主询问道：

“那对面的新房子是谁的？”

店主回答说：

“一个非常有钱的商人为自己盖了这座房子，可惜的是，一直都没能住进去。”

“为什么不能住？”

“因为那里闹鬼。一到了晚上，那屋里就出现好多鬼，又叫又跳，一整夜都不安生，所以只要天刚黑就没人敢再进去了。”

士兵向店主询问："怎样才能找到房子的主人呢？我想找他谈谈，看是否能够帮助他。”

店主告诉了他。士兵酒足饭饱后，躺下休息了一会儿，天快黑的时候，他找到了那个有钱的商人。商人问他：

“不知你找我有什么事呢？”

“我只是路过此地，不知能否得到你的允许让我在你的新房子里住一晚，反正它也没人住。”

“不行啊，那房子里闹鬼，你不能去送死啊！城里房子多的是，你还是到别家住吧！这房子自盖成以来，天天闹鬼，根本赶不走！”商人说。

“说不定它们愿意听我的话，我能让它们走呢！”

"其实在你之前也有些胆大的人，冒险进去，可还是毫无办法。就在去年夏天，有一个过路的人，他也说想把鬼从屋里撵出来，却不承想到了第二天早上，在屋里没了他的身影，只留下一堆白骨，是鬼杀了他。"

"放心吧，俄罗斯的士兵水淹不死，火烧不死。我已经当了二十五年的兵，经历了无数次的战争，都活了下来，就是真的遇到鬼，我也能逢凶化吉，保护自己的。"

商人说：

"那好吧，随你。既然你不害怕，那我就不拦你了。如果你真的能把那些鬼赶出去，至于报酬我是不会少给的。"

士兵说："现在我只需要几根蜡烛、一些炒熟的榛子，还有一根烘熟了的萝卜，越大越好。"

"你需要什么只管到店里去拿吧。"

士兵来到店里，拿了三俄磅炒熟的榛子、十支蜡烛，然后又到厨房找了一个最大的烘萝卜，拿好这些后，士兵便去了新房子。

他选了一个很大的房间安置好，然后点燃了蜡烛，把自己的军大衣和背包都挂在钉子上，为了度过这无聊的一夜，他把烟斗装满，一边抽烟一边咔嚓咔嚓地嗑榛子。到了半夜的时候，他突然听到一阵喧哗，地板吱吱嘎嘎，各扇房门砰砰啪啪，瞬间群魔乱舞，四面八方的鬼都叫唤起来，声音十分刺耳，屋里的东西也都开始摇摇晃晃起来。

然而士兵依然坐在那里，嗑着榛子，抽着烟。忽然房门被打开了一条缝，一个鬼把它的头伸了进来，看见坐着的士兵，那鬼叫起来：

"你们快来啊，这里竟然坐着一个人！"

又响起一阵嘈杂的脚步声，所有的鬼都来了。它们聚集在房门口，你挨着我，我碰着你，乱叫着：

"吃了他，把他撕成碎片！"

士兵却不慌不忙地说："别急着吹牛，我活这么久了，还没见过什么比我更厉害的呢，你们这种家伙我已经收拾过不少了，你们这是来送死啊！"

一个领头的鬼站到前面说：

"那就让咱们比比吧。"

"好呀，比就比。"士兵回答，"我想问下你们当中谁能把石头捏出水来？"

领头鬼命令小鬼到街上找来了一块鹅卵石。小鬼拿来石头递给了士兵：

"你先试试吧！"

"放心，还是先让你们当中的人来试试吧，我是不会赖账的。"

于是，领头鬼一把抓起石头，用力捏，把石头都捏碎了。

"看见了没！"

这时士兵不慌不乱地从背包里取出烘萝卜来。

"你可看清了，这块石头可比你那个大多了。"

士兵用手一捏，挤出了汁。

"你们都看见了吧！"

鬼怪都感觉很奇怪，可没人吭声，过了一会儿问：

"你一直在吃什么呢？"

士兵回答：

"榛子，可是我敢说我的榛子你们谁也咬不动。"

说着他给了领头鬼一颗子弹。

"你也试试吧。"

领头鬼把子弹放进嘴里，使劲地咬着，甚至把子弹都咬扁了，可还是咬不烂。而旁边的士兵却不停嘴地嗑得咔嚓咔嚓响。

鬼怪们信服了，都安静了下来，一个个杵在那，目不转睛地盯着士兵，只有两只脚换来换去。

士兵又说："我听说你们鬼的手段可多了，不仅能变大还能变小，小到一条细缝都能钻过去。"

鬼怪们齐声喊道："这有什么难的！"

"那现在就让我们试试，在这里的统统都钻进我的背包里吧。"鬼怪们一听，就你挤我挤你争先恐后地向他的背包扑去。一分钟不到，屋子里的鬼就都钻了进去。

士兵快速走到背包旁边，迅速用皮带把背包交叉捆住，还把扣环扣得牢牢的。

"好了，现在终于可以安心休息了！"

士兵把军大衣往地上一摊，随后就睡着了。

第二天一大早，商人派了几个伙计：

"你们去看看昨天那个士兵是否还活着。就算死了，帮他收几根骨头也好。"

伙计们来到新房子里，这时士兵已经醒来，正抽着烟，在屋里走来走去。

"真是太好了，没想到你竟然还活着，原本我们还准备来为你收尸呢！"

士兵笑起来，说道：

"想要杀我还早着呢！不过现在我还真需要你们帮我个忙，帮我把这个背包抬到最近的铁匠铺去，铁匠铺离这远吗？"

伙计们回答说："不远。"

然后他们就抬着背包来到了铁匠铺里。士兵说：

"你们好呀，现在请你们拿出打铁的本领，把这个背包放在铁砧子上，给我狠狠地打！"

铁匠们抡起铁锤就要朝背包打去。

鬼怪们看到这阵势只能异口同声地哀求道：

"求求你，饶了我们吧！"

铁匠们只是一个劲地捶打着。士兵说：

"就这样用力打，谁让它们欺负人，就得好好教训教训它们！"

鬼怪们叫喊着："我们以后再也不去那座新房子里了，甚至是这座城市都不会再来了，并且我们还会叮嘱其他的鬼怪不准靠近这里，只要你别打死我们，我们还会给你一大笔买命钱，你就行行好吧！饶过我们！"

"这还差不多！你们可一定要记住你们说过的话，否则我不会饶过你们的！"

士兵让铁匠们停了手，松开背包上紧扣的皮带，把这些鬼怪一个个放了出来，士兵留了个心眼儿，把它们那个领头的留在了里面。

"这个等到你们把买命钱送来，我自然会放了他。"

士兵刚抽完一袋烟，就看见一个小鬼跑了过来，手里还拿着一个旧背囊。

"这是给你的买命钱！"

士兵拿起背囊掂了掂，感觉很轻，打开一看，里面竟然什么也没有。他怒吼着对小鬼大喊：

"耍我是不？那我现在就杀了你们的头领！"

背包里的领头鬼立刻喊叫：

"别呀，别打我，你误会了，听我慢慢说，这个背囊可不是普通的背囊，而是难得一见的宝贝，世上仅此一个。不管你想要什么，只要打开背囊，它就可以给你想要的东西。就是说，如果你想要一只鸟儿，或者其他的什么东西，只要挥动背囊说一句：'钻进去！'它就会把你想要的东西给你了。"

"那就让我来试试你说的是否属实。"

士兵心里想："给我来三瓶伏特加酒！"顿时他觉得背囊沉甸甸的，打开一看，里面果然有三瓶伏特加酒。他把酒给铁匠们分了：

"伙计们，尽情喝吧！"

士兵走出铁匠铺，四处看了看，他看见屋顶上有一只麻雀，他把背囊挥动了一下说：

"快钻进去！"

他的话音刚落，屋顶的麻雀一下子就滚落下来，自己飞进背囊里了。

士兵重新走进铁匠铺里说：

"看来你说的都是真的，没有欺骗我，这样神奇的东西，还真是谢谢你了。"

于是，士兵解开皮带，把背包打开，放出了领头鬼。

"你们想去哪里就去哪里吧，但有一条要记住，不要再让我看到你们，否则有你们好看。"

小鬼在大鬼的带领下，一溜烟逃跑了。士兵收拾好自己的背包和背囊，离开了铁匠铺，回到了商人那里说道：

"以后那些鬼再也不敢来骚扰你了，你放心地住进去吧！"

商人看了看士兵，真不敢相信自己的眼睛。

"的确啊，俄罗斯的士兵水淹不死，火也烧不死。你能否告诉我，你是如何保全自己不受伤害，又是如何对付那些鬼怪的呢？"

士兵把事情的经过一五一十地说了一遍。商人真的是被这些鬼怪搞怕了，心里想："这些鬼怪真的不再回来了吗？我还是再等两天，看看是否真的安全了。"

当晚，他让士兵和早上的几个伙计一起住进了新房，看是否真的安全。

士兵说："你们去住吧，放心我会保护你们的。"

几个人在新房里平安过了一晚，好像这里从未发生过闹鬼事件一样。第二天一大早，伙计们高高兴兴地回来了。

第三天，商人亲自去住了一晚。

这一夜还是一如前两夜的安静，任何人也没来打扰他们。从这以后，商人才下令搬入新的房子，还准备了酒宴以示庆贺，于是，商人邀请了很多客人，各种各样的美食、美酒琳琅满目，好像要把桌子都给压塌似的。宾客们尽情地任意吃喝。

商人把士兵当作贵宾安排在了首席。

"士兵，尽情吃吧，喝吧，我会永远记住你的恩情的。"

酒宴一直持续到第二天的凌晨。大家歇息片刻后，士兵要告辞离去，商人挽留道：

"别急着走嘛！再多住一段时间，哪怕一周也好。"

"不了，实在感谢你的盛情，但我在此已经耽误很长时间了，我还要赶回家去呢！"

商人拗不过，只好送了他满满一袋的银币，作为他路途中的盘缠。

士兵说："这些钱你还是收回吧，我就一个人，根本用不着，再说我身强体壮的，自己能养活得了自己。"

士兵和商人道了别，背着他那空空的背包和那个神奇的背囊就上路了。

不知他走了多久，终于回到了自己的家乡。从高高的山岗望去，自己住的村庄就在眼前，这时他感觉又高兴又轻松。不禁加快了脚步，向四周望去："多么美丽的地方，我去过那么多的地方，却没有一处有我的家乡这么美丽、这么迷人！"

士兵来到他记忆中常常想念的一座房子前，他走上台阶，敲了敲门，开门的是一个老态龙钟的老奶奶，士兵一下子就扑进了老人的怀里，抱住了她。老奶奶也认出这就是她的儿子，激动地抱着他又是笑又是哭。

"孩子，你的父亲到死都一直在惦记着你，可他却没能等到你回来，五年前就已经离开了人世。"

忽然老奶奶想起儿子一路走来一定饿坏了，就想给他弄点吃的，却被士兵拦住了：

"母亲，现在你什么也不用操心了，我已经回来了，该由我来照顾你了。"

他把身上的背囊拿下来解开，心里想着各种各样的美食。

很快，他想要的东西都被他从背囊中拿了出来，一一摆在桌子上，请母亲享用：

"母亲，多吃点，算是儿子孝敬您的！"

第二天他又从背囊中取来了一些银元，开始置办家业。他把原来的老房子拆掉盖了一座新房子，还买了一头牛和一匹马，现在所有的一切都已准备妥当。随后他又娶了一个善良的妻子，过起了自己的日子。没多久他的妻子生下一个儿子，老奶奶对自己的儿子和这个孙子很是疼爱。

就这样一晃过了六七年，后来，士兵患了病，他已经两天粒米未吃，滴水未进，病情很是严重。到了第三天，死神站在士兵的床前，一边磨镰刀，一边望着他说：

"当兵的，跟我走吧，我是来接你的，马上你就要死在我的手里了。"

"能再宽限宽限吗？你让我再活三十年吧。我想把孩子们抚养长大，看到他们成家立业，等我抱上孙子的时候，你再来好吗？"

"当兵的，那可不行！多三个钟头都不行！"

"那这样吧，不要三十年也行，我没来得及做的事情还有很多呢，你总得让我把事情做完了吧！"

"别说了，三分钟也不行。"死神回答。

士兵不再说什么了，可让他就这样死去实在不甘心。于是他从床头拿出那个神奇的背囊，摇了一下，喊了一句：

"快钻进去！"

话音刚落，士兵就感觉浑身舒服多了，再往背囊里一看，死神已经被收进去了。

士兵赶忙把背囊口扎紧，顿时他感觉浑身都轻松自如，胃口也好极了。

他快速地从床上爬下来，切了一块面包，撒了一点盐，狼吞虎咽地吃了进去，然后还喝了一杯果子露，很快就恢复了健康。

"不要脸的家伙！好好跟你商量不行，现在让你尝尝俄罗斯士兵的厉害。"

死神在背囊中说道：

"现在你想怎么处置我？"

士兵回答：

"虽然我很舍不得这背囊，可没办法，现在只能舍弃它了。因为我要把你淹死在烂泥坑里，你永远也别想出来。"

"当兵的，求求你放了我吧，我再给你三年的时间。"

"那可不行，现在我是不会放了你的。"

死神央告：

"放过我吧，就按你说的，让你多活三十年，三十年总可以了吧？"

"这样的话还差不多，"士兵说，"你得答应我在今后的三十年里，不再出来让人死，我就放了你。"

"这可不行，如果一个人也不死，那我怎么活呀？"死神回答。

"在这三十年里，你可以到森林里去吃树根、啃树墩子、嚼石头子儿。"

死神没有说话。士兵穿好衣服、鞋子，说道：

"你要不同意，我现在就去把你淹死。"

士兵说着拿起背囊就准备离开。

死神立刻回答：

"我答应你，今后的三十年不让一个人死。我就在森林里吃树根、啃树墩子、嚼石头子儿，只要你放过我，我什么都答应。"

"你最好别要花样，我既然能抓到你一次就会有第二次。"士兵说。

士兵把背囊带到村口，解开了背囊，说道：

"你赶紧走吧，趁我还没改变主意！"

死神拿起自己的镰刀，一溜烟地逃走了。自此之后的三十年里他一直就在森林里吃树根、啃树墩子、嚼石头子儿，除此之外，他也别无他法！

就在这三十年，百姓们安然地过着日子，人人身体健康，没有死亡，甚至连生病都没有。

这时，士兵的子女都已长大成人，并且都已成家立业。家里人丁也越来越多。这个人让他帮忙，那个人请他出主意，还有人请他指点迷津，每天忙得是不亦乐乎。

士兵虽然每天都很忙碌，但这样的日子却让他感觉很充实、很开心，好像他每天都有做不完的事情，就这样三十年的时间一晃而过，他已经忘了死神这回事。

然而死神已悄然而至，说道：

"当兵的，三十年的期限已到，准备跟我走吧。"

士兵什么也没说。

"我是当兵的，对命令很是敏感，现在期限已满，你就把棺材拉来吧。"

死神果真运来了一口橡木棺材，上面还带着铁箍。死神把棺盖揭开，说：

"当兵的，快躺进去吧。"

士兵生气地说道：

"你也太不懂规矩了吧？之前在服役期间，所有的科目都会有人亲自示范，然后我们才模仿着做，现在的事你也应该先给我做做示范呀！"

于是，死神便躺了进去，说道：

"当兵的，你可看清了，就是这样，双腿伸直，双手合放在胸前。"

士兵就在等着这一刻，只见他迅速盖上棺盖，钉上了铁箍子，说道：

"这东西还是你自己留着用吧，我感觉活在这个世界上还是挺不错的。"

然后士兵把棺材搬到大车上，运到陡峭的岸边，把棺材从悬崖上推落到河里。

棺材顺着河水顺流而下，把死神带到了大海。好长一段时间，死神都只能漂浮在海面上。

不再受死神的干扰，对此士兵很是喜欢，士兵从此也不再衰老。他的孙子们也都娶妻生子，孙女们也都嫁为人妻，现在他的任务就是教导重孙子们该怎样做人？他一天到晚都在为这个家操劳着，不眠不休。

可在后来，有一天海上突起风暴，翻滚的海浪把装着死神的棺材冲到了岩石上撞开了，死神逃了出来。

死神在岸上躺着休息了好久，然后费了好大的力气才回到了士兵的村子。它在士兵的院子里藏了起来，等待士兵出现。

士兵这时拿着一个空袋子，正准备到仓库去取种子，然后去播种粮食。等他刚走到谷仓旁边时，死神就从角落里钻了出来。它奸笑说："现在你可逃不掉了吧！"

士兵一看，自知这次是逃不掉了，但转念一想：

"嗨！管他呢，就算逃不过这一劫，吓唬吓唬他也是好的。"

接着他把怀中准备装谷子的袋子拿了出来，大声喊叫：

"我看你是想念我的背囊了吧？又想让我送你去烂泥坑了……"

死神一看到这个袋子，以为还是那个神奇的背囊，马上扭头就跑了，眨眼间就逃得无影无踪了。

这时死神心里只有一个想法："别再让我看到这个士兵了，如果再遇到，他肯定又要把我送去烂泥坑！"所以从那个时候起，死神出来害人的时候总是偷偷摸摸的。

从那以后，士兵依旧过着他的日子，甚至有人说，直到现在他还活着呢，还在不停地讥讽着死神。

葛鲁斯安努和妖精一家

很久以前，天上的太阳和月亮被一群妖精给偷走了，当时的皇帝叫赤帝，他为此很是气愤，于是就诏告全天下，不管是谁只要能把太阳和月亮抢回来，不仅可以娶公主为妻，还能得到自己的半壁江山；可如果许下承诺却没有做到，就要被杀头。许多青年勇士跃跃欲试，纷纷报名参加，可他们根本不知道妖精的所在地，所以他们出去后只是在四处游荡，却找不到妖精，最后都没兑现自己的诺言，而后赤帝遵守了他们之间的约定，将他们都杀了。

有一个名叫葛鲁斯安努的勇士听说了这件事，再三考虑之后，还是前来应征。在路上，他遇见了两个刚好要被砍头的人，他们是因为在一次皇帝和野兽搏斗中当了逃兵所以要被砍头。这两个奔赴在黄泉路上的人，对一切都感觉了无希望，但在葛鲁斯安努的劝说、安慰下，才又鼓起了勇气。

葛鲁斯安努决定把自己的去留赌在这两个人身上，他对自己说："只要我能说服皇帝饶恕了他们两个，我就去找妖精要回太阳和月亮，如果不能我就原路返回。"

他一边走一边想着，就这样不知不觉地到达了皇宫。

在侍卫的带领下，他来到皇帝的面前，他利用自己善辩的才能，机智地说服皇帝放弃了杀那两个人的念头，皇帝也认识到杀了他们还不如让自己多两个忠实的臣民更好。就这样，葛鲁斯安努救下了这两个人，他善良勇敢的美名也一下子传开了。

那两个要被砍头的人听说葛鲁斯安努为自己求情，并得到了皇帝的赦免时，很是高兴。他们对葛鲁斯安努感激涕零，并发誓这辈子都会为他祈福，祈祷他能一切顺利，战无不胜。

他们便停下来，坐在草地上休息，他们吃了一些食物，然后两人彼此拥抱，作为分别的祝福，因为他们要各自选择一条路来走。

两人在分别前，各选了一块头巾，并约定说，如果头巾是从中间被撕开，那就说明其中一人已经死了；可如果是从边缘撕开，兄弟俩就还有见面的机会；说完这些后他们又在地上插了一把刀，说："如果这把刀一旦生锈，这说明我们当中的一个已经死了，那么剩下的那个人就没有再等的必要了。"说完，葛鲁斯安努和弟弟便分道而行，一个向右一个向左。

漫无目标的弟弟徘徊了好多天，又重新回到了他们分手的地点。他看到那把刀没有一丝锈迹，知道哥哥很好，便放心地坐了下来，耐心等着哥哥回来。而葛鲁斯安努在和弟弟分手后，就沿着一条小路一直走着。走着走着，他突然在路边发现了一座精美的房子，他猜测那应该就是妖精们住的地方。此时葛鲁斯安努想起了铁匠的忠告，他翻了三个筋斗，变成了一只鸽子，落在了妖精屋前的一棵树上。

果真是妖精们的房子。妖精的大女儿走出屋来，看到了这只奇异的鸟，立刻返回屋里叫自己的妈妈和最小的妹妹一起来看。

妖精的妹妹说："我亲爱的妈妈和姐姐，我感觉这只鸟对我们来说并不是一个好的征兆，你们看它的那双眼睛，根本不是鸟的，反倒像是金色的葛鲁斯安努的。我们一直到现在都生活得挺好！希望能继续得到上帝的怜悯与保佑。"

这群妖精对葛鲁斯安努的大名早有耳闻，于是她们进屋商量对策去了。

这时葛鲁斯安努又翻了三个筋斗，变成了一只苍蝇飞进了妖精们的房间里，在天花板下面的房梁缝隙里藏了起来。在这里妖精们说的每一句话他都听得清清楚楚，并一一记在了心里。事后，他悄悄离开了妖精的家，向前面的树林走去，在一座大桥下躲了起来。因为他偷听了妖精们的谈话，他知道她们要回家的时候必须要经过这里，她们会到树林里轮流打猎，一个在晚上，一个在子夜，而在黎明时打猎的那个妖精是最凶狠的。

葛鲁斯安努屏住呼吸，睁大眼睛，耐心等待着妖精的到来。突然，一个小妖精朝他走来，当她来到桥上的时候，她的马突然惊吓地嘶叫起来，前腿腾空跃起，不再前进。妖精对马儿的异常很是不解，气愤地喊："这该死的马，有什么好怕的，但愿你被恶狼吃掉！除了金色的葛鲁斯安努，在这世上还没有我害怕的东西呢，就算是他来了，我也能一巴掌将他打倒在地。"

听到这葛鲁斯安努从桥下蹿出来，喊道："你这个不知死活的妖精，来吧，让我们比剑或者摔跤，看看谁的本领高，谁的力气大。"

就这样两人抱在一起扭打起来。

葛鲁斯安努被妖精高高举起，狠狠地朝地上摔去，只见他的两条腿被插进了地里。葛鲁斯安努迅速拔出两腿，抓住妖精，在地上摔来摔去，直到把她从脚到肩都塞进了土里，他快速地将她的头砍了下来，然后把她的尸体连同她的马一同扔到了桥下，之后就坐下开始休息。

到了子夜，妖精的哥哥骑马归来。他的马在靠近桥边的时候，同样是突然开始惊恐地嘶叫着，前腿腾空，向后退了十七英尺远。他也和他的妹妹一样开始气愤地骂起来。这时，葛鲁斯安努嗖地一下跳上桥来，和这个妖精打起来。

开始的时候葛鲁斯安努同样被妖精腾空举起，向地上摔去，这时他的半截身子被插进了土里。可葛鲁斯安努还是很快挣脱了出来，顺势抓住妖精，将他整个身子全塞进土里，只留了头露在外面，葛鲁斯安努迅速用短弯刀砍下他的头，同样把他的尸体和马扔到了桥下，然后静静地等待着黎明的到来。

黎明终于来了，妖精的父亲策马而来。只见这个魔鬼长得跟黑炭一般。他来到桥边，他的马同样受到了很大的惊吓嘶叫起来，两腿腾空，往后退了有七十七英尺远。妖精的父亲很是恼怒，大发雷霆，气愤地吼道："但愿这匹该死的马被恶狼吃掉。你这畜生有什么好怕的！在这个世上，除了金色的葛鲁斯安努，我怕谁啊？就算是他来了，只要用我的箭射穿他的心，他就死定了。"

听到这葛鲁斯安努大吼一声，跳上桥，吼道："你不是要找葛鲁斯安努吗？我就是，来吧，让我们一决高下，拼个你死我活，斗剑或者比枪，赤手空拳摔跤任你挑选！"

妖精拿起自己的长剑向葛鲁斯安努砍来，葛鲁斯安努也挥起自己的剑，就这样双方打了起来，一直到两把剑全被打断还是没能分出胜负。于是，他们又比起了枪，可同样都断了。最后他们就赤手空拳扭打在一起，他们打斗得连脚下的土地都在摇动。妖精一把抓住葛鲁斯安努，想捏死他，但葛鲁斯安努使尽浑身的力气，趁妖精喘气的时候，反扑过去死死抱住妖精，而且越抱越紧，直到最后勒断了妖精的好几根骨头。

这场搏斗甚是激烈。直到最后，双方疲惫得没了一丝力气。就在这时，葛鲁斯安努突然看见头上有一只乌鸦盘旋，他就对乌鸦高喊：

"嗨，乌鸦，乌鸦，是否可以请你给我衔一嘴清水来，作为回报，我会给你三个妖精和三匹马，让你美美地吃一顿。"

乌鸦听后很是高兴，衔了一嘴的水送给了葛鲁斯安努，喝到水的葛鲁斯安努，顿时感觉精力充沛，他一把将妖精高高举起，然后狠狠地将妖精的整个身子摔进土里，只露出脑袋。葛鲁斯安努用脚死死地踩住妖精的头，防止他蹿出来，对妖精说道："该死的妖精，现在可以告诉我，你们到底把太阳和月亮藏哪里了？"

妖精欲言又止。葛鲁斯安努威胁说："就算你不说，我也一定能找到的。可如果你说了，或许我还能饶你一命；如果不说，你就死定了。"

听了这话，妖精只能如实坦言说："我们把它们锁在前面树林的一座小塔里面了，而我的右手小手指就是塔的钥匙。"

听罢，葛鲁斯安努迅速砍下妖精的头，又将他的右手小指砍了下来。

葛鲁斯安努按照他和乌鸦之前的约定，把妖精的尸体和他们的马都给了乌鸦，然后朝锁着太阳和月亮的那座塔走去。他用妖精的小拇指将塔门打开，找到了太阳和月亮，他心里高兴极了。他一手拿着太阳，一手托着月亮，把它们重新放回到昏暗的天空中。

人们看到天空中的太阳和月亮，欣喜若狂。他们对葛鲁斯安努感激涕零，感谢他为人们打败了那些令人厌恶的妖精。

葛鲁斯安努也很是自豪，因为他觉得自己为世界带来了光明和温暖，得意扬扬地起身往回走。

葛鲁斯安努在与弟弟约定的地点找到了弟弟。兄弟俩热泪盈眶地拥抱在一起，之后，他们买了两匹良驹，飞也似的朝皇宫奔去。

沿路，他们看见一棵树，上面长满了金黄色的梨子。兄弟俩一路跑来饥渴难耐，弟弟便要求停下来饱餐一顿，顺便也能休息一会儿。可是在之前葛鲁斯安努就已经听到了妖精们的计谋，他告诉弟弟可以休息，但绝不能吃树上的梨子，弟弟听从了。葛鲁斯安努拔出剑向梨树砍去。只见从树上流下了又黑又臭的毒血，还有一个声音在哀吟："葛鲁斯安努，你杀了我的丈夫，现在又杀了我。"

瞬间，那棵梨树化成了一堆泥土和灰烬。

兄弟二人跳上马继续赶路。没走多远，眼前出现了一座美丽的花园，花园里到处都是美丽的花和蝴蝶，一股清澈的喷泉静静地流淌着。

弟弟说："哥哥，我们能否在这歇一会儿呢？也好让马歇歇。在这里我们可以采一些花，那清凉的泉水还可以让我们解解渴。"

"只要那些花是人们种植的，泉水是真正的泉水，那当然可以喝了，我亲爱的弟弟。"葛鲁斯安努说。

说着葛鲁斯安努抽出剑，在一株最美的花上砍了一刀，瞬间这株花就倒在地上。接着，他又把剑刺进喷泉，清澈的喷泉瞬间变成了臭血水。原来这美丽的花园和喷泉都是妖精的长女变的，她本想以此来毒死葛鲁斯安努，没想到却害了自己。

看到这些的葛鲁斯安努马上跳上马，飞奔而去。这时，他们看见妖精的老婆在后面穷追不舍，愤怒地吼叫，要替自己的丈夫、儿女们报仇。

葛鲁斯安努对老妖婆的追赶早已察觉，就对弟弟说："你往后看看，看到了什么？"

"除了一片黑云，我什么也没看到啊。"

他们加快速度，如风一般疾驰着。跑了一段路后，葛鲁斯安努又让弟弟回头看看，弟弟说他看见了一团似火一般的云向他们逼近。兄弟俩更加快了速度，终于来到了铁匠福尔的家里。

他们立即跳下马，躲进了福尔的家里。老妖婆在他们后面穷追不舍，恨不得一步就追上他们，把他们杀了。但是，她却眼睁睁地看着自己的仇人毫发无损地逃出了她的手掌心。

老妖婆转念一想，一个计谋涌上心头。她说要和葛鲁斯安努他们对话，并让他在墙上挖一个洞。伟大的铁匠福尔早就准备好了葛鲁斯安努的铁像，并一直把这尊铁像放在铁炉上煅烧着。老妖婆一见葛鲁斯安努，竟得意忘形，连忙把嘴巴凑上前来，想要吮吸"葛鲁斯安努"的血。见此情景的福尔迅速把烧红的铁人塞进她的嘴里，她吞了一口、两口，还没吞到第三口，只听"轰隆"一声巨响，铁人爆炸开来，把老妖婆也炸得粉身碎骨，她的尸体也瞬间变成了一座铁山。

福尔打开房门，让乡亲们一起来庆祝胜利，宴会举行了三天三夜。这座铁山让福尔非常高兴，他利用这座铁山让自己的徒弟为葛鲁斯安努打制一辆车和三匹马。做好后，他对这些车和马吹了一口气，瞬间它们就变成了活的。

葛鲁斯安努告别了好友福尔，和弟弟一起上车，往赤帝的皇宫走去。

他们一直走着，来到一个十字路口。葛鲁斯安努从车上解下一匹马，让弟弟先走，去见赤帝禀报自己的凯旋，他则随后就到。这时独自走着的葛鲁斯安努看到对面走来了一个跛脚魔鬼，这魔鬼专门拦截行人，伤害他们。但他却畏惧葛鲁斯安努的威名，不敢公开和他较量，可又不想就这样放他平安过去，就把马车后轮轴上的铁钉拔出来，随手丢了出去。

魔鬼对葛鲁斯安努说："兄弟，你车上的铁钉掉了一个，快去找吧！"

葛鲁斯安努没有带自己的剑就下车去找铁钉了，魔鬼乘机偷了他的剑，翻了三个筋斗，就变成了一块石头，静立在路边。

没一会儿葛鲁斯安努就找到了铁钉，把它装到原位，就上了车继续赶路。

在赤帝的手下，有一个卑鄙恶毒的大臣和魔鬼做了一笔交易，用自己的灵魂作为抵押，如果魔鬼能帮他成功娶到公主，他就会把自己的第一个孩子给魔鬼。魔鬼很清楚葛鲁斯安努的威力全是仰仗他的剑，一旦没了剑他就是一个普普通通的人了，所以这个魔鬼就把葛鲁斯安努的剑给了这个邪恶的大臣。

这个卑鄙的大臣去见皇帝，厚着脸皮说太阳和月亮是自己找回来的，要求皇帝把女儿嫁给他。

皇帝看到那把剑便相信了那个大臣的话，于是下令开始为他们的婚事做准备。就在整个宫廷上下都在为他们准备婚事的时候，葛鲁斯安努的弟弟赶到了。

这个奸臣一听此事，便立即前去觐见皇帝，并谎称是葛鲁斯安努的弟弟在撒谎，应该立即把他关起来。皇帝听从了大臣的安排，这个大臣自知谎言欺骗不了多久，便催促提前举办婚礼。只要他和公主一结婚，就是葛鲁斯安努来了也改变不了什么。

但皇帝也感觉事有蹊跷。没过多久，葛鲁斯安努来到了皇宫，见到了皇帝。听了这两个人的讲述，皇帝也开始左右为难，不知谁说的是真谁说的是假，但他隐约觉得葛鲁斯安努说的应该是真的，可令他感到奇怪的是：为什么他的剑会到了那个大臣的手里？直到这时葛鲁斯安努才发现自己的剑丢了。这时他才忽然想起自己在捡铁钉回到马车旁边的时候，路边突然冒出来了一块大石头，这时他才意识到里面有鬼。

"陛下，"他说，"你的公平公正可是众所周知的，我希望你也能对我公正啊，我知道你已经等了很久了，但还是请你再耐心等一下，我相信你一定能看到事实的真相的。"

皇帝答应了葛鲁斯安努的要求。葛鲁斯安努重新坐上自己的马车，来到丢铁钉的地方，对着那块大石头吼道：

"你这个无耻的魔鬼，为什么要偷我的剑，快把它还给我，要不然就别怪我不客气了。"

可大石头却一动不动。

葛鲁斯安努翻了三个筋斗，变身成一根铁棒。朝这块大石头疯狂地撞击着。每撞一下，大地都在摇动，石头也开始掉落碎片。他不停地撞击，把石头的上半部都敲成了碎片，大石头小了一半。没一会儿，石头忽然开始颤抖，开口求饶，但是葛鲁斯安努变的铁棒越来越重，很快大石块就被撞碎了，在它的脚下出现了一堆土。葛鲁斯安努用手扒开，自己的剑就在里面。

他捡起自己的剑，重新回到皇帝那里。

"陛下，现在请你看看，这才是我的剑，让那个欺世盗名的混蛋出来，我要跟他算账。"

皇帝把大臣召了出来。

这个卑鄙的大臣来后，他看到面前的葛鲁斯安努正阴沉着脸且目露愤怒之光，他顿时吓得瑟瑟发抖，对自己的无耻行径一一坦白，并请求能得到葛鲁斯安努的原谅。

在葛鲁斯安努的请求下，皇帝饶恕了这个大臣，只是把他逐出了帝国。葛鲁斯安努的弟弟也被放了出来。皇帝为葛鲁斯安努和公主举行了盛大的婚礼。按照宫廷的习惯，喜宴一直持续了三个星期……

安德列和妻子

有一个国王，他一直没有娶妻，孤家寡人一个。他手下有一个名叫安德列的射手一直很顺从于他，一直唯他马首是瞻。

有一次安德列外出打猎。在树林子里寻找了一整天，却没发现一只野兽。夜幕降临，他开始往家赶，正在难过之时，他抬头看到了树上有一只母斑鸠。

他心想："好吧，就把这只斑鸠打下来当作今天的收获吧！"

他一箭就射中了斑鸠，受伤的斑鸠从树上掉了下来，落到潮湿的地上。安德列准备拧断它的头，然后带着回家。

可就在这时，斑鸠竟然说道：

"安德列射手，请你别杀我，你把我带回家吧，就把我放在窗口，然后你看着我，只要我一打瞌睡，就用你的右手使劲打我，这样我会给你带来巨大的幸运和幸福的。"

能干的妻子

安德列感到十分惊讶：一只鸟竟然会说人话，他感觉事有蹊跷，于是就按照它的话，把它带回了家，放在窗口，自己就站在它旁边看着它。

没一会儿，斑鸠就真的打起了瞌睡，安德列想起斑鸠的话，便用他的右手用力打了它，只见这只斑鸠从窗口跌落到了地上，竟然变成了一个貌美如花的姑娘，她是那样的美，简直无法用言语形容。

姑娘对安德列说：

"我是玛丽亚公主，既然你救了我，我们有缘认识，你就应该把我留在身边好好照顾我，而我也将成为你最忠心的妻子。"

就这样俩人约定好，结成了夫妻。安德列和年轻漂亮的妻子生活在一起，心里别提多高兴了。虽然如此可他并没有耽误自己要做的事情，每天天还没亮，他就到林子里，猎取猎物，然后给国王送去，作为御用食品。

这样幸福的日子没过多久，有一天，玛丽亚公主对安德列说：

"亲爱的，我们的日子也太清贫了。"

"是的，的确如此。"

"现在为了让我们的生活更加富裕起来，我想让你去设法弄来一百卢布，用这笔钱换来各种颜色的丝线。"

安德列听了妻子的话，找自己的所有朋友借了一圈，最后凑够了一百卢布，用这些钱买了许多五颜六色的丝线，给了妻子。玛丽亚公主接过丝线，对安德列说道：

"你去好好休息吧，明天早晨就会好起来了。"

安德列安心地躺下睡了，他的妻子玛丽亚公主却拿着丝线织起了毯子。她整整织了一夜，织出的毯子是全世界从未有人见过的，在毯子上她织出了整个王国的模样：有森林和田野，有群山和树木，就连天上飞的鸟、高山上的走兽、海洋里的鱼群，还有月亮和太阳在周围运转，所有世间的东西都有……

清晨，妻子玛丽亚公主把织好的毯子给了丈夫，并告诉他：

"你把这个拿到市场卖给商人，但有一点你要记住，自己不能出价，他们给多少你就收多少。"

安德列拿着毯子，就朝集市走去。

一个商人看到了他的毯子跑来问道：

"嗨，老兄，你这毯子准备要多少钱？"

"你是商人，你就自己给价吧。"

那商人看了毯子，想了半天，也估不出价来。接着又来了一个商人，紧接着又来一个，结果聚了一大堆人都来看这神奇的毯子，却都估不出价来。

就在这时，国王的谋士坐着马车经过这里，看到聚集了这么多人，想要看看发生了什么事，便走下马车，挤进人群中，问：

"大家好啊，你们这是在做什么呢？"

"是这样的，这有一条无与伦比的毯子，可我们都无法估出它的价格。"

国王的谋士看了看毯子，惊得张大了嘴巴：

"安德列，你老实告诉我，这么漂亮的毯子你是从哪里弄到的？"

"哦，这是我妻子织的。"

"那如果我想买这条毯子，你准备要多少钱？"

"我也不知道，出门的时候妻子嘱咐我不要讨价还价，人家给多少我就收多少。"

"这样吧，安德列，那我给你一万卢布可以吧？"

就这样安德列把毯子卖了出去，拿着钱回家去了。那位谋士来到国王那里，把毯子拿给国王看。

国王看到后，爱不释手，对谋士说：

"说吧，你想要多少钱都可以，但这条毯子必须是我的。"

国王给了谋士两万卢布，谋士收起钱，心想：

"太好了，拿着这些钱我可以找安德列再买一条更好的。"

他坐着马车，来到了安德列的家，敲了敲门，开门的正是玛丽亚公主，这位谋士一只脚迈进门槛，而另一只脚却怎么也动不了了，因为眼前的这位美人实在太迷人了，谋士说不出话来，也忘了自己是来做什么的，这样的美人就是永远看着，也不觉得厌烦。

玛丽亚公主等了半天，见他一句话也不说，就扳着谋士的肩膀让他转过身子，然后将他推出了门外，关上了大门。谋士站在那里愣了好久才清醒过来，心有不甘地回家了，从此茶不思饭不想的，心心念念的只有安德列的妻子。

国王感觉到了谋士的不对劲，便询问其中的原因。

谋士便对国王说：

"自从见了安德列的妻子，我的整颗心都被她占据了，心里想的都是她，吃也吃不下，睡也睡不着，我从来都没有见过这么漂亮的女人！"

国王听了谋士的话后，也对这位美女充满了好奇，他想亲自去看看安德列的妻子。他换了普通百姓的衣服，坐着马车来到了安德列的家，敲了敲门，这次开门的还是玛丽亚公主。国王一只脚迈进门槛，而另一只脚却停在那里动不了了，他被眼前这个貌美的女人惊呆了，她的美简直无法形容。

玛丽亚公主等了半天也不见来人说话，于是她就扳着来客的肩膀让他转过身子，然后将他推出了门外，关上了大门。

从那以后，国王就得了相思病。他心想：自己贵为国王怎能没有妻子呢？如果能娶到这样的美人该多好啊！这么漂亮的人嫁给安德列真是可惜了，她生来就应该贵为王后的。

国王的坏心思

国王一回到王宫，坏心思便涌上心头：把这个漂亮的女人据为己有。于是他召来了谋士，对他说：

"你快想想办法，我要除掉安德列，我要让他的妻子做我的王后。如果你能把这件事做好，我就赏你几座城市和许多村镇，另外再赏你一座金库；可如果你做不到，我就先杀了你。"

谋士犯起了难，垂头丧气地走了。怎样才能除掉安德列呢？他也不知道，于是来到了一家酒馆，准备借酒消愁。

一个穿着破破烂烂的老酒鬼走了过来对他说：

"国王的谋士，你为什么垂头丧气、闷闷不乐的呢？有什么可以为你效劳的吗？"

"快滚开！你这老酒鬼。"

"谋士大人能否请我喝杯酒，说不定我可以给你出出主意呢！"

谋士听后给他倒了一杯酒，把眼下烦恼的事情跟他说了一遍。老酒鬼对他说：

"射手安德列这人头脑简单，除掉他并不难，可他那个媳妇可聪慧得很，不好对付。这样你可以去跟国王说，让他派安德列到阴间去打探一下已故的老国王现在过得是否还好，这样他一去就别想回来了。"

国王的谋士谢过老酒鬼，慌忙回了王宫，如实地把老酒鬼的话传达给了国王。

国王听后十分高兴，立刻下令让安德列前来，国王说道：

"安德列呀，你一向办事都是忠心耿耿的，现在还有一件事迫切需要你去办，我想让你到阴间去打探一下已故的老国王现在的日子过得怎么样？可这件事如果你办不好，我就杀了你……"

安德列垂头丧气地回到家，低垂着头坐在凳子上。玛丽亚公主问他：

"亲爱的，你这是怎么了？怎么这么伤心？"

安德列把国王让他做的事告诉了妻子，玛丽亚公主说：

"这有何难！这事不过是一件小事儿，为这事根本不值得伤心难过，难的还在后面呢。你去安心睡吧，明天早晨就会有办法了。"

第二天早上安德列醒来后，玛丽亚公主递给他一袋干粮和一个金指环。

"亲爱的，现在你去国王那里，求国王让那个谋士和你一起去，你就说：'如果没有人同行，就没人相信你真的到了阴间。'你和谋士只要一走上大路，你就把这个指环往前一扔，它会带你到达目的地。"

安德列接过妻子手中的干粮和指环，向妻子辞行后，便去见了国王并要求谋士和他一起去，国王没有办法只好同意，让他们两个一起去。

他们两个人一走上大路。安德列就按照妻子说的把指环往前一扔，那环儿就自己滚动起来。安德列两人就跟着它走过了长着苔藓的沼泽地，走过了空旷的田野，渡过了湖泊河流，谋士一直跟在安德列的后面，越来越吃力。

他们累的时候就停下来休息，休息好了就继续赶路。

他们两人也不知道走了多久，终于来到了一个茂密的深山老林，等到了一个深深的山谷前，那个指环也就停止不前了。

安德列和谋士停下来休息了一会儿。忽然抬头一看，看见面前走过两个小鬼，一左一右，每个人手里还拿着一根棍子，赶着一个老得不能再老的国王拉着车运木柴，车上的木柴堆得像座小山，却只有他一个人拉着。

安德列对谋士说：

"你快看，这位是否就是我们那位已故的国王？"

"是的，不错，他正在一个人拉着一车木柴呢！"

安德列喊那两个小鬼：

"你们好，小鬼老爷们！能否请你们容许这个死人到我这来一下呢，我有话想跟他说。"

小鬼们答道：

"我们可没有工夫等他，这还有一车木柴呢！难不成让我们俩来拉吗？"

"你们可以让我旁边这个活人先去替他拉一会儿。"

"好吧。"小鬼们把老国王身上的套松了下来，套在了谋士的身上，接着便从左右两边用棍子赶着他，谋士腰都被压弯了，拉着车子走了起来。

安德列问老国王，现在日子过得怎么样。

老国王回答说："安德列射手呀，我在这里过得可不好啊！你一定要替我转告我的儿子，一定不要让他欺负别人，否则他会有跟我一样的下场。"他们刚谈完，小鬼们已经赶着空车拐了回来。安德列向老国王告辞，从小鬼那里换回了谋士，接着两人便往回走去。

他们回到自己的王国，进入王宫。国王一看到安德列，就怒吼道：

"你怎么又回来了？"

安德列回答说：

"是这样的，我到了阴间看到您的父亲。他现在日子过得可不太好，他让我回来跟你问好，还让我告诉你一定不要欺负别人，否则就会落得和他一样的结果。"

"你怎么证明你去过阴间见过我的父亲呢？"

"你可以看看谋士身上的伤痕，那就是他替老国王拉车，小鬼们用棍子打的，这就是证据。"

这时国王相信了安德列的话，只好放他回去了。可他又对谋士说：

"你再想想用什么办法可以除掉这个安德列，想不出办法我就把你的头砍下来。"

谋士烦恼极了，他走出王宫又来到酒馆，刚坐下来要了酒，那个老酒鬼就又走了过来，问他：

"国王的谋士，你这是又怎么了？看起来这么垂头丧气，你给我一杯酒，我帮你想办法。"

谋士给了他一杯酒，把伤心的事告诉了他。老酒鬼对他说：

"你可以回到王宫告诉国王，让他派安德列去到一个很远很远的地方，在那个国家里，找到一只能够催眠的猫，这个差事别说办，就是猜也猜不到……"

谋士跑去见国王，把老酒鬼的话转达给了国王，让安德列去做这件事，目的就是让他永远也回不来。于是国王便立即派人召安德列进宫来。

"安德列呀，你已经给我做了一件事，现在还有一件需要你去做，你要去一个很远很远的地方，在那个遥远的王国里，找到一只能催眠的猫，给我带回来，如果办不到，我就把你的头砍下来！"

安德列再一次耷拉着脑袋回家去了，他把国王让他做的事告诉了妻子。

玛丽亚公主说："这有什么好为难的，就是小菜一碟，难的还在后面呢！你去安心睡吧。明早就会有办法了。"

安德列听了妻子的话安心地睡着了，玛丽亚公主连夜来到铁匠铺，请铁匠连夜帮忙打了三把铁钳子、三顶铁帽子和三条鞭子，这三条鞭子一条是铁的，一条是铜的，还有一条是锡的。

第二天一大早，玛丽亚公主叫醒了熟睡中的安德列：

"亲爱的，这有三把钳子、三顶帽子和三条鞭子，现在你要到很远很远的地方、极远极远的王国。在那里你走不上三俄里就会困得要死，这就是催眠猫在对你催眠，你可千万不能睡，要不然你就会被它害死，你只有两只手交替扭动，两条腿交替抽动，必要的时候还需要满地滚才可。"

玛丽亚公主教了他该怎么做，之后安德列就出发了。

说起来容易，做起来难。安德列历经千辛万苦终于来到了这个极远极远的王国。接着走了不到三俄里，他开始困得要死。安德列把妻子给他的三顶铁帽子戴在头上，两条腿交替抽动，两只手交替扭动，继续走着，有时候还在地上滚动着向前。

最终安德列还是战胜了困倦，来到一根高高的柱子旁边。

催眠猫一看见安德列就叫了几声，然后从柱子上跳到了他的头上，只见安德列戴的帽子一顶一顶地碎裂，等到催眠猫开始撕扯第三顶的时候，安德列迅速把猫钳住，并把它按在地上，用妻子给他的铁鞭子抽打起来，可是没几下铁鞭子就打断了，接着安德列就用铜鞭子抽打，结果铜鞭子也断了，他只好拿起锡鞭子继续抽打。

锡鞭子抽打得都弯了，可就是没有断，弯了的锡鞭子能够绕着猫的脊椎骨继续抽打。于是催眠猫想用讲故事的方法让安德列犯困，它讲到教士、助祭、教士的女儿，但安德列却不吃它那一套，一个劲地打它，催眠猫知道自己的故事不能让安德列睡着，也实在被打得受不了了，于是就哀求道：

"求求你，放了我吧！你想要什么我都给你！"

"你愿意跟我一块儿走吗？"

"悉听尊便，你去哪我就去哪。"

安德列带着催眠猫往回走，回到自己国家后，便把它带到了国王的面前说：

"尊敬的国王，我已经完成了你交代的任务，把催眠猫给你带来了。"国王看着眼前的一切不敢相信自己的眼睛，惊讶地说道：

"你就是催眠猫啊？拿出你的本事让我看看吧！"

猫儿听后立刻把自己的爪子磨尖，向国王扑去，想要撕裂他的胸脯，挖出他的心。

国王吓坏了，大喊：

"安德列！快让你的猫住手！"

安德列制止了催眠猫，把它关进了笼子，于是回家去了。他和漂亮的妻子生活得很幸福，可国王的相思病更加严重了，他又召来了谋士：

"谋士你再想想办法，快点把安德列除掉，如若不然，我就杀了你。"

国王的谋士再一次来到酒馆，找到那个老酒鬼，请他帮忙出出主意。老酒鬼一杯酒下肚，说道：

"现在你就到国王那里对他说，让他派安德列去一个不知道是哪里的地方，弄来不知道是什么的东西，这样的差事安德列肯定办不到，这样他就永远也回不来了。"

谋士把老酒鬼的话告诉了国王，国王又召来了安德列。

"既然你已经替我办了两件事，现在再去办第三件吧。我命令你去那不知道是什么地方的地方，取来不知道是什么东西的东西。如果做不好就把你的头砍下来；如果做到了，我就按照帝王的派头奖赏你。"

伤心的安德列回到家里哭了起来，妻子玛丽亚公主问他：

"亲爱的，你这是怎么了？这么伤心？"

安德列说："唉，别提了，因为你的美貌，我一直在遭受国王的刁难。这次国王竟然命令我要到不知道是什么地方的地方，弄到不知道是什么东西的东西。"

"这个还真有点儿难度，不过别担心，你去安心睡觉吧，明天早上就会有办法了！"

到了深夜，玛丽亚公主翻开一本魔法书，她翻来翻去，看了好久，都没找到问题的答案，于是用两只手支撑着头傻愣着。没一会儿，玛丽亚公主来到屋外，站到台阶上，掏出一条小手帕摇了摇，各种各样的飞禽走兽蜂拥而至。

玛丽亚公主问它们：

"天空中的飞鸟和树林里的走兽啊！你们什么地方都走过，什么地方都飞过，有没有听说过，怎样才能找到不知道是什么地方的地方，弄来不知道是什么东西的东西呢？"

走兽们和飞禽们都回答说：

"对不起，玛丽亚公主，我们从没听过。"

玛丽亚公主听后再一次摇摇手帕，走兽和飞禽都消失不见了，好像从没来过一样。接着公主又摇了一下手帕，瞬间出现了两个巨人，问道：

"尊贵的主人，请问您有什么要我们效力的吗？"

"我忠实的仆人们，麻烦你们把我带到大海中间去吧。"

于是两个巨人抬着玛丽亚公主就去了海上，站在海的中央，他们就像两根大柱子一样，高高地托着玛丽亚。玛丽亚公主挥了挥手帕，顿时海洋里的那些鱼类、爬虫都来到她的身边。

"海洋的鱼儿、爬虫们，你们所有的岛子都游过了，我想问一下你们有没有听说过，怎样才能到达不知道是什么地方的地方，弄来不知道是什么东西的东西？"

"不好意思，玛丽亚公主，我们从未听说过。"

玛丽亚公主皱着眉头，回到了家。

第二天一大早，玛丽亚公主就给了安德列一个线团和一条绣花手巾，便打发他上路了。

"亲爱的，你就把线团往前一扔，它滚到哪里，你就跟到哪里。可你一定要记得，不管你走到哪里，一定要洗澡，但是千万不能用别人的毛巾，只能用我给你的。"

安德列告别了妻子，向东西南北四方鞠了一躬，就出发了。他把线团往前一扔，线团便开始滚动起来，一直滚呀滚，安德列就一直跟着它走。

说起来简单，可做起来就难了。安德列跟着线团走过了许多王国和土地。线团不停地滚动着，线团越来越小，小得跟鸡头一样，最终一直到看不见……这时安德列来到一个树林子边，四周一看，发现了一所木头小房子。

"小房子啊，小房子！麻烦你转过身来，面对我，背朝森林！"

说完小房子立即转了过来面对安德列，于是他便走了进去，看到一个头发花白的老婆婆坐在凳子上，正在纺麻线。

"嘿！我还从来没有见到过俄罗斯人呢！现在你却不请自来，我要把你烤熟吃了，然后在你的骨头上打滑溜玩儿。"

安德列答道：

"你这老怪物，难道要把我这个过路人吃掉吗？我赶了这么远的路，满身的灰尘，你还是先让我洗干净了再吃我吧。"老妖婆烧好了洗澡水，安德列就洗了起来，洗了好一会儿，然后便拿出妻子给他的手巾开始擦身上的水。老妖婆一看问道：

"这是我女儿绣的，你是从哪儿弄来的？"

"这手巾是我的妻子给我的，原来我的妻子就是你的女儿啊！"

"这么说你就是我的女婿了，我要好好地招待你呀！"

于是老妖婆便去张罗晚饭，桌子上摆满了各种食物、酒类和蜂蜜，安德列毫不客气地大吃起来。老妖婆坐在他身旁，看着他吃，问了他很多问题：他和自己的女儿是怎么认识的？女儿怎么会嫁给他呢？现在过得还好吗？安德列把发生的一切告诉了她，并说了这次的任务，要到不知道是什么地方的地方，取来不知道是什么东西的东西。

"岳母大人，你能帮我吗？"

"我的宝贝女婿呀！我从来没听过这样稀奇古怪的事儿，不过我想那只老蛤蟆应该会知道，因为它已经活了三百年了……别担心，你安心睡吧，明天早上就会有办法了。"安德列安心地睡着了，老妖婆骑着她的秃笤帚，来到了沼泽地上，喊着：

"老蛤蟆！你还在吗？"

"在呢！"

"你快出来一下，我有事问你。"

只见从沼泽地里爬出来一只老蛤蟆，老妖婆问它：

"你知不知道，不知道是什么东西的东西在哪里？"

"这个我当然知道了。"

"你行行好，告诉我吧！我的女婿接了个差事，要到不知道是什么地方的地方，取来不知道是什么东西的东西。"

老蛤蟆回答道：

"本来我应该带他去的，可现在我岁数太大了，跳不了多远。这样吧，你让你的女婿把我放在新鲜的牛奶里，送我到火焰河边，到了后我会告诉他该怎么做。"

老妖婆带着老蛤蟆回了家，把老蛤蟆放进一个装满牛奶的罐子里。一大早就叫醒了安德列，说：

"亲爱的女婿呀！你快起来吧，带着这个装着老蛤蟆的牛奶罐子，骑上我的马，带他到火焰河边。到那里后，你放走马，取出罐子里的蛤蟆，然后它会告诉你接下来该怎么做。"

蛤蟆的帮助

安德列快速起床，穿好衣裳，拿着罐子，骑上马就朝火焰河边奔去，他也不知跑了多久，终于到了火焰河边。这条河，连飞禽走兽都过不去。

安德列跳下马，老蛤蟆说：

"善良的年轻人，把我取出来吧，咱们要过河啦。"

安德列把老蛤蟆从罐子里取出来，放在了地上。

"好啦，善良的年轻人，现在坐到我的背上来吧。"

"老奶奶，这可不行，你那么小，让我坐上去，还不把你压死了！"

"放心吧，年轻人！快坐上来吧，坐稳喽！"

安德列坐在老蛤蟆的背上，老蛤蟆开始不停地膨胀，变得和干草堆一般大。

"你坐稳了吗？"

"放心，老奶奶，很稳。"

老蛤蟆继续臌胀，变得和干草垛一般大。

"你坐稳了吗？"

"放心，老奶奶，很稳的。"

老蛤蟆继续膨胀，变得比老树林子还高，然后就那么轻松一跳，就跳过了火焰河。它带着安德列跳到对岸后，又恢复了原样。

"善良的年轻人，现在你沿着这条路一直往前走，要不了多久你就会看到一个像楼不是楼、像板棚子又不是板棚子、像木头房子又不是木头房子的地方，你进去后就藏在炉子后面。在那儿你就能找到你想要的东西。"

安德列按着老蛤蟆说的一直走着，没多久就看到了那个像木头房子却又不是木头房子的地方，这个地方四周围着一道板栅栏，没有窗户，也没有台阶，他快速地走了进去，然后藏在了炉子后面。

没多久，就从林子里传来了脚步声，走进来的是个很小很小，但却长着长长的胡子的庄稼人，小人进来后就喊道：

"嗨，我要吃饭了，亲家纳乌姆！"

话音刚落，不知从哪立刻出来了一张铺好的饭桌，上面摆着烤好的牛和一小桶啤酒，牛肉上面还插着一把刀。小人便坐在桌子旁，抽出刀切起了牛肉，蘸了些蒜泥，一边吃一边夸奖味道好极了。

小人吃光了桌上的牛肉，喝光了桶里的啤酒。

"嗨，我已经吃好了，请把东西收走吧，亲家纳乌姆！"

忽然饭桌就消失不见了，好像从未出现过一样。安德列一直藏在炉子后面直到那个小人又出去，他才走了出来，学着小人说的喊道：

"请给我吃的东西，亲家纳乌姆！"

刚说完，马上就出现了一张饭桌，上面摆放着各种各样的美食，甜食、蜂蜜、冷盘、美酒，应有尽有。

安德列在桌子旁坐了下来，说道：

"你过来跟我一起吃吧，亲家纳乌姆。"

那个看不见的人回答道：

"好心人，谢谢你。我在这儿干这么久了，却连烤焦的面包皮也不曾尝过，现在你却让我跟你一起吃，一起喝。"

虽然什么也看不见，但眼前的景象着实让安德列大吃一惊，只见桌子上的食物像风卷残云一样越来越少，美酒和蜂蜜也是自己就倒到杯子里了。

安德列对他说：

"亲家纳乌姆，你能让我看看你的真面目吗？"

"那可不行，谁也看不到我，我就是那个不知道是什么东西的东西。"

"亲家纳乌姆，那你愿意为我服务吗？"

"当然愿意，我能够看出你是个好人。"

于是两人便一起吃了饭，饭后，安德列说：

"那现在你收拾收拾东西，跟我走吧。"

安德列走出小屋，忍不住回头看了看说：

"亲家纳乌姆，你在跟着我吗？"

"是的，你放心，我不会离开你的。"

安德列返回到火焰河边，老蛤蟆还在那里等着他。

"善良的年轻人，你找到那个不知道是什么东西的东西了吗？"

"老奶奶，我已经找到啦。"

"快来，坐我身上吧。"

安德列坐在老蛤蟆身上，老蛤蟆便开始不停地膨胀，之后就带着安德列一下子跳过了火焰河。

安德列谢过老蛤蟆，便开始往家走去。没走多久，安德列问道：

"亲家纳乌姆，你还在跟着吗？"

"是的，我还在跟着，你放心，我不会离开你的。"

安德列一直走呀走，走了好久好久，累得双腿没了力气，两条手臂也没了力气。

他说："哎呀，快累死我啦！"

亲家纳乌姆说道：

"好心人，你怎么不早说呢！我可以快速带你回家。"

说完，瞬间一阵旋风带着安德列飞了起来，下面的森林和山岳、乡村和城市都一闪而过。忽然下面出现了汪洋大海，安德列有些害怕了。

"亲家纳乌姆，歇会儿吧。"

旋风马上便停了下来，安德列慢慢向海面降落下来。安德列一看，原来碧波汹涌的地方，现在却成了一座小岛，岛上有座宫殿，宫殿的顶部是用黄金铺成的，宫殿周围是绮丽的花园……

亲家纳乌姆告诉安德列：

"休息会儿吧，吃点东西，看看海上的美景。等会儿会从这里经过三艘大船，你把船上的商人叫来，好好请他们吃一顿。你要记得一定好好招待他们，因为他们有三件宝贝。你就跟他们说愿意用我来换取他们的宝贝，不过你放心，我一定会回到你身边的。"

过了好久，真的来了三艘大船。船主们看到了这个金碧辉煌的宫殿和周围绮丽的花园。

他们说："我们从这里经过多少次了，之前从没见过这里有宫殿啊！这也太奇怪了，让我们过去看看究竟是怎么回事。"

于是三艘大船抛了锚，三个船主上了一条小船，划向小岛。安德列早已在那里等候着他们了：

"尊贵的客人们，欢迎你们的到来！"

三位船主上了岸，一边走一边惊奇着：宫殿的屋顶闪着金光，树上百鸟争鸣，小路上各种异兽跳跃着。

"你好，年轻人，我想问下这样美妙的奇迹是谁建造的？"

"哦，这是我的仆人亲家纳乌姆用了一夜的时间就建成的。"

安德列把客人们请进了阁楼，叫道：

"给我们准备吃的喝的吧，亲家纳乌姆！"

他的话音刚落，马上就出现了一张铺好的餐桌，上面还摆满了各种各样的美酒食物。船主们看到这顿时惊呆了。

他们说："善良的人哪！让我们做个交易吧！我们愿意用我们的任何宝贝来换取你的这个仆人亲家纳乌姆。"

"交易也是可以的，可是你们都有什么宝贝呢？"

一个商人从怀中拿出一根棍子说："你只要对它说：'棍子啊，你去打断这个人的腰！'即便是力气再大的人，棍子也能一下就打断他的腰。"

另外一个商人从衣襟底下拿出一把斧子，只见他把斧背朝上一翻，斧子便噼噼啪啪地砍了起来，只两下就出现了一艘有帆有炮、有水兵的大船。再砍两下，又是一艘。大船航行着，大炮轰鸣着，勇敢的水兵们整装待发。而把斧背朝下一翻，刚才的一切瞬间就消失了，好像从来就没出现过。

第三个商人拿出了一支笛子，只见他一吹，一支强大的军队就立刻出现了，不仅有骑兵还有步兵，个个拿着枪，带着炮。军队行走着，军乐响着，军旗飘扬着，骑士们策马而来，等待军令的下达。

商人把笛子转过来，在另一端吹了一下，这一切就都消失不见了。

安德列说：

"虽然你们的这些宝贝都很好，可还是我的更好。如果你们真的想要换，就必须用你们的三件宝贝来换才行。"

"你这要的也太多了吧？"

"随便你们，不然我就不换了。"

商人们凑在一起讨论着："反正这三件东西对我们用处也不大，还是换了吧，有了亲家纳乌姆这个仆人，我们就可以不愁吃喝了。"

　　于是商人们便拿棍子、斧子和笛子交换了亲家纳乌姆，于是喊道：

　　"亲家纳乌姆！你就跟我们一起走吧，你愿意一直跟着我们吗？"

　　只听一个声音响起：

　　"有什么不愿意呢？我跟着谁都是一样的。"

　　船主们回到了自己的大船上，随即就让亲家纳乌姆置办了酒席，大吃大喝起来，还不住地喊：

　　"亲家纳乌姆，快拿来这个，拿来那个！"

　　没多久，几个人就都喝醉了，瘫坐在地上睡着了。

　　而这时的安德列一个人坐在阁楼里，正在发愁。

　　他心想："唉！也不知道我那忠实的仆人亲家纳乌姆现在在哪儿呢？"

　　"亲爱的主人，我在这儿呢，有什么事吗？"

　　安德列高兴地喊道：

　　"亲家纳乌姆，现在我们该回去找我的妻子了，你带我回去吧。"

　　一阵风吹来，便把安德列吹到了他的国土，吹回了他的故乡。

　　商人们酒醒后又要喝酒，就喊道：

　　"亲家纳乌姆，快点再给我们准备点吃的喝的！"

　　可现在不管他们怎么喊，却没人再帮他们准备酒食了。商人们这才彻底醒来，向小岛望去，哪里还有什么小岛，四周是一片汪洋。

　　船主们咆哮起来："我们竟然被这个混蛋给骗了！"可现在已经晚了，无力挽回，他们只好扬起帆，远去了。

　　安德列回到家，来到自己的家门前，可眼前只剩下一根烧焦了的烟囱。

　　他伤心地低垂着头，走到海边的一片空地上，一动不动地坐在那里。忽然，飞来了一只灰蓝色的斑鸠，刚落下地就变成了安德列那年轻漂亮的妻子。

　　他们拥抱着，互相倾诉。

　　玛丽亚公主说：

　　"在你刚离开家的时候，我就变成了一只斑鸠，飞翔在林子和树丛中，国王曾三次派人来找我，却一直没有找到，于是下令放火烧了我们的房子。"

　　安德列对他那忠诚的仆人说：

　　"亲家纳乌姆，你能否为我们在海边的空地上建一座宫殿呢？"

"这有什么难的，马上就办好。"

他们刚回过头来，一座豪华的宫殿就出现在了眼前，这座宫殿比王宫还要华丽；宫殿周围是郁郁葱葱的花园，树上百鸟齐鸣，各种异兽在小路上跳跃奔跑。

安德列和妻子玛丽亚公主就这样住在了宫殿里，两人相敬如宾，无忧无虑地生活着……

可没过多久，国王在一次外出打猎时，看到了这座美好的宫殿。

"是谁竟敢如此放肆，未经我的允许竟然在我的地盘上私自建造宫殿？"

差役们急忙跑去了解情况，回去向国王报告说，这宫殿是安德列盖的，他和他的妻子就住在里面。

国王听后顿时火冒三丈，便差人去问，安德列有没有到达那不知道是什么地方的地方，弄来那不知道是什么东西的东西。

差役们问清后，回来禀报国王：

"安德列已经到了那不知道是什么地方的地方，找到了那不知道是什么东西的东西。"

听完这些，国王简直就要气疯了，他下令集合队伍，向海边进攻，想要彻底毁掉那座宫殿，并杀了安德列和他的妻子。

安德列一看这阵势，赶紧拿起他那神斧，把斧背朝上一翻。斧子便自己噼啪两下，顿时在海上出现了一艘大船；接着又砍了两下，又出现了一艘。一直砍了一百次，顿时一百艘大船行驶在那蓝蓝的大海上。

这时安德列又拿出笛子一吹，立即就出现了一支军队，不仅有骑兵，还有步兵，大炮轰隆，军旗飘扬。

军官们骑着高头大马等待着命令，安德列下令开战，军乐奏起，军鼓敲响，军队开始前进。国王的队伍被步兵打垮了，而那些骑兵在战场上追捕着那些俘虏。一百艘战船将大炮对准国王的王宫进行了攻击。

国王眼看自己的军队节节败退，纷纷溃逃，想制止他们。就在这时安德列拿出神奇的棍子：

"棍子，棍子！快去把这个国王的腰打断！"

只见棍子迅速翻滚着，快速追上了国王，在他的额头上敲了一下，国王顿时就死了。

　　就这样战斗结束了。大批的民众从城中涌出来，希望安德列能够接手管理这个国家。

　　安德列接受了民众的意见。他宴请了全国的军民，与民同乐。然后他就和自己的妻子玛丽亚公主一同治理着这个国家。

第三章

王子公主系列神话

呆子卡林

有一位国王，他有三个女儿，个个长得如花似玉、倾国倾城。尤其是他的二女儿更是出落得美艳无比。有许多的青年才俊、王公贵族慕名前来求婚，都被国王拒绝了。

一个晚上，王宫里来了三个年轻人，都想要娶公主为妻，仍然被国王拒绝了。三人气得掉头就走，可是这三人中的其中一人突然吹起口哨，刹那间一大片耀眼的云彩出现，挡住了人们的视线，接着又出现一道刺眼的白光，在白光过后，三位公主消失不见了。

国王非常着急，但众大臣却没有丝毫的办法，不得已国王只能诏告天下：谁能救得了自己的女儿，便可娶她为妻。

王国里有一个村庄，一位老农夫有三个儿子，老大、老二与常人无异，可最小的儿子却是个呆子，大家便给他起了个绰号——呆子卡林。

两个哥哥在得知了国王的诏告后，商量着去救回公主！

一边的卡林也想参与其中，两个哥哥虽然觉得他有些傻，不过还是答应让他一起去。

国王曾承诺不管是谁只要肯去救他的女儿，所有的消费和衣食他都愿意承担。

三兄弟做了一张弓，并约定不管射出的箭落在哪里，那里就是他们休息的地方。第一箭是大哥射的，他们走了两天，才到达箭落的地方，接着第二箭是老二射的，却射得非常近。到了卡林射箭了，他的箭射得很远很远，三兄弟一直走了三个月才到达箭落的地方。

途中，他们还准备了一块打火石。他们商量好，晚上的时候有两个人休息，另外一个人看着火；如果谁把火弄灭了，就把他的头砍下来。第一晚是大哥守着，两个弟弟各自休息了。临近半夜，从远处传来了一种可怕的吼叫声，没一会儿，一个长着三个头的妖精出现了。

"你们真够胆大的，竟敢私自闯入我父亲的领地？我得好好教训教训你们。"

"很好，那就让我们比试比试吧！"

接着双方便厮打了起来，最后妖精被大哥杀了，还被砍下了头颅。等两个弟弟醒来的时候，大哥便向他们炫耀自己的战果说："你们看，你们睡着的时候，我做了一件多么伟大的事情啊，我杀了一个妖精啊！"

第二晚二哥守夜。半夜时分另一种吼声传来："你们竟敢私闯我父亲的地盘！"

这次来的妖精长着四个头，接着二哥便和他厮杀起来，最终妖精也被二哥杀死了，也被砍下了头颅。

第三晚轮到卡林守夜。临近半夜，寂静的夜空被一阵震撼大地的怒吼声打破。这次来的妖精竟是一只长着八个头的怪物。

"来吧，让我们开战，一决胜负！"呆子卡林说。他们一直打呀打，但却分不出胜负。

混战中卡林将妖精的一只耳朵砍掉了，流出的血刚好滴到了火上，火被熄灭了，但他们仍在黑暗中厮杀着。最终妖精还是被卡林杀了。

现在卡林要做的就是重新让火燃烧，黑暗中他摸索着爬到一棵大树上。从树顶望去，看到远处有若隐若现的亮光。他又摸索着爬下来，朝亮光走去。

他发现，迎面过来一个人。

卡林上前打了声招呼："晚上好！"

"谢谢，晚上好！"

"请问你是哪位？"

"我叫黄昏。"

呆子卡林迅速捉住他，将他捆在一棵树上。接着继续向前走，没一会儿，又遇到一个人。

卡林再次先打了招呼："晚上好！"

"谢谢，晚上好！"

"请问你是哪位？"

"我叫午夜。"

卡林把他也给抓了起来，同样绑在一棵大树上，然后继续赶路。又走了一会儿，迎面又来了一个人。

卡林又上前同他打招呼："晚上好！"

"谢谢，晚上好！"

"请问你是哪位？"

"我叫黎明。"

卡林同样把他也绑在了大树上。他这样做，只是觉得时间流逝得太快了，他想拖延时间。

他一直走呀走，走到那亮光的地方。在这里有十二个妖精和他们的母亲，还有两个女妖，不过此刻他们都在熟睡着。在这里，还有一个大坑，一个大的三脚架上支着一口大锅，锅里正煮着两三头牛，三脚架旁边还有一块烤着的馅饼。

卡林在灰堆里抓了一把灰烬放在碎罐子片上，在他的烟斗里放了一块烧着的煤。就在他要走的时候，食物的香味诱惑了他，他回过身，拿起一块馅饼就吃了起来，但却惹起了祸端，因为他不小心将几滴开水掉进了一个妖精的耳朵里。这个妖精疼得大叫起来，其他的妖精也被吵醒了。他们抓到了卡林，并要杀了他，卡林说："请你们不要杀我，我只是一个可怜的穷光蛋。"

妖精回答说："如果你能把赤帝的女儿给我们带来，我们就饶你不死。"

卡林反驳道："跟我相比，你们人这么多，为什么不自己去呢？！"

"国王在城堡里养着一个厨师和一条狗，因为我们是妖精所以根本无法靠近，只要我们一靠近城堡，那个厨师和狗就会叫起来，我们就不得不离开，而你不同，你是人。"

聪明的卡林灵机一动说道："那我们就一块去吧，或许城堡里的厨师和狗都不会喊叫。"就在他们要出发的时候，卡林看到在一棵大树上还绑着一个年轻人，年轻人看到他们要离开便用力挣脱束缚，终于逃了出来，但是他的胳膊却被扭断了，还绑在树上。

卡林和妖精们来到赤帝的王宫，大门很高，是铁质的，除了卡林他们都过不去。于是卡林便爬上墙，对妖精们说："我会抓着你们的头发，然后帮你们一个一个翻过墙。"妖精们答应了。

　　就在卡林抓着每个妖精的头发时，他趁机砍下了他们的脑袋。等到所有的妖精都被砍死后，他跳进了院子里。国王自以为不会有人能翻过城墙，所以平时里每个房间的门都是大开着。宫殿的楼梯都是用金子和宝石制成的，卡林爬上楼梯进入一个房间，见屋里睡着一位貌美的姑娘，好似明月般冰清玉洁，卡林看到她手指上的戒指便取了下来，然后又悄悄地离开了。他走到外面，看到那几个刚才被自己杀死的妖精，便割下他们的舌头，放了在绢布袋里，没多久，他又来到了妖精们睡觉的地方，那两个女妖看到只有卡林一人归来便知自己的同伴已经遇难，便张牙舞爪地朝他扑来。卡林抓住了其中一个并杀了她，但另外一个却逃跑了。卡林把所有的食物包括锅里的肉和馅饼都带上，并在碎罐子片上撒了一些灰烬，往回走去。卡林来到绑黎明的地方，给了他一块肉并将他放了。

　　卡林继续往前走，来到绑午夜的地方，同样也给了他一块肉，并把他放了。

　　可等他来到绑黄昏的地方时，卡林看到黄昏此刻已奄奄一息，于是快速解开他，也给了他一块肉，并说道："实在抱歉，老朋友，愿上帝保佑你。"

　　卡林回到哥哥们睡觉的地方，此时太阳已挂在半空。两个哥哥醒来后，揉着惺忪的睡眼说道："哦！卡林，不错，总算睡了一个好觉啊！"

　　卡林并没有把昨晚发生的事告诉两个哥哥，他们收拾好行装继续赶路了。一会儿，他们来到了一片金树林。卡林对哥哥们说："两位哥哥，这片金树林你们是过不去的，我建议你们还是在这儿搭个茅屋，等着我回来吧。"

　　哥哥们同意了他的建议，卡林离开后来到了金树林的中心，看到大公主正在为妖精烧饭。

　　"尊敬的大公主，晚上好！"

　　"你好！你就是呆子卡林吧！我早就听说过你，可从未见过。你还是快走吧，如果妖精回来了，他一定会杀了你的。"

　　"我想问下这个妖精一顿能吃多少东西？"

　　"四头烤牛、满满四炉的面包，还有四桶酒。"

　　"让我试试吧。"卡林说着，说话间只见所有的食物都被他一扫而光了。

　　就在这时，妖精回来了。

　　"你好啊，妖精的儿子！"

　　"你好，呆子卡林！"

"我直接说吧，我今天要把这位姑娘给带走，你要是不同意，就让我们一决高下吧！"

"好，不过请你先等一会儿，我得先吃了晚饭再打。"

"不好意思，你的晚餐都已经被我吃光了！"

"这样也好，你吃了那么多，体重肯定比我重，我一定会更灵活。"

说着两人就这样打了起来，最后妖精被卡林杀了，卡林便对大公主说："你就在这里等着，等我救出你的妹妹们就来找你。"

卡林继续往前走，来到银树林的中心，看到二公主也正在烧饭，他一眼便看上了这个貌美的姑娘。

"晚上好，我亲爱的公主！"

"你好，呆子卡林。我也只是听说过你，现在终于见到真人了。你快走吧，不然等妖精回来便会杀了你的。"

"我想问下这个妖精一顿能吃多少东西？"

"八头烤牛、满满的八炉面包，还有八桶酒。"

"让我来试试，看能否吃完。"

这一次卡林还是很快便吃完了，没一会儿，妖精便回来了。

"你好啊，妖精的儿子！"

"你好，呆子卡林！"

"我要带这位姑娘走，让我们决一胜负吧！"

"等一会儿，我得先吃饱了再打。"

"真不好意思，你的晚饭已经被我吃光了！"

"这也挺好，这样一来我就能轻装上阵了。"

两人打呀打呀，最终第二个妖精还是被卡林杀了。

因为卡林深爱着二公主，所以便带着她一起往铜树林走去。等他们到树林中央的时候，看到三公主也正在烧饭。在此之前她从未见过卡林，但现在看到自己的姐姐和他在一起便什么都明白了。

"妖精去哪了？"

"打猎去了。你们走吧，等他回来看到你们会杀了你们的。"

"这个妖精一顿能吃多少东西？"

"十二头烤牛、十二炉面包，还要喝十二桶酒。"

"让我试试，看能否把它们都吃了。"

呆子卡林吃光了所有的东西，但最后却剩了一桶酒怎么也喝不下了。卡林便说道："这妖精能比我多喝一桶酒呢！他的酒量比我大。"正说时，妖精回来了。

"晚上好啊，妖精的儿子。"

"你好啊，呆子卡林。"

"坦白说吧，我是来接这位姑娘的。"

"那可不行。"

"那就让我们来一决雌雄吧。"

"不过打之前我得先吃完饭再说。"

"实在抱歉，你的晚餐已经被我吃光了！"

"如此甚好，打起来我就更加灵活了。"

他们打呀打，一直分不出胜负。妖精说道："我要变成一团红色的火焰，而你要变成一团绿色的火焰。"

就在这时，从他们头上飞过了一只乌鸦，于是妖精说道："哦！乌鸦，麻烦你把你的翅膀弄湿，将那团绿色的火焰浇灭。"

卡林一看情况不妙，立刻对那只乌鸦说了许多奉承的话，乌鸦听了很是高兴，立刻取来水，将红色的火焰浇灭了，还去啄它。妖精流了好多血，无法动弹了。

卡林带着两位公主来到金树林和大公主会合。然后他们继续赶路来到卡林的哥哥所在的地方，卡林对哥哥们说："二公主是我的妻子，你们可以娶另外两个公主为妻。"

卡林一路奔波，实在太累便躺下睡着了。在他熟睡之际他的两个哥哥为了贪功，决定砍断卡林的双腿，这样他们就能带着公主回到王宫，冒充救公主的英雄。

卡林实在是太累了，以致双腿被砍断的时候都没有丝毫的感觉。

卡林醒后，看到自己的双腿没有了，一时没了主意，因为他的哥哥已经把他的腿带走了。他靠着双手慢慢地爬到了金树林，又这样爬了三天三夜，来到了一座雄伟的城堡前。

他听到从城堡中传出了一个微弱的声音，唱着忧伤的歌，这歌声听着让人心碎。卡林进去后才发现唱歌的人就是那天被妖精绑在树上的年轻人，但此时他已没有了胳膊。卡林拖着身子上了楼，爬到他的面前。

"你好啊，勇敢的人！"

"你好，呆子卡林，你这是怎么了？"

卡林将自己的经历一一向他述说。

"我们还真是同病相连，让我们结为兄弟吧！"年轻人说道。

"那真是太好了，兄弟，不过首先你得让我知道你是谁。"

"我是一位王子，这里的整片树林都是我们的，但后来却被那些妖精霸占了；现在他们已经被你杀死了，我们又成了这里的主人了。可现在我失去了胳膊所以必须留在这，现在我们两人都已身有残疾，就让我们互相帮助吧。"

呆子卡林用胳膊搂住王子的脖子，就这样两人出发了。一天，当他们经过一片树林的时候，听到了树叶的沙沙声，王子说道："这一定是逃脱的女妖精弄得，让我帮你爬上去，当我放下你的时候，你就迅速抓住她。"

这的确就是那个逃跑的女妖精，但她最终还是被卡林抓到了。卡林对妖精说："如果你能帮我们把我们的腿和胳膊复原，我们就放了你。"

女妖回答道："你们只要跳到这个池子里，就能复原了。"

但是呆子卡林不放心，让妖精先下去，可她说什么也不肯。

于是卡林折了一段绿柳枝泡入水中，可当他取出柳枝时，却发现柳枝已经枯萎了。卡秋知道这是妖精的诡计，想要害死他们，气愤地将妖精暴打了一顿。

"求你别再打我了，在右边还有一个池塘。"女妖哀求道。

卡林来到右边的池塘，把干柳枝泡了进去，取出时，却发现它又复活了。卡林和王子看到此景高兴极了，连忙跳进池塘里，泡了一会儿，很快他们的腿和胳膊又重新长了出来。但最后他们为了世界的和平还是把女妖杀了。

"现在我要先去拜访赤帝的女儿，然后就去找我的妻子。"卡林说。

于是卡林和王子换上了一身农民的衣服一起离开了那里。当他们经过一片树林时，卡林顺手捡了一些榛子包在手绢里。他们来到城堡大门时，看到那里人山人海，很是热闹。在大门边他们看到一位老妇人便上前招呼道："你好啊，大娘！"

"你们好，年轻人。"

"这儿发生了什么事？"

"国王的女儿要嫁人了。新郎曾杀了十二个妖精，他就是那个厨师。"

于是卡林对这位大娘说："如果你能按照我说的去做，我愿意付给你一桶金币。"

老大娘一听说金币，就好奇地问道："是什么事呢？你尽管说，我一定照做。"

卡林将那个包有榛子的手绢拿出来，并在里面放了一枚戒指。

"你把这个拿给国王，一定要亲自送到。"

老大娘溜进了皇宫，一直来到国王的房间，把手绢放在国王面前的桌子上。然后她便回到了原处，卡林没有失信给了她一桶金币，老大娘这辈子都没见过一个金币，高兴得简直不敢相信自己的眼睛了。

国王拿起桌上的手绢，里面的榛子顺势滚落了出来，同时掉下来的还有那枚戒指。国王的女儿认出那是自己的东西，便喊道："哦，父王，这枚戒指就是我丢失的那枚呀！"

国王一听，奇怪地问："这些东西是谁送来的呢？"

侍者告诉国王是大门边的那位老大娘送来的。国王立即宣布要召见手绢的主人，于是卡林被带到宫殿里，这时在座的还有那位要娶公主的厨师。

国王问道："勇敢的年轻人，你怎么会有我女儿的戒指呢？"

"尊敬的陛下，事情是这样的。"于是卡林就把所有的事情一五一十地说了一遍。

新郎听后，煞有介事地嚷道："你简直满口谎话！那些妖精明明是我杀的。"

卡林却镇定地说："那现在麻烦国王去把那些妖精的尸体都带过来，看看他们的舌头是否都还在。"

于是他们把妖精的尸体抬了进来，国王逐一查看后发现每具尸体的舌头都没有了。这时卡林把那个装着妖精舌头的绢布袋拿了出来，呈给国王查看。

国王看后明白了一切，非常生气，命令手下去马棚牵来了最好的马，把那个冒充英雄的厨师和一袋核桃一起捆在马尾上，并命令侍从抽打马，这样当核桃掉光的时候，厨师也从袋子里滚了出来。

国王对卡林的英勇很是满意，对他说："勇敢的年轻人，我希望你能娶我的女儿为妻。"

"尊敬的国王，这可不行，因为我深爱着另一个姑娘。不过我可以给你介绍一个更好的人，他是一个王子，与你的女儿更是般配！"

于是卡林便把自己的结拜兄弟介绍给了国王。虽然公主很喜欢卡林，但她也觉得和王子更合适，就这样他们举行了隆重的婚礼，请乐师演奏，放焰火，一直持续了三个星期。婚礼结束后，呆子卡林对他们说："现在我要走了，我还要去找我的妻子呢！"

不管大家如何挽留，卡林寻妻心切，还是离开了。当他回到自己的老家的时候，发现一座漂亮的城堡矗立在那儿，城堡前，一个七岁的男孩正在放牧一群猪。卡林这才想起，自从自己失去双腿到现在已经有八年了。

"上帝保佑你，孩子！"

"谢谢你，叔叔！"

"这座城堡里住的是谁？"

"是两个勇敢的人，国王的女儿曾被妖精抓走，是他们兄弟二人救了她们。"

"你快告诉我，谁娶了公主们呢？"

"兄长娶了大公主，老二娶了最小的公主。"

"那二公主怎么样了？"

"他们把她当作一个婢女去照料家禽。"

"那你呢？你是谁的孩子？"

"妈妈说谁是呆子卡林，我就是谁的孩子。"

这时，卡林激动得都能听到自己的心跳了，因为他知道这个孩子就是他的儿子。

"叔叔，你能帮我把猪赶进围场吗？"

卡林帮他把所有的猪都赶了进去，只有一头母猪不管怎么赶就是一动不动。没办法卡林便用棍子打它，它立刻便哼哼起来，顿时所有的小猪都跟着叫了起来。

卡林的哥哥听到声音跑出来大喊："谁在那里打小猪？"等卡林一进去，他的哥哥便认出了他。他们跪在卡林面前说："我亲爱的弟弟，请原谅我们吧，是我们对不起你。"

卡林说道："不，哥哥，让我们来做一个铁球，然后把它扔向天空。我们三人站在一起，谁有罪铁球自然就会落在他的头上。"

他们把铁球扔上天空，两个哥哥被铁球砸到，被砸死了。

在这之后，卡林和二公主举行了盛大的婚礼，全村的人都被邀请来了。卡林并不是那种铁石心肠的人，他选择原谅了两个嫂嫂，即便她们曾经虐待过自己的妻子。

一对金娃娃

有一位国王，年轻有为。他只要一有时间，就会悄悄溜到宫外，一是为看看外面的世界，二是为暗访民情。有一天，在他骑马经过邻国的王宫时，看到邻国国王的三个女儿正在窗口低声议论着。这位国王性格温柔、腼腆，看到三位公主都看着自己，不由得低下了头，不过仍然仔细听她们的谈话。

第一个公主说："我愿意嫁给刚才从这里过去的那个人，只要他愿意娶我，我一定把家里收拾得干干净净，有条不紊。"

年轻的国王听她这么一说不由得放慢了脚步，细细听她们的谈话。

第二个公主说："如果他肯娶我，我会将他的房子装饰得像两只金苹果那样闪闪发光。"

第三个公主说道："如果他肯娶我，我愿意给他献上一对金娃娃。"

前两个公主的话，国王没有多少兴趣，只是听听罢了，但第三个公主的话却让他动了心。

国王回家了，第二天一大早，他穿上华丽的衣服，骑了一匹鼻孔能喷火的良驹向昨天经过的王宫走去。他此行的目的很明确，就是要向那位小公主求婚，这匹御马像离弦的箭一般飞快地把他带到了目的地。

邻国的国王原本是想先把他的大女儿嫁出去，但现在看这位国王对自己的小女儿情真意切，最终只得同意让他们成亲。邻国的国王为他们举办了盛大的婚礼，婚宴持续了七天七夜，喜宴结束后，年轻的国王带着自己的妻子回到了自己的王国。

年轻的国王以前有一个情人，她是一个吉卜赛女人。要不是因为她，国王和公主能一直过着幸福的生活。可她觉得新王后霸占了自己的地位，便对她怀恨在心，发誓要对她进行报复。

年轻的国王和他的妻子幸福地生活了八个月，眼看王后就要诞下子嗣了，他们都热切地盼望着两个金娃娃的降临。

然而不幸的事还是发生了，年轻国王国土的边境总是受到敌军的侵犯，所以年轻国王不得已亲自带兵前往，虽然对即将临盆的妻子很是不舍，却也是身不由己。

很快，两军交战起来，年轻国王把敌人打得落荒而逃。

打了胜仗的国王班师回朝，但回来后发生的一幕却让他终生难忘：当他想要看自己的孩子时，那个吉卜赛女人却抱了两只小狗过来给他看。

"这是干什么？"国王喊道。

"这就是国王的孩子啊！"吉卜赛女人答道。

国王极为震怒，妻子原本承诺给他两个金娃娃，现在却生了两只小狗，他觉得是妻子欺骗了他，一气之下便废掉了王后，并让她做最下贱的活儿，干不好还要挨打，而那个吉卜赛女人却坐上了王后的宝座。

事实上王后是被冤枉的。她没有欺骗国王，真的给他生了两个金娃娃，不过在王后还没有见到自己的孩子之前，就被那个恶毒的吉卜赛女人给偷走，并埋在了葡萄园里。

没过多久，在那个葡萄园里长出了两棵可爱的杉树。它们长得异常迅速，它们长一天如同别的树长一年。每到夜晚，两棵杉树就会变成孩子，来到他们母亲的身边，拥抱她，亲吻她，以减轻母亲的痛苦。

吉卜赛女人看见这两棵异乎寻常的杉树，便觉得事有蹊跷，要求国王把它们砍了，可国王却对这两棵树很是喜爱，不愿意砍。但吉卜赛女人却威胁他说如果不砍掉树，以后就不陪他吃饭和睡觉。国王只好妥协，命令砍掉了两棵树并做成两块床板，一块自己用，另一块给吉卜赛女人用。可怜的王后眼看着自己的孩子被砍掉，痛哭流涕。

一天夜里，两块床板悄悄地说着。

"姐姐，你还好吗？"男孩问道。

"太糟糕了，这个可恶的女人睡在我身上。你呢？怎么样呀？"

"我还好，至少我可以接触到父王啊。"

这时，他们的谈话被那个恶毒的吉卜赛女人听到了。第二天醒来，她就把床板扔到了火堆里。床板噼里啪啦地燃烧着，两颗火星刚好掉进了旁边的麦麸槽里，这时一只母羊正在吃食，没过几天母羊就生下了两只金毛的小羊羔。

国王看见这两只小羊羔喜欢极了，但那个吉卜赛女人却对它们恨之入骨。一天趁国王外出不在的时候，她把两只羊羔杀了，还让王后到河里去洗羊肠，并恶狠狠地威胁她说，如果你敢把羊肠弄少了，我就打死你。

可怜的王后擦着眼泪，洗着羊肠。因为她知道这两只小羊羔曾经就是她的孩子呀！

即便王后小心翼翼地洗着羊肠，但还是有一根从手中滑跑了。一只乌鸦看见了，迅速冲下来，叼起羊肠飞到了一棵树上。

可怜的王后看到此情景，无奈地恳求乌鸦，希望乌鸦能把羊肠还给她，否则她又要被吉卜赛女人打个半死。

"你从来都没有喂过我一颗玉米粒，我才不要还给你呢！"乌鸦答道。

听了乌鸦的话，王后就去找磨坊主："尊敬的磨坊主，你能否给我一些玉米粒，我好拿去给乌鸦吃，它才会把羊肠还给我，否则吉卜赛女人会把我打得遍体鳞伤。"

"可你从来就没有送过我一只小鸡，我为什么要帮你？"磨坊主说道。

可怜的王后只得去找母鸡："嗨，母鸡呀，你能给我一只小鸡吗？我要把它送给磨坊主，这样他就会给我玉米去喂乌鸦，而乌鸦就会把羊肠还给我，要不然吉卜赛女人就会狠狠地打我！"

"可你从来就没有想过给我一粒谷子，我才不要给你。"母鸡回答。

于是，王后又去找农夫："好心的农夫，请你给我一粒谷子吧，我要去喂母鸡，这样一来母鸡就会送我一只小鸡，我再把小鸡送给磨坊主，磨坊主就会给我一些玉米粒，我会把玉米粒拿去给乌鸦，这样乌鸦就会把羊肠还给我，这样，吉卜赛女人才不会毒打我。"

善良的农夫很同情王后的遭遇，送给她几粒谷子。王后拿着谷子给了母鸡，母鸡遵守自己的承诺，送给她一只小鸡；她把小鸡拿给了磨坊主，磨坊主也遵守承诺给了她玉米粒；王后又把玉米粒拿给了乌鸦，乌鸦这才把羊肠子还给了她。

可就在这个时候，河水上涨了，其余的一些羊肠也被冲走了。王后举目四望，完全没有办法了，只好悲伤地回家去了，她安慰自己说反正已经被打了那么多次了，多这一次又有何妨。

不承想，那两颗火星就在被冲走的羊肠里。它们顺流而下，最后被一根树枝挂到了。河水退去后，树枝上出现了两个美丽的孩子：一男一女，两个孩子的头发都是金色的，肉嘟嘟，皮肤粉粉嫩嫩的，非常可爱，男孩手里拿着一把小金斧，女孩手里拿着一个金纺梭。四面八方的人们听说这两个孩子后，纷纷前来观看，对他们赞不绝口。很快这两个美丽的孩子被国王知道了，国王一看见他们就非常喜爱，于是把他们留在了自己的身边。

国王天天陪着他们两个，即便是那个恶毒的吉卜赛女人对他们恨之入骨但也没有机会下手。但她的狠毒之心国王却看在了眼里。

有一天，吉卜赛女人随身携带的一串珍珠突然断了，可不管她怎么穿就是穿不上，于是她叫来侍臣、仆人，可没人能穿得起来。

国王提议道："让两个孩子来试试吧！他们把所有事都做得很好，就让他们试试看能否穿好。"

孩子们开始穿起来，奇怪的是，这些珍珠好像很听话似的，顺顺利利地被穿好了，在场的所有人都看傻了。

男孩见所有的大臣都在场，便对国王说："尊敬的陛下，让我来给你讲个故事，好吗？"

"哦，不错啊！你还会讲故事，说来听听吧。"

于是，男孩说道："很久以前，那时柳树能结出又香又甜的果子，熊的尾巴和它的脑袋那么大，有一位国王，他整天为国事操劳，他只要一有时间，就会溜到宫外，看看外面的世界。有一天，在他骑马经过邻国的王宫时……"

男孩娓娓道来。他每说一句，都会被吉卜赛女人下一句咒语：

"快住嘴吧！你这可恶的家伙别再讲你的故事了，我希望烧得通红的煤块烫掉你的舌头！"

但是，国王从头到尾听完了他的故事，他坚信眼前的这两个孩子就是自己的儿女。他们拥抱着，互相亲吻着。然后，国王命令士兵杀掉了这个吉卜赛女人，还命令仆人去把真正的王后请来，并请求她的原谅。最后，一家四口从此幸福地生活在一起了。

伊奥尼塔和他的妻子

　　很久以前，那时的圣诞老人比雪还要白。在那时有一位富有的国王，这位国王有一个儿子名叫伊奥尼塔。伊奥尼塔对跳舞、小提琴等都很是喜欢，但他最喜欢的是和他的马在一起，他常常会牵着它来到牧马场。在这位国王的领土上，有一个仙人湖，在湖边生长着最肥美的三叶草，据说仙人们有时会从水中升起，凡是看到的人都惊奇不已。

　　一天，伊奥尼塔带着他的马来到仙人湖边，他躺在草地上休息，很快就睡着了，而他的马夫照看着他的马。忽然间，湖面泛起涟漪，从水中走出来一位仙子。她十分美貌，世界上任何人都无法与其媲美。她来到伊奥尼塔的面前，吻了吻他，说道："我亲爱的人啊，你快醒来吧。"但熟睡中的伊奥尼塔却没有感受到她的呼唤。仙子伤心地流下了眼泪，再一次亲了亲他，可他还是没有醒来，她只能悻悻离开，消失在湖面上。

　　马吃饱后，伊奥尼塔在马夫的呼唤下醒来，然后他们一同回家，在回家的路上，马夫将湖边发生的事情告诉了伊奥尼塔。伊奥尼塔听完后悔不已，很懊悔自己怎么会睡得那么熟。

　　第二天他们又来到仙人湖。这次伊奥尼塔下决心不再睡觉，可没一会儿困意来袭，他又一次陷入了沉睡中。

　　这时，昨天的那位仙子又从水中升起，同样来到伊奥尼塔面前，亲吻他，想要唤醒他，但仍是不管用。仙子再一次哭泣着返回湖上，消失了。

　　这次，这一切仍被马夫看在眼里，他很替伊奥尼塔着急。当他们返回时，他再一次告诉伊奥尼塔仙子来过并亲吻他的事情，告诉他仙子哭得是多么伤心难过。

第三天，伊奥尼塔又一次来到这里，他为了不让自己睡着就在岸边来来回回地走动着。但没过一会儿，他想着坐下来既能节省力气，又能更好地观察湖面的情况。可他怎么也没想到，他刚坐下来就又睡着了。仙子再一次来到他身边，依然亲吻他想让他醒来，但却始终没有用处。这次仙子哭得更伤心了，说："从此以后，我不会再来了。"她轻轻地取下伊奥尼塔手上的戒指，又把自己的戒指戴在他的手上，然后回到湖上不见了。仙子消失后，马夫立刻唤醒了伊奥尼塔，并告诉了他刚才发生的一切。

伊奥尼塔对自己很是气愤，突然，他看到了手指上的戒指，并且在戒指上还刻有一段话："当九位国王对她俯首称臣时，每一朵花都会受到她的赞美的浇灌。"署名"伊丽安娜·柯辛捷安娜"。

伊奥尼塔看到这些，情难自已。他回家后，把自己的全部资产都分给了穷人，然后做了一双铁鞋，拿着一根钢棒，开始启程寻找这个名叫伊丽安娜·柯辛捷安娜的女孩去了。

他第一站到的是他最小的妹夫家。"你听说过一个叫伊丽安娜·柯辛捷安娜的女孩子吗？"他问。

"没有。"他的妹夫回答道。

他第二站到的是他第二个妹夫那里，他用同样的问题询问他的妹夫。

他的第二个妹夫回答："我哪知道呢？这个名字我只在神话故事中听到过。"

即便如此，在爱情的驱使下，他仍是不死心。伊奥尼塔收拾了一下自己的行装，继续赶路。

第三站他来到了他的第三个妹夫家里，他问："你见多识广，是否知道伊丽安娜·柯辛捷安娜的住处呢？"

"我从来没有听说过这个名字，更不用说知道她的住处啊！"后者回答道，"要我说你还是回去吧，省的就这样在外流浪，丢人现眼。"

伊奥尼塔听了他的话，很是不快，没有搭理他，又继续赶路了。他穿过茂密的森林，翻过险峻的山岭，又跨过辽阔的平原，在路上只要遇到人就会询问伊丽安娜·柯辛捷安娜的情况，但无人知晓。

他在心里暗下决心：就算是走遍天涯海角也要找到伊丽安娜·柯辛捷安娜。他不知疲倦地一直走着，一心想着要找到伊丽安娜·柯辛捷安娜，甚至忘记了饥饿。有时他甚至产生幻觉，觉得她好像就在自己的面前，可这只是幻觉罢了。

后来有一天，他爬上了一座只有当太阳落下去的时候才能看到阳光的山顶。他在这座山的后面，看到一个黑黢黢的洞口。伊奥尼塔毫不畏惧地走了进去，他走啊走啊，走了好几里路却也没有遇到一个人，所见的只是一些蛇和爬虫。

他继续向前走着，突然，一丝亮光映入眼帘，他顿时喜上心头，快步朝亮光的方向跑去。他看到他的面前出现了一座古老的磨坊，但在磨坊的水车下却流淌着一股漆黑的急流。

伊奥尼塔带着喜悦之情走进磨坊，可很快他就开始焦躁不安起来，因为他发现磨坊里空无一人，这应该是个不祥的征兆。他向四周望去，在水车旁竟发现了一个满脸皱纹的老妇人，老妇人用针将自己的眼皮别住，因为年纪太大，只有这样才不至于打瞌睡。

"老人家，你好啊！"伊奥尼塔说道。

"你好，孩子。"老妇人回答道，"你怎么来到这里了呢？"

"唔，我是为了寻找自己心爱的人，可能要走遍七海和七陆，而我现在正在这样做。"

老妇人将别着自己眼皮的针给取走，她看着伊奥尼塔，问他要找谁。

"我要找伊丽安娜·柯辛捷安娜，你知道她在哪里吗？"伊奥尼塔问道。

"哦，那你可真的来对地方了，这就是她的磨坊！我没日没夜地磨粮食就是为她做的。每天她那九只金色的鹰就会来这里，每只都会带来四袋粮食，第二天我就得磨好。"

听到这里，伊奥尼塔很是高兴，他感觉浑身充满了力气，很快就和老人成了朋友。老妇人看到有人替她干活儿，很是开心，便安心地酣睡起来。伊奥尼塔一看，现在正是好时机，他快速把所有的面粉装好，然后自己爬进一个口袋，从里面将袋口封好。

没多久，那九只金鹰就飞来了，对老妇人喊道："嗨！活干完了吗？"老妇人猛地一惊，费力地睁开双眼，环顾四周找寻伊奥尼塔的下落，却发现早已没了人影。老妇人踉踉跄跄地把这些面袋捆在九只金鹰的背上，就这样金鹰带着面粉飞走了。

九只金鹰飞过崇山峻岭，把面粉带到了伊丽安娜·柯辛捷安娜的厨房里。厨师打开其中一个袋子，发现里面竟然是一个人，很是吃惊。

"你怎么会来到这里？"厨师问。

"很简单。"伊奥尼塔拿出伊丽安娜·柯辛捷安娜的戒指给厨师看了看，然后回答说。

看到戒指，厨师不再说什么了，他把伊奥尼塔藏在自己家里。

有一天，厨师准备给伊丽安娜烤面包。伊奥尼塔对厨师说："让我来吧，我烤的面包还是很不错的呢。"

"那好！"厨师回答说。

伊奥尼塔说干就干起来。当厨师把烤好的面包从烤炉里取出来的时候，忍不住赞叹起来，因为他烤的面包又黄又亮很好看。

他开心地把面包给伊丽安娜送去。而她一看见面包，就问："这是谁做的？"

"喏，当然是我了。"厨师回答。

很快，伊丽安娜又让厨师做一些面包，这一次仍旧是伊奥尼塔做的，并且比上次做得更好。

面包好吃极了，很快伊丽安娜就把它吃完了，于是又命令厨师再去烤面包。

伊奥尼塔很是开心，他在第三次烤面包的时候，悄悄地把伊丽安娜·柯辛捷安娜的戒指放在了一块面包里面。

厨师把烤好的面包拿给伊丽安娜。当她掰开其中的一个准备吃的时候，她的戒指掉了出来。伊丽安娜拿起戒指，端详着，认出就是自己的，她感到很是奇怪，急忙问道："这面包到底是谁做的？"

厨师看瞒不过去了，只得道出了实情。

伊丽安娜立刻派人去把伊奥尼塔接来。他们热烈地拥抱在一起，伊丽安娜派人取来一套用金丝织成的衣服，换掉了他身上那脏兮兮的衣服。

两星期后，他们举行了盛大的婚礼。婚后，伊丽安娜将所有的一切都交给了伊奥尼塔，让他成了城堡的主人，但只有一把地窖的钥匙，伊丽安娜没有给他，这很快引起了伊奥尼塔的好奇，没过多久，他偷偷拿到了这把钥匙。

伊奥尼塔来到地窖前，打开了地窖的门，他刚一打开就听到从桶内传出一个声音，让他把门打得更开一点。伊奥尼塔听从了他的命令。就在房门打开的那一瞬间，一个体形庞大的妖精从桶里跳了出来，迅速来到伊丽安娜的房间，把她抓走了。

这时伊奥尼塔才知道自己犯了大错，眼看着妻子被妖精抓走，却无能为力，他急得大哭起来。他现在只能再一次踏上寻妻之路。于是他又一次穿上铁鞋，拿起钢棒，再次出发了。他一直走呀走，有时也会停下来，为自己的好奇和愚蠢而后悔不已。在历经了千山万水后，来到了圣星期五的家，圣星期五对他说："如果你认为自己是好人，就进来吧；如果不是，就请走开，因为我有一条长着钢牙的母狗，如果你是坏人它会把你吃掉的。"

伊奥尼塔回答说："我是个好人。"

圣星期五便请他进了屋，询问他来此的目的，伊奥尼塔把妻子被妖精抓走的经过一五一十地告诉了她。圣星期五听完他的话，眼中充满了责备的神色，然后说："你也不要太伤心，我这儿有一把弓，你带着吧，我相信它会帮助你的。"

伊奥尼塔谢过她，带着弓继续赶路了。他历经千辛万苦，终于看到了一座房子。房子周围一群饿狼围着怒吼着，房子上空一群乌鸦呱呱地叫着，好像世界末日即将来临。

伊奥尼塔进入这座房子里，看见一个女巫，她的样貌简直丑极了，她的脚像马蹄，而她的手像镰刀一般，还有着一口尖尖的铜牙。对于伊奥尼塔的到来，女巫好像很是反感，恶狠狠地问他来此的目的，伊奥尼塔回答说愿意为她做事，做她的仆人。

"很好。"她说，"我也不用你做太多的事，只要每天晚上把马带出去喂喂就可以了。"

于是他们商定，伊奥尼塔的工期为一年，在那时一年的时间其实只有三天。第一晚，女巫把马交到伊奥尼塔的手上，并告诉他如果在天亮的时候不能安全地把马带回，就会杀了他。伊奥尼塔背着他的弓，骑着马向草地出发了。

途中他遇到一只鸟，但却断了一条腿，当他正准备用弓射它的时候，这只鸟却喊道："请不要杀我，我是鸟王，麻烦你帮我把腿包扎一下，将来我会报答你的。"

听此伊奥尼塔觉得这只鸟很可怜，便帮这只鸟包扎了伤口，然后骑上马，继续赶路。

这匹马在吃了几个小时的草后，看到伊奥尼塔已经睡着了，便悄悄离开，变成了一只小鸟飞进了树林里，和别的鸟一起，站在枝头唱起来。

天亮前伊奥尼塔醒了，发现早已没有了马的踪影，急得大哭起来。

忽然，那只被伊奥尼塔救过的鸟王出现了，并告诉他："别担心，马会回来的。"

鸟王猜测那匹魔马应该是变成了鸟混在了其他鸟之中，于是它命令所有的鸟一起唱歌，看是否有陌生的鸟。顿时所有的鸟都开始放声歌唱，还真的发现了一只陌生的鸟，鸟儿们就把它交给了伊奥尼塔。

伊奥尼塔立即用缰绳套住它的头："你这可恶的魔马，快现出自己的原貌吧。"那只鸟马上就变成了马。伊奥尼塔骑着它，朝女巫的家走去。

女巫见马安然归来，很是生气，狠狠地抽打着，并说如果再发生类似的事情，就杀了它。

第二晚，当伊奥尼塔又一次骑着马出去的时候，又碰到了一只受伤的小兔子，就在他举着弓要射它的时候，兔子喊道："请你不要杀我，帮帮我吧，我会报答你的善举。"

于是，善良的伊奥尼塔帮兔子包好伤口，就让它走了。

到了草地，伊奥尼塔为了怕自己再次睡着而弄丢了马，就拾了一些荆棘放在自己的下巴底下，可没一会儿还是睡着了。魔马看到伊奥尼塔睡着了，就挣脱掉缰绳，变成了一只兔子钻进了树林，和别的兔子混在了一起。

伊奥尼塔醒来后，发现马又不见了，急得焦头烂额，他的哭声很大，山岳和田野里都响起了回声。就在这时，那只被他救过的兔子出来了，对他说："别哭，我帮你去找马。"

这只兔子把这一片的兔子都叫来，一个一个地观察着。一只奇怪的兔子出现了，它立刻扑上去咬它，那只奇怪的兔子一溜烟逃跑了。可伊奥尼塔正等着它呢，等它刚一出现便用缰绳将它套住，喊道："你这匹可恶的魔马，快变回你原来的样子吧！"

瞬间，那只兔子变成了马，伊奥尼塔跃上马背，向女巫的家走去。这一次女巫以为伊奥尼塔肯定要空手而归，所以在他回来的时候，她正在烧开水，准备把他给煮了。可当她看到魔马完好无损地回来的时候，顿时火冒三丈，她没有理睬伊奥尼塔，而是把滚烫的开水向魔马泼去，顿时马背上发出可怕的嗞嗞声。

第三晚，伊奥尼塔又一次骑着马来到草地上，不知道为什么好像着了魔似的又睡着了。这一次那匹魔马变成了森林中的一棵老橡树，但无巧不成书，橡树根刚好伸到了那只被伊奥尼塔救过的兔子窝里。

第二天黎明来临的时候伊奥尼塔刚好醒来，发现魔马不见了，他很清楚如果马失踪，等待他的会是什么，所以再一次哭泣起来。但吉人自有天相，很快，鸟王和兔子都出现了。

"别哭，善良的人，拿着你的钢棒，去把森林的树都砍了，那匹马自然就会出来了。"

按照它们的说法，伊奥尼塔开始砍树了，当砍到老橡树的时候，魔马自己现出了原形，伊奥尼塔一把捉住它向女巫家奔去。女巫看见马，气得咬牙切齿。

就这样一年的期限到了，伊奥尼塔对女巫说："我给你干的活，你还满意吗？"

"是挺好。"她回答说，"作为回报你可以去马棚为自己选一匹马，不过我想你一定饿了，还是先吃点东西吧！"

伊奥尼塔正在吃东西的时候，鸟王飞来告诉他："选马的时候你一定要选那匹最难看的。"

伊奥尼塔吃完饭，就和女巫一起来到马棚。她把所有的马一一指给他看，栗色的、红褐色的、灰色的，让人眼花缭乱。

在马棚最里面的角落里，一匹很丑、满身癫癣的马静静地站在那里。"我就要这匹吧。"伊奥尼塔说。

"嗨，年轻人，这么多良马你不选，为什么要选一匹最丑的呢？"女巫劝道，可伊奥尼塔仍然坚持自己的选择，她也只好不再说什么。

伊奥尼塔告别了女巫。那匹丑马瘦得几乎站不稳，可刚一到大路上，它就变成了一匹飞驰的骏马。伊奥尼塔又惊又喜，跳上马背，飞快地向前奔驰着。

很快他就来到了妖精城堡的大门。

伊奥尼塔看见自己的爱妻伊丽安娜·柯辛捷安娜正在井边打水，俯身一把把她抱上马。这对久别重逢的患难夫妻，迅速地向前飞奔着。

妖精看到他们逃跑了，立刻上马去追。但妖精知道自己追不上他们，便对伊奥尼塔的马高声喊道，如果它把它的主人摔下马来，他愿意把牛奶、糖、大麦给它吃。听到这些，伊奥尼塔也对妖精的马喊道。如果它们把妖精们摔下来就给它们吃三叶草。

听到这些，妖精的马立刻把妖精都摔下来，并踩在脚下，踏成了肉酱，之后就随着伊奥尼塔的马一起走了。

伊奥尼塔和他的妻子各骑一匹，一路前行，终于回到了自己的家。到家后，在伊丽安娜的宫殿里大摆宴席，邀请所有的仙人都来参加，唱歌跳舞。

石头人

在一个王宫里住着一对年轻的国王和王后，两人样貌都十分出众，可遗憾的是他们一直没有孩子。

一天，王宫里来了一个黑人，对国王说："哦，尊敬的陛下，愿您万寿无疆！我听说您和王后一直没有孩子，就给您送来了一种药草，只要王后喝下，便能很快怀上孩子。"

国王接过药草，赏给了黑人一匹良马和一套华丽的衣服。然后，国王请来了王后，把药草交给她。王后把药草交给了厨娘，让她去煎药，却并没有告诉她这药的功效。厨娘把药煎好后，出于好奇自己先尝了一口。没过多久，王后与厨娘都怀孕了，十月后，她们各自生了一个男孩，这两个孩子都十分漂亮。一个名叫达芬，另一个取名阿芬。

一转眼很多年过去了，有一天，国王要率兵前去打仗，出发前，他让自己的儿子达芬暂时管理国家事务。国王交给了他一串钥匙并告诉他："孩子，父王要出去了，只要是这些钥匙能打开的房间你都可以随便出入，但万万不可打开那把金钥匙的房间。"

国王前脚刚走，达芬就把所有的房间打开来，这些房间里堆满了各种各样的金银珠宝，可王子对这些珠宝没有丝毫的兴趣。在好奇心的驱使下，他忍不住打开了那把金钥匙的房间。他走进去后，看到了一架小望远镜。远远望去竟看到了一座用纯金建造的城堡，在阳光的照射下闪闪发光；城堡里还有一位姑娘，貌比花娇，简直就像一个仙女。

王子傻傻地望着她，看了好久，夜幕降临他才依依不舍地放下望远镜，走出房间。

不久，国王凯旋，王后兴奋地前来迎接，但王子却没有跟来，王后告诉国王说王子得了相思病。听后国王立即诏告全国的医生和巫婆。他们告诉国王，想要治好王子的病只有让他跟基拉琳娜公主结婚才行，别无他法。于是国王便派遣使者到基拉林娜的国家去，可遭到了基拉琳娜公主父亲的拒绝。

王子听到此事，决定亲自前去求婚。他跟阿芬述说了此事。第二天，两人一起出发了。他们整整走了一天，夜幕降临前来到了北风妈妈的屋前。她年事已高，是个老巫婆。她询问他们来此的目的，两人说想要借宿一晚，并询问基拉琳娜公主的王国在哪里？

老巫婆和蔼地说："很高兴你们能来这里，但是，我希望你们还是去我妹妹那里吧，我想她一定会收留你们，并告诉你们想要知道的事情，因为我怕我的儿子会把你们变成冰块。"

他们听从了老巫婆的劝告继续向前走，来到了狂风妈妈的房前，但同样又被劝走了。最后，他们来到春风妈妈的屋前。春风妈妈年轻、漂亮并且很高大，她把他们请进了屋，并且她一看到王子就说："英俊的王子，我知道你此行是想娶基拉琳娜公主为妻，可你自己是无法到达那里的，除非有我儿子的帮助。你们先住这里吧，但是我必须把你们藏起来，因为如果我的儿子发现这里有凡人，就会杀了你们。"

说完这些，她手拍了三下，从壁炉上跳下来一只长着绿宝石眼睛和金刚石嘴的鸟，大鸟伸开翅膀将他们两人藏在下面，然后又重新飞回壁炉台上。

没多久，一阵耳语般的和风传来，风中夹杂着玫瑰和艾菊的芳香。房门打开了，一个长着金色长发和银翅膀的英俊青年走了进来。他拿着一根手杖，上面用香草和鲜花装饰着，刚一进来男子便说："妈妈，家里怎么有凡人的气味？"

"什么？怎么可能，这里没有凡人啊！"

年轻人不再追问，坐下开始吃饭。吃过后，和母亲聊了起来。

春风妈妈看自己的孩子心情不错便问道："孩子，你能否告诉我，基拉琳娜公主的王国在哪里？如果有人想要娶她该怎么做呢？"

"这个问题挺难回答的。基拉琳娜公主的王国路途遥远，不论是谁起码要走十年才行。如果他能去黑森林，只要一眨眼的工夫就能到。不过，黑森林临近漆河，漆河的河水能把石头和火抛向天空。不过在那里只要能够找到仙女们的木头，坐在上面，就可平安过河，当然，如果有人把这些话传出去，他就要从脚到膝盖都变为石头。而当他到达公主的王国时，就必须雕刻一只金鹿，自己钻进去，只有这样才能进入公主的房间，并能把她带走。可如果有人把这些话告诉别人，他就得从脚到腰变为石头。在他们结婚后，北风妈妈会让一个商人带着一件比蜘蛛丝还精细的美丽的长袍到她那里去。基拉琳娜公主一定会买，可如果她一旦穿上，就会香消玉殒。除非她事先把衣服用斑鸠的眼泪洗过。但是如果谁把这些话说出去，整个人都会变成石头。"

当春风和他的妈妈在说这一切的时候，王子达芬已经睡着了，而阿芬却听得一清二楚。

第二天，在春风离开家后，王子问春风妈妈是否已经从她儿子那里知道了基拉琳娜王国的位置。可春风妈妈担心他们变成石头，所以什么也没有告诉他们。

没办法，达芬和阿芬只好向春风妈妈告辞，继续赶路。到黄昏时分，他们突然听到了河水翻滚的声音，只见一条漆黑的大河出现在他们面前，河水翻滚着、怒吼着。王子看此情景顿感畏惧，而阿芬却说："王子别害怕，你只要跟着我，我让你做什么你就做什么好了。"

他们走进森林，看见了仙女们的木头，于是便骑上去，用靴刺踢了三下，瞬间木头变成了十二匹火龙马拉的战车。这战车飞快地前进着，最终落在了基拉琳娜公主的城门前。战车刚一落地，就又恢复了木头的样子，眼前的城堡上点缀着蓝色的宝石。

公主基拉琳娜正坐在窗前，穿着一身金色的衣服，衣服上面用珍珠做着装饰。

她对王子一见钟情，以致一病不起，让人担心她是否还能活得长久。

可怜的国王为了女儿的病想尽了一切办法，却都无济于事，他感到痛心疾首。一天，一个老巫婆对他说："尊敬的陛下，祝您长命百岁！你只要找到一只像鸟一样会唱歌的金鹿，让它在公主的房间待上三天，公主就能好起来了。"

国王向全国发出了通告。三天后，阿芬听说了此事便用手拍了三下木头，木头瞬间就变成了一只美丽的金鹿。阿芬让王子藏进去，然后，带着金鹿向城堡走去。

国王一见金鹿，赶忙问道：“金鹿是否愿意出售？”

“不，这个宝贝可不卖，只出租。”阿芬傲慢地答道。

“那如果我想租三天，你想要多少租金？”

“一千金币。”

就这样两人谈好了，国王把金鹿带到了公主的房间，并把它留在那里。

当屋子里只剩下金鹿和公主的时候，金鹿就开始唱起甜美的情歌，好像要把石头都融化掉了。歌声中公主睡着了，王子从金鹿里爬出来，在她的额头上轻轻一吻，然后又钻了进去。

第二天清晨，公主向自己的婢女诉说，她在睡梦中见到了一位英俊的王子，且那王子还吻了她。其中一个婢女给她提议：当金鹿唱歌的时候，就假装睡着；如果真的有人吻她，就立刻抓住他。

当晚，当金鹿开始唱歌的时候，公主就装着睡着了。王子从金鹿中出来，走到她的床前，公主一把抱住他说：“啊，原来是你！我早就想再见到你，这次我不会再让你走了！”

他们像一对久别的夫妻一样彻夜长谈。中午时分，国王和阿芬来了，阿芬要领走他的金鹿。可基拉琳娜公主说什么也不肯让金鹿走，阿芬忙低声对她说：“你请求国王去给金鹿送行，只要到达城门口就会有一辆十二匹火龙马拉的战车在那里等着我们。你就可以和我们一起到达你心爱之人的王国了。”

公主请求国王，国王同意了。公主带着侍从出城送金鹿。当他们刚到达城门时，阿芬就在金鹿肚子上拍了三下，瞬间这只金鹿变成了十二匹火龙马拉的战车。他把王子和公主都拉了上去，一眨眼的工夫，战车就消失得无影无踪了。过了好久，他们终于回到了自己的国家。

国王得知儿子平安归来，很是高兴。接着，国王为王子和公主举办了盛大的婚礼，婚宴持续了三天三夜。不久后，老国王退位，达芬当上新国王。

日子就这样过去了，他们过得很快乐。一日，一个卖袍子的商人来到基拉琳娜的窗前。基拉琳娜让他上楼来，她一见那如丝的长袍就爱不释手，挑选了一件立刻便穿在了身上，没过多久，基拉琳娜就一病不起，而且愈加严重，所有人都觉得她活不了多久了。

阿芬听说了此事，就在半夜偷偷来到她的房间，把自己早已收集好的斑鸠眼泪洒在她身上。不料这一举动竟被卫兵发现，并当场抓住了他，说他对王后图谋不轨。

国王达芬得知了此事顿时火冒三丈，当即下令要杀了阿芬。当阿芬被卫兵带上断头台的时候，阿芬望着国王，并说道："愿上帝保佑你，我尊敬的国王！看在我们曾经患难与共的份上，请求你把所有的大臣都召集来，我想说几句话，等我说完再砍我的头也不迟。"

国王答应了他的请求。很快，所有的大臣都被召集到一起，一起来的还有王后基拉琳娜。国王对阿芬说："现在已经如你所愿，你这无赖快说吧！"

于是，阿芬把之前国王是如何娶到王后的事情一一说了出来。当他说到他带着国王来到黑森林，坐上仙女们的木头过河时，他从膝盖往下开始变成了石头。见此情景，王后和大臣们吓坏了，可阿芬还在继续讲着。当他讲到把木头变成金鹿让国王藏在里面，才得以见到王后时，他的腰部以下都变成了石头。这时，国王和王后才知道自己冤枉了阿芬，大哭起来，并请求阿芬不要再讲了，但固执的阿芬仍在继续讲着。等他把所有的事情说完，整个人都变成了一块石头。国王和王后伤心地哭了三天三夜，为了纪念自己的恩人，他们把阿芬的石像搬到了他们的房间里。

过了几年，他们生下了一个孩子。

一天早晨，国王来到王后的房间，告诉王后睡梦中一个白衣女子告诉他，只要用自己孩子的血涂抹石头，就能让自己的兄弟阿芬复活。其实，王后也做了同样的梦。于是他们亲手杀死了自己的孩子，把孩子的血涂抹在石像上，石像果真摇动起来，很快便活了过来。

醒来的阿芬说道："我的天呀！我这是睡了多久啊！"

"亲爱的兄弟，你终于醒了，如果不是我们杀死了自己的孩子，把他的血涂在你身上，还不知道你要睡多久呢！"国王答道。

阿芬听后感动极了，他用刀刺破了自己的手指，让鲜血滴在死去的孩子身上，孩子又活了过来。国王开心极了，举行了盛大的宴会，欢乐溢斥着整个国家……

金发美王子

从前，有一位隐士住在荒野之中，而林中的野兽就是他唯一的邻居。他非常刚正圣洁，以至所有的动物都心甘情愿为他服务。有一天，隐士来到小屋附近的河边，河水中一只涂了柏油的小匣子顺流漂来，离他越来越近，他突然隐约听到一阵微弱的哭声从小匣里传来。他低头思考了一下，做了简单的祷告后，就跳入水中，把小匣子弄到了岸边。他打开匣子，看到里面竟然有一个两个多月的孩子。他抱起孩子，小孩立刻停止了哭泣。在小孩衣服的口袋上还系着一个小口袋，他把它打开，发现里面有一封信。信上写到孩子的母亲是一位公主，可因为做了错事，父母生气，所以不得已才把孩子放在匣子里，让他听天由命。

隐士希望能够把这个上天赐给他的孩子抚养长大。可孩子还那么小，他没有东西喂他，心里难过极了。于是他向上帝祈祷，很快奇迹便发生了，在他小屋外的角落里忽然长出了一棵葡萄树，没多久葡萄树越来越大，仔细观察，藤上还长了许多葡萄，有些已经熟透了，还有一些青色的，还有的正在开花。看到这里他赶忙摘了一颗葡萄给小孩吃，在葡萄汁的喂养下，孩子慢慢长大了。

等到孩子长大后，隐士开始教他读书识字，采集食物让他填饱肚子，还教他打猎。直到有一天，隐士叫来孩子，告诉他：

"我亲爱的孩子，我大限将至，三天后我就要离开人世，去另一个世界了。现在我要告诉你一个事实：我不是你的亲生父亲，你的母亲是一位公主，因为她犯了错不得已才把你放在一个小匣子里顺河流而下，这样你才来到了我的身边。在我死后，你会遇到一头凶猛的狮子，但你不要害怕，它只是来为我挖掘坟墓的，你只要用土将我的坟墓填好就行了。我没什么好留给你的，除了阁楼里的一个马缰绳。在我死后，你就去把马缰绳取来，摇一摇就会有一匹马出现，它会告诉你接下来该怎么做。"

老隐士的话一一应验。第三天，隐士真的与世长辞。就在这时，一阵阵令人毛骨悚然的吼叫声传来，果然出现了一头凶猛的狮子。狮子见老人已死，开始掘他的坟墓。男孩便用泥土将坟墓重新填好，男孩伤心地在墓旁哭了三天三夜。后来感到饥渴难耐，他想自己不能一味地悲伤，就算没了父亲，自己也要继续活下去，于是他离开坟墓来到葡萄树前，他才发现葡萄树已经枯死。这时，他想起父亲的临终遗言，来到阁楼上，找到了马缰绳。他摇了摇，神奇的事情出现了，瞬间一匹长着翅膀的马出现在他的面前。马竟然还开口说道："尊敬的主人，请问有什么吩咐？"

男孩把所有的事情一一向这匹马说了，并说道："上帝给了我一位慈父，可他现在却已不在人世了，只剩我一个人了，我希望你能伴我左右！还有我不想再待在这里了，这里紧靠着父亲的坟墓，看到这儿我总是伤心落泪，所以我想我们应该到别的地方去安家。"马回答说："主人，我们不能在这荒野之中，我们应该到那些和你一样的人们的世界去生活。"

"和我一样的人们，有很多吗？我们可以和他们在一起生活吗？"男孩问道。

"是的，我的主人。"马回答说。

"可如果真的像你说的那样，为什么他们不来这里生活呢？"男孩问道。

"不是他们来这里，而是我们应该去他们那里。"马回答道。

当马告诉男孩，别人是不会像他一样每天不穿衣服，光着身子走动，他们都会衣冠整洁，非常注意仪表时，男孩感到非常吃惊。马让男孩把手指放进左耳，男孩照做了，然后男孩就从里面取出了一套衣服。可他却不知该怎么穿，马教他穿衣服。男孩穿好衣服，跃上马背就上路了。

马儿带着主人来到了最近的一座城镇，这里人声嘈杂、熙熙攘攘。男孩第一次见到这么多人心里有些害怕，羞怯地漫步走着，对街两旁那些漂亮的房子赞叹不已，对所有的事情都充满了好奇。马对他说："亲爱的主人，你知道了吗？每件事都有自己的归属，所以你也要找到自己的归宿。"

男孩和马在镇上住了几天，慢慢习惯了城市的这种喧嚣和人们的生活方式，他们继续前进，走呀走，最后来到了一座城堡，里面住着三个仙女。马告诉男孩，让他请求仙女们收留他当仆人。

起初仙女们不愿收留他，却禁不住他的苦苦哀求，最后同意了。

马常常来看望自己的主人。一天，马告诉男孩，在仙女城堡里有一间浴室，每隔七年，就会从那里流出来金子，不管是谁只要第一个在那里洗澡，他的头发就会变成金色。马同时还说，在浴室里有一个衣橱，里面放着三套华丽的衣服。男孩把这些话都记在了心里。

仙女们允许男孩可以打扫所有的房间，却唯独不能去浴室。一天，仙女们外出赴宴，临走前，她们叮嘱男孩，如果浴室里有隆隆声，就敲断一根屋梁，她们听到屋梁响的声音，就会赶快回来。

男孩等了一天，第二天一大早，他立即召唤来马，马让他去浴室洗澡，他照做了。然后他把衣橱里面的衣服取了出来，骑上马，马儿张开双翅，飞奔而去，周围的一切剧烈地晃动起来。

仙女们听到声响，立刻赶了回来，却发现男孩拿走了她们的衣服，她们开始拼命追赶。如果不是男孩提前逃走，肯定就被抓到了。仙女们眼睁睁地看着他逃走，却无能为力，于是喊道："你这无耻之人，竟敢骗我们！起码让我们看看你的金发吧！"

于是男孩散开自己的头发。仙女们对他那金色的头发很忌妒地说："这样美丽的头发是我们这辈子都没见过的，真是太漂亮了，你已经得到了金头发，能不能把衣服还给我们呢？"

但男孩认为他为仙女们做了那么多的工作，却没有得到工钱，衣服应该作为补偿，所以拒绝了她们的要求。

几天后，男孩来到一座城市。他把自己的金发遮盖起来，他来到国王的花园，恳求国王的园丁收留他，让他在这里帮忙。园丁答应了他的请求，让他留下来给花园松土、浇水、除草、修剪枝叶。这一切对男孩来说非常简单。

这里的国王有三个女儿。可他日理万机，为国事操劳，根本没有顾及女儿们已到了谈婚论嫁的年龄。一天，几位公主商量每人摘一个甜瓜送给国王。在国王准备用膳的时候，三位公主每人拿着一个甜瓜进来了，把各自的甜瓜放在了父王的面前。

国王看到这些甜瓜很是困惑，他将所有的内阁大臣召来，大臣们把甜瓜一一切开，只见第一个已经熟透，第二个刚刚好，而第三个则刚开始成熟。于是大臣们上奏道："尊敬的国王啊！祝愿你寿比南山。这三个甜瓜就好比三位公主的年龄，说明她们已到婚嫁之年了。"

国王认为大臣说得有道理，便决定为三位公主择取夫君。第二天，各地的皇亲国戚纷纷前来求婚。

在众多人中大公主选了一个自己认为的良婿，国王为他们举办了婚宴。婚宴结束后，国王和宫内所有的人都去送大公主，一直送到了国界边。只有三公主一人留在家里。

这个时候，男孩见皇宫内空空如也，便召来他的马。换上从仙女们那里得来的名为"鲜花盛开的草原"的衣服，披散着金发，跳上马背，在花园奔驰着。原本他以为所有人都出宫了，却不承想三公主正在自己的绣房中观察他。飞马带着他奔驰着，把花园弄得一团糟。等男孩停下来才发现自己闯了祸，他快速下马，换回原来的衣服，开始修补被弄坏的地方。

园丁回来后看到被弄得一团糟的花园气愤极了，要惩罚男孩。却被公主制止了，公主轻轻地敲了敲玻璃窗，让园丁给她送一些花。园丁在花园中仔细地寻找着，现在的花开得不多，寻找了半天，才刚刚够一束。公主要求他不要惩罚男孩，并赏了一把金币给他。园丁拿着金币受宠若惊。他用了三个星期的时间把花园修复如初，甚至可以说比以前更漂亮了。

没多久，二公主也找到了自己的如意郎君，国王为他们也举办了盛大的宴会，婚宴结束，整个王宫的人都来给二公主送行，直至王国边界。而三公主却假装生病，独留家中。这时男孩又以为整个王宫只有自己一个人了，便决定痛痛快快地玩一次。于是，他再次召唤来飞马，换上衣服"繁星之夜"，将自己的金发散开，跳上马背，开始在花园里飞奔起来。当他发现整个花园又被自己弄得一团糟后，赶紧换上工作服，一边哭一边收拾花园。等到园丁回来，发了比上次更加大的脾气，准备狠狠地打男孩一顿，而三公主又以同样的方式救了男孩一次。园丁看着公主给的金币再一次原谅了男孩，这一次他用了四个星期的时间才把花园整理好。

又过了一段时间，国王在一次打猎中险些丧命，最后竟奇迹般脱险。后来国王便在森林里造了一座夏宫，邀请满朝文武大臣前往参加盛宴，而这次宴会三公主同样没有参加。

　　王宫的人刚离开，男孩便唤出他的飞马，换上了那套"胸前绣日，背后绣月，两肩绣星"的衣服，他的金发在肩膀上随风飘扬。男孩一跳跃上马背，忘乎所以地在花园中飞奔起来，这次整个花园都被他弄坏了。男孩看着一片狼藉的花园害怕得哭了起来。这次被毁坏的程度更加严重，男孩甚至觉得无从下手。这一次，园丁更加怒不可遏，他决定不但要痛打这个男孩，还要赶走他。三公主再一次敲了敲玻璃窗，让园丁给她送一些花。园丁在花园中找了半天，只找到了一两朵没被毁坏的花。这一次，公主赏了他三把金子，男孩才免了一顿揍。

　　园丁又开始重新整理花园，可已经修缮了四个星期，花园仍然没有被修好。园丁警告男孩，如果再有下次，不管是谁替他求情都没用，而且下次一定要赶走他。

　　这个时候，国王发现了总是愁眉不展、闷闷不乐的三公主，他感到很担心。国王想她也到了婚嫁年龄了，便给她物色了几个王子，可她竟然一个都看不上。国王一时没了主意，便召来了众大臣商议此事。

　　一位大臣说："可以在王宫的门前建一个凉亭，让所有的青年才俊从此经过，然后让公主挑选，可以给公主一个金苹果，她选中谁就可以把金苹果丢在他的头上。"

　　国王采纳了这个建议，并付诸了行动。国王把这件事昭告天下，所有的求婚者都赶了过来。他们来到王宫门口，一个一个从凉亭下走过。可都没有得到公主的金苹果，人们大失所望。就在这时，一个年纪大点的大臣说道：可以让所有的仆人也都走一下。于是首席厨师和园丁头目、车夫和清洁工、管家和跟班也都一一走过。但公主的金苹果始终没有丢出。当国王询问是否所有人都走过了时，园丁这才想起还有一个秃顶的小园丁没有走。

　　"让他也来试试吧。"国王说道。

　　于是男孩被召唤了过来，可他却不敢走，大家也认为他不可能被公主选中，要求他必须走过去。可这个时候公主偏偏把金苹果投给了他！可怜的男孩被这突如其来的"袭击"吓坏了，连忙跑开，还大叫着头都被打破了。国王看到这不可思议的一幕很是不解，大声嚷嚷道："这怎么可能，我不信我的女儿竟然会选一个秃头，这一定是弄错了！"

　　国王对这个女婿很不满意，于是，他决定让所有人再重新走一次。但结果三公主还是把金苹果丢在了秃头男孩的头上。男孩还是慌乱着抱头跑开了。国王生气极了，下令让所有人再走一次，可这次还是一样的结果，他只能同意了女儿的选择，让她嫁给秃头男孩。

因为国王的不满意，所以他们的婚礼也是草草了事。国王也因为女儿的固执决定不再和她有任何往来，只是同意他们仍住在王宫的庭院里。男孩夫妻两人住在王宫最偏僻的地方，男孩现在成了王宫的挑水人。就连下人们也嘲笑他们，朝他们的屋顶上倒垃圾。但他们哪里知道，就在男孩居住的小屋里有着比任何王宫都要多的奇珍异宝，这些都是飞马从世界各地找到的。

那些曾经向三公主求婚的人听说三公主竟然嫁给了一个秃头小伙子，都愤愤不平，很是生气，他们决定联合起来对付国王。国王得知这一消息后只得仓促应战。除此之外，他也没有别的办法。

国王的两个女婿也前来助战。男孩让公主向国王求情，希望自己也能尽一份力。但国王却赶走了自己的小女儿，他说：“你这忘恩负义的东西，滚！都是因为你，才引发了这场战争。我永远都不想再看见你们。”

但国王拗不过他们的坚持，只得同意让男孩去给军队挑水。

男孩穿上工作服，牵着国王派给他的一匹瘸马，走在队伍的最前面。可这匹瘸马走得太慢了，男孩不得不一会儿拍拍它的头，一会儿揪揪它的尾巴，一会儿拽拽马腿，瘸马还总是陷入泥坑里，没一会儿部队便走在了他们的前面。等到部队走远看不见的时候，男孩把瘸马拉出泥坑，召来自己的飞马，换上“鲜花盛开的草原”那套服装。奔向战场，爬上最近的一座高山观察着，眼看敌军众多，他立即抽出宝剑旋风一般冲下山，与敌人打了起来。他那闪电般的冲杀、华丽的服装和飞奔的战马把敌人吓得魂飞魄散。国王看到后以为是上天派来保护自己的天使，胜利而归。在回来的途中，他们见男孩还在拼命拉陷入泥潭的瘸马。国王打了胜仗，心情高兴，他吩咐仆人说：“去帮帮这个可怜的家伙吧！”

可当国王刚回到王宫，就又传来了一个坏消息，敌军再次聚集了更多的兵力，来攻打他们。国王慌了手脚，仓促应战。男孩再一次恳求去助战。国王对他讽刺了一番后，还是让他去负责给队伍挑水。同样还是那匹瘸马，当军队从他身边经过的时候，他又在拉他的瘸马，所有人都嘲笑他、讽刺他。但等到所有人都不场的时候男孩又召来了他的飞马，换上了那套叫作“繁星之夜”的服装。就这样，邋遢的他摇身一变成了一位帅气的王子。

两军对峙，锣鼓震天。见敌军兵强马壮，男孩变成帅气的王子冲下山坡，把敌人打得落花流水。这一次国王还是认为这是上帝的眷顾，打了胜仗的他高高兴兴地班师回宫，在回去的途中看到男孩仍在拉那匹瘸马，国王又让下人帮了他。

和上次一样，还是没高兴多久，国王就听说这次来了更多的敌人，他的心情变得十分沉重，眼泪都快哭干了，但他还是无奈地集结了人马前去迎战，多次征战，已经人疲马乏，这次的胜败只能听从上帝的安排了。

男孩还是赶着那匹瘸马，等到军队走远的时候，他又一次召来飞马，换上那套"胸前绣日，背后绣月，两肩绣星"的服装，将自己的金发披散着，飞奔上山顶一探究竟。

这场战争异常激烈。到了黄昏时分，眼看国王的军队就要败下阵来，男孩立即冲进了敌阵，就好像晴天霹雳，吓得敌人四处逃窜。男孩乘胜追击，而此刻的敌军就像是待宰的羔羊。突然，他一不留神被敌人刺伤了手，鲜血直流，国王赶忙用自己的手帕给他包扎伤口。最终国王还是大获全胜，率领军队凯旋。归途中，男孩还在拉扯着陷入泥坑的瘸马，国王又一次帮了他。

自打仗以来，国王的视力越来越差，没多久眼睛便失明了。国王召来了所有的医生诊治，却都没有一点效果。国王在一天夜里梦见一位老人告诉他，如果能找到一些红毛野山羊的奶，用它来洗眼睛就可以重见光明。国王把梦中的情景告诉了两个大女婿，他们开始四处寻找红毛野山羊。当然小女婿是没有跟他们一块的。但是他召唤来他的飞马，骑着它走遍了草原、森林、沼泽、山岗，最终找到了红毛野山羊。他挤好羊奶，然后把自己打扮成一个牧羊人，提着羊奶要去送给国王，就在这时却遇到了国王的两个大女婿。两人一看到羊奶便要出钱购买，可遭到了男孩的拒绝，并说这羊奶要亲自送给国王。可男孩拗不过他俩的坚持，只好说只要他们愿意做他的奴隶，并在他们的身上打上印记，就可以把羊奶送给他们，但他绝不会去他们两个所在的国家。

他们两个都各自为王，并且都与另一个国王是姻亲。他们认为这样的承诺也没什么，便让牧羊人在他们的背上做了标记，二人拿着羊奶返回王宫。他们想：如果牧羊人向别人说出了此事，他们就说他只是个傻子，没人会相信他的话的。

他们把羊奶献给了国王，国王用羊奶洗了眼睛后，丝毫不见起色。这时候三公主面见她的父王说："父王，这是我丈夫为你找的羊奶，请你收下试试吧！"

国王回答说："这两个有能力的女婿都做不到，你那个可怜的丈夫怎么可能做得到？再说我不是下令永远不再见你嘛，你竟敢违抗我的命令！"

"父王，只要您愿意用这些羊奶试试，我愿意承受任何的惩罚。"

国王见三公主态度很坚决，于是收下了羊奶，并用它洗了眼睛，没想到第二天竟能模模糊糊地看到东西了，到了第三天，已完全恢复了视力。国王为了庆祝自己重见光明，大摆宴席，把所有的贵族和大臣都请了来。在大家的一再请求下，就连他的三女婿也被邀请坐在了筵席的末位。当大家正在兴起的时候，三女婿突然站起来请求国王回答自己一个问题："尊敬的国王陛下，我想问一下奴隶是否可以和他们的主人一同吃饭呢？"

"当然不行。"国王答道。

"那很好，大家都知道你是个正直、公正的人，现在就请你为我主持公道，请让我的两个奴隶离开宴席，他们就是坐在国王身旁的两个女婿。国王如果不信可以看他们的背上，上面有我做的标记。"

国王的两个女婿听到这话面如土色，不得不承认了此事。后来，他们乖乖地起身站到了一旁。等到宴会快结束的时候，男孩拿出了在战斗中国王给他包扎伤口的那块手帕。

"这手帕怎么会在你手上？"国王惊叫起来，"这不是我给那位给我助战的天使的吗？为什么会在你的手上？"

"啊，尊敬的陛下，这就是您给我的呀。"

"你是说，那个救我的天使就是你？"

"当然是的。"

"只是你现在的样子，怎么让我相信呢？"国王仍不相信。

男孩暂且退下，换上了他那套华丽、珍奇的服装，披散着自己的金发，瞬间整个宫殿都被他的金发照得金光闪闪，国王和在座的宾客们都被照得眼花缭乱，众人都为他的金发赞叹不已，情不自禁地朝他围了过去。

国王看着眼前的男孩，不住地夸赞自己的女儿有眼光，没多久国王就把王位让给了男孩。男孩继位后做的第一件事就是恢复了那两位奴隶的自由，全国上下一片欢腾，王宫中举行了盛大的庆典，自此，大家都快乐幸福地生活着。

灰灰的女孩和王子

有一个老人家带着一个年幼的女儿，他的妻子早早离世了，剩下老头与年幼的女儿相依为命。一段时间后，老头觉得生活太不容易了，就想找一个善良的女人来照顾他们父女俩。

后来，他遇到了一个寡妇，这个寡妇和前夫有一个女儿。老头和这个寡妇成家了。在老头的女儿还小的时候，一家人还算和睦。

老人的女儿长得很漂亮。不管哪个年轻小伙路过她家门前，都会忍不住回头看看老头的女儿，却对继母的女儿看都不看一眼，因为她的那个女儿长得算不上丑陋，但看起来很凶恶。随着老头女儿的长大，老太婆和她女儿的忌妒心也更加强烈，不管老头的女儿做什么、说什么，她们总能挑出刺来，在她们眼里，这个女孩就是眼中钉、肉中刺，她们对她不是打就是骂。

这个女孩每天都生活得战战兢兢，唯一能安慰她的只有那头母亲留给她的名叫法瑞怀特的奶牛。她的母亲去世之前曾把她叫到跟前说："孩子，妈妈就要死了，你要照顾好那头奶牛，以后不管遇到什么烦心的事都可以去找它，它会尽力帮你的。"

在母亲去世后，老头的女儿每天都会给奶牛喂草。每次遇到伤心的事她都会来跟奶牛哭诉，每次她哭诉时，这头奶牛就会面带悲伤之情，用舌头舐她的脸，眼睛里有时会泛着泪光。

她的继母注意到她每次伤心时都会找奶牛诉苦，而且这头奶牛不让任何人靠近它，更别说挤奶了，除了老头的女儿。如果有人想要靠近它挤它的奶时，奶牛就会用它的角顶她或者用蹄子踢她，继母总感觉这里面有什么蹊跷，但又弄不明白，于是她便一不做二不休，决定杀了这头奶牛。

一天，继母带着她的女儿到邻村做客，临走前吩咐老头的女儿烧饭、打扫房间，还要她纺好一整箱的羊毛，还威胁女孩，在她们回来前之如果做不好这些，就把她的腿打断。

姑娘难过极了，她不知道自己怎么在这么短的时间里纺出这么多的羊毛，她很伤心地哭了起来，她跑去找奶牛诉苦。姑娘哭着告诉奶牛："继母说如果我做不好这些，就要打断我的腿。"

奶牛温和地说："孩子，别伤心，你去做吧，我相信你一定可以把所有的事情都做好的。"

姑娘开始纺线，她很奇怪为什么自己的手捻得那么快，没多久便纺好了所有的羊毛。

羊毛纺好后，姑娘又开始整理房间、烧水做饭。等她的继母回来的时候，姑娘已经把所有的事情都做好了，一切都做得那么井井有条。

继母不相信她能在这么短的时间做好这么多事情，她逼问姑娘是谁在给她帮忙，姑娘回答说这一切都是自己做的，根本没有人帮她。

继母也不再说什么，但她心里很清楚一定是有人帮了她，而帮她的就是那头奶牛。

接下来的第二个星期天，继母又带着她的女儿去参加村里的舞会。走之前又把老头的女儿叫来吩咐说："这里有一蒲式耳（俄罗斯的容量单位，相当于中国的一斗）的小麦，我要你把它们一粒一粒拣出来，洗干净再晾晒干，等我们回来的时候一定要把这一切都做好。"

面对这种刁难，姑娘又不知道该怎么办了？她哭着去向母牛求救。

母牛让她先去捡小麦，姑娘照做了，她的手指飞快地捡着，很快就把小麦按继母的要求收拾好了，之后还又做好了饭，收拾了屋子。

继母回家后看到已经数好的小麦，气得脸都绿了。她知道这一切一定是奶牛帮的她，因为除了它没有人会帮她。她对母牛的恨更加强烈了。

第二天，继母对老头说："老头子，我们还是把那头奶牛宰了吧！它既不会生小牛，并且牛奶也不好，可我们还得喂它，我真不知道我们为什么还要养它？再说只要我们靠近它，它就会又踢又顶，留着它还有何用？"

可老头回答道："这头牛可不能杀，这是我的前妻留给我和女儿的唯一东西了。"

"原来如此啊！"继母恶狠狠地说，"这是你前妻的，那你去和你的前妻过啊，以后别和我过了。"

继母威胁老头，如果不杀了奶牛就不和他过了。说完，老太婆转身就走了。

老头的女儿听说了这件事，伤心地哭了起来。老头是个懦弱无能的人，而继母又一直唠叨威胁，最终老头只能答应了她，要宰了这头奶牛。

姑娘将这一噩耗告诉了奶牛。

"别着急，善良的姑娘，他们是杀不了我的。你只要按我说的去做就好了，在他们杀了我之后，你要记住你要做的事：在夜深人静的时候，用粪把我的骨头、蹄子和角盖好。以后不管你有什么困难，都可以来埋着我骨头的地方告诉我，我会帮你的。"

果然老头真的杀了奶牛，而他的女儿就按照奶牛的嘱咐照做了。

过了没多久，村里的青年才俊争着前来向老头的女儿求婚，这让她的继母对她更加嫉恨。在一个星期天，村里又一次举办了舞会。在临去参加舞会前，这位继母把老头的女儿叫到跟前，在她的头上倒了很多灰，并在她的脸上抹上了烟灰。她还要求姑娘不准洗掉，否则就要挨打。

在她们走后，老头的女儿来到埋着奶牛骨头的地方哭诉起来："真不知道这样的日子什么时候是个头，我还能熬多久呢？"

这时，一个声音忽然响起："别难过，善良的姑娘！你把牛的右角拉一下，它会给你漂亮的衣服、戒指、项链、胸针和舞靴，然后你穿戴上这些就可以去参加舞会了。"

姑娘照着奶牛的提示做了，瞬间她穿上了华丽的衣服，戴上了璀璨夺目的珠宝。这时的她简直就像彩虹一般靓丽无瑕，就像一位公主尊贵无比。于是她来到了舞会现场，曼妙的舞姿吸引了所有人的注意，大家都想知道她的芳名，却没有一个人认出她。

那时，国王的子女们也常常来参加村里的舞会。就在这天，刚好国王的儿子也来了。王子一看见她，就被她深深吸引住，和她跳起了舞，在跳舞的时候王子问了她好多问题，可她都默不作声。她和王子跳了三场舞后，就消失不见了。

姑娘一到家就把那身华丽的衣服还给了奶牛法瑞怀特，这时她又恢复到了那个灰土土的自己。她进屋坐在炉边，等待着继母和妹妹的归来。

继母的女儿把舞会的过程告诉给她：一个美丽的姑娘是怎样来到舞会上；她那身华丽的衣服就像是白昼的太阳和群星一样绚丽多彩；她是怎样参加了跳舞；国王的儿子如何与她一起跳舞，还有最后她的突然消失。

"如果不是亲眼所见，真不敢相信世界上竟然有如此貌美之人。"继母啧啧称赞道。

老头的女儿说："如果我也有漂亮的衣服就好了……"

"你只配坐在炉子边的灰堆里，你是不配看到这么美丽的画面的。"继母撇撇嘴说道。

几天后，王子为了寻找那个和他跳舞的姑娘，请求父王在王宫举行盛大的舞会，国王通知所有的村庄部落，所有的青年人都可以参加。

老头的女儿从她的妹妹那里听说了这一消息。虽然老太婆的女儿长得很丑陋，但她还是要去参加舞会，因为她并不觉得自己长得丑。

到了舞会那天，继母和妹妹刚一出门，年轻的姑娘就跑到埋着奶牛骨头的地方，说她想要一套堪比彩霞的衣服、一辆马车和一个马夫，并允诺回来后便还给它。

牛角答应了她的要求，姑娘乘着马车飞奔向王宫。她刚一到，王子便出来迎接她。王子想知道她到底是什么人，可她只是告诉他自己只能待一会儿。王子向她表达了爱意，可她却说她谁也不爱，但是她只和王子一人跳舞。就在她要走的时候，王子向她要她的戒指，她给了他。

王子已经深深地爱上了她，每天都陷入深深的思念中，所以在第二个星期天，他又邀请大家来跳舞。这一次她来的时候身上穿着美丽的长袍，一对星星挂在双肩上；在舞会快要结束的时候她又消失了，所以王子还是无法知道她是什么人。

王子计划在下一次舞会的时候偷偷拿走姑娘的一只鞋，这样就能按照鞋子找到她。

于是在下一次的舞会快要结束，姑娘准备离开的时候，王子趁她跳上马的时候，拽下了她的一只鞋，这样她只能穿着一只鞋回去了。

第二天，王子带着心爱姑娘的戒指和鞋子，告诉他的父王，他一定要找到这个姑娘，如果找不到，他就永远不回去了。

于是王子出发从这个城市走到那个城市，从这个村庄走到那个村庄，最后来到老头儿的村子里，他挨家挨户地询问，最后来到老头儿的家。这时老头的女儿还是一身的灰烬，因为她的继母不让她洗掉，不让她露出自己真正的容颜，可这只鞋她穿着刚好合适。

于是王子就问她是否就是那个和他跳舞的姑娘，姑娘回答是，但继母却责骂她说她是骗人的。姑娘答道："王子殿下，请稍候片刻，我会证明我自己的。"

姑娘来到埋着牛骨的地方，请求它把自己打扮成自己第一次和王子跳舞时的样子。她就这样来去了三次，每次都打扮得和舞会上一样。王子认出了她就是自己心心念念的人，高兴极了，一下把她抱上马车向王宫飞奔而去，国王为他们举行了隆重的婚礼。

勇敢的美王子

有一个国王整天阴郁忧伤，而他的王后却阳光开朗，如同初升的太阳一样又温柔又欢乐。

这个国王曾经与一个邻国交战了五十年，最终邻国的国王死了，临死之前叮嘱子孙们要牢记这刻骨之仇。如今，国王是这长达五十年战争中的唯一幸存者。他再也没有了欢笑，任何人任何事都无法使他开颜一笑。他就像一只饱经战乱和痛苦的老弱无力的狮子一样，每天死气沉沉地生活着。他感觉自己如同一块朽木，他终日不沾龙床，甚至那年轻温柔的王后也无法引起他的兴趣。一次，国王再一次远征，他将王后一人留在宫内。王后感到自己很孤独，她那蓝色的大眼睛里流出如珍珠般的泪珠，一串串的泪珠流过她洁白无瑕的脸颊。在这种长久的精神压抑之下，她开始出现了黑眼圈，她那张洁白无瑕的面孔上也出现了无数条的皱纹。

神奇的美王子

这天，王后起床后到墙内神坛的石阶上跪着祈祷，神坛上有着一座镀银的"忧伤之母"神像。王后的祈祷很真诚，圣母被深深地感动了，圣母的眼睛里掉下一滴泪水，王后用她干渴的嘴唇接住了泪水，并咽进腹中。后来，王后就怀孕了。

十月怀胎，王后生下了一个男孩。他有着像牛奶一样洁白的皮肤，还有着像月光一样漂亮的秀发。王后给孩子取名为美王子。国王看到这个孩子，终于笑了，甚至连太阳也打破常规，整整三天都挂在天空，一直没有落山，人们在万里晴空下欢笑。人们对王子的祝福声和欢呼声响彻苍穹。

美王子的生长速度让众人吃惊，他一个月时就如同普通的一岁孩子那么大。没过多久，美王子的身材就像树林中的冷杉一样高大魁梧了。

当他能够使用武器时，他让能工巧匠为他做了一根狼牙棒。他猛地将狼牙棒扔向天空，飞到高空的狼牙棒好像划破了天空。最后，从天空掉下的狼牙棒被王子的小手指劈成两半。美王子对这根狼牙棒并不满意，他下令再打造一根更重的。这次，狼牙棒甚至被他扔到了月宫，这次掉落下来的狼牙棒没有被王子的手指击断。

美王子穿上一件漂亮的丝绒绣衣，这件绣衣上曾布满了母亲的泪水，他头上戴着一顶缀着花枝的礼帽，脖子上挂着串有小珠子的缎带，两支长笛挂在绿色腰带上，一支吹"都依那"（俄罗斯民间抒情诗和音乐的典型哀歌），另一支吹"霍拉"（音乐伴奏的俄罗斯圆舞曲），打扮成牧羊人的美王子毅然告别双亲，漫游世界去了。

美王子在漫游途中一直吹奏着"都依那"和"霍拉"。狼牙棒时不时地被他扔向天空，他不分昼夜地赶路，他心中的夙愿通过笛声表露了出来，花草树木、山川河流都为他的笛声所倾倒。

第三天傍晚，他又一次扔出了狼牙棒，落下的狼牙棒击中一扇黄铜门，在一阵清脆声中大门被砸得粉碎，美王子迈步走进去，发现里面是一泓清澈见底的湖水，半空中的月亮倒映在湖面上，像镜子一般，湖底的金沙依稀可见。湖心的小岛被绿叶丛生的矮树林团团围住。一座豪华的大理石宫殿矗立在岛上，宫墙像一面银镜一样闪烁着刺眼的光芒，照亮了周围的小树丛、草地和湖水。美妙愉快的歌声时断时续地从宫殿里传出。

美王子踏上一艘镀金的小船向湖中心划去，他踏上湖心的小岛来到宫殿前的石阶上。走进宫殿后，美王子发现大厅里有金质的圆柱和拱形门窗，中央摆放着一张漂亮的白色的大理石桌，桌面上摆放着漂亮的用大珍珠雕刻而成的盘子。周围有一排套有红天鹅绒的椅子，上面坐着穿金色服装的英俊的年轻人，他们看起来非常欢乐开心。其中有一个穿着华丽服装的年轻人，他的额头上缚有镶嵌钻石的金带，光芒四射，月亮在他面前都黯然失色。不过，他也根本不及美王子的十分之一。

"欢迎你，美王子！"国王说，"久仰大名，我早就盼望着能见你一面。"

"陛下，见到你是我的荣幸。不过，我恐怕会让你不愉快的。我来这里是与你打仗的。"

"我从来没有失败过。可是，我不会与你动手的。我要在演奏的提琴声和侍臣们的斟酒中与你结为兄弟！"

大厅中的贵族们欢呼起来，他们亲吻、干杯，并且交谈起来，好像多年不见的朋友一般。

国王向美王子问道："在这世界上，你最害怕的是谁？"

"除了上帝，没有什么能够让我害怕的，你呢？"

"和你一样，我只怕上帝和森林之母（俄罗斯神话中的人物。他具有超自然的力量，经常以一个可怕的老妇人的形象出现，称为'森林之母'）。森林之母是一个又老又丑的巫婆，她常常联合暴风雨一起来破坏我的国土。她所过之处，土地干涸，村庄和城镇被摧毁得面目全非。我多次率领军队与她战斗，可每一次都以失败告终。无论我如何努力地与她争斗，到头来总是白忙一场。没办法我只好妥协，答应她那些无耻的要求——我的百姓中生十个孩子就要给她一个作为贡物，而一会儿她就要来收取孩子了。"

听到这些，宴会中的人们开始惊恐不安起来。很快，一阵寒风从窗外刮过，子夜魔鬼带着丑陋的森林之母飞来了。她脸上的皱纹就像岩石上被溪水长期冲刷而成的一道道沟壑一样纵横交错；她的头发一根根倒竖着；眼睛阴沉得像黑夜一般，咧开的嘴唇像峡谷一样，嘴里面是一排排像磨石一样的牙齿。

巫婆在一阵狂笑声中走进来。美王子冲上去将巫婆拦腰抱住，把巫婆塞进早已准备好的一只大石臼里，并盖上一块大岩石，随后又用七根铁链条把石臼与岩石牢牢地捆在一起。在石臼中巫婆就像被禁锢着的风，她不停地呻吟，一阵阵颤抖的声音从里面传出来，然而无论她如何挣扎，她也无法出来。

美王子回到宴会厅，看到月光下有两座高高的水山出现在拱形窗外。那是什么？森林之母！原来，无法从石臼中挣脱出来的巫婆带着石臼在水面上逃窜，湖水被她挤压成两座水山。她穿过湖面来到森林中，地面上留下了一道深深的沟壑，直到她消失在茫茫夜色之中。

在宴席上又应酬了一会儿的美王子扛起狼牙棒向森林之母逃跑的方向追去。他来到森林中，沿着地面上的深沟追去，他追到一个花园中，他看到这个花园里，鲜花在微风中轻轻摇摆，一阵阵醉人的芳香向四周传播开来。花园深处有一座小巧玲珑的乳白色的房屋，在大门附近摆放着两只装满水的大桶。在走廊上有一个美丽的姑娘头戴着用百合花编成的花冠，正在专注地纺纱，那金黄色的头发梳成辫子垂在了胸前，洁白的长裙就像一层朦胧的光雾。她那细如葱白的玉指上握着一个金纺锤，一根根又白又长发光的丝线从一包羊毛中纺出，那纺出的一股股丝线就像月光一样美丽……

姑娘听到脚步声后抬起头，她那湛蓝如水的大眼睛凝视着王子。

"欢迎你的到来，美王子。"一片柔情从她的双眼中流露出来，"你总是出现在我的梦里。虽然我在纺线，可我的思想却在编织着一个美丽的梦，在梦中我们相亲相爱。美王子，我用自己纺出的银线亲手为你编织一件外衣，若你穿上了它，一生就会只爱我一人。我们的爱情和幸福的生活还需要用我的生命来编织。"

她把手中的纺锤轻轻地放在地上，娇羞得低下头向美王子走去，美王子搂着她，在她的额头和金发上温柔地抚摸着，柔声说道："亲爱的，你太漂亮了，我爱你胜过爱我自己！不过，我还不知道你的名字！你是谁的女儿？"

她叹了一口气回答说："我叫爱里亚娜，是森林之母的女儿。你已经知道我是谁了，还会爱我吗？"爱里亚娜说完这些，依偎在他怀里，用一种期待的眼神望着他。

"啊，爱里亚娜，你是谁的女儿并不重要，"他说，"我爱的是你。"

"那你赶紧带着我逃走吧！"她说完，脸颊绯红，在他的胸前埋得更紧了，"要是你被我母亲发现，你就死定了。你死了，我也会心碎而亡。"

"没关系，不用害怕。"美王子安慰着她说道，"你母亲在什么地方？"

"母亲回来后，一直困在石臼中，她一直在咬着链条，想办法出来。"

"我看看去。"说完，美王子就要起身离开。

"美王子，"爱里亚娜喊道，"先听我说。我有办法让你战胜我的母亲。你看到那边的两只大桶了吧！一只桶里面装满了水，另一只桶里面则盛满了力气。通常，我母亲和敌人打累了便说道：'先休息一会儿，我们喝一点水再继续打吧！'此时，她会让她的敌人去喝水，而她喝的则是力气。如果我们现在调换一下这两只桶的话，她就会失败。"

这一切都做完后，美王子来到屋后。

"巫婆，你还好吧？"他高声喊道。

"哎，你来了，美王子，见到你我很高兴。"她说，"来吧，我们现在就来比试比试，看看到底谁最厉害。"

"可以，就让我们比试一番吧！"美王子说。

巫婆把美王子拦腰抱住，然后高高举起，甚至都能碰到天上的云，接着，又用力地把他扔到地上。美王子被狠狠地扔了下来，他的脚都插进了泥土里。

轮到美王子了。他用尽了力气把巫婆掷进地里，她的膝盖都被泥土掩盖了。

打累的巫婆说："我们打得累了，休息一会儿，我们都喝点水再打吧！"于是，二人停了下来，美王子喝光了桶内的力气，而妖婆不知道两只桶已被调换，喝了满满的一桶水。喝了力气后的王子瞬间觉得自己热血沸腾，身体里充满了无穷的力量。

这一次美王子用足了力气，狠狠地将巫婆掷进地里，巫婆的颈部都被泥土埋没了。然后，高高举起狼牙棒的美王子把巫婆的头打到地里面。顿时，天空乌云密布，如同黑夜来临一般，怒吼的狂风甚至把大地都吹得摇摆了起来，劈开乌云的闪电在空中乱窜，震耳欲聋的雷鸣声在头顶上炸响，雨柱如同银河倒泻般从天而降……一个银白色的影子在伸手不见五指的黑暗中徘徊，金色的头发在狂风中乱舞，巫婆在空中挥舞着手臂向美王子求救。王子冲过去将她紧紧地抱住，一旁的姑娘吓得晕了过去，倒在了美王子的怀里。美王子喊着，她很快就苏醒了。没多久，天空放晴，乌云消散，一轮圆月高高地挂在空中。苏醒过来的姑娘用她那两颗湛蓝色的眼睛深情地望着美王子。美王子抱着爱里亚娜在夜空中奔跑，他们跑啊跑，终于回到了国王的花园，美王子轻轻地将爱里亚娜放在一只小船里。随后美王子又在船上铺满干草和鲜花，躺在船上的爱里亚娜就像睡在摇篮中一样，他们轻轻摇荡着划过湖面。

　　早晨的阳光洒落在他们的身上。姑娘的衣服被雨淋湿了，衣服紧紧地包裹着她那柔软迷人的身体。她那苍白的脸上水珠如珍珠般地滚落下来，她双手交叉放在胸前，金色的头发披散在干草上……美王子将一些花放在她的额前，拿出长笛在她身边轻轻地吹奏"都依那"。在这优美的笛声下，她好像看到了明朗的天空、平静的海洋、翁郁的草丛，不一会儿，她便伴随着笛声进入了梦乡。美王子悄然无声地倾听她均匀的呼吸，感受从她鼻尖呼出的潮湿热气。美王子实在忍不住俯下身来轻轻地吻着她的脸颊。爱里亚娜睁开了眼睛，伸了一个懒腰，微微一笑的她说："是你吗？"

　　"嗯，不，哦，是、是我在这里……"美王子有些语无伦次了，他不知道该说什么好。姑娘伸出双臂紧紧抱住坐在她身旁的美王子。

　　他抚摸着她的头发说："现在天已经亮了！该醒醒了。"姑娘站起来，理了理额前的乱发，与王子并肩走在鲜花丛中，最后向国王的大理石宫殿走去。

　　美王子向国王介绍了自己娇媚的妻子。国王高兴极了，紧紧地拉着美王子的手来到一扇大窗前，窗子连接着另一个大湖。国王突然默不作声，他忧伤地注视着波光粼粼的湖水，泪水充满了眼眶。一只美丽的天鹅在湖面上独自戏水。

　　"陛下，你哭了？"美王子问，"你为何伤心难过呢？"

　　"美王子，你的恩情即使用我最珍贵的东西也无法报答。可是，我仍然需要你的帮助。"

　　"陛下，什么事？"

　　"那只被湖水所爱恋的天鹅你注意到了吗？我和你一样年轻，应该像你一样热爱生命，可我却生不如死。我深爱着一位美丽的姑娘，她有一双像海洋一样深邃的眼睛，可她是正月人的女儿。正月人这个残暴而高傲的恶人常常在深山老林中打猎。唉，他对自己女儿的严厉已到了冷酷的地步，可怜他那美貌如花的女儿呀！我绞尽脑汁想要得到她，可是都失败了。如今，我唯一的希望只能寄托在你的身上。"

抢夺正月人的女儿

　　对于任何一个勇敢的骑士来说，友谊比生命更加珍贵，它是神圣不可侵犯的，美王子当然也是这样的人。他听到国王说了这些，即使一刻也不愿离开自己的新娘，可最终还是答应了国王。

"开明的国王，认识你是我一生中最大的幸运，你放心吧，我一定会把正月人的女儿给你带回来的。"

美王子挑选了快马，准备出发。而在此时，和他吻别的新娘爱里亚娜附在他耳边悄声说："美王子，一定要回来，离开你，我会一直伤心哭泣的。"

美王子纵然百般不舍，可还是断然挣脱她的拥抱，跨上马，奔向未知的世界。

清晨，阳光洒落在大地上，绿色的海水在山峦尽头翻滚着。浪花拍打着海岸，发出阵阵美妙的旋律一直飘向远方。在山水交接处，从水中冒出了一块巨大的花岗岩。一座美丽的城堡坐落在这块巨大的花岗岩上，半圆形的围墙上点缀着一扇扇明晃晃的窗子。有位少女在一扇敞开的窗前露出头来，一盆盆美丽的鲜花在她的衬托下愈加娇艳。她那乌黑发亮的头发散落在双肩之上，还有一双宛如夏夜新月般的眼睛。这个漂亮的美人正是正月人的女儿。

"美王子，欢迎你的到来！"她边叫边跳出窗外，打开了城堡的大门。这个少女常年独自住在这座如同牢房的城堡里。"在昨晚的睡梦中，一颗星星和我讲话。它告诉我，我所爱的国王请你来带我回去。"

在城堡的中央，有一片废墟坐落于此，有一只七个头的公猫守卫在废墟中。公猫一个头的吼叫声就能传到需要快马奔跑一天才能赶到的地方；而当七个头齐吼时，需要快马奔跑走七天才能赶到。

而此时，正月人在极其遥远的森林里打猎，且迷了路。

美王子将正月人的女儿抱上马背，迅速跃身上马，在荒芜的海岸上飞奔而去。

高大强壮的正月人有一匹长着两颗心的妖马。妖马用它青铜般的声音回应了城堡中公猫的吼声。

"叫什么叫？"正月人问，"你活腻了？"

"唉，我是为你伤心。你漂亮的女儿被美王子拐走了！"

"那还愣着干什么，赶紧追啊！"

"不用着急，他们跑不掉的。"

骑上妖马的正月人风驰电掣般地向前追去，不一会儿就追上了美王子二人。

"美王子，"正月人说，"我垂怜你是一位英俊的小伙子，这次就不与你计较了，要是再有下次的话，我不会饶恕你的！"

说罢，正月人就带着女儿消失在薄雾中。

勇敢的美王子再次回到城堡，看到少女的眼睛都哭红了，她孤零零地待在城堡里，虽然面色苍白，但看起来更加漂亮了。正月人将女儿带回来后又外出打猎了，他现在需要骑马跑两天才能回到城堡，美王子牵走了正月人马厩中的几匹马。

这一次，他们趁着夜色骑着马离开城堡，他们在月光中穿梭飞奔过海，在寂静荒凉的黑夜中飞奔着。城堡中的公猫嘶吼了起来。忽然，他们感到自己无法再前行了——就像在睡梦中人们想跑却不能跑一样——因为一团尘烟围住了他们。正月人一脸怒气地出现在他们面前，凶恶的目光让人心惊胆战。美王子被一声不吭的正月人抓住并抛向乌云密布的天空中，随后，他带着女儿离开了。

美王子被空中的闪电击中，燃烧得只剩下一堆灰的美王子飘落在炎热而干燥的沙漠上。忽然间，一股清澈的泉水从灰中喷涌而出，钻石般的沙石上瞬间积水成河。泉水流过的地方立刻变得绿树成荫，凉爽中透着清香。汩汩流动的泉水中夹杂着"都依那"的曲调，好像是在呼唤美王子的妻子爱里亚娜。可是，在这人迹罕至的地方，又有谁能听懂泉水谱写的乐章呢？

过了很久很久，沙漠中来了两个旅行者。他们是主耶稣和圣彼得，主耶稣穿着闪光的衣服，脸上挂着灿烂的笑容；圣彼得性情谦和，如同主耶稣的影子一样时刻伴随在他左右。他们一直在沙漠中旅行，干渴难忍，他们穿过清澈的溪水来到阴凉的泉水边。主耶稣用泉水冲洗了他那圣洁的脸和创造奇迹的手。忽然，从泉水中传来一阵哭泣声，随后"都依那"的笛声也传入了圣彼得的耳中，他请求说："主啊，救救他吧！"

"阿门！"主耶稣高举自己神圣的手向大海走去。

顷刻间，泉水和树消失不见了。长眠中的美王子苏醒了过来，他环视四周，大海掀起的波浪好像在向他致意。主耶稣踩在波浪上，就像走在坚实的土地上一样。圣彼得站在一旁注视着美王子并向他点头示意。美王子吃惊地盯着他们，直到他们消逝在远处。

他想到了自己的诺言还没有实现。于是，他思考了一下，找准方向向城堡走去。

在太阳即将落山的时候，美王子赶到了正月人的城堡，正月人的女儿独自一人在城堡里哭泣。姑娘看到美王子，顿时容光焕发。美王子把自己是如何得救，如何起死回生的际遇告诉了姑娘。姑娘说："我父亲有一匹长有两颗心的马，你只有找到这样的马才能把我带走。否则，悲剧将会重演。一会儿，我把你变成一株鲜花，以免你遭受父亲的毒害。等到晚上，你在一旁听着，我会向他打听这匹马是如何得来的，然后，你也去找到一匹这样的马。"

正月人的女儿把坐在椅子上的美王子用咒语变成一株深红色鲜花。姑娘将他插在花瓶中放在了窗台上。随后，她唱起了歌曲，歌声在整个城堡中回响起来。

没多久，正月人回到家中。

女儿欢快的歌声让他兴奋不已，他问道："亲爱的女儿，你因何事如此高兴啊？"

"因为我再也不会被美王子带走了。"她笑着回答。

正月人听到这些，高兴极了。

晚上吃饭的时候，姑娘问道："父亲，听说你有一匹有两颗心的马，是从哪儿得来的？"

"你怎么会问起这件事啊？"他紧锁眉头问。

"父亲，我知道，这问题原本我不该问，不过，我再也不会被美王子带走了，我感觉很开心，就想找个由头高兴一下。"

"好的，亲爱的女儿，我是不会拒绝你的要求的。"正月人说，"在靠近海的一个很远的地方，住着一个女巫。她常常雇人以一年为期驯养她的七匹马。她的一年虽然只相当于我们的三天。但如果雇用的人不能使她满意，她就会把雇用的人的头颅摘下插在木桩上；如果她满意，她会让雇用的人挑选一匹小马作为给他的报酬。不过，即使她对雇用的人很满意，她还是会欺骗他的，女巫会挖出所有马的心放进一只马的胸腔，他得到的往往会是一匹没有心的马。我的孩子，你对这些满意吗？"

"非常满意。"姑娘笑着回答。

而此时，正月人拿出一块又轻又香的红手帕在姑娘的脸上轻轻一挥，姑娘便呆呆地站在了原地，她好像是刚从梦中醒来一样，无论她如何回忆，都无法回忆起父亲与她的谈话……不过，他们二人的谈话，都被变成鲜花的美王子一字不落地听到了。

第二天清晨，正月人像往常一样打猎去了。

姑娘来到窗台前轻声念咒语，美王子立即恢复了原样。

"怎么样？你问到了什么？"他问。

"什么也没有，"她伤心地说，"我什么也记不起来了。"

"没关系，我全部都听到了。"他说，"亲爱的，再见，等我回来。"

美王子跨上马消失了。正午时分，正在赶路的美王子发现在森林不远处，在一片滚烫的沙子里，有东西在蠕动。

"美王子，"一条小蠓虫声音嘶哑地喊道，"我是蠓虫王。求你把我带到森林里，以后你或许有用得着我的地方。"

心地善良的美王子把蠓虫王带进森林，随后他走出了森林。

当他要穿过海岸边的另一片沙漠时，他看到滚烫的沙漠上有一只被太阳晒得精疲力尽的龙虾，这只龙虾已经奄奄一息了，它用微弱的声音喊道："美王子，我是龙虾王。求你把我带到大海里，总有一天你会用到我的。"

美王子将龙虾王扔进大海后，继续向前走去。

在夕阳西下的时候，美王子看到了一座被马粪覆盖的土房。土房周围有七根又高又尖的桩子。其中一根桩子顶上什么也没有，而其余的六根桩子顶上各装着一个头。那根顶上空空的桩子在风中一边摇晃，一边叫道："头！头！头！头！"

在土房里，有一个满脸皱纹的白发女巫躺在走廊里的一块破旧的羊皮上，一个年轻美貌的女奴用自己的双膝给女巫当枕头，女奴小心地在她的头上翻找着，似乎在替她捉虱子。

美王子来到跟前说道："很高兴遇到你。"

"美王子，欢迎你的到来，"女巫爬起来说，"不过，你来这里是想干些什么？难道是来替我放牧小马的吗？"

"的确如此，我就是为此事而来。"

"好吧，你马上可以去。不过只有在晚上我的小马才会吃草……"

她又扭过头对女奴说："喂，孩子，你去把我为他准备好的食物拿来给他，让他去吧。"

美王子带上食物来到了土房附近的地窖，刚走进地窖，就看到有七匹像黑夜那么黑的小黑马。它们一边用蹄子刨着地，一边嘶叫着。

美王子已经饿了整整一天，他吃光了女巫为他准备的所有食物，随后他跨上一匹小马，把七匹小马带到了又黑又凉的夜幕中。不一会儿，美王子感到昏昏欲睡，渐渐地意识也模糊不清了，他努力地挣扎着，可是，最终还是沉沉地睡去了。

美王子睡了整整一夜，天放亮时他才悠悠醒来。

他急忙起身寻找小马，嗨！小马一匹也没有了。惊慌失措的他看到远处有一大群蠓虫驱赶着七匹小马从森林深处走了过来。

美王子顺利地将七匹小马带了回来。这个时候，他看到女巫怒气冲天地推倒了小屋，并殴打了无辜的女奴。

"你这是怎么啦？老太太。"美王子明知故问。

"嗨，没啥事，"她说，"我刚刚被苍蝇叮了。我们在一起是很愉快的，你把我的小马放得很好呀！"

女巫走进马厩，一边打着小马，一边吼道："愿你们被圣母打死，下次，你们最好躲得远远的，让他找不到你们！"

第二天晚上，美王子吃了女巫给他准备的食物后又去放马了，没多久他又睡着了，一直睡到天亮才醒来的他看到七匹马从海底升起，一只大龙虾在后面追着咬它们。他认出了这大龙虾正是自己前些天救下的龙虾王。

当美王子赶着马回到女巫家时，前一天的情景再一次上演了。

在第三天夜幕降临的时候，女巫的女奴悄悄地来到美王子面前，在他耳边低声说："美王子，一会儿我亲自为你做一些吃的。女巫给你的食物里面含有催眠药，你千万不要再碰她给你的食物。"

不一会儿，女奴就给美王子拿来了食物。天黑以后，他再次出去放马，这次他毫无睡意，他一直精神十足地看着小马。午夜时分，美王子把马牵进马厩，锁好门来到屋内。屋内的壁炉发出微弱的火光，女巫僵硬得像根拨火棍一样躺在一条长凳上。美王子推了推女巫，发现她竟像树桩一样毫无生气，美王子还以为她已经死了。

美王子叫醒女奴说道："看！女巫死了。"

女奴打了一个手势回答说："她并没有死！每当午夜的时候，她的身体就会陷入沉睡，看上去就像死了一样，而她的灵魂却在路边守着，一直守到天亮，她要劫掠不幸人的灵魂和吮吸濒临死亡的人身体里的血。不过，美王子，明天她雇用你的期限已到，你回去的时候顺便把我也带上，或许我对你有点用处。女巫为你安排了很多险境，我一定会助你脱险的。"

女奴从一只旧柜子里拿出一把刷子、一块方头巾和一块磨刀石。

第二天早上，女巫给雇用期已满的美王子准备了一匹马准备把他打发走。趁吃早饭的时候，女巫来到马厩，取出七匹马的心，将它们全部放进一匹才三岁的瘦骨嶙峋的小马体内。然后，女巫就催促美王子去挑选他的报酬了。黑油油的没有心脏的马排成一排站在一旁，而那匹有七颗心脏的马却没精打采地躺在一堆粪土上。

"我就要这匹马。"美王子指着那匹瘦弱的马说。

"哦，上帝啊！你不能要这匹马！要是我把这匹马给你的话，你这一年就白干了。"狡猾的女巫说，"嗨，这些马才是你应得的报酬，它们随你挑选。"

"不用了，我只要它。"美王子斩钉截铁地说。

女巫气得咬牙切齿，急忙闭紧她那开咧的石臼般的大嘴。因为她那邪恶的心已经激起了毒汁，她的嘴巴一张开，就会从嘴中涌出毒汁。

"好，随便你！"无计可施的女巫只得同意了。

美王子扛起狼牙棒飞身上马，策马飞奔而去。

美王子找到了在树林里等着他的女奴，拉她上马疾驰而去。

黑夜来临了。女奴说："我的背上好像着火了一样！"

美王子扭头看去，只见在一棵高大的绿色灌木树上有两只像烧红的烙铁一样的眼睛在盯着他，女奴的背为美王子挡住了这些火红的光芒。

"快，把刷子丢在我后面！"她说。

美王子立刻扔出了刷子。顷刻间，在他们的后面出现了一片茂密的森林，整个森林里响起了树叶的沙沙声和饿狼的吼叫声。

"快跑！"美王子喊道，马儿在黑夜中风驰电掣般地奔跑赶路，就像身后有一个恶魔在追赶一样。惨淡的月亮透过灰色的云朵照射下来，美王子一刻不停地催促着马儿向前飞驰。

"哎呀，我的背好像又着火了！"女奴说。

美王子扭头看到一只大老鹰在凝视着他们，刺眼的光从它的两只红色眼睛中激射而出。

"快，把磨刀石丢到我后面！"女奴说。

美王子扔出了磨刀石。瞬间，从地里升起了一块陡峭又硕大无比的灰岩石，它一直上升到云朵里面。

马儿驮着美王子和女奴飞速向前奔去。忽然，美王子觉得自己好像突然从天堂掉进地狱里。

"我整个身体好像都在燃烧！"女奴说。

此时的女巫已经穿过岩石，变成了一根细小的烟柱，女巫向他们快速追来，一块烧红的煤挂在烟柱的前边。

"赶快把方巾扔出去！"女奴说。

美王子扔出了方巾。忽然间，一个清澈而宽阔的湖泊出现在他们的后面，银月和繁星点缀在如镜的湖面上。

空中传来一阵尖叫声。美王子抬头看到午夜老恶魔在空中缓慢地飞过，而女巫在水中疯狂地游动，美王子趁着女巫游到湖中心的时候，猛地将狼牙棒向空中掷去，被击中的午夜恶魔像铅块一样重重地摔下，空中回荡起一声声的悲鸣。

月亮躲在云后，女巫开始急速下沉，就像是被什么东西抓住一样快速沉入了深不可测的魔湖。忽然，一根又长又黑的草从湖心长了出来，这就是女巫邪恶的灵魂。

"我们终于安全了！"女奴说。

"我们可算安全了！"有七个心的马说，"主人，午夜恶魔在你打击它时提前两小时就摔了下来。我脚下的沙子在蠕动，以往，有许许多多的骷髅埋葬在这片沙漠里，如今，这些骷髅不仅要升入天堂，而且还要在天堂举行欢宴。他们的灵魂呼出的冰冷毒气会杀死你们。你们躺下就安全了。我要变得和过去一样强壮漂亮，就必须回到母亲那里吸吮几口乳汁，它给我力量之后我才会恢复如初，你在这里等着我吧。"

美王子听从它的劝告和建议，翻身下马，在烫手的沙子上铺上了自己的斗篷。

奇怪的是，没一会儿，女奴的皮肤慢慢地变成了死灰色，脸上的骨头和关节都露了出来，双眼已深深地陷入眼窝，冰冷的手像灌了铅一样。

"这是怎么回事？"美王子忧虑地问。

女奴用微弱的声音说："不用担心，我很好。"说罢，她直接躺在沙子上，伸直了身子剧烈地颤抖起来。

美王子躺在铺开的斗篷上很快就睡着了。

在梦中，美王子仿佛看到了他身边的女奴缓缓地站起身来，她的肉体慢慢地消失在空中，只剩下骨架的她似乎穿上了银色的尸衣，一步步地向月宫走去……

当美王子醒来的时候，太阳已经升到了半空，他急忙看向身旁的女奴，可是却什么也没有。强壮又漂亮的马在荒芜的沙漠中嘶鸣，第一次见到金色的阳光的它在沙地上纵情地奔跑！

美王子来到马的身旁，翻身上马，穿过天空径直向正月人的城堡奔去。

而此时的正月人又打猎去了，他所在的地方要骑马奔走七天才能到达。

美王子和正月人的女儿骑上马向远处飞奔而去，奔跑中的他们隐约听到七个头的公猫在吼叫，回声越来越弱。

在森林深处的正月人听到马的嘶叫声，问道："你怎么了？"

"美王子把你的女儿拐跑了！"马回答。

"我们可以追上他们吗？"正月人吃惊地问，他本以为美王子已经死了。

"追不上的，"马回答道，"我有两个心脏，可他骑的马是我哥哥，它有七个心脏。"

正月人不由分说翻身上马，如飓风般地向前奔去。忽然，追来的正月人看到了沙漠中的美王子，正月人向马命令道："快，对你的哥哥说，让它把美王子抛到云里去，然后，来到我这里，我会喂给它胡桃和甜奶。"

马嘶叫一声，将正月人的话传给了自己的哥哥，而它哥哥又将这些话告诉了美王子。

美王子说道："让你的弟弟把正月人扔到云里去，我会给它喂燃烧的煤和火。"

美王子的马嘶吼一声将消息告诉了弟弟，得到消息的弟弟把正月人抛到了云里。接着，落到地上的云瞬间变成一座美丽的灰石宫殿。从云朵的缝隙中露出了正月人那两只凶恶的眼睛，如同两道刺眼的光芒，瞬间就消失了。

随后，美王子和正月人的女儿一人骑了一匹马飞奔而去，奔跑了几天的他们终于来到了国王的城堡。

美王子长久未归，人们都以为他已经死了；而如今，美王子平安归来，人们得知这个消息后欢腾起来，整个城堡热闹非凡，家家户户都为这振奋人心的消息欢欣鼓舞。

而美王子的妻子爱里亚娜现在怎么样呢？

爱里亚娜在美王子离开家后便来到一个四周是围墙的花园里，她头枕燧火石，躺在了一块冰冷的石头上，不分昼夜地悲伤哭泣，纯洁的泪水日夜不停地流过她那迷人的脸颊。

这个花园无人打理，虽然这里白天酷热，晚上干旱，可是在那荒芜的砾石中竟然长出了一朵黄叶花——这是一朵悲伤之花。它那惨淡的花色如同行将就木之人的暗淡目光一般。

爱里亚娜流干了眼泪，哭瞎了双眼，她几乎什么也看不见，只能在盛满眼泪的水槽中看到自己那模糊的身影。她那金色的秀发散开着，就像在她的肩上披上了一件金色斗篷；她满脸的忧伤就像刻上去一样清晰可见。而现在，看到她的人们都以为：在一个盖满砾石的坟墓上躺着一位仙女，可如今的她却变成了一块石头。

爱里亚娜听到人们庆祝美王子归来的欢呼声，呆滞的脸上立刻容光焕发起来。

她捧了一些泪水洒在花园里，花园里的黄叶瞬间变成绿色，宛如绿宝石一般，盛开的忧伤之花也洁白得就像珍珠一样。

虚弱的爱里亚娜缓慢地走着，她在花坛上捡起许多铃兰花。此时，美王子飞奔而来。爱里亚娜投入到美王子的怀抱中，兴奋得说不出话来。她仰起她那张苍白的脸，双手颤抖地摸索着美王子的面颊、肩头和胸前。然后，爱里亚娜带着美王子来到盛满泪水的金槽边。

满月如金色圆盘一般高高地挂在碧空深处。

美王子用泪水洗了脸，穿上了爱里亚娜在月光下为他编织的斗篷，他疲倦难忍地睡在花坛之上。躺在他身旁的爱里亚娜也睡着了，她在睡梦中看到圣母玛利亚把天空中的两颗蓝灰色辰星取下，放在她额头上。

第二天清晨，醒来的爱里亚娜重见光明了。

第三天，正月人的女儿和国王结成了夫妻。

第四天，美王子和爱里亚娜举行了盛大的婚礼。

一束光芒从空中射下，提琴手们从光芒中得知了一个圣人成圣时天使演奏歌曲的旋律。在同一时刻，从地球深处流出的无数小溪流给提琴手们带来了"命运三女神"这首决定人们好运时唱的歌。银白色的百合花、鲜艳的玫瑰花、紫罗兰、铃兰花和所有鲜花的花神们齐聚一堂，众神七嘴八舌地议论着新娘该穿什么服装来完成婚礼。最终，她们决定让一只有礼貌的蓝色带金点的蝴蝶来完成这个艰巨的任务。蝴蝶飞到了正在睡觉的新娘身旁，在她脸上打转，新娘在梦中决定自己该穿什么服装，她看到了梦中的自己漂亮极了！开心地笑了。

新郎穿上了一件由月光编织而成的衬衫，佩带的是由珍珠制成的腰带，披上的斗篷洁白如雪。

从此以后，他们过上了平静幸福的生活。

第四章

报恩寻仇系列神话

埃利桑德鲁和贵族老爷

在奴隶社会时，在一片树林里有一间小草屋，它地处沙俄贵族的领域地界，在小屋里住着一位穷困潦倒的守林人。有一天，沙俄贵族前来巡查，他诬蔑这个守林人在没有得到许可的情况下就擅自把木头送给别人，借此把这个守林员打死了。

后来，守林人的妻子和她那四岁的孩子埃利桑德鲁就向这个贵族苦苦哀告，说他们甚至连一根树枝都没有送给别人。但是贵族对她的话置之不理，最后把她也打死了。后来，贵族把他们那个四岁的小孩赶出树林，说："你自己出去见见世面吧，想怎么生活就怎么生活吧，等你长大了，我就让你继承你父亲的工作。"

于是，可怜的埃利桑德鲁就这样离开了家，开始了四处漂泊的生活，平时只能靠乞讨为生。直到有一天，他来到了多瑙河附近的一个茅屋前，里面住着一个渔夫。虽然这个渔夫的家境并不算富裕，但他却膝下无子，所以渔夫就收留了埃利桑德鲁。孩子在这个茅屋里慢慢长大，还学会了打鱼。等到渔夫老了，不能再捕鱼了，埃利桑德鲁的打鱼本领也已到了炉火纯青的地步，他利用自己的勤劳和本领养活着自己和老渔夫。就这样又过了几年，老渔夫去世了，只剩下埃利桑德鲁一人独自生活。可奇怪的是，自从老渔夫死后，多瑙河里的鱼好像也没有了。有一次埃利桑德鲁忙活一天，还是打不到一条鱼。他觉得自己要饿晕了，却还是一无所获。他失望地把渔网撒进多瑙河里，没有再管它，一直到第二天中午才收网。当他收网的时候，在网中只找到了一条小白鱼。埃利桑德鲁知道这种鱼非常美味，肉质细嫩，他高兴地把它带回了家，准备煲汤喝。正当他准备把小鱼开膛破肚的时候，这条鱼突然从他的手中滑落。只见这条鱼刚一落地，竟然变成了一位美丽的姑娘。她就如同一缕阳光让人觉得温暖、舒适，她穿着漂亮的乳白色的长裙，里面的内裙是用黄色、红色、蓝色的丝线制成的，上面还绣着花，上身的短衣是用羽毛制成的，金色的秀发披在肩上。

"求求你不要杀我，埃利桑德鲁，"她说，"我愿意做你的妻子。"

"现在你可是一个大活人，我怎么会杀了你呢！"埃利桑德鲁回答道。

"我是水仙女，为了你和其他人的缘故，才在上帝的命令下跳入你的网里，来做你的妻子。"姑娘说。

"那真是太感谢上帝了。"埃利桑德鲁说，"我一看到你，所有的饥饿忧愁都化为了乌有。"

"埃利桑德鲁，那让我们一起回到你出生的地方去吧。"

"亲爱的，那可不行。不说我现在离家这么久，根本不认识路，就算是认识我也不想回到那个地方，因为我的父母都被那个心肠歹毒的贵族给杀害了，我不想再回到那个令我伤心的地方了。"

"埃利桑德鲁，即便是这样，我们也必须得回去，因为这是上帝的旨意。"

埃利桑德鲁同意了，于是他们离开茅屋启程回到埃利桑德鲁出生的地方。不久他们就找到了那片树林，晚上，在树林里姑娘拾了一些蘑菇，熬了些汤，他们吃完晚饭就席地而睡了。

当埃利桑德鲁第二天早晨醒来的时候，竟发现自己住在一座富丽堂皇的宫殿里，他感到吃惊极了。他向四处看看，发现在宫殿里有很多的房间，每个房间里都摆放着佳肴珍品。他慌忙叫来自己的妻子，妻子告诉他这是上帝的恩赐，两人谢过上帝后，便开始享用美食了。

那些沙俄贵族的仆人们每天都会到这片树林来运木材。村庄和树林的距离很近，通常他们一天就能完成任务。这一天，他们发现往日破旧的茅屋消失不见了，取而代之的竟是一座金碧辉煌的宫殿，仆人们被眼前的这一景象惊呆了，以致忘记了时间，直到晚上才想起来那残暴的贵族主人，于是连忙捆好木材，匆匆忙忙地回到了村庄。

在村口，贵族主人正手持一根粗重的木棍等着他们呢，一看见他们，贵族便不分青红皂白，对他们进行毒打，没有一人幸免。最后一个赶车的人走进大门时说："主人呀，你这样打我们可真是冤枉我们了，这次真不是我们的错，因为在树林里，之前的那座破旧的茅屋今天竟变成了一座富丽堂皇的宫殿，我们都不敢相信自己的眼睛，所以都看傻了，才忘记了时间，甚至我们连饭都忘记吃了，你要是不相信就亲自去看看吧！"

"啊，竟有这样的事。"那个贵族的怒气消去了一大半，吩咐说，"要是这样，明天你们就去把那个擅自在我的林中盖房子的混蛋给我抓来，没得到我的允许竟敢如此放肆，真是胆大妄为。你们都听见了没有？去把他抓过来！"

"好的！主人。"

第二天，仆人们来到宫殿，让埃利桑德鲁去面见贵族老爷。

"现在我该怎么办呢？"埃利桑德鲁问他的妻子。

"哦！既然他要见你，你就去好啦！他又不能把你吃了。"

于是，埃利桑德鲁就去见了贵族老爷。

"早上好，老爷！"

"早上好，你来有什么事吗？"

"是您派人让我来的啊。"

"哦，这么说你就是那个擅自在我的树林里盖房子的人啰！你胆子可真够大的啊，竟如此胆大包天做出这样的事！"

"啊，当初你杀死了我的父母不是说让我自己出去闯荡，等我长大的时候就让我接替父亲的工作吗？我只是遵守了您的意思，就在昨天带着我的妻子回到了我出生的茅屋。至于那座豪华的宫殿，那可不关我的事，那是仁慈的上帝赐予我们的。"

"那好，现在就请你回去，不过你要在明早前把茅屋南边的那片树林统统砍倒，并且连树根也要刨出来，还要把空留的土地耕好，让它长出成熟的谷子；在午餐前要把碾细的玉米粉交给我，因为我要用它做午餐。你可听清楚了吗？"

"听清楚了，但是那是不可能完成的任务。"

"别废话，就按我说的做，如果做不到，你就等着掉脑袋吧！"

埃利桑德鲁哭丧着脸回到了家，他的妻子就在门口等待着他。

"那个贵族老爷让你去做什么？"

"哦，我的天！他简直就是在要我的命，就像杀害我父母一样！"

"说说看，怎么回事？"

"唉，他让我在明早前把茅屋南边的树全部砍掉，连树根都要刨出来，还要在那块地上种出成熟的稻谷，还有要在明天中午前给他送去碾细的玉米粉好给他做午餐。你说这怎么可能做得到呢？"

"亲爱的，别着急，一切都会好起来的。"

夜幕降临，他们用过晚餐，做完祷告，就睡了。第二天一大早，埃利桑德鲁在妻子的呼唤下醒来，说："亲爱的，快起来！你该把玉米粉拿去给老爷做午饭了！"

埃利桑德鲁愣愣地向外望去，果然，南边山坡上那茂密的树林不见了，取而代之的是一片无边无际的玉米地。他的妻子在一个口袋里装了一些玉米，又在另一个口袋里装了一些碾细的玉米粉。埃利桑德鲁看到此情景惊呆了，他谢过上帝，拿起那两个袋子就朝贵族的庄园走去。

"早上好，老爷！"

"埃利桑德鲁，早上好，我要的玉米粉呢？"

"老爷，你要的东西我都拿来了，请看这一袋精细的玉米粉。"

"那地里的谷子长得怎么样了？"

"如你所愿，长得好极了！"

"那真是太好了，埃利桑德鲁。现在，我命令你把你那茅屋北面的树林全部砍掉，改种成葡萄园，并且我让你在明天早上的时候给我送一些成熟的葡萄来。"

"我的老爷啊，你这个任务我想就是有一百个人帮忙来清理这片林子，都得用一年的时间，你说的这些事一天根本不可能办到啊！再说就算要种葡萄，想要成熟最少也得要三年的时间啊！"

"给我闭嘴！你这个混蛋。"老爷呵斥说，"那是你的事，我只管在明早前见到你送来的葡萄，其他的与我无关，还有如果明天送不来，你就准备被砍头吧！"

埃利桑德鲁仍垂头丧气地回家了，把贵族老爷的命令向妻子一一诉说。

"别担心，亲爱的，明天你就知道了。"妻子答道。

第二天埃利桑德鲁一觉醒来，发现房子北面的树林已经变成了硕果累累的葡萄园，看着那一串串亮晶晶的葡萄挂在枝头。埃利桑德鲁再次对上帝表示了感谢，慌忙摘了满满一篮子葡萄，向贵族老爷的庄园走去。

"啊，你这爱偷懒的家伙，还说办不到，那这是什么，只要你肯干，不是办到了吗！"埃利桑德鲁提着葡萄来到贵族面前时，贵族大声地叫着。

"我尊贵的老爷，这我可得承认，这一切可都不是我干的，这一切都是万能的上帝做的。"埃利桑德鲁答道。

"这我不管，只要是按照我说的做了就行。现在我让你到牛棚去，牵走两头母牛，我要让你在明天早上的时候，给我送来一头小牛犊；还有要给我送来一杯热牛奶，我等着冲咖啡喝。听清楚了吗？"

"知道了，我的老爷，可这也太难了呀。你知道，要让一头母牛从受孕到生下小牛起码要一年的时间啊！"

"少废话，你这混蛋，我不想听你废话，快滚吧！"贵族老爷回答说，"如果到了明早你不能把我要的东西送来，你应该知道等待你的将是什么！"

埃利桑德鲁惴惴不安地牵着牛回了家，他的妻子照例在门口等着他。

"你这是怎么了？亲爱的，这两头牛是老爷送你的礼物吗？有礼物你怎么还愁眉苦脸的呢？"

"我的爱人，他这是一心想让我死啊！"

"说说看！"

"老爷让我牵回这两头母牛，并且命令我在明天早晨的时候让它们生下小牛，他还让我在明早给他送去牛奶当作早餐。你说这该怎么办。"

"喔，亲爱的，别伤心了，我们吃饭吧！你只要在邻村里找到一头公牛，然后把母牛牵到公牛那里，其余的事就听从上帝的安排吧。"

埃利桑德鲁就这样忐忑不安地吃了饭，然后带了些东西，就赶着母牛去邻村挨家挨户找公牛，最终在一家农户里找到了，便把它们牵到了一起。这一天的奔波让他感觉累极了，一直到吃晚饭的时候他才回来，吃过饭就上床休息了。

到了第二天早上，同样是在妻子的呼唤下他才醒来，妻子对他说："亲爱的，快起来吧！你还要去把奶牛赶回来呢！再不然就来不及给贵族老爷送牛奶了。"

埃利桑德鲁起床，来到母牛待的地方，惊愕不已，因为他看到在母牛那胀得鼓鼓的乳房旁边有两头全身乌黑漂亮的小牛犊正在吸吮着乳汁。见此情景埃利桑德鲁万分惊喜，对仁慈的上帝又是一番感激，紧接着便赶着牛向庄园走去。去的时候贵族老爷正坐在门厅里，抽着烟。

"事情办得怎么样了，埃利桑德鲁？"

"老爷，已经办好啦！"

"噢！是吗？看来我要求的事还不是很难吗！我就知道你一定会办到的。只是现在我还有一件事需要你去做，只要你把这件事做好了，从此以后我就不再麻烦你了；可如果你做不到，我一样还是会砍掉你的脑袋的。"

"那老爷，还有什么事呢？"

"我希望明天你能把上帝请来，我想和他一起吃个午饭，听清楚了吗？别再给我废话了，快去吧！"

"啊？我的老爷呀，像我这样一个普普通通的人，怎么可能请到上帝呢？"

"我不想听你的废话，快给我滚！"

这次彻底让埃利桑德鲁绝望了，就在他回到家的时候，他的妻子恰在这时给他生了一个孩子，这孩子比天下任何孩子都漂亮多了。她看见绝望的埃利桑德鲁，便询问起来："埃利桑德鲁啊，你为什么如此失魂落魄呢？"

"这个贪心的贵族老爷，原本我以为他不会再为难我，不会再让我做什么事了，没想到他竟然提出如此亵渎神灵的主意来，怎能让我不难过呢？"

"那这次他的要求是什么呢？"

"这该怎么让我说出口呢！我真是说都不敢说。他竟然让我去请上帝来跟他这样一个异教徒一起吃饭。"

"喔，这还真有些难呢！可你也别太担心，上帝是仁慈的，他会眷顾每一个穷人的。先安心坐下来吃点东西吧！等会儿我给你准备点干粮，你去找上帝吧，告诉他贵族老爷的要求，我相信仁慈的上帝一定会帮助你的。"

埃利桑德鲁吃过饭，就带着妻子给自己准备的干粮出发了。他一直走呀走，走着走着，一条很宽很宽的大河横在了他的眼前。他要去到对岸就必须渡过河去，可现在河上既没有桥，也没有船，急得他在岸边团团转，束手无策。

忽然，从河里传来了一个声音："嗨，兄弟，你在这是要干吗呢？"

"我想要过河，可现在既没有桥又没有船，并且我还不会游泳。"他回答说。

"你这是要去哪儿呢？"河水问。

"我要去找上帝，我有很重要的事情，需要找到他。"

"这样啊，那让我来帮你吧，但我有一个条件，就是在你见到上帝的时候请帮我问一问为什么这条河里什么生物都没有呢？"

"好的，真的太谢谢你了。放心吧，我一定会帮你问的。"

只见一眨眼的工夫，从河水中间开辟出来一条道路，埃利桑德鲁走上去就像走在两排高高的庄稼垄上似的。

过了河后，他继续前进，来到一块草地，里面的草有腰那么深。草地上还有一群水牛，但奇怪的是这些牛个个都是皮包骨头，就连站着都是晃晃悠悠的。对这一情况埃利桑德鲁很是惊奇，但他却有任务在身，也顾不上去寻找答案便继续上路了。

埃利桑德鲁接着往前走，在路过一片荒凉的沙漠的时候，看到一群膘肥体壮的小水牛，在如此荒凉的地界却如此肥壮，对此，埃利桑德鲁甚是惊奇。

他继续向前走着，来到一片大森林，无数的水果和稻谷随处可见，在一棵树的枝头上有一群大鸟大声地喊叫着："可怜可怜我们吧，我们都快饿死了！"

埃利桑德鲁继续往前走，来到一片榛树丛。榛树枝叶茂盛，但结的果子却少之又少，但奇怪的是上面竟然有成千上万的小鸟叽叽喳喳地唱道："看我们多快乐啊，我们有吃不完的食物！"

这一路的景象让埃利桑德鲁很是困惑，就这样不知不觉来到了天堂。他忐忑不安地走进去，毕恭毕敬地鞠了一躬。

仁慈的上帝接见了他，询问他来此的目的。

"哦，我的主啊！我实在不敢说。"

"没事，说吧，我的孩子，没有什么事是能瞒得过我的。"

"那我就直说了。我想你一定知道有个蛮横无理的贵族老爷，他命令我来请你去和他一起吃午餐。"

"是这样，你回去吧，告诉他只要他能完成你做的所有事情，我就去和他共进午餐。"

"可如果是这样，他一定会杀了我的！"

"别害怕，我想问问这一路上你都看到了什么？"

"我的上帝啊，我看到了许多奇怪的事情。第一个是一座宽阔的大河，上面没有桥，也没有船，可在我告诉它我要渡河的时候，它就自动分出来一条路让我过去了。这条河让我问问你，为什么这么大的河里面却没有任何生物。"

"我的孩子，我会告诉你的，但是你必须要过了河后，才能告诉它原因。因为这条河里从来没有人淹死过，所以才没有任何的生物。这一路上你还看到了什么呢？"

"我敬爱的上帝啊，我在一片齐腰深的草地上看到了一群水牛，我不理解为什么有那么茂盛的水草它们却瘦得皮包骨头。"

"我的孩子，那些水牛就相当于世上那些非常富有的人，他们总是宴请别人，可请的都是些富贵之人，所以在客人走后，他们什么也没留下，就会感觉自己白白浪费了那么多钱，而后悔不已。你还看到了什么？"

"我还在一片贫瘠的土地上看到一群膘肥体壮的小水牛，简直肥得要流油。"

"我的孩子，那些都是些穷苦的人，这些人除了主人给的那点少得可怜的东西，其他一无所有；但他们在有红白事的时候都会宴请那些跟他们一样穷苦的人，对他们的这种行为我很是赞赏，所以在他们来到天堂后我就给了他们需要的一切。还有什么吗？"

"在离这里不远的地方我看到一片长满果子的树，但是却有一群丑陋的鸟叽叽喳喳地叫着快要饿死了。"

"我的孩子，那些都是一些自私的吝啬鬼，他们拥有着需要的一切，但是却不愿与别人分享，甚至连自己都不舍得用，所以常常抱怨生活太苦。你还看到什么了吗？"

"是的，我敬爱的上帝。我在经过一片榛树丛的时候，明明看到树上根本就没有几个果子，但在那里却有成千上万的小鸟欢快地唱着：'我们什么都不缺！'"

"我的孩子，那些就是一些跟你一样的农夫，他们总是起早贪黑地劳作，却收获甚少，常常还要忍受饥饿和寒冷的侵袭，可即便是这样，他们仍然心存感激。我为他们感到高兴！现在你没有什么疑问了吧？快回家去吧，你的妻子和孩子都在盼着你回去呢。"

埃利桑德鲁若有所悟，在对上帝表示感谢后，便离开了。他来到那条大河边的时候，大河问道："我托你问的事，不知你问了没有？"

"当然了，答应你的，我就一定会做到。"

"那上帝是怎么说的？"

"你先让我过了河，我就告诉你！"

说着河水又一次分开，埃利桑德鲁快速走到对岸说："上帝说了河里没有生物是因为这条河里从来没有淹死过人，所以才会如此。"

大河听后顿时发怒了，河水猛涨，两岸都被淹没，差点就要淹到埃利桑德鲁了。他着急地一边往后跑，一边喊："我帮你解决了疑问，你却要淹死我，为什么这样呢？太忘恩负义了吧！"

大河一听，羞愧不已，赶忙把河水退去，嘴里说道："如果我早知道的话，就不会放过你了。"

埃利桑德鲁继续往前走，一直到黄昏的时候才到达贵族老爷的家。

"喂，你请来的上帝呢？"贵族老爷问道。

"我已把你的话带给上帝了。"埃利桑德鲁回答。

"那他来了吗？"

"他是要来的，可他的条件是，要让你做到我所做的一切，不然他不会来的。"

贵族老爷听了这些话后，怒火中烧，下令将他关了起来，还上了枷锁，准备第二天一大早就绞死他。可怜的埃利桑德鲁一整夜都在向上帝祈祷。黎明到来的时候，埃利桑德鲁听到了上帝的声音："埃利桑德鲁，你是在这里吗？"

"我仁慈的上帝啊，我在这儿呢！"

"快出来吧！"

"不行啊，我的主，我的脚被锁链锁着呢！"

"你抖一抖就可以了。"

埃利桑德鲁双脚一抖，锁着他的锁链就像断了一样掉落下来，紧接着，地窖的门也打开了。埃利桑德鲁顺利地走了出来，对上帝的帮助感激不已。

"现在我们去哪里吃饭呢？是去你家还是贵族老爷家？"上帝问。

"还是先到我家吧，然后再去贵族老爷家。"

于是他们一起来到了埃利桑德鲁的家中，他的妻子和孩子为上帝的到来很是高兴。埃利桑德鲁对妻子嘱咐了一番，他们问上帝最喜欢的食物是什么？上帝回答道："把你最喜欢吃的东西给我做一份吧。"

于是，埃利桑德鲁的妻子拿出他们所有的粮食做了一顿丰盛的早餐。

饭后，上帝大声地对埃利桑德鲁夫妇宣布说："现在那个贵族老爷正在因你逃出来而大发雷霆呢。从此刻开始，你们已经摆脱了奴隶的身份，真正当家做主了。"

永远的生命和青春

很久以前，有一个伟大的国王和王后，他们都很年轻、漂亮，但唯一的遗憾是他们没有孩子。于是他们请圣人和男巫为自己占卜算卦，看他们命中是否会有一个孩子，可占卜也无法得知他们是否会有孩子。

直到有一天，有人告诉国王，在王宫附近的村子里有一位老者能够预知未来的一切，国王听后便派人去请他进宫。等御差们来到老者家中，老者却回答说不管是谁，想要让他来占卜就必须亲自登门拜访。于是国王和王后在侍从的陪伴下来到了老人的家。老者看到他们，起身迎接道："欢迎国王陛下大驾光临，不知陛下有何指教，可我要先说明了，我只能把悲伤带给你。"

国王回答说："我希望能有一个自己的孩子，所以前来求助。"

老人回答说："孩子你们会有的，可你们只能有一个孩子，他也将是世界上最勇敢、最英俊、最仁慈的王子；然而，他不会给你们带来长久的快乐和安宁。"

国王和王后太想要孩子了，顾不上老人的告诫。他们认为只要有个孩子就好，剩下的问题，自然会有办法解决。后来，老人给了国王和王后一些草药，他们带着这些草药高兴地回宫了。没过多久王后便怀孕了，得知这一消息后举国上下一片欢腾。可孩子还没出生的时候就在王后的肚子里大哭大闹，隔着肚皮就能听得很清楚，任何人都无法让他安静下来。所有的亲戚许愿说，他想要什么就会给他什么，只要他不哭就好。可不管给什么、做什么，都无济于事。

国王说："孩子，只要你别哭了，我就把整个王宫都给你，还会给你选一个最美丽的公主做你的妻子。"他还答应给他很多的东西，只要他不再哭闹就好。可孩子还是不停地哭，最后国王只好说："我的孩子，别哭了，我要给你永远的生命和青春。"

国王这话刚说完，孩子便停止了哭泣。没多久，孩子出世了。举国上下都为之欢呼雀跃，国王举行了盛大的庆典，一直持续了足足一个星期。

随着时间的流逝，王子变得愈来愈勇敢、聪明。国王为了让他得到更好的教育，把他送到了国内最有学识的人那里接受教育，全国上下对这位未来的国王都大加赞赏。可随着时间的推移，年轻的王子开始变得沉默寡言、郁郁寡欢。一天，为了庆祝王子的十五岁生日，国王宴请了所有的贵族和朝臣。这时王子起身说："尊敬的父王，在我出世前，你曾许诺，现在该是履行承诺的时候了。"

听了王子的话后，国王明白了他的意思，国王有些难过地说道："我的孩子，我是许诺过，可是永恒的生命和青春这是不可能的，当时我是为了让你平静下来才那样说的。"

"父王，我就是为了得到永远的生命和青春才出生的，如果你现在不能履行诺言，那我就要去周游世界，自己寻找了。"

在场的所有贵族都跪下来请求王子不要离开，甚至连国王都跪下求他。贵族们说："尊敬的王子，你的父王年纪已经大了，还需要由你来接替王位，我们会给你挑选一个最美丽的公主作为你的妻子。"然而这一切都没有打动王子的心，他决心出去寻找永远的生命和青春，任何人都无法让他改变。国王了解自己孩子的脾气，只好给他收拾了行装让他出门。

王子临走前来到马厩，想要挑选一匹马供自己使用。他一把抓住一匹马的尾巴，发现只要轻轻一拉便把马摔在了地上；又抓住一匹，马又被轻易摔倒，就这样没多久所有的马都被他摔倒了。王子摇了摇头，准备回去。就在他迈出马厩的门准备走的时候，又回头看了一眼马厩。这时，他才看到在马厩的角落里有一匹患鼻疽病、骨瘦如柴的马。王子重新走过来，揪住那匹马的尾巴，但那匹马却突然转过身来，对他说："请问主人，有什么吩咐？"

马挺起胸，伸直腿，傲立在王子面前。王子把自己的想法告诉了马，马说道："想要得到你想要的东西，你还必须要拥有你父王年轻时用过的剑、矛、弓、箭、箭筒和盔甲才行。另外，你还要亲自用六个星期的时间照顾我，用牛奶把大麦煮熟作为我的食物。"

王子听从了马的劝告和安排，他去向国王要了自己所需的东西。王子用了三天三夜的时间，才在一只古老的箱子里找到了父亲年轻时用过的武器和盔甲，可这些东西早已生了锈。王子亲自把这些东西一一擦洗，整整用了六个星期的时间才把这些东西擦得像金子一样发亮。在此期间，他还精心地照料着那匹病马。这可真是个苦差事，不过王子做得很好。

在王子将所有事都安排妥当的时候，他告诉马自己已经准备就绪，马听后浑身使劲一抖，身上的所有污垢都被甩掉了，这匹病马完全换了一副模样，变得膘肥体健漂亮极了。它展开那双坚实的翅膀，傲立在王子面前，王子不禁叫道："三天后我们就上路！"

马答道："亲爱的主人，我已经准备好了，只要你下令，我随时都可以出发。"

第三天一大早，王子拿着剑，穿上骑士外衣，带好所有的武器——包括一辆装满粮食和金子的货车，向父王母后及所有的大臣告别，在两百多名士兵的守护下，王子骑上他的马就出发了。

没多久他们就来到了边境，王子将所有的钱财分给了跟着他的士兵，打发他们各自回家，然后王子与他们告别，只带了一些马能驮得动的粮食。

王子骑着他的马走了三天三夜，来到一片田野上，田野里遍布白骨。

当他们在此歇息的时候，马对王子说："主人，在这里有一个啄木鸟妖婆。只要有人进入她的领地，这个可恶的妖婆就会杀了他。其实在之前这个妖婆也就是一个普通的妇女，但由于她不听从父母的话，才被父母诅咒，变成了一只啄木鸟。现在她正和一些小啄木鸟在一起，明天就要飞出树林了。她的力气非常大，并且她的身材十分魁梧。但这你都不用害怕，只要握紧你的弓，搭好你的箭，一直不离手就能保证万无一失。"

说完，他们躺下休息了。

第二天天刚蒙蒙亮的时候，他们就起身准备穿过树林。途中突然传来了"嘭！嘭！嘭！"的几声可怕的敲击声。马提醒王子说："注意！那只可恶的啄木鸟就在附近。"

很快啄木鸟从树林里飞了出来，她的巨大力气把两旁的树都带倒了。马瞬间飞到天空，停在啄木鸟的上方。王子迅速射出一箭，射中了她的腿。就在王子要射第二箭的时候，啄木鸟哀求道："尊贵的王子，请不要杀我，我不会伤害你的。"

王子不信她的话，王子让她写下保证，啄木鸟用自己的血写了保证后，王子才相信了她，王子把她腿上的箭拔了下来，装进了箭袋里。啄木鸟说："尊贵的王子，你应该感激你的马，如果不是它，我就会吃了你。你是第一个穿越了我的领土还活着的人，凡是到这来的人，几乎没有一个能够到达或者穿过你所看到的那片满是尸骨的田野。"

啄木鸟把他们请进了自己的家里，对王子进行了盛情的招待。席间，啄木鸟因腿伤痛苦地呻吟着，王子这才想起她腿上的箭伤，连忙从箭袋里取出他的箭，在啄木鸟的伤口上抚了抚，只见伤口很快便痊愈了。啄木鸟对此感激不尽，叫出自己的几个女儿，请王子在她们中选一个做他的妻子，但王子却拒绝了她的好意，并把自己的追求告诉了啄木鸟，啄木鸟听后说："你的勇敢会让你成功的，你的马也会助你一臂之力。"

三天后，他们整理好行装，继续赶路。他们日夜不停歇地走着，穿过了啄木鸟的领土，来到一块平原。这片平原上一半是枯枝落叶，草木凋零；而另一半却是嫩绿的草地，鲜花朵朵，一片盎然。这些现象让王子感到很奇怪，他询问马，马回答说："现在我们已经来到了啄木鸟的姐姐母龙的领土上。她们姐妹两人都是恶毒之人，并且彼此间还有矛盾。在父母的诅咒下，她们一个变成了啄木鸟，一个变成了母龙。她们俩都想霸占对方的领土，彼此之间一直怀有仇恨。一旦激怒了母龙，她就会喷出火和沥青。母龙要比她妹妹更可恶，她有三个头，不管走到哪，那里的一切就会被烤焦。主人，今晚我们就在此休息，明天再走吧。"

到了第二天早晨，他们上路了。走了一会儿，突然传来一阵从未听过的怒吼声和冲击声。

"尊贵的主人，狂怒的母龙马上就来了。"

母龙如闪电一般迅速向他们逼近，嘴里喷着火焰。马迅速飞到她的上方，然后再俯冲下来。王子用箭射掉了她的一个头。接着，又射掉了她的第二个头。就在他正要射出第三箭的时候，母龙哀求王子手下留情，并答应不会伤害王子。为了让王子相信自己，母龙同样用自己的血写下了承诺。王子相信了她，于是，母龙邀请他来参加宴会。这个宴会比啄木鸟的宴会更加隆重。王子将母龙被射下的头重新安上了。三天后，王子他们继续上路了。

他们穿过母龙的领土，继续向前走。走了好久，来到一片草地，这里春光一片，鲜花盛开，微风吹来，夹杂着阵阵花香，令人陶醉。他们躺在这春光无限的草地上休息，马说："尊贵的主人，现在我们已经平安过来了，但眼前还有一个更大的困难。如果能够战胜这个困难，我们就能得到你想要的东西了。离这不远处有一座宫殿，那里就是'青春常在，生命永存'的地方。宫殿周围环绕着高大茂密的森林，森林里到处都是凶猛的野兽，它们成群结队，日夜守护着森林。这些野兽是杀不尽的，并且这个森林我们也根本无法穿过。不过，我们可以从森林的上空飞过去。"

听完这些，王子决定再休息两天，为最后一战做准备。两天后，马告诉王子说："你要勒紧肚带，抓紧我的鬃毛，蹬稳马镫，夹紧我的肚子，这样我就可以带你飞过森林了。"

说完，马张开双翅带着王子，向天空飞去，没一会儿，快到森林地带了。马降落到地面说："尊贵的主人，现在野兽正在觅食，它们都集中在宫殿的旁边，现在我们必须迅速从它们头上飞过去。"

"好的，试试吧。"王子回答道。

王子看着脚下的宫殿在阳光的照耀下熠熠发光，不禁感觉眼花缭乱。他们越过森林，就在准备要降落在宫殿石阶前的时候，马蹄却碰到了一枝树梢，发出了声响，瞬间所有的野兽都被这声响惊吓，大声嚎叫起来，整个森林骚乱了起来，马很快落在了地上。这时，宫殿外一个少女正在给野兽喂食，这些野兽是她的宝贝。不过还好她在这里，否则王子和马肯定要被这群野兽吞吃了。

少女第一次见到和自己一样的人类，高兴极了，决心救他们。她对野兽发号施令，让它们安静下来，各自回去。这个姑娘长得十分漂亮，高挑的身材，迷人的脸庞焕发着青春的光彩。王子见到如此貌美的姑娘一时出了神。两人彼此凝视着对方，姑娘说道："尊贵的王子，欢迎你的到来，只是你来这里有什么事吗？"

王子回答道："我是来寻找永恒的生命和青春的。"

"你看，这里就有你所寻找的东西。"

王子下马来到宫殿，又遇到两个姑娘。她们是刚才那个姑娘的姐姐。三姐妹对王子的到来都很开心，端出了金盘银盏，盛情款待他。王子让他的马随便去它喜欢的地方吃草休息。接着，姑娘们向所有的野兽介绍了王子和他的马，以便他们能够随意在森林中游玩。

三姐妹一直独自住在这森林里，从来没有见过人类，她们恳请王子留下来和她们一起生活。王子感到这里也正合自己心意，便答应了她们的请求。

王子在这里和姑娘们相处得非常融洽，他很快也习惯了这里的一切。王子把自己所经历的一切都告诉了她们。不久，王子和她们中最小的妹妹结了婚。结婚时，姑娘们告诉王子可以到任何的地方游玩，但泪溪山谷是绝不能去的。她们告诉他，一旦他进入这个山谷，就会遭遇不幸。

时光就这样慢慢流逝，可王子并没有感到时间的匆匆，他仍和刚来的时候一样年轻。他悠闲自在地在森林里闲逛，和他的妻子及她的姐姐们一起在宫殿里，过着和睦安定的生活，这种生活让他感觉幸福无比。

有一天，王子外出打猎。他一直在追捕一只野兔，连射了两箭，都没射中。王子有些生气了，一边追赶，一边准备射出第三支箭。这次一箭射中，可王子竟不知不觉误闯入了泪溪山谷。

王子拿着自己的猎物回了家，他突然开始极度想念自己的父母，刚才发生的一切他也没有勇气告诉自己的妻子，但聪明的妻子和她的姐姐从王子那忧伤的神情上已经知晓了所发生的一切。

她们悲伤地惊叫起来："尊贵的王子，你已去过泪溪山谷啦！"

"是的，我亲爱的姑娘们，可那时我并没有感到有什么危险，但是现在我非常想念我的父母，想的心都快碎了。可和你们一起度过的这段日子里，你们给了我很大的幸福，我舍不得离开你们。现在我只想回去看望一下自己的父母，然后再回来，以后绝不再离开。"

姑娘们央求道："亲爱的，请不要走！你的父母早已去世几百年了，如果你走了，我们担心你再也不会回来了。求求你，留下来吧，否则你会有危险的。"

姑娘们和马再三恳求，都无法改变王子想念父母的心。最后不得已，马说道："尊贵的主人，既然你执意不听我们的劝说，那以后不管发生什么事都只能怪你自己了。不过，我还有个方法，只要你听我的，我会带你回来的。"

"这太好了，那是什么方法呢？你快说。"王子说。

"等我把你送到你父亲宫殿的时候，你看一下他们就行，一定不能耽误片刻时间，哪怕一小时也不行。"

"好，我会遵守的。"王子说。

王子收拾好行装，就向姑娘们告别了。姑娘们伤心地痛哭着挥泪跟王子告别。

马带着王子来到母龙的地盘时，发现原来的森林已经变成了城市。他向当地人询问母龙的住处，可人们却说，他们从来没有见过母龙，关于母龙的故事他们只从自己的祖父母那里听说过。

王子惊奇地大叫："这怎么可能？我刚刚离开这里没多久啊！"接着他把自己的经历向人们一一道来。

人们都不相信他，嘲笑他，以为他是个疯子，说他是在胡说八道。王子很生气，跳上马走了。这时，他的头发和胡子都已经花白，可他全然不知。

王子继续往前走，来到啄木鸟的领地，向当地人询问了同样的问题，得到了同样的回答。他实在想象不出，怎么会在这么短的时间内发生这么大的变化呢？王子郁闷极了，只能继续往前走。这时，他的白胡子已长到了腰部。

王子终于来到了他父亲的国土。这里已经面目全非，陌生的城镇和陌生的人们。最后，他来到了父王的宫殿，来到了他从小生长的地方，他下了马。马吻了吻他的手说："亲爱的主人，我要回去了，如果你愿意就跳到我的背上，我现在就带你走。"

"亲爱的马，你走吧，我希望你能很快就回去。"

马听完这些，犹如闪电一般飞驰而去。

王子留了下来，他来到宫殿的内部，看到宫殿里杂草丛生，颓垣断壁，满目凄凉，不觉哀叹起来。这时他记起了自己美好的童年时光，是那么光彩夺目，顿时他的眼里充满了泪水！他凭借自己的记忆在宫殿里走来走去，最后来到了地下室，走到破碎的废墟前，他发现这里有个出口。

这时，王子的白胡子已长到了膝盖，他的身体也因为衰老，变得十分虚弱。他的眼皮已经沉重得都快睁不开了，只能用手硬撑着，他到处寻找，却什么也没有找到，他只找到了一只破柜子。他打开柜子，发现里面只有一个盒子。就在他准备打开的时候，突然从盒子里传出了一个颤抖的声音："我的孩子，你终于回来了，欢迎你回来！"

王子听出这就是父亲的声音，紧接着，王子面带笑容地倒在了自己的国土上，化成了灰烬……

小胡椒彼得和鲜花弗罗里亚

以前，有一个寡妇带着两个儿子和一个女儿一起生活。虽然孩子的父亲早已去世，但是留下的遗产还是足够寡妇一家过着衣食无忧的生活。

两个哥哥寻妹死亡

孩子的父亲一生勤勤恳恳、任劳任怨，给寡妇留下了一大块土地，还有牛和犁，在丈夫死后，寡妇自己耕地播种，从不乞求别人帮助。又到了耕种的季节，田地里到处都是忙碌的身影。这一天，寡妇的两个儿子想：我们两个也不小了，也应该去开垦一块属于自己的荒地。说干就干，在一个万里无云的清晨，两个儿子带上工具就去开荒。从家里出发时没有带任何食物，他们告诉母亲不要忘记给他们送午饭。

"可是，亲爱的，"寡妇说，"你们的午饭要谁送去呢？我腿脚不便，那么远的路，我一瘸一拐的很难走到啊！而你们的妹妹弗洛里卡根本不知道荒地在哪里，要是她去，说不定她会在大森林里迷路，或者误入妖窟，那样的话可怎么办。"

"妈妈，没关系，"两个儿子说，"不用担心，我们在村口犁一条直通荒地的沟，妹妹只要沿着沟走就不会有事。"

说完，兄弟俩就出门开荒去了。中午到了，妹妹的身影还没有出现。他们无可奈何地只得停下来等牛吃足了青草才继续干活，一直干到午后他们已经饥肠辘辘了，妹妹还是没有出现，而此时的兄弟两人又饿又累。妈妈是不是没有让妹妹来给我们送饭？还是发生了别的什么事，弗洛里卡不会在森林里迷路了吧？是什么原因让他们兄弟两人在这春耕时节饿了整整一天。他们思前想后，决定还是回家看看。

刚跨进院子，兄弟俩就问母亲："妈妈，妹妹怎么不给我们送吃的啊？要不是因为太饿了，我们还可以再开一大片荒地呢。"

他们话音刚落，这位寡妇就像被雷击一样昏倒在地。女儿很早就去了啊！她一定是在茂密的森林中迷路了，而现在，谁知道她在哪里呢？恐怕只有她自己才知道自己在哪里呀！母亲从昏厥中苏醒过来，哭着对两个儿子说："我告诉过你们要带上食物才能去开荒，是不是？我还说过，你们可怜的妹妹会在森林中迷路的，是吧？可是你们就是不听话！现在，你们的妹妹不见了。唉，我可怜的孩子啊，真是太不幸了，或许她被怪物抓走了，或许被狼给吃了！"

看到母亲号啕大哭，两个儿子也是非常着急，他们挨家挨户地打听询问，可妹妹却毫无音讯。而此时，大儿子对母亲说："妈，不要再伤心了，上帝会保佑她的，我明天一早就去找她。不，不，不能等那么久，傍晚时分我就去。我发誓，不管她是生是死，我一定会找到她。要是找不到，我绝不回来。"

儿子这些斩钉截铁的话语让寡妇更加伤心，这时一股莫名其妙的不祥之感环绕在她的心间，她想到也许大儿子不该在夜晚去寻找吧。寡妇泪如雨下，希望大儿子不要出去。但是，大儿子铁了心要去寻找妹妹。最后大儿子在妈妈和弟弟的哭声中走了。也许他会和妹妹一样都再也见不到了。

此后，寡妇茶不思，饭不想，睡不着，更是无心农活，整天站在大门口向远处张望……有人路过时她便问："你见过我的儿子和女儿吗？"可是，她从来没有得到过答案。就在这时，村里人传出风声说：寡妇的女儿被龙王劫走了，大儿子去找妹妹也被怪物吃掉了。

而事实是这样的。大儿子离家后，来到森林深处，一条刚犁过的沟出现在他面前，他在沟的尽头发现一座有许多怪物盘踞的宫殿——妖窟。他毫不畏惧地登上石阶，他想：我一定要进去，要是能找到妹妹该有多好啊，要是碰到怪物，那也是我的命，我只有拼命了。

他悄悄地避开怪物溜进了宫殿，让他意外的是，自己的妹妹竟然真的在这里！而且正在做着香喷喷的饭菜，她穿得就像一个高贵的妇人。

"妹妹，你还好吧！"他说。

"噢，哥哥，你怎么来了？上帝保佑。"

"我呀？走过来的。你呢？"

"哎，亲爱的哥哥，你们真该听妈妈的话呀，带上吃的再去开荒。真的，我沿着沟去给你们送食物，可不承想竟然来到了这里。如今，我也不知道会出什么事，怪物随时会来杀死你，要是你死了，可怜的母亲一定会伤心欲绝的。你不应该来这里呀，可现在你也出不去了。"

忽然，门开了，飞进屋来一根又长又粗的狼牙棒，围着桌子转了三圈，最后挂在墙上的一个钉子上。

"妹妹，怎么回事？"年轻人问。

"怪物要来了！这是怪物的信号。狼牙棒一进来，我就必须尽快摆好桌子准备好饭菜。可是，你怎么办？藏到哪里呢？快！快藏在这木盆下面。"

木盆刚盖好，怪物就进来了。

"小美人儿，我已经闻到生人的气味了，是谁来过这里？"

"那是饭菜的味道。"妹妹撒谎说。可是，怪物怎么会相信她说的话。他逼着妹妹说出是谁躲在木盆的下面。

"噢？"怪物说，"大舅子，出来吧，你来了我应该欢迎你呀！可你为什么怕我呢？"

他拉出年轻人在桌子旁边坐下，对妹妹说："给我拿九块猪排九杯酒，给你哥哥拿两块猪排、两杯酒。"又转头对年轻人说，"大舅子，我们这里的风俗习惯你需要遵守。那就是：先吃完的一方要用骨头砸对方的头。那么，现在我们开始吃饭吧！"

哥哥的一小块排骨肉还没有吃完，妖怪就已经把面前的食物吃光了，他拿起骨头就朝年轻人头上砸去，年轻人吓得浑身发抖甚至都忘记了用手去挡。怪物便对他说：

"大舅子，来，来我这边。这边会让你更舒服些，我想看清楚我的大舅子是个什么模样。现在你告诉我，你打算怎么从这里出去，是像狗一样从门洞里爬出去，还是像猫一样从烟囱里钻出去？"

"我当然是从门口走出去。"年轻人回答。

说完，年轻人径直走出门去。而此时，怪物已经像猫一样钻过烟囱来到外面。他扑向刚到门口的年轻人，年轻人的头瞬间就掉了下来，怪物又挖出了他的心放在盘子里，随后在篱笆下埋葬了他的身体。

寒来暑往，始终没得到儿女消息的寡妇忍受不了这种煎熬，准备跳井了却一生。

而此时，小儿子看着伤心欲绝的母亲，不忍心年迈的母亲受到这种煎熬，而他也希望能找到哥哥和妹妹。一天清晨，他对妈妈说：

"妈妈，你在家等着，我去找哥哥和妹妹，纵使天涯海角，不管是生是死，我也要找到他们。你要等我回来，不要再伤心和生气。"

寡妇听后更是痛哭流涕地说："孩子，不，不要离开我！你这一去恐怕我们再也不能相见了。我老了，你就不要再折磨我这个可怜的老人了吧，我只有你一个孩子了，你就留在我身边吧。"

然而，小儿子决心已定，他也是和大哥一样头也不回地走了。哥哥的遭遇又在弟弟的身上重演了一次。

彼得出生，去救哥哥

此后，寡妇无依无靠。整天以泪洗面，不吃不喝地度过了无数个不眠之夜，艰难地活了下来。

一天清晨，寡妇像往常一样清扫屋子的周围，她在心中祈祷，希望上帝能保佑她的孩子。忽然，一颗胡椒籽出现在寡妇的眼前。一向节俭的她弯腰捡起胡椒籽放在桌上，可是胡椒籽却滚到了地上。于是，寡妇又弯下腰捡起了胡椒籽，把它放在怀里。可是让她意外的是胡椒籽再次滚到了地上。寡妇想了一个主意，她捡起了胡椒籽放进嘴里咽了下去。而从这时起，寡妇怀孕了。九个月后，一个漂亮得让人妒忌的儿子出生了。

寡妇请村里的牧师来给儿子进行洗礼，由于寡妇是吞下一粒胡椒籽而怀孕生子，牧师便给孩子取名为小胡椒彼得。渐渐地孩子长大了，可是他的成长速度却让人很震惊，小胡椒彼得一个月时就超过了普通的一岁孩子，在他两个月时就超过了普通的三岁孩子，并且能在街上自由行走、谈天侃地。他出去逛街，经常听人说："小胡椒彼得真是个了不得的小伙子，可惜他那已经不在人世的两个哥哥，见不到他了。"这些话语他几乎天天从邻居的口中听到。

一眨眼三年过去了，三岁的小胡椒彼得已经长成一个大小伙子了，他那强壮帅气的身材让全村的小伙子都十分羡慕。忽然有一天，他问母亲："妈，我的哥哥哪去了？"

寡妇担心他会像他的两个哥哥那样一去不复返，便欺骗说："哪里有啊！我的孩子，你根本没有哥哥的。"

"是吗？"他问，"可是村上的人为什么总说我有两个哥哥呢？"

母亲见瞒不住他了，便说："唉，我可怜的孩子。你不仅有两个哥哥，还有一个姐姐。怪物捉走了你的姐姐，你的两个哥哥出去寻找，可是再也没有回来。"

小胡椒彼得乞求道："妈妈，用你的奶汁和面给我做一个面包，我要带着面包出去找我的哥哥和姐姐，我一定要把他们找回来。"

可怜的母亲听完，痛哭流涕。

"我已经风烛残年了，你怎么忍心在这个时候离开我呢？我已经失去了三个孩子，怎么能够再失去你啊！亲爱的儿子，听妈妈的话，留在家里不要离开，我们娘俩会幸福地活下去。妈妈还盼着你娶妻生子呢！"

可是，天生就身强体壮的小胡椒彼得也很固执，决定的事情就不会改变。没有办法的母亲只得用乳汁和面做了一个面包。洁白的面包像百合一样，面包被小胡椒彼得放进枪袋里，他说："妈妈，不要生气了，三天之内我一定赶回来，而且一定有好消息带给你。"

就这样小胡椒彼得上路了，他来到了那个茂密的森林里，看到那条早已填平的沟，自言自语道："沿着这条沟找找吧。"小胡椒彼得顺着沟来到了怪物的宫殿。刚走进宫殿的他就看到一位美貌绝顶、打扮得像皇后一样的姑娘，正一个人孤独地在那里做饭。

"姐姐，你还好吧。"

"上帝保佑，你是怎么来的？不过你怎么叫我姐姐呢？"

"我是你弟弟，当然要叫你姐姐了。不信，你吃一口这个面包就知道了。"

话还没说完，小胡椒彼得就拿出了自己带来的面包递给姐姐。她咬了一口，惊喜地说道："这是用妈妈乳汁做成的。你真的是我弟弟！可是，我只有两个哥哥呀，这是怎么回事呢？五年前，我被怪物劫来后，两个哥哥因为来救我都被怪物杀死了。我纳闷，只有五年时间，我怎么就有你这么大的弟弟？你现在至少二十岁了吧。"

"哪有啊，姐姐，我才三岁呢。只不过我长得比普通人快些，个头大些罢了。姐姐，告诉我，怪物回家时会有什么异常吗？"

"哎呀，亲爱的弟弟，你赶紧离开这里，他一会儿就要回来了。弟弟，你还不知道，怪物有根奇大无比的狼牙棒，甚至比装一百五十加仑水的桶还要大。他隔着很远就能把这狼牙棒抛出，撞开这个大门来到屋内，然后，狼牙棒会自动地挂到墙上那颗钉上。亲爱的弟弟，怪物快要回来了，你不能再留在这里了，赶快走吧，你要是被他发现了，恐怕会和两个哥哥下场一样。"

"姐姐，没关系的，我正要会会他，看他是个什么模样。我还没见过怪物长什么样子呢！"

话音刚落，一根巨大的狼牙棒就撞开门飞进屋来。在屋里转了三圈的狼牙棒正要朝墙上飞，小胡椒彼得猛地抓住棒柄一甩，"嗖——"狼牙棒飞了回去，由于力气太大，狼牙棒飞过怪物的头顶，插进了怪物要走三天才能到达的一座石头山上。怪物看到飞过的狼牙棒转身去追，历经九天，使出了浑身解数才把狼牙棒从石头山里给挖了出来，随后他扛着狼牙棒回到家。刚踏进家门的怪物，便大声吼道："是谁把我的狼牙棒扔了出去？是我的小舅子小胡椒彼得还是鲜花弗罗里亚？"

"哎，你怎么知道我叫小胡椒彼得？"

"我当然知道了！自从你出生起，我就浑身发抖了一个星期。如今你终于来了，我们就痛痛快快地吃一顿吧。喂，美人，给我拿九块猪排、九杯酒，给你弟弟拿两块猪排、两杯酒。我们坐下来高高兴兴地吃一顿。"

"也好，不过，我们得换换。"小胡椒彼得答应后又向姐姐说，"姐姐，我要九块猪排、九杯酒，给怪物一样两个就行了。怪物，我们还是得遵守你的风俗习惯。记住，谁先吃完谁就用骨头敲对方的头。"

"哎，不不，那是过去了，"妖怪说，"我们就不要去管那个破风俗了。"

"哎，那怎么行，"小胡椒彼得说，"这么好的风俗我可不想违背，谁要违背谁就是废物。风俗习惯我们还是照办吧，开始吃吧！"

小胡椒彼得拿起猪排便吃，瞬间就吃光了上面的肉，呼地一下就把骨头砸在了妖怪的头上。尽管怪物很恼火，可他却毫无办法，谁让自己吃得慢呢。九块猪排没多久就被小胡椒彼得全部吃完了，而怪物的头被骨头狠狠地砸了九次。当小胡椒彼得吃光九块肉喝光九杯酒时，怪物才把一块肉吃光。当他把骨头砸向小胡椒彼得时，小胡椒彼得以迅雷不及掩耳之势在怪物肥胖的脸上狠狠地打了一记耳光。妖怪的头骨险些被砸碎。接着，妖怪就和小胡椒彼得厮打了起来。妖怪由于不休不眠地挖狼牙棒并匆忙地赶回家，再加上没吃饱饭，而小胡椒彼得又不给他丝毫休息的机会，不一会儿，精疲力尽的妖怪哭丧着脸，乞求道："我愿意复活你的两个哥哥，你就饶了我吧。"

小胡椒彼得命令道："那好吧，你赶紧复活他们。"

忘恩负义的哥哥

妖怪在篱笆下挖出了兄弟俩的身体，并把他们的心脏装了回去，又把一些生水洒在他们的身上。兄弟两人苏醒了过来，他们看起来比以往更加英俊帅气。

"哎呀，这一觉睡得可真香呀！"一个说。

"啊，是的，是的。你们睡得可好？"装出笑脸的妖怪说，"要是没有你们的小兄弟，你们还会一直睡下去的！"

"好了，别再废话了。"小胡椒彼得说，"今天不打个你死我活，我是不会罢休的。"

他们拿起剑开始打斗，激烈的战斗让两人是伤痕累累。终于，小胡椒彼得抓住怪物的一个破绽，瞬间砍下了他的脑袋，觉得不解恨的小胡椒彼得又把怪物剁碎堆成三堆。

随后，小胡椒彼得说道："我们先填饱肚子再回家，这么多天我们都没回家。妈妈一定认为我们都死了，她该多伤心呀！"

小伙子们坐下来吃着弗洛里卡端来的美味佳肴，喝着琼浆玉液，待他们吃饱喝足之后，他们装满了几牛车的财宝回家去了。

他们走啊走，他们路过一口井的时候，牛似乎想喝水。

小胡椒彼得对他的两个哥哥说："歇会儿吧，顺便给牛喂点水，我也十分疲倦，在树荫下休息一会儿再走。"他边说边向附近的一棵大橡树走去，小胡椒彼得靠在树上一小会儿就睡着了，他睡得很沉，就是打雷也不会吵醒他。给牛喂了水的两个哥哥套上牛轭，打算继续赶路。可是，弗洛里卡想尽了办法也没有叫醒小胡椒彼得。

大哥说："亲爱的妹妹，我们把这个陌生人带回家你觉得好吗？他自称是我们的弟弟，可是，这怎么可能呀？我们家只有我们兄妹三人呀，你先失踪，为了找你，我和你二哥也先后失踪了。而那个时候，妈妈根本没有别的孩子呀！就算是我们失踪后妈妈生了他，他也应该是一个小娃娃才对。可你看看现在，他不仅和我们一样高大，而且力气更是大得吓人，说不定他是什么妖魔鬼怪呢。那么厉害的怪物他就像宰一只鸡一样？我看我们还是先走为好，不要和他在一起。"

"对，"二哥说，"就让他在这里睡吧，我们先回家去。"

"好吧，"大哥说，"可是他醒了看到这么深的牛车印肯定会追上我们的，到那个时候，或许他也会把我们剁碎的，或者把妹妹抓走。到那时我们到哪里去找妹妹呢？妈妈肯定还是很伤心的。不过，我倒是有个办法。如果你们同意的话，我们就用车上的链条把他结结实实地捆在树上，这样，他从怪物宫殿中救出妹妹并救活了我们的事也就不会有人知道了。"

"对，"二哥说，"就这样，如今我们都平安归来，又得到了这么多的财宝，留着他也没什么用处了。"

意见一致的兄弟俩用链条把小胡椒彼得捆在橡树上。尽管他们把小胡椒彼得捆的骨头都咔嚓咔嚓作响，可是疲惫不堪的小胡椒彼得还是没醒来。

弗洛里卡想尽一切办法还是叫不醒他，而她又不敢违抗两个哥哥的命令，只得含着眼泪看着自己的小弟弟被他们捆绑结实。她自言自语地说道："上帝啊，谁来救救他呀！"

两个哥哥把小胡椒彼得捆绑在树上后，他们在自己的胸前画了个十字，说道："保佑我们吧，主啊。"接着，他们挥动牛鞭离开了。

没多久，他们就回到了家中，母亲瞬间就认出了他们，高兴得泪流满面。她问："你们的弟弟——小胡椒彼得没有找到你们吗？怎么没有和你们一块回来？"

"妈妈，没有啊，"兄弟俩说，"什么小胡椒彼得，我们不知道啊。是这样：妹妹确实被怪物劫走了，为了救妹妹，我们俩想尽办法杀死了怪物，才救出了妹妹，根本没见过小胡椒彼得啊。你看，我们不仅平平安安地回来了，而且还带回了这么多财宝！你就忘了那小胡椒彼得吧。"

死而复生的兄弟俩非常高兴！他们请来提琴手，准备了好酒好菜，宴请了全村的人。兄弟俩英勇杀死妖怪并带回无数的财宝的事迹让村里的人惊叹不已。

再说小胡椒彼得，当他醒来时已是繁星点点了，他发现自己竟然被捆绑在橡树上。

"哼！真是我的好哥哥呀，"他恼怒地说，"我救了你们，你们反而这样对待我！既然你们不仁，就别怪我不义！"

深吸一口气的小胡椒彼得用力一挣，铁链就断裂了。

"再休息一会儿吧，"他说，"晚点再回家也来得及，就让他们多高兴一会儿。"可越是这样他就越是睡不着。"咳，"他自言自语道，"妖怪进屋后问的第一句话是：是我还是鲜花弗罗里亚把狼牙棒扔了回去。那么鲜花弗罗里亚一定是个强壮而勇敢的人，我真想和他结识。哎，没事，过不了多久我们就会认识的。也该回去看看妈妈了，也不知道她现在怎样了。至于鲜花弗罗里亚我以后会找到他并和他结拜为兄弟。"

临走前，小胡椒彼得想到苦命的妈妈一定没柴烧了，而两个黑心的哥哥肯定不会管她的，他就想把这棵橡树带回去给妈妈当柴烧。

说干就干，小胡椒彼得很轻松地就把橡树连根拔起，扛着它回家去了。

宴会还没有结束，院子里房子里到处都是跳舞和喝酒的人们。而此时，扛着橡树的小胡椒彼得回来了。全村的人都认识才离家几天的他。可是，两个哥哥看到他回来后惊慌失措，不知该说些什么，也不知该躲在哪里。

"愿大家都玩得愉快。"扛着橡树的小胡椒彼得向大家问安。

"小胡椒彼得，你好呀，愿你过得快乐。"村民们回答。

"哎，哎！"他看见他的两个哥哥拔腿往门外跑去，小胡椒彼得朝他们喊道，"你们两个往哪去呀？我们的账还没有算，你们就要跑吗？我强迫怪物救活了你们，为了不让我们村再受到妖怪的骚扰，我把怪物杀死了，而且还带给你们如此多的财宝，送你们回家。可不承想，在半路上我休息的时候，你们竟然用铁链条把我捆绑在这棵橡树上。我和妖怪拼得你死我活，得到的就是你们这样的报答吗？"

两个哥哥见状只得跪地求饶，说他们只是想开个玩笑，因为他们知道像小胡椒彼得这样天生神力的人一定会顺利脱困的。而善良的小胡椒彼得看到妈妈、姐姐和全村的人都在为他们求情，便饶恕了他们，坐下来和全村的人一起喝酒唱歌。

寻找鲜花弗罗里亚

第二天清晨，大家都心情舒畅，精神饱满地迎接新的一天。而这个时候，小胡椒彼得再一次要出门旅行。

"我的孩子，彼得，你这是要去哪里啊？"母亲问。

"我要去寻找一个非常勇敢的人——鲜花弗罗里亚，也许我能把他带回来当我的姐夫。据说他是一个很正直的小伙子，不结识他的话我会遗憾终生。"

"亲爱的，留在家里吧！不要离开我。你已经有很多财宝了，为何不在家里娶妻生子呢！我们村里年轻人可有不少，我会给你选一个姐夫的。何必再去四处寻找呢？我年老了，不要离开，就留在我身边吧，不要再让我操心了。"不管母亲怎么苦苦哀求，小胡椒彼得最后还是告别了众乡亲，独自一人踏上了寻友之路。

小胡椒彼得走呀走，走了一条又一条的路，来到一片广阔的荒野上。荒野上一无所有，一眼望去不是头上的天空，就是脚下的大地。

走了很久，小胡椒彼得穿过了一片宽阔的荒野，他看到一个头发花白的老人，他发白的头发、胡须像绵羊毛一样，老人有着又长又厚的睫毛，以致他不得不用一只手不断地拉起眼睫毛，才能看到前面的东西。

"大叔，您好啊。"

"愿你幸福，你这是去哪里呀？勇士。"

"我要去寻找一个非常勇敢的人，他叫鲜花弗罗里亚。我想和他比比看谁的力气大，您知道他在哪里吗？"

"啊！勇士呀，你这样走三年也走不到那里的。我知道你在妖怪宫殿救回了你的姐姐和两个哥哥。你最好还是先回妖怪宫殿，在宫殿的马厩里有一匹孤零零的马。自从你把它的主人杀死后，它天天哀嘶，不吃不喝，瘦得皮包骨头。你把它牵出来，它会带着你去你想去的任何地方。到那个时候你再来找我，你可明白？"

"明白了。"

回到妖怪宫殿的小胡椒彼得直奔马厩，正如老人所说的那样，他看到一匹瘦骨嶙峋的马，它的肋骨甚至在几里外的地方都可以看清楚，它气若游丝，只剩下了一口气，看起来随时都可能死去。看到有人走来，马打起精神踩着马蹄想从马厩中跑出来，可是，它失败了，拴着它的铁链瞬间就把它拽了回来。

小胡椒彼得打开铁链，牵着马走出马厩，仔细打量一番自言自语道："这样的马我能骑吗？"它在马厩里像坐牢似的被关了很久，不仅没有草料吃，甚至连水也没有喝过。就在小胡椒彼得沉思的时候，马儿活动一下身子，深吸了一口气，并抖擞抖擞自己的鬃毛。接着，小胡椒彼得就找来草料和水，让马儿吃饱喝足后骑上了它。

忽然，马说起话来："亲爱的主人，你的愿望是什么？是想要我带你腾云驾雾，快跑如飞吧！"

"你只要能让我骑，我就满足了。"小胡椒彼得看着如此瘦弱的马回答道。

马儿驮着他不停地向前跑，当他们来到一座玻璃山前面时，精疲力尽的马儿再也爬不上去了。

于是，小胡椒彼得说："你驮了我这么久，就让我背你上山吧。"说罢，他扛起马向山顶爬去，不一会儿就到了山顶，马儿被小胡椒彼得放在地上。站起来的马儿变得像山一样高。它对小胡椒彼得说："现在的我你一定喜欢吧！"

"你这个样子，我估计猎狗和狼一定会很喜欢，我看你还是变回原样吧！"

话音刚落下，马儿便恢复了原样。它对小胡椒彼得说：

"主人，你现在要我带着你怎么走呢？是快跑如飞还是腾云驾雾？"

"快跑如飞。"

马儿风驰电掣般地跑了起来，没多久就来到了白发老人那里。

"大叔，您好啊！"

"愿你幸福，我的勇士，你回来了！"

"是的大叔，我回来了。"

"可以啦，它会带你去鲜花弗罗里亚所在的地方。不过这三件东西你要收好：一把提琴、一把梳子和一块磨刀石。给，拿去吧。你要记清楚了，我的孩子，"老人说，"你往前走，会先到达思乡地。在思乡地中，你会非常想念你的妈妈、姐姐、哥哥、朋友和认识的人，你会非常渴望回家看望他们。此时，就需要你拉响这把提琴，思乡之情就会迅速消失。你再向前走会有一片森林，里面有一群饿得肚皮瘪瘪的狼在等着你，你到那里之后，这些眼里闪着绿光的家伙会一拥而上，吃掉你和你的马。你要记住，这个时候，你要迅速地把梳子扔向它们。躲过这一劫的你继续往前走，老鼠国就在前方等着你，那里有不计其数的老鼠，它们会把你拖下马吞掉。在这个时候，你要把磨刀石扔向它们，你才能安全通过。"

小胡椒彼得收下这三件礼物，向老人道谢后就上路了。刚踏入思乡地的他陡然产生了对母亲、姐姐和哥哥的强烈思念，以致他不由自主地拉住缰绳准备掉转马头，险些摔下马的他想起了老人给他的提琴，他便快速出提琴拉了起来，思乡之情如潮水般退去了。

　　顺利通过思乡地的小胡椒彼得来到狼林。天哪，铺天盖地的狼就像发生蝗灾一样汹涌而来，它们的嗥叫声震天动地，张开的血盆大口中露出一排排闪着寒光的锋利牙齿……头皮发麻的小胡椒彼得连忙把梳子扔出，瞬间，梳子变成了一头又肥又大的牛。看见牛的狼群撇下小胡椒彼得疯狂地向牛扑去，小胡椒彼得得以迅速地通过狼林。没走多远他就来到了老鼠王国，个头像熊一样大的老鼠多得像蚂蚁洞里的蚂蚁一样数不清，小胡椒彼得见状忍不住浑身发抖。他连忙将磨刀石扔了出去，刚落地的磨刀石，就变成一座高耸入云的石山挡在他和老鼠之间，他顺着石山快速地通过了老鼠国。

　　小胡椒彼得又向前走去，一片遍地开着鲜花的原野出现在他面前。百花争艳，万里芳香。小胡椒彼得忍不住想去采摘几枝，可是他强忍着没去破坏这份美丽。这时，远处有一匹正在吃草的马出现在他的眼中，他走了过去，马的旁边睡着一位英俊的小伙子，而半空中有一把大刀在盘旋飞舞。纵身下马的小胡椒彼得放开马缰让它自己去吃草。这时他想：他难道就是鲜花弗罗里亚？这么好的机会呀！我现在可以不费吹灰之力地杀死他。不过，这样偷袭是懦夫的行为。我也困了，还是先睡一会儿吧。

　　小胡椒彼得将自己的大刀扔向天空飞舞了起来。马不停蹄地走了这么久的小胡椒彼得十分疲倦，刚一躺下就睡着了。

　　小胡椒彼得猜测的不错，睡在他身边的正是鲜花弗罗里亚。当鲜花弗罗里亚醒来后吃惊地发现自己的身边睡着一位陌生人，在他附近多了一匹马和一把盘旋飞舞的大刀。他自言自语道："他会是谁？哎，管他是谁呢！他没有趁我睡觉的时候杀死我，说明他很勇敢也很正派。先让他睡个好觉吧，等他醒来一切就清楚了。他不会是怪物见了都害怕的小胡椒彼得吧。"

　　当鲜花弗罗里亚又睡了一觉醒来时，小胡椒彼得才刚刚睡醒。

　　他们四目相对，鲜花弗罗里亚开口问道："你是谁啊？兄弟。你来这里做什么呀？"

　　"我是一位路人，要去寻找鲜花弗罗里亚。"

　　"哦！那你应该就是怪物见了都害怕的小胡椒彼得吧。"

　　"正是在下。那你应该就是鲜花弗罗里亚啰？"

"是，很对。我的国土别人是无权踏足的。我很想知道你来这里干什么？"

"我想的和众人所想的一样。要是你觉得我冒犯了你的领地，来吧，出招吧，我们比试比试。"

在炎炎烈日之下，两个年轻人扭打了整整一天都没有分出胜负，最后累得虚脱的他们只得罢手。

刚恢复了一点力气，小胡椒彼得就说道："哎，兄弟，要不我们比画比画大刀？"

于是他们抢起大刀继续厮杀，最终以小胡椒彼得的小手指被划伤才停止厮杀。他们的勇敢让彼此很是倾慕，于是他们对着刀尖盟誓说：二人结为兄弟，有福同享，有难同当；不求同生，但求共死。在之后的相处中，他们一直履行着有福同享、有难同当的誓言。

一天，二人漫无目的地走着，不知不觉间来到森林深处，在一座房子里他们看到一位貌美如花的姑娘在织布，她叫金树爱莲亚娜。两个年轻人痴痴呆呆地站在那里。小胡椒彼得对这个姑娘一见钟情，他毫不迟疑地搂住了姑娘。

忽然，姑娘急声说道："不好了，我父亲马上就回来了，你们要小心，否则他会杀死你们的。"

"你父亲叫什么？"小胡椒彼得问道。

"他是隐身兽，没有人能活着穿过他的地盘！"

"噢，亲爱的，你能不能告诉我，他到家后都有哪些习惯呢？"

姑娘说："他每次回来都会先喝光炉子后面的一壶药。之后他的力气就会奇大无比，能很轻松地打败十个像你这样的人。"

"哦？"小胡椒彼得说，"要是这样的话，药水就先让我们喝吧！"

他们两个喝光了爱莲亚娜拿来的药，瞬间觉得力气暴长了很多。恰在这时，隐身兽回到了家中，他径直往炉子后面跑去。可是，让他愤怒的是药不见了。刹那间，他明白了是怎么一回事，他怪叫着扑向两个年轻人。尽管隐身兽一出手就抓住了他们两个，可他们毫不畏惧，努力地挣脱了出来，两人前后夹击，不一会儿，隐身兽就被两人打死了。

就在那个晚上，小胡椒彼得与金树爱莲亚娜结成了夫妻。第二天清晨，他们带上大量财物走了，留下爱莲亚娜独自一人看守家园。

他们跋山涉水，风餐露宿。一天，他们走进了一片陌生的森林，在森林中他们看到了一座房子。

"我们去看看是谁住在这里面。"小胡椒彼得说。

"好。"鲜花弗罗里亚说。

刚走进门的两人就看到在火炉边坐着一个老太婆。

"大婶，你好啊。"

"亲爱的，祝你们幸福。你们先过来歇歇脚，我到阁楼上去给你们做些好吃的。"

两个年轻人道谢后就坐在了一旁，老太婆出门去了。她走出房门后不久一只老鼠就钻出来，对他们说："亲爱的，快走，这是非之地不便久留。上帝保佑，你们赶快走吧。这老太婆是个妖精，她并没有去给你们准备食物，而是去用她专有的一块磨石在打磨她的牙齿，等她回来后她就会吃掉你们。你们听，这就是她磨牙的声音！"

"哦，这个妖精是谁？为什么要害我们？"

老鼠回答说："她是森林妖婆，我们称她为森林之母。她与隐身兽私交甚好。隐身兽被你们杀死之后，她常常默念咒语，希望有朝一日可以为隐身兽报仇。你们赶紧跑吧，否则她会吃掉你们的。"

"算了，我们还是走吧！用不着与她拼命。"年轻人说。

他们跨上马拼命向前跑去，就像有人在追赶他们一样。虽然他们很勇敢，但他们智勇双全，不愿意做无谓的牺牲。

把牙齿磨得异常锋利的妖婆爬下阁楼，可是两个年轻人早就跑远了。她顿时暴跳如雷，就像失去了所有财产一样。怒不可遏的她向站在一旁的老鼠吼道："你这个混蛋！是你让他们走的吧。"

"是的，的确是我让他们走的，请不要生气啊。"老鼠打趣地说，"要不你来抓我解气吧！"

老妖婆向老鼠追去。老鼠往哪儿跑，老妖婆便把哪里推倒，不一会儿愤怒的老妖婆便推倒了整座房子，可是她始终没有抓到老鼠。

追着老鼠打了很久的老妖婆终于明白了过来，老鼠在拖延时间！于是，她向两个年轻人追去，险些就追上了他们，而此时的两人已经跑到了鲜花弗罗里亚的姨妈——圣星期二的家。

"姨妈，您好啊。"

"亲爱的，愿你幸福。你怎么如此的惊慌失措呢？这个年轻人是谁？"

"哦，姨妈，"鲜花弗罗里亚说，"他就是小胡椒彼得。我们杀死了隐身兽，他的朋友森林之母要把我们吃掉，替隐身兽报仇。我们就逃到了这里，你不会看着我们被她吃掉吧。"

"亲爱的，不用害怕，你们进屋歇一会儿。"

圣星期二刚到门外，妖婆就赶到了，二人直接厮打了起来。打得不可开交的两人都没有注意到偷偷溜出来的两个年轻人，这两个年轻人向小胡椒彼得的家赶去。

小胡椒彼得已经离家七年了，可他还是被亲人们一眼就认了出来。

他的姐姐弗洛里卡一直没有结婚，她在等着弟弟当初离家时所许下的诺言。

鲜花弗罗里亚一看到美若天仙的弗洛里卡就问小胡椒彼得："兄弟，她就是你常常提到的姐姐吗？"

"是的，她就是我漂亮的姐姐。"

"真的吗？太好了，要是她愿意的话，我愿与她结为夫妻。"

一直等着弟弟归来的姐姐弗洛里卡欣然同意了这门婚事，众人也觉得他们是天生的一对。于是，他们举行了一个典型的罗马尼亚婚礼，婚礼整整热闹了两个星期，弗洛里卡告别了自己的妈妈和两个哥哥，跟着鲜花弗罗里亚离开了。小胡椒彼得也同他们一起离开了，他的妻子金树爱莲亚娜还在家里等着他呢。

皮特鲁寻找黎明仙女

有一位国王，有一双与众不同的眼睛。据说国王的左眼总是在悲伤地流着泪，而右眼总是闪耀着喜悦的光芒。可是从来没有人知道原因，当有一些大胆的人去询问国王原因时，他从来都是冷笑不语。也许在这个世界上，关于国王那两只迥然不同的眼睛，除了国王之外没有任何一个人知道原因。

追问原因

国王的三个儿子慢慢长大，已经成为国内非常优秀的青年，兄弟三人就像天空中的三颗星星一样灿烂夺目。

老大名叫弗洛里亚，他人高马大，双肩宽阔，他的身高达到了六英尺多。

老二名叫科斯坦，他矮小壮实，有着粗壮的双臂和有力的拳头。

老三名叫皮特鲁，他四肢匀称，身材修长。沉默寡言的他整天都很开心，每天都在唱歌。皮特鲁几乎没有忧伤，如果他不开心了，他常常会把自己装扮成一个聪明的国王顾问的模样，来取乐自己。

一天清晨，皮特鲁对大哥说："喂！弗洛里亚，现在的你已经长大了，你应该去问问父亲，为什么他的两只眼睛如此与众不同。"可是弗洛里亚并没有去，因为他知道，国王只要听到有人问这个问题就会大发雷霆。

后来，皮特鲁又找到他的二哥科斯坦，科斯坦同样拒绝了他。

后来皮特鲁告诉两个哥哥说："你们都不敢去，我就自己去问。"

果不其然，当国王听到皮特鲁问出的问题后，勃然大怒："这与你无关！"话音还没落下，皮特鲁的脸上就被父亲狠狠地打了一个耳光。

皮特鲁闷闷不乐地向两个哥哥述说了事情的经过。

不过说来也怪，自那天以后，国王右眼喜悦的光芒愈加浓郁，而左眼忧伤的神色却在减弱。

一天，皮特鲁再次鼓起勇气去向国王问这个问题。

不出意料，国王又一次打了他。可这次之后国王的右眼看起来似乎年轻了十年，而那只忧伤的左眼很少再忧伤，只是偶尔会流出几滴眼泪。

皮特鲁想，原来是这样。自己可能找到解决问题的办法了。只要我不断地去问，父亲的两只眼睛都会微笑起来，至于挨一两个巴掌又有什么关系呢！

皮特鲁言出必行。

最终，在皮特鲁一次一次的追问下，国王左眼中的忧伤不见了。一天，他双眼带着笑意，看起来很和蔼地说："哦，我的孩子！看来，你是非常想弄明白我眼睛的秘密，那么，我现在就告诉你吧。你看，我右眼中充满的喜悦是因为看到了我的孩子已长大成人；而左眼中的忧伤是在担心你们不能管理好国家和害怕你们遭受邪恶邻国的侵犯，所以它才会忧伤哭泣。不过如果你们能拿来黎明仙女的泉水给我冲洗眼睛的话，我的双眼都会好起来，整天充满欢笑，只有能给我拿来黎明仙女泉水的儿子才是勇敢的和可以信赖的。"

三兄弟的寻找

听父亲说完之后，皮特鲁一言不发地拿起帽子就出去了，随后，他把父亲说的一切告诉了两个哥哥。

兄弟三个简短地商量了一下，就决定行动了。

大哥弗洛里亚在马厩挑选了一匹骏马后，向两个弟弟告别。

"我去了。"他说，"我会在一年一月一星期又一天之前赶回来，如果我没有回来的话，二弟科斯坦你就去给父王寻找黎明仙女的泉水。"说完这些，他头也不回地走了。

弗洛里亚骑着骏马飞奔了三天三夜，他把一座座高山和一条条峡谷甩在身后，到了王国的边界地带，他被一条深沟挡住了去路，一座大桥横跨在深沟上面。弗洛里亚停下来留恋地回头看了看自己的国家。

当弗洛里亚转过头来准备过桥的时候，眼前的景象却让他大吃一惊，一条三头龙张牙舞爪地出现在了他的面前，一条条火舌从龙嘴里喷出。

弗洛里亚吓得魂飞魄散，没有等到火龙靠近，他就猛踢马腹，瞬间就逃得不知去向了。

随后，三头龙吼叫了一声，便消失了……

时间一天天过去，弗洛里亚就像消失了一样再也没有了消息。很快，一年一月一星期又一天的期限到了，二弟科斯坦跨上他早就挑选好的骏马，准备出发，临走前他告诉弟弟说："如果我也不能按时返回，这个艰巨的任务只有你去做了。"说完他便策马而去。

然而，天不遂人愿，科斯坦与哥哥遭遇了同样的事情。而且，这一次桥上的龙更加狰狞可怕，科斯坦吓得面如土色，一溜烟似的消失不见了。

此后，再也没有人看见过皮特鲁的两个哥哥。如今，三兄弟只剩下皮特鲁一个人了。

一天，皮特鲁对父亲说："我也要去了！"

"去吧，孩子，上帝会保佑你的。"国王说，"或许你的运气会比你的两个哥哥要好一些。"

皮特鲁告别父亲便上路了。

当他来到深沟时，一条七头巨龙横在桥上挡住了他的去路，一排排闪着寒光的毒牙在七张血盆大嘴里显露出来。

看到七头巨龙挡住了去路，皮特鲁停了下来，喊道："让开，我要过桥！"

龙就像没听到一样一动不动。接着，皮特鲁又喊了第二遍、第三遍。可是，巨龙仍然丝毫未动。皮特鲁无计可施，只得提着马刀杀了过去。

瞬间，七张龙嘴里向外喷着熊熊大火，皮特鲁被火焰包围了。

受惊的马嘶叫着直立了起来。

"不好！"皮特鲁看势不对，跳下马来，右手握刀，左手牵马。但于事无补，马儿在熊熊大火面前不再听从主人的命令。

"看样子我只能回去挑选一匹更强悍的马来。"皮特鲁说罢，就掉转马头往回走去。

皮特鲁刚到大门口，就被等待他多时的奶妈碧尔莎拦了下来。

"亲爱的孩子，我等你很久了，我知道你一定会回来的，因为你根本不知道应该如何开始行动。"

气急败坏的皮特鲁问道："那我该怎么办呢？"

"亲爱的孩子，你只有骑上你父亲年轻时经常骑的马才能取回黎明仙女的泉水，你还是去你父亲那里问问这匹马的下落吧。"

皮特鲁道了谢后，立即去问父亲。

"别傻了！"国王喊道，"这些蠢话是谁告诉你的？应该是碧尔莎这个老巫婆吧。那匹马离开我已有五十个年头了，它那把老骨头恐怕早就埋在野地里了！不过，马具我一直收藏在楼顶上。我能告诉你的也就这些了。"

离开父亲的皮特鲁气冲冲地找到了碧尔莎，把这些话告诉了她。

"啊哈！有这些消息就够了。"碧尔莎笑着说，"你去把马具拿来，我告诉你该怎么办。"

皮特鲁来到了楼顶上，陈旧的马缰、马鞭和马衔堆得到处都是。皮特鲁把一副最旧、锈得最厉害的马具挑了出来，拿给碧尔莎，接过马具的碧尔莎点了几支香，对着马具念了念咒语，然后说道："皮特鲁，拿上这些缰绳和马衔去敲那扇大门。"

皮特鲁来到大门边敲了一下，忽然发生了一件不可思议的事情——一匹无与伦比的骏马突然挺立在他的面前。人们从未见过这样漂亮健壮的马匹，它有着闪闪发光的缰绳，披着用金子和宝石镶起来的马鞍。

碧尔莎对着王子和马画了画十字，然后吩咐说："亲爱的孩子，骑上吧。"

皮特鲁翻身上马后，顿时觉得周身的力量强大了三倍。

"主人，你要抓紧了，路程非常遥远，我们需要跑快点。"栗色马说。

勇敢的皮特鲁牢牢地抓住缰绳，他们风驰电掣般地向前飞驰。

皮特鲁再次来到那座桥前，桥上那条有着十二个头的恶龙喷吐着火舌，让人心生畏惧。不过，勇敢的皮特鲁却摩拳擦掌准备战斗。

皮特鲁拔出马刀正要向恶龙扑过去的时候，他的马说："主人，等一下！我告诉你该怎么做：一会儿你猛踢马刺，拿好你的马刀，我们从桥上跳过去。当我们到达龙的头顶上时，你看准机会砍掉最大的龙头，然后快速擦掉马刀上的血，让刀回鞘。"

听罢，皮特鲁猛踢马刺，栗色马受痛腾空而起。找准机会的皮特鲁瞬间砍下最大的龙头，然后快速擦刀回鞘，他们安全地落到了沟对面，就这样皮特鲁骑着栗色马轻松地过了桥。

皮特鲁再次回头，留恋地看了看他的祖国，说："我们走吧。"

"好的，主人。"栗色马说，"不过，你需要我跑多快呢？是像一阵风似的？"

此时的皮特鲁看了看前面的沙漠，沙漠一望无际，看不到头。顿时，他觉得心惊肉跳。

"要不我们来试试各种速度。不过，最好不要太慢，也不要太快。太慢容易误事，太快会导致疲劳。"

于是，他们一天换一种奔跑速度，有时如同阵风，有时如同闪电，有时如同渴望，有时如同诅咒。在第四天的清晨，一人一马来到了沙漠的边缘。

"慢点走，周围这样的景象我从未见过，我要好好瞧瞧。"皮特鲁边叫边揉眼睛，他甚至有点儿不敢相信自己的眼睛。一片铜森林出现在他的面前，这是一片铜的世界，森林中的树木、叶子、果实，甚至灌木丛和各种美丽的花朵都是铜的。

皮特鲁策马走进了森林。

　　路旁那些美丽的花朵开始唱起赞歌诱惑皮特鲁去采摘它们，编织花环。

　　一朵花儿说："如果你把我编织成花环，我将给你无尽的力量。"

　　另一朵花儿说："只要把我插在你的帽子上，你就会得到世界上最美丽的姑娘的爱情。"这些美丽的花朵传出的声音是那么迷人动听。可是，当皮特鲁准备采摘花朵时，受惊的栗色马向后退了几步。

　　"站住！"皮特鲁厉声地说。

　　栗色马说话了："主人啊，这些花你可千万不能摘啊，它们会给你带来不幸。"

　　"怎么回事？"

　　"谁要是摘下了这些受到诅咒的花朵，森林的恶魔就会和他搏斗！"

　　"什么样的恶魔？"

　　"主人，不要问了，听我的不会错，你可以欣赏一下这些花儿，但一定不要摘下它。"马儿边说边带着王子走向森林深处。

遭遇各种挑战

　　皮特鲁清楚地知道，栗色马是不会害他的，他要听从栗色马的话。可是，人算不如天算，有些事情注定是躲不开的。皮特鲁在花朵的不断诱惑下还是心动了。

　　皮特鲁想：不管怎样我都不在乎！起码我可以看到森林魔鬼的模样。如果注定我要死在这里，我也认了；也许根本没有魔鬼，或者我会打败魔鬼安全逃出。

　　于是，皮特鲁弯下腰摘了一把花。

　　栗色马看到主人手里的花，说道："你真不该摘下它们。不过，事已如此，赶紧准备吧，魔鬼马上就到。"

　　栗色马刚说完这番话，皮特鲁已经编好了他的花环，就在这时，微风拂面而过，接着就变成一阵飓风，而且风越刮越大，一直刮得昏天暗地。而此时，脚下的大地也剧烈地震动了起来。

　　"害怕吗？"栗色马问。

　　皮特鲁心惊胆战，还是勇敢地回答说："没什么可怕的！正好我们可以乘风穿过森林。"

　　栗色马说道："对，不要惧怕，你解下我的缰绳，想方法去套住魔鬼。"

　　可是，栗色马的话还没有说完，皮特鲁还没有来得及解开缰绳，魔鬼就出现在了他们的面前。

皮特鲁甚至都不敢看它那可怕的模样。

它有头，但又好像没有。它既不在地上走，又不在空中飞。它的头上长着鹿角，它那张熊脸上长着鸡貂的眼睛，它的身上长着马鬃。它的身体就像是由很多动物的肢体拼凑而成的，却又不像我们熟知的任何一种动物。

皮特鲁骑着栗色马，拿着马刀和鞭子不要命地向前挥去，汗珠如雨水一般向下落去。

搏斗持续了一天一夜。

双方都有些体力不支了，魔鬼喘着粗气说："停一会儿！我们歇一会儿再打。"

疲惫不堪的皮特鲁刚要放下马刀，栗色马慌忙说道："别上当，千万不要停！"皮特鲁听后，连忙打起精神，接着战斗。

魔鬼一会儿像马一样嘶叫着，一会儿又像狼一样嗥叫着扑向皮特鲁。又过去了一天一夜，皮特鲁完全筋疲力尽，几乎不能动弹，连他的勇气也在慢慢减弱。

"停一会儿吧，我明白，是一个勇士在和我战斗。"魔鬼说，"不要再打了！我们讲和。"

"不能停！"栗色马说。

皮特鲁虽然累得都不愿意呼吸了，可他还是听从了栗色马的建议，还在不停地战斗。

魔鬼的力气也用尽了，它移动的速度越来越慢，出手的力气越来越小。

搏斗一直持续到第三天的早上，魔鬼终于被皮特鲁用缰绳套住了。突然，一匹世界上最美丽的马出现在皮特鲁的面前，魔鬼竟然变成了马！

"愿你得到上帝的保佑！谢谢你解除了我身上的魔法，给了我自由。"这匹美丽的马说。它向栗色马靠了过去，用头在栗色马的身上蹭了蹭。

原来，这匹美丽的马竟然是栗色马的弟弟，在几百年前，它被圣星期三用魔法变成了魔鬼。

皮特鲁把两匹马系在一起继续赶路，他们就像风一样在铜森林中飞驰。

"啊！马儿，跑慢点，这样的景象我从未见过，我要好好瞧瞧。"皮特鲁叫道。一片更神奇的森林出现在他的面前，这是一片银的世界，银色的灌木发出刺眼的光芒，银色的花朵更加绚丽娇艳。他们缓缓地踏进了银森林。

就在这时，栗色马的弟弟说："主人！这里的花朵可不能摘啊，我的弟弟被圣星期三用魔法变成的魔鬼就在这里。我的厉害程度还不如它的七分之一呢！"

皮特鲁依旧没有把这些话放在心上，他开始摘花，编花环。

不一会儿，可怕的暴风席卷而来，银森林里顿时漆黑无比，一阵阵比在铜森林还要厉害的大地震动声响彻而起。接着，银森林的魔鬼扑向皮特鲁。但皮特鲁并不畏缩这个比它的二哥还要强七倍的银森林的魔鬼，战斗持续了三天三夜，在第四天的早上，银森林的魔鬼被皮特鲁制服了，又一匹马出现在了他面前。

"愿幸福永远伴随着你。谢谢你解除了我身上的魔法，还我自由。"栗色马的第二个弟弟说道，接着，皮特鲁把三匹马系在一起继续赶路。

"慢点跑。"皮特鲁用手遮住了自己的眼睛说，一片金森林出现在他的眼前，耀眼的金光刺得他眼睛生疼。

之前遇到的两片森林已经让皮特鲁惊叹不已，可是，它们的美却远不及这片森林的十分之一。

"不能停下！"三匹马异口同声道。

"什么原因？"

"因为这些诱惑你是抵挡不住的，你还会采摘花朵。这片金森林的魔鬼是我们最小的弟弟，我们三个加起来都不及它的七十七分之一呀。我们从森林的边缘穿过去吧。"栗色马说。

"不！我才不怕呢！你们也不用害怕。我要去金森林里好好欣赏一番。"

皮特鲁禁受不住诱惑，又开始采起花朵，编起了花环。

花环刚刚编好，就起风了。这一次，风力不大，天色也没有变化，地面也没有震动。可是皮特鲁却感觉到这世界好像被人搅动得七颠八倒。

这一切可怕得让人无法形容，愿上帝保佑他们！

"这就是你干的好事！"栗色马恼怒地说。

皮特鲁知道战斗就要来临了，他没有时间去探明究竟发生了什么，他一声不吭地紧了紧腰带，做好战斗准备。

"让它放马过来吧！我要和它拼个鱼死网破！"

话还没有说完，一阵浓雾袭来，天空黑暗一片，伸手不见五指。

忽然，皮特鲁觉得浑身疼痛，他惊慌地叫了起来："究竟怎么了？"让他更吃惊的是：在这股浓雾中，他甚至都听不到自己的声音。无计可施的皮特鲁抽出马刀在浓雾中左劈右砍。皮特鲁在浓雾中劈砍了整整一天一夜，最后他力气用尽，几乎失去知觉，他甚至怀疑自己是不是已经死了。

忽然，浓雾开始消散，在黎明即将来临的时候，浓雾消散得一干二净，太阳在半空中微笑着注视着大地。

魔鬼不见了。皮特鲁就像获得了重生一样。

"赶紧歇会儿吧，"栗色马说，"下一场战斗马上就要开始了。"

皮特鲁忍不住问道："刚才的浓雾是什么？"

"就是金森林里的魔鬼，它刚刚变成了雾和你战斗。赶紧歇一会儿吧，它马上就来了。"

栗色马的话刚说完，他们就看见远处有一个奇怪的东西射向他们。它像水又不是水，它既不在地上流，又不在空中飞，来无影去无踪，就像不存在一样。

"我真倒霉啊！"皮特鲁叫道。

"坚持下去，胜利就属于你！"栗色马刚说完一句话，水就灌进了它的嘴里。

战斗又进行了一天一夜，可让皮特鲁郁闷的是他不仅不知道自己在劈砍什么，而且也不知道是谁在和自己战斗。第二天清晨，两条腿都不听他的指挥了。

皮特鲁身心疲惫地叹息道："要输了吗？"他不甘失败，继续坚持进行战斗。让他意外的是，魔水在太阳升空后又突然消失了。

栗色马说："赶紧歇一会儿！要不了多久魔鬼就会再来的。"

皮特鲁没有搭理它，筋疲力尽的他甚至都说不出话来。没过多久，他握住马刀从马镫上站了起来，准备与不管是什么形态的魔鬼去交战。

这一次，皮特鲁感到自己好像在做梦一样，有个东西在梦中时隐时现。他想：哎！这个不知羞耻的魔鬼连续败阵两次了，还不肯露出自己的真面目。刹那间，一个怪物出现在他的面前。这个奇怪的魔鬼头长在下面，尾巴却在上头；眼睛生在胸膛上，而胸膛却长在额头上；它似乎是用翅膀走路用腿飞翔。这个奇形怪状的魔鬼恐怕只有上帝才能说出它是什么！

皮特鲁心惊胆战地鼓起勇气，继续战斗着。

一天过去了，皮特鲁的手臂几乎抬不起来了。夜幕降临时，头晕眼花的他根本不知道自己是怎么出刀的。夜半时分，皮特鲁意外地发现自己竟然不知何时从马背上掉了下来。第二天清晨，皮特鲁累得双膝跪地。

栗色马继续鼓励他："再坚持一下，别泄气！"

皮特鲁擦了擦额头上的汗珠，再一次挣扎着站了起来。

栗色马命令道："快拿起马缰，朝魔鬼的鼻子扔去。"

皮特鲁听从了栗色马的指挥。

魔鬼顿时发出了一种震耳欲聋的像马一样的嘶叫声。虽然此刻它已精疲力竭，但还是不顾一切地向皮特鲁扑了过来。这次的搏斗没有持续很久，皮特鲁靠着最后一点力气用缰绳套住了魔鬼的脖子，魔鬼瞬间就变成了一匹骏马。

太阳已经从东方升了起来，皮特鲁骑上这第四匹马。

这时金森林魔鬼说："感谢你为我解除了身上的魔咒，祝愿你能娶个漂亮的妻子。"

他们一起走着，直到太阳快落下了山，才走到金森林的边缘。

这一路上皮特鲁感觉很是寂寞无聊，便拿着那三个美丽的花环来消磨时间。

他感觉三个花环太多了，于是把铜花环和银花环给扔了，只留下一个金花环。

栗色马赶紧提醒主人："别扔掉它们！主人，快捡回来，以后它们会有用处的。"

皮特鲁只好下马将丢弃的花环捡了起来，接着继续赶路。

直到太阳落下了山，蚊子开始出来觅食的时候，他们才走出金森林。而出现在他们眼前的是一片无边无际的沙漠。

四匹马都站在那里停止不前了。

皮特鲁问："发生什么事了？"

栗色马回答："现在我们即将要进入圣星期三的地盘。要不了多久你就会感觉到特别的冷，并且你会看到路边有一堆篝火，我真担心你会去火堆边烤火。"

"那有什么不妥吗？"

"那很危险的！"栗色马忧心忡忡地说。

"好吧，我听你的，放心吧！"皮特鲁勇敢地回答，"我能承受得住这严寒的。"

他们继续往前走，越往前，越冷。几乎每走一步气温都在降低，一直到皮特鲁感觉身上的骨髓都快结冰了，但他还在勇敢地坚持着，面对战斗他一直可以不屈服，这艰苦的考验他同样也能克服。

路的两边燃烧着一堆堆的篝火，总有人不断前来烤火。虽然皮特鲁感觉此刻连呼吸都有些困难了，可他还是坚持着，没有停下来。

大家都知道想要穿过圣星期三的地盘并非易事，但皮特鲁已经不知道自己在这天地冰封的地方到底走了有多久。这里冷得简直不可想象，石头都被冻裂了。

慢慢地皮特鲁被冻僵了，眼睛都无法睁开。但他毫无怨言，咬牙坚持着。

在这种万般艰难的坚持下，皮特鲁终于来到了圣星期三的家门前。

皮特鲁跳下马，进了小屋。

"老奶奶，你好啊！"

"年轻人，你好！肯定冻坏了吧。"

皮特鲁笑了笑，没有吭声。

圣星期三拍着他的肩膀说："你很勇敢，你应该为你的勇敢得到酬劳。"说着她打开了一个箱子，拿出一只小盒子，"这个盒子是个非常古老的东西，只有那些走过寒冬王国的人才能够拥有它。现在送给你了，你一定要好好保管，我相信它会给你很大的帮助。你只要一打开盒子，就能知道你的国家或者你想知道的任何地方的消息。"

皮特鲁接过盒子，谢过老奶奶，又继续出发。走了一会儿，皮特鲁打开魔盒，瞬间，盒子里响起一个声音："主人，请问你有什么吩咐？"

皮特鲁吃了一惊，忙问道："你能告诉我，我父亲现在在做什么吗？"

"此刻他正和国中的长老们开会呢。"

"那他还好吗？"

"他好像遇到麻烦事了，为此他十分苦恼。"

"是什么事呢？"

"你的两个哥哥弗洛里亚和科斯坦都想继承王位，但你的父亲觉得他们都不配。"

皮特鲁若有所思地合上了盒子，并放进口袋，对栗色马说："我们得抓紧时间，不能耽误了。"

他们快速地飞奔着，如疾风一般。具体跑了多远，无人知晓，他们只是不停地一直跑一直跑……

过了不久，他的马说："主人，我还要给你个建议。"

"我洗耳恭听，你说吧。"

"现在你已经经受住了严寒的考验，接下来还要经受炎热的考验，你要经历从未有过的酷热，你要记住的是，再热也千万不要乘凉。"

皮特鲁回答："放心吧，在那样的冰天雪地里我都坚持下来了，我想就算温度高得要把我融化掉，我也会坚持下去的。"

没多久他们就来到了圣星期四的地界，天气就变得炎热起来，皮特鲁觉得骨头中的骨髓都要被烤干了，在这里，就连空气都热得似火一样。

他们越往前，天气越热。栗色马的马掌好像都要被融化了。皮特鲁汗流浃背，汗水不住地流下来，可他还是催促着快些赶路。

现在对皮特鲁来说，路旁那些清凉的溪流是最大的诱惑，那些溪流水质清澈，水花翻滚。皮特鲁看着这些，感觉舌头都快干裂了，心脏都快枯竭了。

清泉旁边，嫩绿的草丛，百花齐放，百合、紫罗兰、玫瑰争相开放，绿荫下美丽年轻的姑娘们都躺在草地上面乘凉。

皮特鲁为了不受这些东西的诱惑干脆闭着眼赶路。

姑娘们喊道："快过来年轻人，快来和我们一起坐下来乘会儿凉。"

皮特鲁摇摇头，就好像自己是个哑巴，一句话也不说，他们就这样走啊走啊。

突然，凉风习习，他们感觉凉爽了起来，就在不远的地方有座小山，山顶坐落着一间小屋，这就是圣星期四的家。

皮特鲁朝着小屋走去。当他们赶到小屋时，圣星期四出来迎接了他。

皮特鲁是位有教养的人，他鞠躬答谢。然后，他们就像初次见面的朋友，热情地交谈起来。他把途中的经历以及有关圣星期三的事向她说了。然而皮特鲁不想在此处待太久，因为要到达黎明仙女那里还有好长一段路要走呢。

圣星期四说："请稍等，你马上就要进入圣星期五的地盘，你一定不要忘了问候她，祝她一切顺利，并带去我的祝福。等你回来的时候，一定记得再来我这里一次，我会送给你一件特殊的礼物。"

皮特鲁谢过后，继续赶路。

没多久，他们就来到了下一个领地。

天不冷也不热，很舒适，然而这里却是一片荒地，沙土和蓟草覆盖在上面。

皮特鲁看到不远的地方有个小房子，奇怪地问道："那是什么地方？"

栗色马回答："那是圣星期五的家。以我们现在的速度，黄昏前就能到那里。"

果然在黄昏之前，皮特鲁和栗色马来到了那座小房子跟前。在房子周围，皮特鲁看到目所能及的高空一些精灵正在嬉闹着。

栗色马说："别怕！她们都是旋风的女儿，她们只是在等待着和其他精灵或者怪物一起玩耍呢！"

皮特鲁跳下马正准备要进屋的时候，栗色马却阻止了他："现在有旋风守护着圣星期五，所以现在不能进去，我现在告诉你该怎么做。"

"那我要怎么做呢？"

"你拿着那个铜花环到那边的山顶上，对旋风说：'多么漂亮的姑娘！多善良的姑娘！你们就跟仙女一样！'然后拿起花环说：'我敢断定有人会接受我的花环！假使我敢断定……'接着你就把这个花环抛向空中。"

"我为什么要这样做？"皮特鲁和所有人一样有着极强的好奇心。

栗色马不容分辩地说："就按我说的做！"皮特鲁只好照着去做了。

当皮特鲁把铜花环抛向空中的时候，旋风的女儿们蜂拥而上，都想得到这个花环。

趁这个机会，皮特鲁快速向小屋跑去，但栗色马还是阻止他直接进入小屋，并说："别急，我的话还没说完呢。现在你要拿着这个银花环去敲圣星期五的窗子。如果她问：'你是谁？'你就说自己只是在沙漠中迷路了。然后她就会让你原路返回去。但你可不要走，还要说：'我可不能走！我从小就听说了圣星期五的美貌，现在我穿着系着小牛皮鞋带的铁靴子周游世界九年零九个月，为了得到这个银花环，我历经了千辛万苦，还打了不少仗，如果我不能亲手把花环献给她，那该多遗憾啊！'你一定要记清了，一个字都不能错。"

皮特鲁答应了，拿着银花环向小屋走去。

这时天已经黑了，根本看不清房子，只是从窗户缝里透出一丝亮光，皮特鲁朝亮光走去。当他靠近房子的时候，狗感觉到了陌生人的到来，叫了起来。

圣星期五气愤地说："这么晚了，谁呀？不管是谁，他都会为此付出代价的！"

皮特鲁假装气喘吁吁地回答："你好，圣星期五，我只是在荒野里迷路了，现在想找个地方借宿一晚。"他停住了，没敢再多说什么。

"你的马现在在哪呢？"圣星期五斥问道。皮特鲁考虑是否把真实情况告诉她，但最后还是决定什么也不说。

接着圣星期五说道："年轻人，你还是走吧，我不能留你。"说着她离开了窗口。

这时，皮特鲁把栗色马教他的话给圣星期五说了一遍。

他话刚说完，圣星期五就打开了窗户，亲切地说："年轻人，花环拿过来我看看！"

接着皮特鲁便把银花环递给了她。

"不用害怕这些狗，它们会听话的，进来吧，我的孩子。"

果然，这些狗就像看到了自己的主人一样，摇着尾巴跟在皮特鲁身后。

皮特鲁进屋后，问了好，便取下帽子放在了壁炉上。圣星期五把他请到靠着壁炉的长凳上坐了下来。他们天南海北地闲聊，说的多半都是人类是如何的邪恶。好像圣星期五对人类很厌恶，而皮特鲁就像一个有礼貌的客人一样，随声附和着她。

这时皮特鲁才借着灯光看清了圣星期五的脸，他心想："天哪，她该有多大岁数了呀！"

谁也不知道，圣星期五也很迷惑，皮特鲁这样盯着她看到底是在诱惑她，还是在数她脸上的皱纹？如果想要数清她脸上的皱纹，估计要数几百年吧。

如此帅气的一个男人目不转睛地看着圣星期五，圣星期五心里别提多高兴了。

圣星期五开始述说自己的身世："在我出生的时候，周围这一切都还没有呢。那时的我漂亮温柔，人们对我的美貌赞不绝口。不过那时的宇宙还没有形成，当宇宙诞生时，我已经成年了，我的美貌让所有人感到惊讶不已，他们对我无比忌妒，并且诅咒我，所以，从那个时候开始，每隔一百年，我的脸上就会出现一条皱纹，现在，我已经真的老啰！"

说到这里，她感到十分悲伤，再也说不下去了。过了一会儿，她还告诉皮特鲁，她的父亲以前是个彪悍的国王，而他的邻国是由黎明仙女统治着。那时国王和黎明仙女吵过一架，黎明仙女就狠狠地嘲笑了他一番……圣星期五不禁说了黎明仙女的好多坏话。皮特鲁现在该怎么做呢？他静静地听着她说，偶尔会插上几句："真是这样吗？"

过了一会儿，圣星期五对他说："如果你真心想帮我，就请帮我带一些黎明仙女的泉水来，只要喝了这水，我就会变得像盛开的玫瑰和紫罗兰一样妖娆动人。如果你能帮我，我一定会报答你的。我也知道，完成这个任务很难，黎明仙女的王宫由可怕的巨人和野兽看守。不过我可以给你一件礼物和一句忠告。"

说着，圣星期五拿出来了一个铁箱子，打开后取出了一支可爱的小长笛。

"这支长笛是我小时候一位老人送我的。只要你一吹，听到的人马上就能入睡，一直到笛声停止。如果你到了黎明仙女的王国，只要你吹起长笛，想要在那里待多久就能待多久，没人可以碰你一下。"

皮特鲁将自己去找黎明仙女的原因告诉了她，她听后很是高兴。

此时已经是后半夜了，皮特鲁道了声晚安，收拾好长笛，就爬上阁楼休息了。

第二天天刚蒙蒙亮，皮特鲁就起来了。他装了满满一大盘子炭去喂马，这四匹马每一匹都能吞下三盘炭。然后他还给它们喂了水，收拾好后就上路了。

"别急着走，"圣星期五在窗口喊道，"过来，我还要给你一个忠告。"

皮特鲁来到窗口。

"现在你需要留下一匹马在这里，你带着另外三匹朝前走，等到了黎明仙女的王国时，你就下马，步行。等你回来的时候，要把另外的三匹马也留下来。"

"我会按你说的做。"皮特鲁说完，就又要开始赶路。

"年轻人，别那些心急！我还没说完呢。"圣星期五继续说，"等你见到黎明仙女的时候千万不要看她的眼睛，因为她的眼睛会迷惑你，让你丧失理智。其实她长得很丑的：她长着狐狸的脸、猫的爪子、猫头鹰的眼睛，所以你千万别看她。一定要记住了，我的孩子，愿上帝保佑，让你平安归来！"

皮特鲁谢过圣星期五，就出发了。他不想再耽误时间了，于是他把栗色马留了下来，带着另外三匹马就出发了。

向黎明仙女城堡出发

黎明仙女的城堡在很远很远的地方，那里天地混为一体，星星和花儿在窃窃私语，那里就像春天黎明时的天空一样五彩斑斓，并且比这里还要漂亮百倍！

城堡的周围是一片葱葱茏茏的草地，上面盛开的花朵香气四溢。气候不热也不冷，光线不明也不暗，让人感觉十分舒适。皮特鲁跳下马步行走过这片土地，心里高兴极了。

没有人知道皮特鲁到底走了多长时间，因为在这里，时间就像停滞了一般，永远只有黎明。微风吹来，太阳露着半边脸，阳光十分的柔和。从这里一直要走到圣星期五的家后，才开始有黑夜、白天的区别。

皮特鲁走了好久后，发现漫天的红光中有一个白点，并且随着他的前进，白点就越来越大。原来这就是黎明仙女的城堡。皮特鲁看着它不禁惊叫了一声。

因为这座城堡真的十分豪华！高高的城楼直入云霄；雪白的城墙能够碰到挂在天空的太阳；还有那屋顶，在阳光的照耀下虽然并不闪光，却像银子一样雪白；还有像空气一样透明的窗户，就连窗户框都是用金子做的；风儿在春光里懒洋洋地摇动着树枝，和树荫嬉戏，阳光爱抚着这美丽的城堡。

皮特鲁看到这美丽的一切，呆住了，为此惊叹不已。

但是他没有太多的时间来欣赏这美丽的景色。他跳下马，让马儿自由地在草地上吃草，他按照圣星期五的话，拿出长笛吹了起来，说了声："上帝保佑我！"边吹边往前走去。他没走几步，就遇到了一个巨人。而此时这个巨人正在呼呼大睡。而他就是这个城堡的第一层守卫者。

皮特鲁想："这个人怎么会如此高大、如此强壮，肌肉怎么会如此发达呢？"

巨人躺在地上睡着，皮特鲁想用步子测量出他的高度，皮特鲁从他的头走到脚感觉走了几个世纪那么长，完全没了力气，他的身高实在让人惊叹不已。在巨人的脑门正中，有一只比月亮还要大的眼睛。虽然皮特鲁非常勇敢，但他还是在心里默默感谢上帝让圣星期五给了他这支长笛，否则这个巨人就是他的一大劲敌。

他继续走着，直到走不动了才停下来歇息，可就在这时他遇到了更可怕的东西。在他的左右两边分别有长着七个头的龙，此时它们正沐浴在阳光之中沉睡着。这些家伙真的很难用语言描述。而它们就是城堡的第二层守卫者。皮特鲁快速地走了过去，他到底是因为害怕还是要赶时间，这谁也说不好。

就算他是因为害怕那也无可厚非！

接着，他来到一条河边，这不是一条普通的河，河中都是珍珠和宝石，流淌的也不是水而是牛奶。这条河平稳快速地流动着，就像一个人幸福的时光，飞快地流逝着。这条河是这个城堡的护城河，永远无休止地流淌着。

河岸上，一大群长着金鬃毛、铜牙齿、铁爪子的狮子正在熟睡。它们是这条河的守护者。河的对面是一座美丽的花园，河畔上盛开着可爱的鲜花，在花丛中有无数的面容姣好的仙女正在熟睡，世上除了黎明仙女再也没有人能拥有这样美丽的花园了。

然而，对于她们皮特鲁连看都不敢多看一眼。

这条河又宽又深，皮特鲁该怎么过去呢？只见河上只有一座桥，这座桥是世上从未有过的，它好像是由云彩搭起来的，并且在桥的两头还各有十只睡着的狮子，所以没人敢冒险踏上这座桥。

皮特鲁就这样站在岸边，却不敢上桥，河水那么深能游过去吗？现在他该怎么办呢？

别担心，皮特鲁可是非常聪明的。他按原路返了回来，来到巨人的身边。他心想："不管怎样，只能用他来过桥了。"

他用力拖着巨人的袖子叫道："快醒醒，我的勇士！"巨人很快就醒了过来，伸出双手，好像要拍死皮特鲁。

皮特鲁快速吹起笛子，巨人又睡着了。

接着他又把巨人叫醒，又让他睡着，就这样反复了三次。到第四次的时候，皮特鲁在叫醒巨人前，先用手帕把巨人的两只小手指绑在了一起，手中握着刀，再一次叫他："快醒醒，我的勇士！"

巨人再一次醒来，看到眼前的一切，怒吼起来："既然这样，就让我们来决斗吧。"

"稍等，除非你发誓先送我过河，我就跟你打。"

巨人答应了皮特鲁的条件，皮特鲁这才让他站了起来。

当巨人清醒后，他却一个箭步朝皮特鲁冲来，想打死他，可这谈何容易呀，皮特鲁也是勇敢之人，他对巨人的挑战迎面抗击着，他们一直打了三天三夜，巨人把皮特鲁猛地一下推倒在地，把他的膝盖以下都埋进了土里。而皮特鲁迅速爬起来，一把把巨人推倒要地上，巨人的腰部以下都被埋进了土里。然后巨人又一次把皮特鲁推倒在地上，他的胸口以下都被埋进了土里，但这时的皮特鲁还是设法把巨人推倒，把他的脖子以下都给埋进了土里。

这时巨人知道自己已经束手无策了，于是赶紧哀求皮特鲁饶他一死。

"那现在你愿意送我过河吗？"皮特鲁问。

"当然愿意。"巨人在土里说。

"如果你再不守信用，我该怎么惩罚你？"

"你可以杀了我，或者你想怎么惩罚就怎么惩罚。但现在，请你饶了我吧！"

皮特鲁说："那好吧，我再相信你一次！"他用手帕塞着巨人的嘴，蒙上了他的眼睛，还把他的左手和右腿绑在了一起。这样才带着他来到了河边。

巨人用右手托着皮特鲁蹚水过河，到了河对岸，才把他放了下来。

皮特鲁说道："好了，没事了！"接着他又吹起笛子，巨人又睡着了。

正在牛奶河里洗澡的仙女们听到笛声，一个个爬上岸，安静地在花丛中睡着了。皮特鲁刚来到河对岸的时候看到了花丛中熟睡的她们，的确，她们真的非常非常漂亮，但他却不敢留恋在此。皮特鲁于是感到很困惑：黎明仙女到底长什么样呢？她真的很丑吗？不过，他可没有太多的时间来想这些。

他来到花园。花园里种的树，枝干都是金色的；花儿在柔声低语；微风在轻轻地唱着歌儿；泉水像露珠一样晶莹。但让他感到奇怪的是，这里的花都是含苞待放，没有一朵盛开着的，好像这里永远都是春天。为什么这里的花都没有开呢？要到什么时候才能开放呢？

在去城堡的路上，这些事都萦绕在皮特鲁的脑海中。一路上畅通无阻，没人来打扰他。泉边的仙女，灌木丛中的野兔，花丛中的蝴蝶，树上的鸟儿，所有的这一切都已经进入了梦乡，没有一点儿声音。树叶纹丝不动，草地上的露水也不会被太阳照着，小溪停止流淌，他的笛声好像让所有的东西都静止了一样，而唯独皮特鲁一人清醒着，独自想着这些难解的心事。

遇见黎明仙女

他来到城堡前的庭院，周围是一片美丽的草坪，到处都是鲜花，就连房门都是用鲜花做的，皮特鲁踩在上面，就像走在云彩上一样。在门两旁守护的仙女也都睡着了。皮特鲁环顾了一下四周，再一次祈祷："愿上帝保佑！"然后走进了城堡。

皮特鲁都看到了些什么呢？只见黎明仙女的宫殿，在阳光下金光闪闪，而所有的仙女都睡着了，那些树长着金叶子，开着宝石珍珠花，而那些大柱子是用太阳光做的，像槭木一样光滑，而那发亮的台阶就像公主的床一样柔软，空气中弥漫着迷人的芳香……

相比国王的城堡，这里的马厩都要比之前自己见到的漂亮百倍，所以说这里是世界上最华丽的宫殿一点也不为过。皮特鲁走上台阶来到宫殿里。刚进门看到的是用最细的亚麻布装饰的十二个房间，接着用丝绸装饰的是另外十二个房间，再往后就是十二个金房间。他快速穿过这些房间，在最后面找到了一间最豪华的房间，这就是黎明仙女的住室。

这个房间，像一座美丽的教堂一样，天花板是高高拱拱的，墙壁上覆盖着华丽的丝绸，地面就像一面大镜子，却又像垫子一样柔软。这里的一切犹如仙境，皮特鲁发出了连声的惊叹，兴奋之情难以言表。

大厅中间就是那有名的清泉！奇怪的是，黎明仙女居然会把它放在城堡里，泉水流到了一个古老的木桶中，这一切看起来显然是有意安排的，而泉水旁边的仙女正在熟睡。

她背对着外面，睡在一个金光灿烂的摇篮里，上面覆盖着一个轻轻柔柔的丝垫子。她的样貌到底怎样呢？圣星期五以前告诉过皮特鲁说她奇丑无比，可皮特鲁还是情不自禁地想去一看究竟。当他向摇篮靠近，盯着她看的时候，他竟然忘记了吹笛子，甚至连呼吸都快忘了，她的美无与伦比，如果有人说曾在梦里见过她，那现在就可以说她比梦里的还要美上百倍千倍。

有十二个仙女睡在摇篮的旁边，她们是在给黎明仙女摇摇篮的时候睡着的。此刻皮特鲁已经被黎明仙女迷得神魂颠倒了，等他发现侍女们要醒来的时候，他也清醒了过来，他重新吹响了笛子。伴随着笛声每个人又沉睡了下去，他这才又往前走了几步。

在摇篮和喷泉的中间有一张桌子，桌子上摆放着一杯像晨梦一样甘甜的红酒和一些用母鹿的奶做成的松软的白面包。这是青春的美酒、力量的面包……

皮特鲁看了看桌上的东西，又看了看黎明仙女，又向前走了几步。

他来到了摇篮边，好像被施了魔法一样，不禁低下头吻了吻黎明仙女……他的这一吻让黎明仙女清醒了过来。

皮特鲁慌忙吹起了笛子，又让她睡着了。还把他的金花环戴在了她的头上，他吃了一片面包，喝了一口酒，然后第二次、第三次吻她，每吻一次，他就会吃一片面包、喝一口酒。最后，他拿出水壶，装满了泉水，以迅雷不及掩耳之势快速退出了房间。当他返回到花园的时候，发现这里的一切都变样了。

所有的花都盛开了，泉水细流，仙女们的脸上也都洋溢着幸福的表情，日光欢快地在城堡的墙上移动。他和来的时候一样，从花丛和仙女中走过，让巨人送他过了河，然后经过城堡的守卫者：狮子、巨人、龙，最后跳上马鞍。等他回头看的时候，身后所有的东西都向他追来，但皮特鲁的马跑得就像疾风一样迅速，甚至比那抓不住的幸福还要快。所有的东西都被皮特鲁远远地抛在了后面，他又来到了圣星期五的家。

三天前栗色马就已感觉到了主人马上就要到来，它兴奋地嘶叫着。圣星期五知道皮特鲁已经到了，手捧着鲜花和红酒迎上来。

"年轻人，欢迎你回来！"

皮特鲁给了她那个装有黎明仙女的泉水的水壶，她对此感激不尽。皮特鲁把路上的所见所闻告诉了圣星期五：黎明仙女那奢华的城堡还有她那绝世的容颜……圣星期五倾听着，有时愁苦有时微笑，有时恼火有时高兴。但皮特鲁不愿再多耽误时间，急匆匆给栗色马套上马鞍，就告别了圣星期五。

皮特鲁快马加鞭没多久就来到了圣星期四的家，他兑现了自己的诺言，跳下马，走进了屋。

在那里他也没有停留太久，只做了简单的问候便离开了。

"在你临走前，我还有几句话想要告诉你。"她说，"一路上你不要和任何人说话，也不用那么匆忙，路上不管谁给你什么或者告诉你什么，都不要接受、听从，尤其是那些甜言蜜语，你自己要多加小心。路途遥远，你还有更重要的事要做，所以万事都要小心谨慎。我这里有一块头巾，虽然它非金非银，更不是丝绸珍品，可它具有魔力，不管是谁，只要系上它，不仅能免遭雷击，还能刀枪不入，现在我就把它送给你了。"

皮特鲁对圣星期四的馈赠很是感激，然后跳上栗色马出发了。

在经过圣星期三的家时，他没有停留，只是简单地问候了两句。

这时，他拿出了魔盒，想要听听有什么新鲜的事。这时一个声音立刻响起："因为你偷了她清泉中的水，黎明仙女生气了。而圣星期五也在发火，因为她不小心竟打破了那个水壶。还有你的两个哥哥也都生气了，因为你夺走了他们的王位。"

听到每一个人都在生气，皮特鲁不禁嬉笑起来问："圣星期五怎会舍得打破水壶呢？"

"她是因为太高兴，不由自主地跳了起来，一不小心就把水壶摔碎了。"

"那我的哥哥们呢？我何时夺走他们的王位了？"

盒子说："国王已经年纪大了，并且双目失明，你的哥哥们便想把国家一分为二，各自统治。而国王却说：'只有从黎明仙女那里取来清泉水的人才能继承王位。'听到这里，你的两个哥哥便去询问碧尔莎，碧尔莎告诉他们，你已经取到了水，正在回家的路上。于是你的两个哥哥便决定埋伏在半路上，偷走你的泉水，然后杀了你，说是他们自己取来的。"

"你这讨厌的盒子，竟然胡说八道！"皮特鲁怒气冲冲地喊叫着，根本不相信盒子的话，他高高举起盒子狠狠地摔在了地上，盒子被摔成了七十七片。

被两个哥哥投井

他继续走着，没多久就看到了祖国上空飘浮的白云，感觉着从那边吹来的微风。远处群山连绵，而他的家就在山的那边。他让马停了下来，欣赏着这美景。

就在他正要踏上国土的时候，突然传来一个声音："喂，皮特鲁！"

他想停下来看个究竟，但栗色马说道："别停下来，继续走你的路！"

皮特鲁勒住缰绳回答："我必须停下来看看是谁在叫我。"

他环顾四周，寻找发声之人。这时他才看到他的两个哥哥正向他走来。"皮特鲁，你不能停下来，你忘了圣星期四跟你说的话了吗？还有圣星期三给你的魔盒说的话了吗？"栗色马斥责道。

这时他的两个哥哥已经来到了他的身边，甜言蜜语地说："哦，皮特鲁，我的好弟弟，我们可想死你了！"皮特鲁看见来人是自己的哥哥，快速跳下马，和他们拥抱在了一起。其实这也不能怪他，他已经太久没有听到家人的声音，太久没有见到家人了！

他们亲切地说着话，皮特鲁的哥哥对他的回归表示欢迎，此时皮特鲁也感到很幸福快乐。只有站在一旁的栗色马满脸忧愁，唉声叹气。

两位哥哥说了很多关于老国王和他们国家的事情。皮特鲁也对两个哥哥述说了自己的经历。突然，他的哥哥弗洛里亚眉头一皱。

他说："亲爱的弟弟，你也知道现在人心叵测，或许有人会在路上加害于你，这样你还不如把泉水给我们，让我们帮你拿回去，因为没人知道我们来见过你，所以根本不会知道泉水在我们手里。"

科斯坦附和着说："是呀，皮特鲁，弗洛里亚说得对。"

可皮特鲁摇摇头，把魔力头巾的事告诉了两个哥哥。他的哥哥们知道了，现在想要拿到泉水只有一个办法，那就是杀了皮特鲁。弗洛里亚随即转移话题，看着弟弟科斯坦说：

"科斯坦，你不是渴了吗？附近就有一口水井，那里的井水又凉又清。"

科斯坦明白了哥哥的意图，于是回答说："是的，我很渴。皮特鲁，跟我们一起去解解渴吧。你走前面，我们在后面保护你。"

栗色马嘶叫着："皮特鲁，千万不能去啊，一去你就死定了！"但此时的皮特鲁根本无暇顾及栗色马的忠告。

皮特鲁的哥哥们带着泉水回家了，好像就是他们从黎明仙女那里取来的泉水。

栗色马看到主人遇害了，声嘶力竭地嘶叫着。那叫声令人心碎，连木石听后都潜然泪下。它来到井边，呆呆地站在那儿，悲伤之情溢于言表。

这就是善良勇敢的皮特鲁王子的遭遇！

皮特鲁复活

几天后，王宫上下一片欢腾，全国上下都认为，从黎明仙女那里取来泉水的是国王的儿子弗洛里亚和科斯坦。

国王用泉水洗过眼睛后，他的视力不仅恢复了，并且还能看到一些非常细微的东西。国王的锐利眼光就连王宫中的炉灶后面那个装着白菜的木桶上的一条小虫都能看得清清楚楚。

国王把自己的国土划分为两半给了他的两个儿子，准备在宫殿里安度晚年。

王国上下在狂欢了三天三夜后，一切又恢复了往日的平静，好像这些事从来都没发生过。

在皮特鲁离开后，随着笛声的停止，黎明仙女也醒了过来。她睁开双眼，抬起头环顾着四周，可连她自己都不知道她是在寻找什么。

她感觉那些幸福的事只是在梦中出现的，但那个人到底是谁？

她一直找不到正确的答案，于是就问身边的侍女："你们看到他了吗？他到底是谁？这真的只是一场梦吗？"这个梦让她如痴如醉。但却没人能回答她，因为她们同样也是迷迷糊糊。

后来，她注意到了那个金花环。"哦，这是谁弄的这么漂亮的花儿？这么美丽的花环是谁放在我这里的？"突然她感到有些沮丧。

虽然桌子上的面包还在，但却少了三片，杯子里青春的美酒也被人喝过。这肯定是人为的，黎明仙女想起了自己梦中的情景，感到一丝哀伤，但却说不出哀伤的原因。

就在这时她才发现，清泉水已经变得浑浊，肯定有人偷了泉水，这下黎明仙女真的生气了。

这个人到底是怎么进来的?

铁狮子、巨人、龙,你们都去干吗去了?是怎么守卫这里的?太阳、花儿、仙女们呢?难道你们也没有一个人看到吗?黎明仙女顿时怒气冲天。

她命令:"狮子、龙、巨人、怪物,快去把那个偷泉水的人追回来!"它们乖乖地追去了。

但皮特鲁的马跑得太快了,它们根本追不上,最后只能垂头丧气地返了回来,告诉黎明仙女,皮特鲁已经越过了黎明仙女的国界,现在追也没有用了。

于是黎明仙女请太阳来帮忙,或许它能以一天等于七天的速度去追赶,说不定还能带回一些新的消息。

黎明仙女傻傻地坐着,双眼紧紧地盯着太阳,等呀等,终于到了第七天,太阳回来了,却没有带来任何好的消息,它告诉黎明仙女,就算它光芒四射,也照不出皮特鲁在哪里。

当黎明仙女得知就连太阳也照不到这个不速之客后,便对全国上下下达命令:

鲜花不许散发芳香,微风不许吹动,泉水不许流动,仙女们也不准微笑,就连太阳也不许再照耀。她在外界和黎明王国之间拉起一个巨大的黑幕,只有一丝微弱的光透过,她告诉世人:"如果找不到偷泉水的人,就永远不让太阳照耀世间。"

世界开始变得黑暗,只有老国王能够看到那一丝微弱的光,于是他命令自己的两个儿子,要靠自己的力量拯救这个黑暗的世界。

没办法,弗洛里亚只能骑上马,来到了黎明仙女的王国,当他靠近的时候,黎明仙女感觉到了陌生人的到来。

她问:"是有人来了吗?"

"是的。"监视塔的怪物回答道。

"他是从桥上走的还是桥下?"

怪物用嘲弄的口吻说道:"他是从桥下走的。"

"好吧,带他过来。"黎明仙女命令,于是弗洛里亚被带了进来。

他看到如此美丽的黎明仙女,有些手足无措起来。

"勇敢的人,欢迎你的到来!是你偷了泉水吗?"

"是的,是我偷的!"

"那也是你偷喝了酒吗？"

弗洛里亚没有回答。

"也是你偷吃了面包吗？"

弗洛里亚却矢口否认了。

"你是否吻过我？"

弗洛里亚听后真的吓傻了。

"你要为你的谎言付出代价，我要让你变成一个瞎子！"黎明仙女恶狠狠地说，并狠狠地扇了他一巴掌，顿时弗洛里亚就什么也看不见了。

这就是他来这一趟的结局，最后两个怪物把他送回了家。

接着，是二王子科斯坦去找黎明仙女，但最后落得和大哥一样的下场。

现在，整个世界都处在黑暗之中，除了老国王，其他人都瞎了。

黎明仙女感觉到了，自己也许再也见不到那个真正的勇士了，她把所有的臣民：妖怪、巨人、狮子、龙、花朵、仙女都召集了过来，就连硕大无比的太阳也被她召唤了下来，她的马也从战车上被卸了下来，所有人都等待着黎明仙女的命令。然而她却并没有下达命令，只是和他们说话罢了。她感激所有臣民们的忠诚和爱戴，现在让他们能够自由做事，想做什么就做什么，只留下了两个怪物、两条龙、两只狮子和两个巨人守护宫殿，所有的仙女都被她派遣去了花园，让她们在这段时间不要再回城堡。所有的禁锢都被解除了，花儿重新散发着迷人的芳香，微风吹起悲哀的挽歌，不管是谁听了都会流泪，泉水也变得凄苦，太阳一天仅仅投下七七四十九束寒光。

黎明仙女来到可以给人类织出生命线的大纺车前，停止了它的转动。这样一来，人类的生命就停止了。之后，她就来到城堡中最阴冷的地方，躲在最黑暗的角落里。

这一切让巨人、妖怪和龙羞愧不已，它们为了不让人们见到它们，也在荒原或者洞穴中躲了起来。渐渐地狮子的金鬃毛、铜牙齿和铁爪子都丧失了，它开始变得狂怒了。所有的仙女也都躲在花园里，所有的一切都听从黎明仙女的命令，太阳光就和我们现在天空中的落日余晖一样，不愿再给世界带来光明和温暖了。

就这样人类的时间和生命都停止了。

而那座桥就由那两个怪物、两只狮子、两个巨人和两条龙看守。

谁也说不好这样的情况持续了多长时间。

再说，圣星期五早已从苍白的阳光和大风那里知道了黎明仙女正在生气。圣星期五既高兴又懊悔又恼火。高兴的是：她知道勇敢的皮特鲁王子已成功逃脱了她美丽的邻居的追捕；懊悔的是：因为她打破了那只装着清泉水的水壶；而她恼火的是：现在世界没有了亮光，她再也看不到镜中自己的容貌了。

当黑暗一直持续，就连最后的那点亮光也慢慢消失了，圣星期五感觉到黎明仙女这次是真的生气了。于是她将所有的旋风都派到了边界上，想让它们将黑暗刮走，让光明重回人间。

旋风来到了边界，它们狂乱地怒吼着，好像整个世界都要被刮走。但如此强劲的风却对黑幕无济于事。

它们对黑幕发起了一次又一次的进攻，但这个黑幕好像在此生根了一般纹丝不动。它们既疲倦又羞愧，只能围着世界左转右转。可以想象这样会给人类带来什么样的灾难，造成多么严重的后果。

最后它们回到圣星期五身边，说了这些情况，然而，对于这个黑幕它们一点办法也没有。

圣星期五气极了，最后只能让旋风去找皮特鲁，应该只有他才能解决眼前的这个问题了，只有他去找黎明仙女，或许才能让光明重回人间。

旋风又一次离开了家，它们认为这一次一定是一件愉快的差事，它们都很乐意去做。可等它们来到宫殿的时候，却发现皮特鲁根本不在这里！

它们把整个宫殿里里外外、前前后后都吹了个遍，却始终没有皮特鲁的踪影。最后只能返回去，告诉圣星期五，皮特鲁已经死了。

听到这个消息后，圣星期五就发出命令："不管是在哪里，不管用什么方法，一定要找到他，不管是死是活，都要找到他，并把他带过来。"

旋风第三次离开了家。它们所到之处，江河泛滥，树都被连根拔起，云儿都撞碎在了岩石上，它们上天入地，无孔不入。

但这一切仍是毫无用处！旋风拖着疲倦的步伐，带着满腔的怒火，羞惭难当地回到了家。

随着时间的推移，皮特鲁已被大家渐渐遗忘。只有懒洋洋的春风，轻轻地徘徊在路途。它仍在思索着，皮特鲁到底在哪呢？他走了那么远的路那么的疲惫肯定走不远，他是否就在某个荫凉处休息呢？

又过了一段时间，没有人再找皮特鲁了。这时，树叶突然响了起来。

圣星期五知道这是春风来了，快步走出门外。她向春风询问道："找到皮特鲁了吗？"

"一个好的消息，但也是令人难过的。"春风慢条斯理地说，"我找了好久，最后来到了一口废井边。"

"那你看到皮特鲁了吗？"圣星期五满怀希望地问道。

"是的！他的栗色马就站在井边。"

圣星期五欢呼起来："真是太好了，你的话太动听了，希望你永远都能给我带来好消息，你真是个善良的人！"于是，圣星期五立即派遣春风去找圣星期四，请她准备好金盘子，再叫上圣星期三一起到井边去。

圣星期五嘱咐道："你都听清了吗？快去叫上她们两个一起去，现在就去。"

圣星期四和圣星期三一听说皮特鲁在一口水井里，便立刻出发了……很快，就都来到了那口废井边。

但水井里的皮特鲁只剩下一副骨架了。

圣星期三将他的骨头都捡了起来，拼成完好的骨架，还好一点不少。

圣星期五命令旋风把井里的垃圾都清理干净。

圣星期四点起火，收集了树叶上的露水放在金盘中，然后把它放在火上烧。等到烧开了露水，圣星期三便把生命之草丢进了这滚烫的露水中，嘴里还在不停地念叨着。然后将金盘从火上取了下来。

她们用露水和生命之草制成了一种软膏，待春风一吹软膏就变稠了，她们几个一起把这种软膏涂在了皮特鲁的骨头上，横涂七次，纵涂七次，刚涂完，皮特鲁就生龙活虎地站了起来。相比于之前，现在的他更加漂亮、更加勇敢。

圣星期五笑着说道："勇敢的年轻人，快上马吧！"

皮特鲁一跳上马背，栗色马就兴奋地飞奔起来，好像它从来都没像现在这么高兴过。

"亲爱的主人，我们现在去哪儿？"马儿欢快地问。

"带我回家！"皮特鲁回答。

"那你想用什么样的速度呢？"

"快得像咒语一样！"

皮特鲁向三位善良的老妇人告别后就出发了。他们快速飞奔着，就像咒语一样迅速，一直来到国王的宫殿，其实准确来说，应该是王宫的旧址。因为这个时候，除了碧尔莎以外，周围再也找不到一个活着的人。而她正从一个阴暗潮湿的地窖里爬出来。

瞬间，皮特鲁就知道了发生的事，他立刻掉转马头，直奔黎明仙女的王国。

时间已经过去了这么久……

皮特鲁骑着马来到桥边，他看到太阳只剩下九条冷光、七条暖光和三条亮光。当皮特鲁来到桥边的时候，大家都很期待后面将要发生什么事。

黎明仙女感觉到了陌生人的到来，唤醒了她悲伤的梦。她好像被施了魔法一样，被一种说不出的感觉给控制了，这种奇妙的感觉跟她在梦境中的感觉是一样的。

"亲爱的主人，抓紧马缰绳！"栗色马说。

皮特鲁紧紧地握着缰绳，踢了踢马肚，一瞬间就过了桥。

所有的守卫开始欢呼着："勇敢的骑士已经跨过桥了！"……皮特鲁直奔黎明仙女的住室，一把将她抱在怀里，深深地吻了下去……

久违的笑容重新出现在了黎明仙女的脸上，花儿开始散发着芳香，清泉水也开始欢快地流淌，微风轻唱着欢乐的歌，生命线的纺车也开始转动起来，黑幕消失了，太阳高高地挂在了天空。它是那么的耀眼，那么的光彩夺目，因为那强烈的光线以致人们几乎看不见任何东西。

皮特鲁把黎明仙女带回了自己的家，带到了年迈的父母身边，在那里他们举行了盛大的婚礼，这一婚讯传遍了九十九个国家。

皮特鲁的两个哥哥弗洛里亚和科斯坦的视力也都恢复了，因为只有这样，才能更好地让他们见证弟弟的幸福。

后来，王位当然也由皮特鲁继承，他和他的妻子一起治理着两个国家，过着幸福快乐的生活。

跛脚左格利

有一对老夫妻，家境贫穷，有时穷得连饭都吃不上。他们一天天艰难度日。老夫妻有三个孩子，因为家境的原因，三个孩子整天也是衣衫褴褛，肮脏不堪。他们的三个孩子中小儿子最聪明，名叫左格利，不幸的是他是个跛子。

在他家附近住着一个恶毒的女妖，没有人能够和她相处。女妖侵占了他们的土地，还给他们带来了不少的麻烦。

左格利恢复双脚

其实左格利的跛脚并不是天生的，在他出生的时候，仙女们给了左格利最美好的祝福，可就在这时女妖刚好也在旁边，为了发泄自己的不满，女妖抽掉了左格利腿上的肌腱，这才使得他成了一个跛子。

因为孩子从残疾，这对老夫妻被全村的人歧视，可怜的左格利也经常受到两个哥哥的嘲弄。

三个孩子慢慢长大，有一天，左格利对母亲说："妈妈，我听说在另一个村子你有一个兄弟，是我的舅舅，比较有钱。我这整天待在家里都快闷死了，你能否去跟他要一匹老马，这样我就可以骑着出去打猎了！"

"快闭嘴吧，你这个跛子！"两个哥哥讥讽道，"我们身体健全，能跳上马鞍，又能骑马，母亲应该去为我们要两匹马才对。"

左格利忍气吞声，没有说话。

但是，母爱是伟大的，他的妈妈还是来到那个有钱的兄弟那里，为两个哥哥要了两匹好马，为左格利要了一匹老马。

这位舅舅是个善良的人，很同情他们，尤其同情左格利，所以心甘情愿地给了他们马匹。

孩子们看到这些马都高兴极了。然而左格利还是不怎么高兴，因为他担心自己的腿永远都好不了了。

几天后，两个哥哥打算外出打猎，左格利想一同前往。哥哥们就笑话他，不愿带他去，然而母亲要求他们必须带着左格利一起去，于是兄弟三人来到了森林里。到了森林，左格利竟然百发百中，箭无虚发，这让两个哥哥很是吃惊。

兄弟三人在森林里打了三天三夜的猎。

第三天的夜里，左格利梦到了一件奇怪的事。睡梦中他来到了一个鸟语花香的地方，微风吹拂着树叶沙沙作响，空气中弥漫着花草的芳香。因为他身体残疾，不能走路，不能欣赏这美丽的花园，所以他独自一人坐在花园的角落里哀伤，然后抬起头祈求上苍与其让他活着却是一个跛子，倒不如死了算了。

就在他祈祷的时候，一位仙女出现了！她那楚楚动人的面容让他很吃惊。

仙女问他："我的孩子，你为什么这么忧伤呢？"

"美丽的仙女，我是一个跛子，全村的人都拿我当笑柄，这怎能不让我悲伤呢？"他说。

"别哭了，我的孩子，他们笑话你是他们不懂事。我保证你的脚总会好的，并且有一天你还会当上国王呢！"

"我不奢望当国王，只要让我能走路我就心满意足了，可我知道这是不可能的，因为我的腿上连血管和肌腱都没有。"

仙女劝说道："别失望，其实在你刚出生的时候你的腿是好好的，只不过是女妖把你腿上的血管和肌腱撕掉了而已。我这里有一根皮带，你带在身上，不管你想变作什么只要翻三个筋斗就可以了。不过你首先需要从女妖那里拿回你的肌腱。"

左格利接过皮带，刚想问一问仙女来自哪里？为什么要对自己这么好？却发现仙女已经不见了。

左格利睡醒后，发现了手中的皮带。他感到很吃惊，于是把皮带系在腰间，他想着变成一只小鸟，翻了三个筋斗，果然马上变成了一只鸟。接着他又翻了三个筋斗，恢复了自己的面貌。左格利高兴坏了，不过他没有把这些告诉哥哥，他把皮带紧贴身子系好，免得被两个哥哥看到。

可他心里一直纳闷，这个仙女到底是谁？

等到第二天太阳升起来的时候，兄弟三人带着自己的猎物回到了茅屋。

过了几天，他们又出去打猎了。当他们太累停下来休息的时候，两个哥哥安排左格利去照看吃草的马匹，而他们自己却躺下来睡着了。

左格利拴好马，翻了三个筋斗，变成了一只蜜蜂，一直飞到了女妖怪住的地方。

到了那里，左格利在房子周围飞了几圈，最后飞了进去，这时刚好听到了怪物们的谈话。老妖怪说："女儿们，去看看火炉后面的盒子里，左格利的肌腱是否还在？"

怪物最小的女儿说："还在那儿，今天我还看见了呢。"

"你们可要当心左格利那个可恶的孩子，虽然他现在成了一个跛子，但他很聪明，我还是担心他，现在你们都回家吧。"

左格利还听到她们说几天后妖怪的小女儿要举办婚礼。为了婚宴上有美味，老妖怪让她的女婿们去一个地方打猎。

当左格利回到哥哥们身边的时候，天已经蒙蒙亮了。"起来吧，哥哥！"他喊道，"太阳已经出来了。"

但两个哥哥却责备道："怎么叫我们这么晚？"左格利只是默不作声。

他们三人又去打了一天的猎，然后才回家。

现在左格利常常睡在外面，因为他无时无刻不在盘算着取回自己的肌腱。到了晚上的时候，他常常来到妖怪的房间，希望找机会取肌腱。

在一天夜里，趁女怪物不在家，他变成了一只苍蝇，顺着烟囱来到了存放着他的肌腱的那个房间，他知道自己的肌腱就放在那个盒子里。他又变成了人，取出他的肌腱，把它轻轻地拍在腿上。瞬间就长好了，好像从未丢失过一样。接着他又变成一只苍蝇，飞回了家。

成为英雄

到了第二天傍晚，妖怪的女婿们出去打猎了。

左格利首先来到妖怪的大女婿那里，当他靠近房子时，怪物的马儿好像嗅到了左格利的气味，从鼻子里喷出响声。怪物拍拍它。

"勇敢的马儿，安静点。没什么好怕的，乌鸦没有衔回骨头，微风也没有把左格利的头发丝吹来。他的肌腱还存放在我岳母家的炉子后面呢。"

左格利说："你怎么知道？如果你敢打赌，那么就让我们来打一架吧。"

怪物看到左格利，浑身的血液都吓得凝固起来了。他们拿起棍棒打了起来。左格利高高举起棍棒向怪物击去，当场就把他打死了。左格利砍掉妖怪的头，拿走他的武器，连他的马也一并带走了。左格利又骑马来到了妖怪的二女婿那里，同样杀了他。最后又到妖怪小女婿那里去了。

他们刚碰到一起就打了起来。开始的时候他们用棍棒打，一直到把棍棒打断，又换用矛刺，结果矛也刺断了，后来又用刀砍，可是妖怪的刀突然断成了两截。最后两人开始徒手肉搏，最终妖怪被左格利摔在地上，脑袋被砍了下来。左格利同样拿走了怪物的武器，然后牵走他的马，回家去了。

天刚蒙蒙亮的时候左格利回到了家。他拴好马，把妖怪的所有武器都藏了起来。

他的两个哥哥准备外出打猎，看到家中突然多了几匹马很是好奇，问左格利这些马是从哪里来的？但左格利依旧只字未提，什么也没有说。

哥哥们各自选了一匹马，左格利选了妖怪的那匹最小、最强壮的马一起外出打猎去了。

老妖精见自己的几个女婿都没有回来，便对她的女儿们说："你们去看看左格利的肌腱是否还在盒子里，我感觉好像是出事了。"

"天哪，没有了，连影子也没有啦！"

"我想你们的丈夫一定是被左格利杀了，现在你们到左格利和他的哥哥们打猎的森林里去，按照我的计划行事。"

左格利他们穿过森林，发现这里多了一个葡萄园，他之前从未见过这个葡萄园，他断定这是妖怪们的诡计。

他的大哥想要摘些葡萄，却被左格利制止了。左格利跳下马，用刀把那些葡萄藤砍断，顿时从藤里流出一摊像沥青一样黑的血。两个哥哥看到此景被吓傻了。

他们重新骑上马继续上路。他们在前进的途中又看到了一个果园，里面长满了成熟的李子。二哥看着熟透的李子，想要摘一些，同样又被左格利制止了，左格利挥刀向李树砍去，又从树中流出了黑血。

他们继续向前走，看到路边有一口水井。左格利还是不让哥哥喝水，因为他知道这口水井之前是没有的。左格利拿着长矛向井中刺去，一股散发着恶臭的暗红色的血涌了出来。

所有的东西都是妖怪的女儿们变的，她们试图来毒死左格利。

兄弟三人继续向前走，左格利告诉两个哥哥："哥哥们，一股干燥的热风向我们刮来，你们觉得这会是什么呢？"

"我们什么也没感觉到啊，"他的哥哥们说，"只看到一块粉色的云彩向我们飘来。"

左格利说："那就是女妖，她正准备来杀我。你们快找个地方躲起来，别站在她经过的路上，否则会被她碾碎的。"

两个哥哥躲开后，左格利藏在了一个洞里，一直到女妖怪过去。女怪物没有发现他们有些气愤，犹如闪电一般匆匆离去。

左格利看妖怪走了便从洞里冲了出来，跨上马，一路向东跑去，一直跑到一个王宫。这个国家的国王为了免遭女妖怪的伤害，用了二十年的时间，在王宫和女怪物的领地之间筑起了一堵高墙。现在这个大工程已经竣工。

左格利刚进王宫就告诉国王，妖怪的女儿和女婿们都已死在了他的手里。他请求国王命铁匠铸造一根大铁棍，他需要用这根铁棍杀了这个女怪物。

能够借助左格利来除掉这个老妖怪，这也正合国王的心意，于是国王满口答应。

铸造好大铁棍后，左格利在筑起的城墙上凿了一个洞，往城内运了一些木料，把木料点燃，把那根大铁棍放在火上煅烧。

女怪物找了左格利一圈也没有找到，她猜测他一定是躲到国王那刚筑好的城墙里了，于是迅速地飞到那里，落在城墙下。经过这些天的奔波，她想跳过城墙，却怎么也做不到，后来她发现了城墙上左格利凿开的那个洞，通过那个洞妖怪想把城里的人都吸出来，于是开始拼命地吸气。

国王和百姓们被妖怪的这一阵势吓坏了，都死死地抱着城墙。但聪明的左格利保持镇静，拿着那根烧得通红的铁棍，跑到洞口。当女妖再次吸气的时候，左格利眼疾手快地把这根铁棍放进了洞口，妖怪一下就吸了进去。这根灼热的铁棍直插她的心脏。妖怪哀求道："左格利，我的心都要被你烧坏了，求你放了我吧……"话还没说完，妖怪就死掉了。

全国上下长期饱受妖怪的折磨，现在左格利帮助他们除掉了这些恶毒的妖怪，人们都对他深表感激，认为他是个英雄，左格利受到了国王重重的褒奖。

被人诬陷

国王让左格利生活在宫中，对他礼让有加，这很快便引起了一些大臣的忌妒，他们在国王面前挑唆，说他有谋权夺位之心。

国王听信了小人的挑唆，决定驱逐左格利。最后他采纳了一个奸诈的大臣的诡计，让人把左格利叫来。

国王说："勇敢的左格利，我想让你替我去向斯特里亚国王的女儿求婚。"

"如果您认为这是我的任务，那么我在所不辞。"左格利回答。

"那你准备什么时候出发？"

"如果您愿意，我明天就出发。"

左格利拿着一些行李和国王的亲笔信就出发了。全城的百姓一直欢送他到城门口，然后目送着这位英雄离去，直到他的身影消失在地平线上。

左格利出发前先回了趟自己的家，告诉两个哥哥老妖怪已经被杀死了，还把这次国王派遣的任务告诉了他们。

左格利给了他们一些钱，让他们照顾好父母，然后就和他们告别了。

左格利的哥哥们听了他的话对他产生了忌恨，他们认为弟弟这么厉害，对自己来说是一种侮辱。

左格利辞别他们后骑着马上路了，途中他看到一个人正在用七张犁犁地，嘴里却不停地喊着饿死了。

左格利看到他就像看到了自己的老朋友一样跟他打招呼道："你一个人同时用七张犁犁地，还一直喊饿，说明你肯定十分强壮。"

这个饥饿的人问："你就是那个杀了妖怪和她的女儿、女婿的勇敢的左格利吧？"

左格利答道："是的，我就是。"

"你带上我吧，说不定我能帮你呢！"

于是两人一起上路了。几天后他们又遇到了一个人，这个人的旁边有满满的九口水井，却一直在那嚷着渴死了。

像对第一个人那样，左格利停下来询问他，得到了和第一个人一样的答案，于是这个人也和左格利一起上路了。

他们三人一起走了很久，当他们在翻越一座高山的时候，又遇到了一个人。

只见这个人的腿上系着两扇大磨盘，却仍能像兔子一样轻松地从一个山顶跳到另一个山顶，嘴里还不停地叫着没地方可跑了。

左格利又开始询问并得到了同样的回答，于是也带着这个人一起赶路了。

走了一段路程后，他们又遇到一个人，这个人背上披着九张羊皮，他的胡子一半白一半黑，看到他时正值正午，太阳火辣辣地照着，可他却一直喊着冻死了。

左格利再次询问，得到了一样的回答，于是也带着他一起走了。他们一直向前走着。

到了黄昏时分，他们又遇到一个人，只见这人手里拿着一只弓和箭，正瞄准着天上。左格利询问他："你这是在干吗？"

"我想用箭把风中的那只蚊子射下来。"

"蚊子？我们看着都很困难，你竟能够用箭射下来，你一定是一名出色的射手。"

"左格利杀死了妖怪和她的女儿、女婿们，他才是这个世界上最勇敢的人，我根本不算什么。"那人说。

"左格利就是我。"

"那就让我和你们一起上路吧，说不定我还能派上用场呢！"

一路上他们穿过幽静的峡谷，爬上高高的山坡，山坡上绿草如茵，高大的树木茂密地生长着，在这里，他们又遇到了一位老人，那位老人一边摇着他的手杖一边不停地嘀咕着，他每摇一次就会有一群小鸟飞来。

左格利询问这么神奇的事情他是怎样做到的，老人却回答说左格利完成的才是真正的奇迹。

当老人得知面前的这个人就是左格利的时候，便加入了他们的行列。

他们朝着斯特里里亚的王国走去。不管他们走到哪里，不管是白天还是黑夜，只要听说他就是左格利，总能受到人们的热情招待。

终于在一天早晨，他们看到了斯特里里亚城堡的高塔。于是加快了脚步，赶在太阳落山前到达了城门口。

第二天一大早他们就起来了，左格利将自己此行的任务告诉了他的这些随行之人，伙伴们告诉他，如果国王不同意这桩婚事，他们就用武力把公主抢走。

左格利把信件递交给国王，国王看过信后说道："我愿意把女儿交给你，不过在此之前我要让你做一些事，如果你办不到我就会杀了你，我给你时间好好考虑一下，明天给我答复。"

"我现在就答应你。"左格利回答，"您说吧，什么事？"

"在明天天亮之前，我要你把满满的九炉面包全部吃掉。"国王说。

"那请你赶紧把这些面包烤好吧。"左格利胸有成竹地回答。

他们把面包烤好后，还派来了士兵看守。

到了晚上，左格利和他的伙伴们集中在了一起，他对着那个饥饿的伙伴说："现在你就敞开肚皮吃吧，让我们看看你的胃口到底有多大？"

话音刚落地，就见他拿起十个面包送到了嘴里，然后一口吞了下去……短短几个小时他就把所有的面包都吃完了，最后连面包屑都吃了，可他还是不住地说："饿死了，饿死了。"

卫兵们看到这么多的面包这么快被席卷一空个个惊得目瞪口呆，赶紧把这一情况向国王报告。

国王听后也很吃惊，又命令把满满的九桶酒搬进宫殿，让左格利在天亮前就喝完。

左格利对那个口渴的伙伴说："这件事就由你代劳了！"

"只有这一点儿吗？"

说着他把酒桶盖掀开，抱起来就喝。一眨眼的工夫，所有的酒就像渗入到土里一样，都被喝完了。

喝完最后一滴，他喊道："这怎么能解我的渴呢？我还要喝呢！"

卫兵把这里发生的事情告诉了国王，国王开始变得不安起来。国王又命令士兵用九匹马拉来了九马车的木头，用这些木头把一只大炉子烧烫。

国王下令让左格利到炉子里去，左格利对那个有着一半白胡子、一半黑胡子的人说："现在轮到你大显身手了！"

炉子被火烧得通红。他扯下自己的几根白胡子丢进了炉子里，马上炉口就覆盖上了一层白霜，他们几个一起走进炉子，没一会儿就在里面说着快要冻死了。

这次国王亲自跑来看，看到眼前的景象，他甚至开始怀疑自己的眼睛。接着他又命令再运九马车木材来烧炉子。然而，不管火势多大，炉子仍冷得像冰一样。

王宫里有一个女仆，她奔跑的速度堪比猎狗。于是国王让左格利或由他的同伴中选出一人，与女仆同时出发去仙女的清泉那里取来两壶泉水，如果女仆先跑回来，国王就会杀了左格利和他的伙伴们。

左格利同意了国王的提议，对那个腿上系着磨盘的人说："你自己决定是让我们都死，还是赢得那个女仆，跑在她前面回来？"

"你们等着瞧好了。"

女仆和那个腿上系磨盘的人每人带上两个水壶，出发了。在去清泉的路上，他们边走边说着话。

那个女仆长得还算标致，在回来的路上，她风态万种，百般娇媚，诱惑他枕在她的膝上，假意用她的手抚摸他的头发，让他很快睡着了。然后，她把旁边的一个死马头拿过来让他枕着，又把他壶中的水倒在了自己的壶里，飞快地朝王宫跑去。

左格利眼巴巴地等着他的伙伴归来，却看到回来的竟然是那个女仆，根本没见到他的伙伴。于是左格利叫来那个射手说："你帮我看看我们的伙伴在哪里？怎么还没回来呢？"

"他正枕着马头在睡觉呢！"

射手赶忙举起弓，射出一支箭，正好击中马头，马头滚到了一边。腿上系磨盘的人赶紧跳起来，四处观看，却没找到那个女仆的踪影。

他知道自己受了蒙蔽，又赶紧往日泉回跑，重新灌了泉水，然后快步往王宫方向跑去，在宫殿的门口他追上了那个女仆，从她身边跑过，腿上的磨盘把她的水壶撞碎了。

他把水壶交给国王，又问他的女仆现在在哪里。

左格利说："那不，她来了。"

这时女仆回到国王身边，把路上发生的一切告诉了国王。

国王彻夜难眠。第二天，王宫中的一个大臣前来献计，于是，国王又向左格利提出了新的条件。

国王对这个大臣的计谋很是满意，他叫来了左格利说："左格利，我让你做的所有事情你都做到了，不过现在还有一件事，只要你把这件事完成了，我就答应你的要求。"

"那好吧，陛下，就请你快些说出你的要求吧，我在这里已经耽误了太多的时间，这让我感到很不安，我担心那边的国王要生气了。"

"我的最后一个要求是你要在一夜之间让五十个不能生育的妇女都生出孩子来。"

"这个任务实在太艰巨了，但我会尽力做好的！"

国王下令带来了五十个不能生育的妇女，让她们每人住一个房间。左格利对着那个拿着手杖的人说："友好的朋友，现在该你来帮我了！"

"这事简直就是小菜一碟。国王应该给我安排更难的事情才好。"

他每走进一个妇女的房间，口中念念有词，用他的手杖碰碰她们的背。到了夜间，这五十个妇女一个一个都生出了孩子。

第二天一大早，国王前来验收，刚走进这些妇女的房间，就听到了婴儿的啼哭，他气得扭头就走了。就在他回去的时候不小心也碰到了那根手杖，瞬间出来了五十只毛茸茸的金色小鸭子，一摇一晃地跟在他的后面，嘎嘎地叫着。

王后和所有的大臣看到这一情景都哈哈大笑起来。

国王觉得这个左格利绝非等闲之辈，对他开始有些害怕了，也不敢再为难他了，只好答应让他带走自己的女儿。

左格利整理好行装，带着公主离开了。国王及整个王宫的人都为他们送行，尽管左格利再三推辞，他们还是一直把他们送到城门口。

左格利等一众人沿着来时的路往回走去。途中，他的那些伙伴也一一留在了他们之前待的地方。

左格利马不停蹄地赶着路，却发现公主好像很伤心的样子，便问她为什么不开心，她说："如果你不愿娶我，而让我嫁给那个国王，我还不如死了算了。"

听到这些话左格利高兴极了，但他已经答应国王了，就必须遵守他的诺言。

他们一直向前走着，突然他看到一只秃鹫，便拿出自己的箭，正准备射，可那只秃鹫说道："左格利，别杀我，在你需要我的时候，我会赴汤蹈火，在所不辞的。"

左格利收起箭，继续向前走着。等到夜幕快降临的时候，他们来到了一片大森林里。左格利生起火堆，就在他准备躺下休息的时候，公主突然叫道："有熊！"

左格利一听立即跳起来，抓着弓和箭，抽出刀。但熊却并没有逃开，反倒说："勇敢的左格利，请不要杀死我，能否请你拔掉我爪子上的这根刺，以后我会报答你的。"

左格利放下手中的武器，走到熊的身边，帮它拔掉了爪子上的刺。刺扎得很深，但左格利还是帮它拔掉了，并帮熊包扎好，熊嘴里嘀咕着离开了。

第二天一大早，他们就出发了，走了整整一天，等到夕阳西下的时候，他们赶到了城里，左格利把公主带进了王宫。

国王以为左格利应该早就死了，现在却看到左格利平安归来心里有些害怕。

左格利把路上发生的事情一一向国王道来，国王大摆宴席宴请了公主，并让她住在了皇太后的寝宫。

国王把满潮的文武大臣全都召集起来，商量对策准备杀了左格利。

国王问道："虽然左格利帮我们除去了怪物，可现在他却觊觎我的王位，我们该如何对付他呢？还有我们有没有把握杀了他呢？"

一个心怀不良的大臣说："别怕陛下，我们会帮你的。只要你一声令下，我们就会杀了他。"

另一个大臣责怪道："你们怎么能这样！他可是曾经救过我们的人啊！我们怎么能杀他呢？"

又有一个大臣赞同道："就是嘛！在所有的大臣中，左格利应该得到最高的地位。"

这些人有的这样说，有的那样说，都有着自己的理由，国王一时没了主意。

最后国王说："这样吧，让他和斯特里里亚国王的女儿结为夫妻吧！因为毕竟公主是他冒死带来的，虽然公主很漂亮，让人迷恋，可她本就应该属于那个带她来的人。这样一来，也算是我们对他的感谢了，也好让他回他自己的国家去。只要他走了就能避免这场恶战。我想，他应该也不是那种贪图权贵之人，这个王国是我从祖先那里继承来的，我不能拱手让人！不过要让公主嫁他，也得先问问公主的意思，看是否愿意嫁他。"

大多数大臣说："这个主意不错。"第二天，国王召见了左格利和公主，当着所有大臣的面，说出了自己的决定。

公主一听非常开心，赞美国王道："愿上帝保佑您的国家长治久安，百姓有您这么一个贤明的君主，真是幸福。"

左格利也深受感动，他说："尊敬的国王陛下，是你让我成了全世界最幸福的人，不管你以后遇到什么困难，我都愿为你肝脑涂地，就算牺牲我的生命，我也在所不惜。"

苦尽甜来

左格利带着公主和一些珍贵的礼物，向自己的家乡走去，回到了父母的身边。

国王和全体大臣一直把他们送到国界上，才挥手告别。

天遂人愿，左格利和公主幸福地双双归来。在太阳落山的时候，他们在村外遇到了左格利的两个哥哥。

两个哥哥看到这个貌美如花的公主，对自己的弟弟很是忌妒，竟有了卑鄙的想法，想要害死左格利。

二哥说："如果村里的人看到这个跛子现在却这么出色，还不笑死我们俩。"

大哥说："那我们就杀了他吧，他的马都归你，他的妻子归我。"

就这样，两人商量着想要害死自己的弟弟。

半夜，两人拿着刀颤颤巍巍地向左格利砍去。

公主失去了自己亲爱的丈夫，失声痛哭起来。

哥哥们威胁她说："你最好什么也不要说，如果你敢说出我们杀了左格利这件事，我们就把你也杀了。"

很快，他们就回到了自己的家。

两个哥哥告诉父母，说左格利是在和妖怪搏斗的时候死的，听了这一消息两位老人悲痛欲绝，发出一阵阵令人心碎的呜咽声。这声音，连石头都为之动容。

公主也哭了，但她却一直压抑着自己的泪水，因为她害怕这恶毒的两兄弟。

然而，勇敢的左格利并没有死，因为当时哥哥砍他的时候手一直抖个不停，没能把他的头砍下来，他还有一口气在。当他恢复了知觉后，忍着剧痛坐了起来，这才发现自己的妻子和马都消失不见了。

左格利痛苦地呻吟着，他断定一定是他的哥哥抢走了他的妻子，想到这悲惨不堪的命运，他不由得哭了起来。就在他伤心落泪的时候，头顶飞过了一只秃鹫，他突然想起秃鹫对自己的承诺，便让它下来，把发生的事情一一向它诉说。正在说的时候，只听一阵树枝噼噼啪啪的声音，一只熊笨拙地跑了过来。

秃鹫被吓了一跳，正准备飞走，后来才看清那就是左格利救过的那只熊，便落在他旁边。

这时的左格利已没有力气再讲一遍他的悲惨遭遇了。他失血过多，渴得要命，于是秃鹫就去为他衔了一嘴巴水；这时熊也俯下身来，用舌头帮他舔伤口，还把他碎了的骨头接起来。

熊对秃鹫说："嗨，朋友，现在我们该为我们的救命恩人做些什么呢？"

"你去帮我找两只小水桶，绑在我的腿上。我只需要一瞬间就能为我们的恩人找来生命之水和死水，这样就能帮他治好伤。"

熊找来水桶，把它们绑在秃鹫的腿上。真的只是一瞬间的工夫，秃鹫就回来了。

熊一直守护着左格利。秃鹫回来后，熊把死水倒在左格利的伤口上，伤口立刻就痊愈了。然后，它又在左格利的全身浇上了生命之水，使他的身体如之前一样强壮、健康。

左格利对这两个善良的朋友很是感激，说道："你们比我的亲哥哥更爱我。从现在起我要和你们生活在一起，因为我现在已经是孤单一人了。"

"我们当然乐意和你生活在一起了，可是你的妻子和马都没有了，你甘心吗？"

"这是我命中注定的……"左格利说。

"不，这根本就不是你的命运！"熊反驳道，"秃鹫现在就准备去你两个哥哥那里打探情况。我们会以最快的速度夺回你的妻子，如果你愿意，把你的哥哥们交给我们吧。"

"你们真是太好了！"左格利激动得说不出话来。

秃鹫很快就回来了，它告诉左格利他的妻子正在被他的一个哥哥逼迫着嫁给他呢！他们以为你已经死了。

左格利和他的两个朋友商量好对策，就出发了。几天后，就来到了家门口。不过他们一直等到太阳落山的时候才进了院里。

熊怒吼起来，两个哥哥想要把它赶走。等他们刚一出门，公主就把两个哥哥藏起来的左格利的武器拿了出来。秃鹫啄开了马的缰绳，左格利的那匹神马，飞快地来到主人的身边，亲昵地舔着左格利的双手。

熊和秃鹫看到这时的左格利已经脱离了危险，叮嘱了他几句就离开了。

两个朋友走后，左格利这时才进入屋里。他的父母都没有认出他来。公主流着泪，把两个哥哥伤害左格利的事实告诉了两位老人。

左格利的哥哥看熊跑到了他家院里，就把邻居都叫了过来。可当他们看到眼前的左格利，一个个都愣住了。

左格利的马腾空跃起，向两个恶毒的哥哥猛冲过去，一脚踢死了他们。

邻居们听说了两个哥哥的罪恶行径，都感觉他们罪有应得。

就在左格利把这一路的经历都告诉父母的时候，突然门外传来了一阵喧嚷声。

　　大家都迎了出去，只见来的都是皇家的士兵。从马上跳下来一位队长模样的人，将一封国王的亲笔信交给了左格利。

　　原来，斯特里里亚的国王在左格利离开不久后就死了，因为国王没有儿子，所以他在临终前就把满朝的大臣召集了起来，商量选一个年轻有为的人来继承王位。

　　国王认为左格利应该是最佳人选。于是他写下遗嘱，把左格利定为王位的继承人，并签上了自己的名字。

　　第二天，左格利就带着自己的爱妻和父母，一起向斯特里里亚城走去。他刚到那里，就传来了新的消息，说左格利曾帮助过他们除去女怪物的国家的国王也去世了，同样选定了他为继承人，因为那个国王也是没有子嗣来继承他的王位。

　　于是，左格利把两个国家合在了一起，他和他的妻子共同治理着这两个国家，两个人幸福美满地生活着，直至生命的尽头。